Die neunundzwanzigjährige Innenarchitektin Samantha Strong hat geliebt, vertraut und leetzendlich doch alles verloren.

Von der Liebe enttäuscht, schwört sie sich doch selbst, ab sofort die Finger von Männer zu lassen und sich ausschließlich auf ihre Karriere zu konzentrieren.

Als ihre Chefin ihr jedoch einen für die Agentur äußerst wichtigen Auftrag zuweist und sie die Bekanntschaft mit dem charmanten, gutaussehen Miles Taylor macht, fängt ihre Welt zu wanken an.

Der Jungunternehmer scheint der perfekte Mann zu sein, der Traum jeder Frau. Doch der Schein trügt.

Ein düsteres Geheimnis folgt dem nächsten. Hat ihre Liebe denn überhaupt eine Chance?

Über die Autorin:
Saraphina J.C. Rose schreibt schon, seit ihrer Kindheit. Mit PHOENIX hat sie sich selbst einen Lebenstraum erfüllt.

Saraphina J.C. Rose

PHOENIX
durch dich erwacht

Band I

Für M.,
Weil man jede Hürde überstehen kann, solang man an die Zukunft glaubt.

Der Titel ist auch als E-book erhältlich.
© 2015 Saraphina J.C. Rose
Cover: christoph@stantejsky.at,
Lektorat, Korrektorat: Sabrina Berndt
Herstellung und Verlag: BoD – Books on Demand, Norderstedt
ISBN 978-3-7386-3664-2

PROLOG

Früher, als ich noch ein kleines Mädchen war, hatten mich Erwachsene immer vor allem Möglichen gewarnt. Vor zerbrochenem Glas, vor Feuer, vor Fremden, die einen mit Süßigkeiten ins Auto locken wollten. All das stand immer ganz oben auf deren Listen.
Später, als ich älter wurde, aufs College und danach auf die Uni ging, merkte ich, wovor sie mich nicht gewarnt hatten. Vor Männern, die mir erst mein Herz stahlen und dann darauf herumtrampelten, es zerbrachen. Womit wir ja auch schon bei der eigentlichen Hauptperson meiner Vergangenheit wären. Paul Carry.
Groß, schlank, gutaussehend und ein einzigartiger Gott, wenn es darum ging, eine Frau zu befriedigen. Zumindest war das der erste Eindruck, den ich von ihm hatte. Paul war immer schon alles, was ich jemals wollte und das Einzige, was ich wirklich liebte. Er war meine Welt und die Beziehung, die wir führten, war spannend, reizvoll und eine wahre Achterbahnfahrt unserer Sinne.
Ich war von Anfang an seine ergebene, wissensdurstige Schülern. Seine sexuelle Erfahrung war das Buch, aus dem er mich lehrte und die dominante Ader, die er hatte, war der Stock, der mich strafte. All das hatte ich lange genossen. Ich brauchte es, war süchtig nach dem Kick, den mir unsere gemeinsamen Spielchen gaben. Doch Paul ging zu weit, viel zu weit.

EINS

Fünf Jahre später...
»Was für eine Blamage!« Wie auf Kommando wurden Skizzen sortiert, die Frauen schlüpften in ihre unbequemen High Heels und, wie könnte es auch anders sein, ich schüttete vor Schreck einen Becher Kaffee über meine Notizen. Kaum, dass ich die Sauerei auf meinem Schreibtisch beseitigt hatte und meine langen, blonden Haare noch zu recht zupfen konnte, flog auch schon die schwarze Glastüre auf.
»Samantha. In mein Büro!«, schnell sortierte ich die restlichen, um mich herum verstreuten, Notizen zusammen um sie mit zu nehmen, als Lexas Stimme noch einmal schroff an mein Ohr klang. »Sofort!« Das meine Chefin nicht immer die höflichste und liebevollste Person war, wurde jedem bereits nach einigen Minuten klar, die er mit dieser Frau verbringen musste. Lexa Stawford war dominant, streng, wunderschön und zudem eine der erfolgreichsten Geschäftsfrauen in ganz London. Wenn ich es nicht besser wüsste, würde ich sagen, dass ihr Wort mehr wert war, als das von Queen Elisabeth. Also zupfte ich mein rotes Chanel Kostüm zurecht, atmete noch einmal tief durch und folgte dem schroffen Befehl.
»Gibt es Probleme?« Was für eine doofe Frage. Bei Lexas grimmigem Gesichtsausdruck, war doch klar, dass irgendetwas nicht in Ordnung sein musste. Im selben Moment, in dem ich die Worte ausgesprochen hatte, bereute ich sie auch schon wieder.
»Setzen sie sich, Samantha«, mit einer einfachen Handbewegung wies sie mich auf den, mit schwarzem Leder bezogenen, Stuhl vor sich. Mein Puls schoss in nur wenigen Sekunden in die Höhe. Die zarte Haut meiner Hände wurde schweißnass, als die Angst in mir wuchs..
Werde ich etwa gekündigt?
Wie ein Blitz schoss mir dieser Gedanke in den Kopf. Lexa Stawford war unberechenbar und ich wäre nicht die Erste gewesen, die sie ohne triftigen Grund verabschiedet hätte.
Nach einer langen, etwas peinlichen Pause, brach sie dann

doch noch das Schweigen und ich war versucht, bei ihren Worten erleichtert aufzuseufzen.
»Annette Dubrovsky hat unser Konzept für ihr neues Loft in Chelsea abgelehnt! Morgen wird es bereits in jeder Klatschspalte zu lesen sein.«
Sie war mehr als aufgebracht darüber, gierig sog sie den nikotinhaltigen Dampf ihrer elektrischen Zigarette in sich auf und blies ihn, über meinen Kopf hinweg, in den Raum.

»Das tut mir Leid, Madame.«
Nervös strich ich mir über den bereits glatten Stoff meines Rockes.
»Darf ich fragen, weshalb Mrs. Dubrovsky das Konzept nicht akzeptiert hat?«
Erbost, stand sie aus ihrem Bürostuhl auf und wandte mir den Rücken zu, während sie ihren Blick über die Londoner Skyline schweifen ließ.
»Sie meinte, es wäre ihr zu bieder und zu altmodisch, sie möchte etwas Frisches und Modernes haben.«
Ich nickte.
Nun wurde mir so einiges klar, Lexa selbst war es, die dieses Konzept erstellt hatte. Immerhin war Annette Dubrovsky eine unserer wichtigsten Kundinnen, mit deren Geld die halbe Belegschaft finanziert wurde. Noch bevor ich mir weitere Gedanken machen konnte, ließ mein Boss sich auch schon wieder in ihren Bürostuhl nieder und blickte mich an.
»Samantha, sie sind eine fantastische Architektin. Sie haben Stil und sie verstehen sich darauf, auf die Wünsche anderer einzugehen. «
»Danke, Mad ... «, der Rest des Satzes wurde auch schon wieder von Lexas rauerRaucherstimme verschluckt.
»Was ich damit sagen will, ist, dass Sie, Samantha, einen neuen Versuch starten sollen, um Mrs. Dubrovsky von unserer Agentur zu überzeugen.«
Ich schluckte
»Wenn sie es schaffen, sie dazu zu überreden, uns den Auftrag zu überlassen, wird die Leitung und Bearbeitung dieses

Projektes allein in ihren Händen liegen.«
Für einen kurzen Moment lang kehrte Stille ein. Ich wusste nicht, was ich sagen sollte. Überrascht und gleichzeitig überglücklich, saß ich nun da.
Es war das erste Mal, dass mich Lexa so einen dicken Fisch an Land ziehen ließ. Klar, ich war Innenarchitektin und arbeitete auch in einem Architektenbüro, aber bisher hatte ich entweder Jobs bekommen, bei denen ich langweilige Büroräume einrichten musste, oder, wenn ich Pech hatte und andere sich die besten Aufträge schon unter den Nagel gerissen hatten, wurde ich einfach zum skizzieren verdonnert, was mit Abstand eine der wenigsten Dinge war, die ich nicht besonders gern machte.
»Samantha?«
»Natürlich, Mrs. Stawford, ich werde mich gleich an die Arbeit machen.«
Mit einem Nicken verabschiedete ich mich von ihr und schritt davon.
Als ich den gemeinschaftlichen, großen Büroraum wieder betrat, saß auch schon Cherry, meine Kollegin, und gleichzeitig beste Freundin, auf meinem Schreibtisch. Aufgeregt wippte sie mit ihren überkreuzten, braungebrannten, langen Beinen auf und ab. Sie platzte dabei fast vor Neugier.
»Heilige Scheiße, Sam! Du siehst aus, als ob dich soeben ein Bus überrollt hätte«, erst jetzt bemerkte ich, dass mich das Gespräch mit Lexa eben etwas erblassen lassen hatte. Benommen sank ich auf meinen Stuhl nieder und suchte, ohne etwas zu sagen, meinen Computer Bildschirm nach dem Ordner für Annette Dobrovskys Projekt ab.
»Hat sie dich etwa gefeuert?«, Cherrys perfekt gezupften, dunklen Augenbrauen schossen fragend in die Höhe.
»Nein, ganz im Gegenteil, sie hat mir den Dubrovsky Auftrag aufs Auge gedrückt.«
Das verschlug sogar, der sonst so wortgewandten, Cherry die Sprache. Bisher durfte nicht einmal Luke, unser Chefarchitekt, an so einen großen Auftrag ran.
»Das ist großartig, versaue das bloß nicht, Süße.«

»Ich gebe mein Bestes, würdest du, ...?«, ich nickte zu ihrem Tisch rüber, der nur wenige Meter entfernt von meinem stand.
»Wir quatschen später beim Lunch weiter, ja?«
Wohl wissend, dass ich damit einen Kleinkrieg riskierte, verscheuchte ich sie von meinem Platz.
»Gut, wir treffen uns dann unten« Mit unten meinte sie die Cafeteria, die sich im Erdgeschoss der Firma befand. Trotz dem grässlichen Kaffees, den es dort gab, verbrachten wir beinahe jede Mittagspause da.
Cherry stöckelte wieder zurück zu ihrem Arbeitsplatz und kurz darauf blinkte auch schon eine Mail von Lexa auf meinem Bildschirm auf.
Ich notierte mir die Adresse darin auf einem kleinen, pinkfarbenen Zettel, kramte einen handlichen Kosmetikspiegel aus meiner Schublade, um mein Make up noch einmal zu überprüfen und verschwand zur Tür raus.
Die Fahrt nach Chelsea verlief, bis auf ein paar rote Ampeln, die meinen Fahrtrausch stoppten, relativ reibungslos.
Mein Baby bekam direkt vor der Adresse, die ich mir notiert hatte, einen Parkplatz. Ich war fast schon überfordert mit dem vielen Luxus, der mich plötzlich umgab. Die Straße der Wohngegend war links und rechts mit etlichen, wunderschönen Häusern, dessen Verkaufswerte bestimmt im achtstelligen Bereich und noch höher lagen, umsäumt.
Jedes Bauwerk war so prunkvoll und individuell, dass ich mich selbst dazu zwingen musste, mich auf mein eigentliches Vorhaben zu konzentrieren.
Mit einem mulmigen Gefühl im Bauch steuerte ich auf das schmiedeeiserne Tor der Nummer vierunddreißig zu und drückte den Summer der Sprechanlage, die daran angebracht war.
»Mrs. Dubrovsky erwartet sie bereits«, erklang da plötzlich eine tiefe Stimme aus der kleinen Lautsprecherbox. Mit einem leisen, kurzweiligen Summen, öffnete sich das verschlossene Tor vor mir.
Die Tasche mit den Unterlagen, die ich benötigte, fest umklammert, steuerte ich auf das weiße Haus zu.

Ich hatte gerade die oberste Stufe erreicht, als sich die Haustüre öffnete und ein hoch gewachsener, breitschultriger Glatzkopf vor mir stand. Ich nickte ihm freundlich zu und reichte ihm die Hand. Das hätte ich mir sparen können, da er meine Geste, einer freundlichen Begrüßung, gekonnt ignorierte. Dieser Typ hätte vielleicht mal besser die Gläser seiner dunklen Sonnenbrille putzen sollen, vielleicht hätte er meinen Versuch, mich vor zu stellen, so auch bemerkt.
Er murmelte etwas Unverständliches vor sich hin und deutete mir, ihm zu folgen. Die Tatsache, dass der Kerl selbst im Haus die Brille nicht abnahm, belustigte mich. Mir brannte das Lachen auf der Zunge, doch ich hatte Manieren beigebracht bekommen. Also hielt ich artig den Mund und folgte dem Gorilla im Anzug. Er brachte mich in ein riesiges Zimmer, von dem ich dachte, dass es mit Abstand einer der schönsten Räume war, die ich je zu Gesicht bekommen hatte.
»Warten Sie hier!«
Wieder nickte ich nur. Nun hieß es warten. Wie ich das hasste. Ich vertrieb mir die Zeit damit, etwas durch den Wohnraum zu schlendern. Die hohe, womöglich mit echtem Stuck verzierte Decke, erinnerte mich an einen altertümlichen Ballsaal aus der Barockzeit. Alles andere jedoch wurde in einem schikken, modernen Stil renoviert und machte so aus einem einfachen Raum, ein völlig neues, einzigartiges Werk der Architektur daraus. Staunend sah ich mich weiter um.
Was zum Teufel, sollte man hier noch verändern wollen? Es war perfekt.
Auch wenn alles in dem Raum unglaublich beeindruckend war, hat es mir vor allem ein Monet, der an einer der weiß gestrichenen Wände hing, angetan. Ich betrachtete das außergewöhnliche Gemälde, als mich das Geräusch von hohen Absätzen auf dem kalten Marmorboden umdrehen ließ.
Das war sie also. Mrs. Annette Dubrovsky. Die Frau, die meine Chefin zur Weißglut brachte. Diejenige, die ich nun beeindrukken und vor allem von mir und meinen Fähigkeiten überzeugen musste. Erstaunt musste ich feststellen, dass sie in der Realität noch viel schöner, jugendlicher aussah, als auf den

Bildern, die in sämtlichen Zeitschriften zu sehen waren. Nach dem, was ich gehört hatte, lag ihr Alter im Bereich der Vierziger, doch wenn man ihr gegenüber stand, konnte man fast meinen, dass sie gerade Mal um die dreißig Jahre alt war. Sie war ungefähr so groß wie ich, also in etwa einen Meter siebzig, hatte eine schlanke Figur und die dazu perfekt proportionierten Kurven an den richtigen Stellen. Ihre Haut war braungebrannt und bis auf einige wenige, kleine Fältchen um die Augenpartie herum, makellos glatt. Die blauen, mandelförmigen Augen, mit denen sie mich anstrahlte, verliehen ihr etwas freundliches, was mich leicht aufatmen ließ und meine anfängliche Nervosität dämmte.
Mit eleganten, langsamen Schritten ging sie auf mich zu und reichte mir zur Begrüßung die Hand.
»Mrs. Strong, ich habe sie bereits erwartet«, ihre Stimme hatte etwas an sich, wovon ich mir sicher war, dass ihr kein Mann widerstehen konnte. Sie war rau, aber anders als die von Lexa. Erotischer, sanfter, femininer.
»Freut mich, Sie kennen zu lernen, Mrs. Dubrovsky. Sie haben ein wundervolles Haus.«
»Dieser Teil des Hauses ist wundervoll, ja, aber das Obergeschoss muss noch etwas aufpoliert werden. Sie können sich ja gleich selbst ein Bild davon machen.«
»Gerne. Ich gebe mein Bestes, um ihnen dabei behilflich zu sein.«
»Davon bin ich überzeugt, meine Liebe«, zwinkernd wandte sie mir kurz den Rücken zu und stellte sich hinter die Bar, die in einer Ecke, gegenüber von mir, stand.
»Möchten Sie etwas trinken? Ein Glas Wein vielleicht, oder Champagner?«
»Nein, danke«, lehnte ich ab, »wenn es ihnen Recht ist, würde ich mich lieber gleich an die Arbeit machen. Trinken können wir dann bei der Einweihungsfeier.«
Oh, Verdammt!
Ich war mir sicher, dass ich über mein Ziel hinaus geprescht war und den Termin, noch bevor er begonnen hatte, schon vermasselte. Da lächelte sie mich, ein Glas Whiskey an den

vollen rot bemalten Lippen angesetzt, an.
»Sie tragen ihr Herz auf der Zunge, Kleines. Das gefällt mir«, sie trank einen Schluck von der bernsteinfarbenen Flüssigkeit und schlenderte aus dem Raum, auf den schier endlos langen Flur hinaus. Folgsam tat ichs ihr nach und ging hinter ihr her. Annette führte mich ins Obergeschoss des Gebäudes, welches völlig leer geräumt war. Insgesamt waren es fünf Räume, die ich, falls sie mir den Auftrag zusagen würde, gestalten müsste. Die Wände waren, wie im Erdgeschoss ebenfalls, alle weiß gestrichen. Gedanklich hakte ich bereits die Malerarbeiten von der Liste in meinem Kopf. Annette erläuterte mir ihre Vorstellungen. Als ich ihr meine eigenen Ideen präsentierte, hörte sie mir wiederum aufmerksam zu.

Ich hatte mich bereits so sehr in dieses Projekt rein gesteigert, dass ich schon Bilder von verschiedenen, passenden Möbelstücken, den Tapeten und den Böden im Kopf hatte. Das war es, weswegen ich meinen Job so sehr liebte. Der Fantasie waren keine Grenzen gesetzt.
Der Rundgang war nach etwas dreißig Minuten wieder beendet. Als wir wieder hinab ins Wohnzimmer gingen, konnte ich die Anspannung, die in der Luft lag, förmlich spüren.
»Also Mrs. Dubrovsky, was halten sie davon?«, fragte ich sie selbstbewusst. Wie man sich vorstellen kann, war ich natürlich innerlich furchtbar am zittern. Ich wollte diesen Job so sehr, hoffte inständig auf eine vernünftige Zusage. Sie durfte mir meine Nervosität auf gar keinen Fall ansehen. Also mimte ich die coole, professionelle Geschäftsfrau und wartete auf die Beantwortung meiner Frage.
»Ich will ehrlich mit Ihnen sein, Samantha. Ich habe bereits einige Architekten, die sich für dieses Projekt hier interessieren und wie die Geier nur darauf warten, sich darauf stürzen zu können«, gelassen nahm sie eine Kippe aus der kleinen Schachtel, die auf dem Glastisch vor dem Designersofa lag und nahm einen tiefen Zug.
»Ich verstehe«, wie ein Kartenhaus stürzte all die Hoffnung, die bildlichen Vorstellungen und mein anfänglicher Ehrgeiz,

in sich zusammen. Ich wusste es. Schon mein erster Satz hatte es vermasselt und meine Chance, auf meinen persönlichen Durchbruch, den Bach runter gejagt. Ich wollte mich gerade verabschieden, als mich ihre Stimme noch einmal zurückhielt und mich aufblicken ließ.

»Nicht so eilig, Kleines, ich war noch nicht fertig. Was ich damit sagen wollte, ist, dass sie sich verdammt anstrengen und ihre gesamte Energie in ihre Arbeit stecken müssen. Wenn sie denken, dass sie das können, dann haben sie den Job.« Ich war völlig sprachlos. Das war einer der Momente, wo man am liebsten laut los schreien und im Kreis tanzen möchte. Doch meinen Manieren sei Dank, hob ich mir eine solche Show doch lieber für Zuhause auf.

»Ich freue mich, auf unsere Zusammenarbeit, Mrs. Dubrovsky«, grinsend reichte ich meiner künftigen Auftraggeberin die Hand.

»Lassen Sie mir sämtliche Unterlagen und den Vertrag zukommen, ich werde ihre Chefin anrufen und ihr Bescheid geben, dass sie den Auftrag bekommen haben.«

Als mich der Gorilla von vorhin wieder zur Tür gebracht hatte und mein Gehirn mit frischem Sauerstoff durchflutet wurde, merkte ich erst, wie angespannt ich die ganze Zeit gewesen sein musste. Ich lehnte mich an mein Auto und zündete mir eine Zigarette an, als ein junger, wahnsinnig gut aussehender Mann an mir vorbei und direkt zu dem Haus schlenderte, aus dem ich selbst vor nur wenigen Minuten rausspaziert war.

Er blickte mich kurz an und ging, scheinbar unbeeindruckt von mir, weiter. Doch mich traf diese Begegnung wie ein Blitz. Völlig perplex und aufgewühlt sah ich ihm hinterher.

Normal hielt ich nichts von Frauen, die fremden Männern mit offenem Mund hinterher starrten, doch in diesem Augenblick konnte ich nicht anders. Mr. Unbekannt war einfach zu schön, um ihm nur einen einzigen Blick zu schenken. Er war in etwa einen Kopf größer als ich, ging, seinem strammen, schlanken, Körper nach zu urteilen, mehrmals pro Woche zum Sport und hatte etwas an sich, was mich magisch anzog.

Bestimmt war er, wie Annette auch, wohlhabend. Wie sonst

könnte er sich den teuren Sportwagen, aus dem er noch vor wenigen Minuten ausgestiegen war, leisten?

Er eilte die paar Treppen zum Haus hoch, nahm zwei Stufen gleichzeitig, fuhr sich durch die dunkelblonden, schick gestylten Haare, steckte eine Hand in die Tasche der grauen Anzughose und klingelte.
Der Fremde musste nicht lange warten, als sich die Türe auch schon öffnete und Annette persönlich am Eingang stand und ihn mit einer herzlichen Umarmung, die seinerseits, so hatte ich zumindest den Eindruck, etwas kühler ausfiel, begrüßte. Zusammen gingen sie hinein.
Gedankenverloren blickte ich noch ein Weilchen auf die verschlossene Tür, sog den letzten Rest Nikotin aus der Kippe in meiner Hand, ehe ich den abgebrannten Stummel in eine Pfütze vor mir schnippte und in meinen Wagen stieg.
Das Meeting mit Annette kostete mich mehr Zeit, als ich anfangs vermutet hatte. Mittlerweile hatte ich schon fast Feierabend und somit den versprochenen Lunch mit Cherry schon längst verpasst. Spontan entschied ich, gleich zu mir nach Hause zu fahren, mich frisch zu machen und mich danach noch mit meinen zwei Freunden zu treffen. Einen Grund zum Feiern hatte ich ja nun allemal.

ZWEI

Wie es meine schmerzenden Schläfen am nächsten Morgen bewiesen, hatten wir eindeutig zu viel gefeiert. Luke und Cherry hatten mich, trotz dem Wissen, dass Alkohol einer meiner größten Feinde war, total abgefüllt. Müde rieb ich mir den Schlaf aus den Augen und tappte ins Bad, um mich für den bevorstehenden Arbeitstag fertig zu machen. Ich war gerade in meine Jimmy Choos geschlüpft, als auch schon mein Telefon klingelte. Lexa.
Schnell drückte ich den Anruf weg, ließ das Smartphone in meine Tasche fallen und verließ schleunigst das Haus. Ich hatte absolut keinen Bock, mich schon vor Arbeitsbeginn mit dieser unberechenbaren Frau herum zu schlagen.
»Samantha – a –aa..!«, noch bevor ich ihre Stimme hörte, spürte ich bereits, dass sie nur noch wenige Schritte von mir entfernt war. Genervt sah ich zu Cherry, die sich aufgrund der Grimasse, die ich zog, grinsend hinter ihrem Computerbildschirm versteckte.
Dann wandte ich mich zu Lexa um. Sie stand bereits gefährlich knapp hinter mir und musterte mich von Kopf bis Fuß.
»Guten Morgen, Miss«. Der Klang meiner Worte war so süß, dass meine Begrüßung nur so vor Lieblichkeit triefte. Der Drache im schwarzen Versace Kleidchen nickte wortlos zur Tür ihres Büros und stöckelte darauf zu. Ich verstand. Ahnungslos darüber, was mich nun schon wieder erwarten würde, folgte ich ihr.
»Samantha, so wie es aussieht, haben wir heute etwas zu feiern«, sie strahlte übers ganze Gesicht, ging zu dem breiten, weiß lackierten Tisch, der den Raum beherrschte und reichte mir eines der beiden Champagner Gläser. Zwinkernd prostete sie mir zu.
»Auf dass sie diesen Auftrag mit Bravour abschließen werden.« Ich war schon fast peinlich berührt und hoffte inständig, dass mir nicht auch noch die Röte ins Gesicht stieg.
»Das werde ich, Mrs. Stawford«, ich nahm einen Schluck von dem prickelnden, flüssigen Gold aus meinem Glas und stell-

te es wieder auf dem Tisch ab.« »Ich hoffe, Sie sind mir nicht böse, wenn ich mich auch gleich an die Arbeit mache. Mrs. Dubrovsky erwartet bereits die ersten Ideenvorschläge von mir und ich will sie auf keinen Fall enttäuschen.«
»Natürlich nicht. Gehen sie nur«, sie nickte, lächelte mich aufmunternd an und machte sich schließlich selbst auch wieder an die Arbeit.

Mein Kopf brummte immer noch, als ich an meinen Schreibtisch zurück marschierte. Umso dankbarer war ich für die Flasche Wasser und die Kopfschmerztablette, die Cherry mir schmunzelnd an den Tisch brachte.
Die Stunden bis zur Mittagspause verflogen wie im Flug. Ich stellte den Vertrag für Mrs. Dubrovskys Auftrag fertig, erstellte mir ein paar Skizzen und trudelte um kurz nach zwölf Uhr in der Cafeteria ein, wo ich bereits von Cherry und Luke erwartet wurde.
Wie beinahe jeden Tag, war Luke wieder damit beschäftigt, den Frauen den Kopf zu verdrehen. Sein heutiges Opfer war unsere neue Praktikantin. Noch keine zwanzig Jahre alt, kurvig, platinblond und so wie es aussah, deutlich von Lukes Aussehen angetan.
Was man ihr ja auch keinesfalls verübeln konnte, denn für seine zweiunddreißig Jahre, sah Luke richtig gut aus. Er hatte einen guten Körperbau, war braungebrannt und die bis zur Schulter reichenden Tattoos, die seine Arme zierten, mochten auf so manche Frau eine magische Anziehungskraft haben. Im Vergleich zu anderen, besaß ich eine gewisse Immunität, was Lukes reizende Ausstrahlung anging. Was aber bestimmt größtenteils daran lag, dass ich in Luke von Anfang an nur einen Freund gesehen habe. Während ich mir an der Theke eine Tasse Kaffe und einen Muffin orderte, beobachtete ich, wie Cherry Peter, dem Kerl aus unserer Planungsabteilung, zuzwinkerte und sich dabei lasziv etwas Milchschaum von der Oberlippe leckte.
»Herr Gott noch mal, ihr beiden seit unmöglich«, lachend nahm ich neben den beiden Flirtsüchtigen Platz und streu-

te Zucker in meinen Kaffee, zwei winzig kleine Portionen, um genau zu sein.
Für gewöhnlich trank ich meinen Kaffee nur mit einem Schuss Milch, aber bei dem Getränk, was sie einem in der Cafeteria hier als Kaffee andrehten, brauchte man den Zucker, um den Spülwasser ähnelnden Geschmack zu überdecken.
»Wir können ja wohl nicht genauso prüde sein wie du, Sam.«
Luke riss sich mit einem Mal von der jungen Blondine los und warf Cherry für ihre Bemerkung einen bösen Blick zu.
»Lass das, Cherry!«
»Aber es ist doch wahr. Sam, hast du dich seit Paul denn jemals wieder mit einem Mann getroffen?«
»Klar, ich war mit Simon im Kino«, ich hasste es, wenn sie meine Vergangenheit aufwühlte. Angesäuert nahm ich einen Schluck von meiner Coke.
Mit einem Mal prusteten die beiden los und konnten schon fast nicht mehr aufhören zu lachen.
»Simon ist seit Jahren dein Nachbar und wir wissen alle, dass seine einzige Liebe seinem Computer und den, von ihm selbst programmierten, Computerspielen gilt.«
Bei ihren Worten musste selbst ich lachen. Ganz Unrecht hatte Cherry damit nicht. Simon war wirklich ein Freak, aber ich mochte ihn und war froh darüber, ihn hin und wieder als kleine Ausrede verwenden zu können, falls die zwei Meisterkuppler mir wieder auf den Nerv gingen.
»Mit dem neuen Projekt habe ich so oder so keine Zeit für irgendwelche Bettgeschichten«, antwortete ich eine Spur zu schnippisch. Damit hatte sich dieses Thema für mich auch schon wieder erledigt.
Zwanzig Minuten später hatte ich meine Unterlagen auch schon auf den Beifahrersitz meiner einzig wahren Liebe gepackt und war auf dem Weg nach Chelsea, wo ich mit Annette verabredet war.
Diesmal stand der Gorilla bereits an der Tür, als ich ankam. Ohne sich auch nur vom Fleck zu bewegen ließ er mich eintreten. Hatte ich mich getäuscht, oder wurde sein Gesichtsausdruck allmählich freundlicher? In meine Gedanken vertieft

zuckte ich mit den Schultern und ging ins Wohnzimmer, wo ich eigentlich Annette erwartet hatte.
Stattdessen fand ich dort genau den Mann vor, der mich vor nicht einmal vierundzwanzig Stunden, nur mit einem einzigen Blick, völlig aus dem Konzept brachte. Ich wollte etwas sagen, doch ich stand nur wie angewurzelt da und brachte kein Wort heraus. Es war, als würde ich alles um mich herum plötzlich vergessen und nur eines sehen. Ihn. Sein atemberaubender Anblick ließ mich ganz vergessen, weswegen ich eigentlich hier war. Selbst wenn ich mich normalerweise nicht zu den Frauen zählte, die eine Schwäche für Anzugträger hatte, konnte ich meine Augen nur schwer von dem muskulösen Körper lösen, der sich unter dem teuren Zwirn unübersehbar verbarg.
»Sie müssen wohl Mrs. Strong sein.«
Mit einem Mal wurde ich wieder in die Realität zurück katapultiert. Ich räusperte mich, wollte meine Verwirrung vertuschen und klammerte meine Finger noch fester um die mitgebrachten Unterlagen in meinen Händen.
»Richtig. Samantha Strong«, ich setzte mein schönstes Lächeln auf und reichte dem Unbekannten meine Hand, »Und Sie sind?«
»Schön, Sie kennen zu lernen, Samantha. Ich bin Miles, Miles Taylor.«
»Entschuldigen Sie mir die Frage, Mr. Taylor.
Aber soweit ich mich erinnere, war ich mit Mrs. Dubrovsky verabredet. Wissen Sie, wo ich sie finden kann?«
Ich wusste nicht warum, aber die Gegenwart dieses Mannes machte mich sichtlich nervös. Am liebsten hätte ich meine Papiere auf den breiten Sekretär gelegt und wäre verschwunden. Doch davon konnte ich nur träumen.

Die Hände in die Hosentaschen gesteckt, sah er mich an. Genauso stand er auch gestern vor der Haustür, erinnerte ich mich zurück
»Nennen sie mich doch bitte Miles, Samantha«, er lächelte, »was Annette betrifft, ihr kam noch ein äußerst wichtiger Ter-

min dazwischen, deswegen müssen sie nun wohl oder übel mit meiner Wenigkeit vorlieb nehmen«, lässig wandte er sich um und machte es sich auf der, mit weißem Leder bezogenen, Couch gemütlich. Auffordernd klopfte er auf den leeren Platz neben sich.
Auch das noch.
Am liebsten hätte ich mich an die Bar, am anderen Ende des Raums gesetzt, um möglichst weit aus dem Gefahrenbereich zu verschwinden. Doch aus Höflichkeit und einem gewissen Maß an Anstand, den ich besaß, folgte ich seiner stummen Aufforderung und setzte mich, neben ihn. Die nächste halbe Stunde war die reinste Qual für mich. Ich zwang mich selbst dazu, mich zusammen zu reißen und mich nicht von meinem Vorhaben, die ersten Pläne zu präsentieren, ablenken zu lassen.
Also versuchte ich, mich auf die Pläne vor mir zu konzentrieren, doch er machte es mir nicht leicht. Sein Arm berührte mich immer wieder, wie durch Zufall. Jedes Mal stand ich dabei schier in Flammen. Mir wurde klar, dass dieser Mann gefährlich war, viel zu gefährlich.
Allein schon die Tatsache, dass er ganz offensichtlich der Liebhaber meiner Auftraggeberin war und seine Anwesenheit mich völlig aus der Bahn warf, brachte alle Alarmglocken in mir zum Läuten.
Ich musste hier weg. Und zwar schleunigst.
»Ich wäre Ihnen sehr dankbar, wenn Sie den Vertrag an Mrs. Dubrovsky weiterleiten könnten, Mr. Taylor. Ich werde mich dann einfach telefonisch bei ihr melden, um weiteres zu besprechen.«

Gespielt gelassen reichte ich ihm die Papiere, stand auf und verabschiedete mich höflich, wobei mir seine Hand in meiner abermals einen Schauer über den Rücken jagte.
Angespannt ließ ich mich von dem glatzköpfigen Gorilla zur Tür begleiten und atmete erst im Auto wieder tief durch.
Verflucht noch mal! Was zum Teufel war das denn?
Ich wusste nicht, weswegen ich mich mehr aufregen sollte.

Wegen mir, weil ich zugelassen hatte, dass meine kühle Fassade langsam, aber sicher, zu bröckeln begann, oder wegen diesem aufgeblasenen Typen, der sich seiner Wirkung auf Frauen durchaus bewusst war und das auch noch schamlos ausnutzte.
Eine Zigarette und ein paar Minuten später machte ich mich auf den Weg nach Hause und beschloss, dem Ärger später bei meinem Krav Maga Training Luft zu machen. Bis dahin erledigte ich den Rest meiner Arbeit zu Hause und versuchte, nicht länger an Miles zu denken.
Am nächsten Morgen checkte ich noch im Bett meine E - Mails. Annette hatte mir bereits Bescheid gegeben, dass ich den Vertrag bereits wieder abholen konnte und wir verabredeten uns in dem Penthouse, um die ersten Abmessungen zu machen.
Als ich unter der Dusche stand hoffte ich inständig, dass Miles ihr nichts von meinem schnellen Abgang am Vortag erzählte und schließlich machte ich mich auf zur Arbeit. Cherry wartete bereits auf mich und war nicht gerade erfreut darüber, dass sie nun, anstatt mir, zum Skizzieren verdonnert wurde.
Ich schenkte ihr ein entschuldigendes Lächeln und machte mich gleich daran, die Muster für eine Vorauswahl der Vorhangstoffe zu bestellen. Das riesige Sortiment fesselte mich so sehr an sich, dass ich Miles erstmal erfolgreich aus meinem Kopf verbannen konnte.
Wie sich herausstellte, machte ich mir völlig umsonst Gedanken, was Annette Dubrovsky anging. Wir trafen uns zum Lunch, plauderten fröhlich über den neuesten Promiklatsch und nachdem ich hinterher noch Maß an den Räumlichkeiten nahm, war die Zeit nur so an mir vorbeigerauscht.
Ich beeilte mich. Machte auf dem Heimweg noch einen Stopp im Büro, um die notierten Maße in der Grafikabteilung abzugeben und bestand darauf, den genauen Plan der Wohnung am nächsten Tag auf meinem Schreibtisch vor zu finden.
Erst zu Hause bemerkte ich, was ich für einen anstrengenden Tag hinter mir hatte. Erschöpft schlüpfte ich aus meinen Heels, tappte ins Badezimmer, um mir ein Schaumbad ein zu lassen und machte im Anschluss etwas entspannende Musik

an und gönnte mir dabei ein Glas Rotwein.

Das Glas in der Hand tappte ich auf nackten Füßen zurück ins Badezimmer, nippte an meinem Wein und stellte ihn auf dem weißen Waschtisch ab. Behutsam löste ich meine langen Haare aus dem französischem Knoten, es fühlte sich so befreiend an. In weichen Wellen fielen sie mir über die Schultern.

Ich blickte in den Spiegel, während meine Hände hinter meinem Rücken nach dem Reißverschluss des engen, dunkelroten, Bleistiftrocks tasteten, den ich trug. Geräuschlos glitt er zu Boden.

Der Duft von Mandeln und Honig breitete sich in dem Raum aus und während der Dampf des heißen Wassers langsam an dem hohen, schwarz gerahmten Spiegel hoch kroch, knöpfte ich meine weiße Bluse auf und schlüpfte aus dem gleichfarbigen Bh, der meine üppigen Brüste verdeckte.

Ehe ich das rauschende Wasser abstellte, hakte ich meine Daumen in den Saum des dazu passenden, transparenten Spitzenhöschens ein, das ich trug und streifte es über meinen wohlgeformten Po hinab, über die Beine, runter zu meinen Füßen.

Das Glas Rotwein stellte ich an den breiten Wannenrand.

Mit einem Mal war der Stress des vergangenen Tages vergessen. Mit der Stimme von Weekend in meinen Ohren und geschlossenen Augen, lag ich letztendlich fast eine ganze Stunde in dem angenehmen Nass.

Danach schlüpfte ich, in ein xxl shirt gehüllt, unter die Bettdecke und schlief ein.

DREI

Die nächsten zwei Wochen rauschten wie von Zauberhand an mir vorbei. Ich verbrachte mittlerweile fast jeden Tag in Annettes Penthouse und war heilfroh darüber, Miles nicht über den Weg gelaufen zu sein. Gleichzeitig fragte ich mich jedoch wieder, ob er tatsächlich ihr Geliebter war, oder ich mir diesen Unsinn nur einredete?
Mittlerweile hatte sich zwischen der Millionärin und mir eine kleine Freundschaft entwickelt. Sie lud mich zu dem einen oder anderen Charity Event ein und ließ mich etwas an dem Luxusleben schnuppern, das sie führte.
Lexa hielt sich, wie versprochen, voll und ganz aus dem Projekt raus, wir besprachen lediglich einmal die Woche alle Neuigkeiten und Fortschritte, während der Rest der Arbeit weiterhin in meinen Händen lag.
Am Mittwoch war ich gerade dabei, die neuen Handwerker in ihre Arbeit einzuweisen, als Annette auf ihren hohen Schuhen strahlend auf mich zukam.
»Guten Morgen, meine Liebe«, Sie küsste mich auf beide Wangen und sah sich in dem Raum um.
»Du hast nicht nur ein Händchen für die Raumgestaltung, sondern auch für die Auswahl der Arbeiter«, scherzte sie und schmunzelte vor sich hin.
Ich musste grinsen. Natürlich war mir nicht entgangen, dass jeder der Handwerker ein Augenschmaus für jede Frau war, jedoch hatte ich sie nicht wegen ihres Aussehens eingestellt, sondern wegen der guten Arbeit, die sie verrichteten.
»Das dachte ich mir schon, dass dir die gefallen werden«, ich lächelte sie an und widmete meine Aufmerksamkeit wieder den Plänen, die mit etwas Klebeband an einer Wand angebracht wurden.
»Sam«, ihre Stimme ließ mich aufhorchen, »am Wochenende findet in der Saatchi Gallery eine Vernissage für den guten Zweck statt. Ich möchte mich nur ungern allein den vielen Langweilern dort stellen. Würdest du mich begleiten?«
Ich war überrascht über ihre Einladung. Nichts desto Trotz

freute ich mich jedoch sehr darüber und sagte zu.
»Gut, dann schicke ich dir am Samstag um zwanzig Uhr einen Wagen vorbei, um dich abzuholen«, sie zwinkerte noch einem jungen smarten Mann zu, der sich gerade mit einem Vorschlaghammer bewaffnete und verließ den Raum.
Als ich am späten Nachmittag wieder ins Büro kam, erzählte ich Cherry davon. Ich wusste nicht weshalb, aber ich war jetzt schon wahnsinnig aufgeregt deswegen.
»Süße, das schreit nach einer Shoppingtour.« Mir war schon im Vorhinein klar, dass sie das sagen würde. Ich stimmte ihrem Vorschlag zu und machte mich wieder an die Arbeit.
Wir verabredeten uns schließlich für Freitag. So konnte ich mich bis dahin noch um die italienischen Möbel kümmern, auf die Annette bestand.
Es dauerte tatsächlich zwei Tage, bis ich die Neuanfertigung eines zweieinhalb Meter langen Tisches aus schwarzem Ebenholz und acht dazu passende Stühle anordern konnte. Der Italiener, mit dem ich sprach, raubte mir beinahe den letzten Nerv und so war ich heilfroh, als der Freitag im Büro langsam zu Ende ging und ich mich mit Cherry ins Londoner Stadtleben stürzen konnte.
Ich liebte diese Stadt. Die Menschen, die Kultur, einfach alles was sie zu bieten hatte. Den üblichen Vorsatz, mir nur das zu kaufen, was ich benötigte, sprich, ein neues Kleid und ein Paar Schuhe, schmiss ich schon im ersten Laden über Bord. Am Ende des Tages stolperte ich mit sechs prall gefüllten Tüten in meine Wohnung. Ich war völlig k.o..
Meine Fußballen schmerzten, der Kopf war voll mit Cherrys Geschichten.
Abgeschminkt und in meine Decke und die vielen kleinen Kissen gekuschelt, ließ ich den Tag Revue passieren und musste schmunzeln, als ich an den erstaunten und fast peinlich berührten jungen Kellner dachte, dessen Blick an Cherrys tief ausgeschnittenem Oberteil hängen blieb.
Sie hatte seinen stieläugigen Blick bemerkt und ihn danach unverblümt gefragt, ob er denn was besonderes zwischen ihren Brüsten sucht.

Prompt stieg dem jungen Herrn die Röte ins Gesicht. Allem Anschein nach schämte er sich so sehr, dass er unseren Tisch an seinen Kollegen weitergegeben hatte.
Stunden später mussten wir immer noch über die Situation lachen.
Ich liebte solche Nachmittage mit Cherry.
Mittlerweile kannten wir uns schon knapp zehn Jahre. Wir hatten zusammen studiert, lebten eine Weile lang mit drei chaotischen Typen in der selben WG und fingen schließlich beide in der selben Firma an zu arbeiten. Wir waren buchstäblich unzertrennlich. Auch wenn wir in manchen Dingen völlig unterschiedlich waren.
Ich war immer schon eine Realistin gewesen, während sie in jeder Situation optimistisch war und stets die rosarote Brille trug. Mit ihren achtundzwanzig Jahren hatte sie noch nie eine richtige Beziehung geführt, wobei ich bereits sechs meiner neunundzwanzig Jahre mit einem Mann verschwendet hatte, der sich letztendlich als eine bittere Enttäuschung erwies.
Paul Carry war auch der Grund, weshalb ich mir schwor, mich nie wieder so sehr auf einen Mann einzulassen, wie ich es bei ihm tat.
Ich hing noch eine Weile meinen Gedanken nach und fühlte, wie mich der Schlaf allmählich in die Tiefen meiner Träume hinab zog.
Den Samstag begann ich erst recht spät. Ich blieb solange, wie nur möglich, in meinem wohlig, warmen Bett liegen und setzte erst einen Fuß aus dem Bett, als mein Handy mehrmals vibrierte und Annette mich zu einem Termin im Beautytempel einlud.
»Hallo, Kleines«, begrüßte sie mich, als ich eine halbe Stunde später, frisch geduscht und in Jeans und einer dunkelroten Bluse, den Salon betrat.
Es war das erste Mal dass ich die Halbrussin ungeschminkt sah. Sie lag bereits entspannt auf einem dieser bequemen Stühle, auf denen man am liebsten den ganzen Tag sitzen bleiben würde. Sie wies einer der vielen Stylisten, die sich in dem Schuppen tummelten an, sich um mich zu kümmern und

lehnte sich wieder entspannt zurück.
Ich genoss die Aufmerksamkeit, die mir geschenkt wurde. Überrascht staunte ich nach geschlagenen dreieinhalb Stunden, über die völlig andere Sam, die mir aus dem Spiegelentgegen grinste.
Es sah grandios aus!
Und nein. Dieser Ausdruck war nicht übertrieben. Ich sah tatsächlich fantastisch aus. Meine lange, blonde Mähne fiel mir, anders als sonst, in voluminösen Locken über die Schultern. Das Make up war dezent und wurde perfekt auf meinen olivfarbenen Teint abgestimmt und die frisch manikürten Fingernägel vollendeten das Kunstwerk schließlich.
»Ich danke dir«, freudestrahlend schenkte ich ihr eine Umarmung und wir traten wieder auf die Straße hinaus.
»Gern geschehen, meine Liebe.«
»Ich werde dich noch nach Hause bringen lassen, wir sehen uns dann um acht«, sie zwinkerte mir zu und gab dem Chaffeur der Limousine die Anweisung, mich zu meiner Wohnung zu fahren.
Den Rest des Tages verbrachte ich damit, mich durch Zeitschriften zu blättern, ein paar Skizzen anzufertigen und schließlich damit, mich für das bevorstehende Event fertig zu machen. Ich schlüpfte in ein paar halterlose, schwarze Seidenstrümpfe, zog mir das dunkle Abendkleid über die Hüften, checkte ein letztes Mal mein Spiegelbild und stieg schließlich, um Punkt acht Uhr, in die glamouröse Limousine, die mir Annette vor die Tür bestellte.
Voller Euphorie genoss ich die Fahrt zur Saatchi Gallerie.
Als der Wagen nach kurzer Zeit zum stehen kam, zupfte ich nervös mein Kleid zurecht und warf noch einen schnellen Blick in meinen Kosmetikspiegel. Perfekt.
James, der Chauffeur, öffnete mir galant die Türe und mit einem Mal waren dutzende Kameralinsen auf mich gerichtet.
Noch bevor ich wusste, wie mir geschah, stand Annette auch schon neben mir. Zusammen schwebten wir über den ausgerollten roten Teppich und schenkten den hungrigen Paparazzi ein falsches Lächeln nach dem anderen.

Als wir endlich in der Eingangshalle des Museums standen, drehte sie sich zu mir um und begrüßte mich mit jeweils einem Kuss auf jede Wange.
»Samantha, du siehst fantastisch aus«, ihr Blick scannte mich vom Haaransatz bis hinab zu den Jimmy Choos, die ich trug.
»Das Kompliment kann ich nur zurückgeben, Annette«, sie sah tatsächlich fabelhaft aus, kein Wunder, dass sich die Fotografen wie die Geier auf sie stürzten, sie war schlichtweg eine der schönsten Frauen, die an diesem Abend anwesend war.
Ich wollte mich gerade für den Fahrservice bedanken, als ihr Blick über meinen Kopf hinweg schweifte und sich ein unverfälschtes Lächeln auf ihrem gepuderten Gesicht breit machte.
»Miles, wie schön, dich zu sehen«, sie legte mir entschuldigend die Hand auf meine Schulter und wandte sich von mir ab.
Bei ihren Worten stockte mir der Atem. Das Blut rauschte mir in den Ohren und mein Puls erhöhte sich.
Verdammt!
Warum musste dieser Kerl ausgerechnet jetzt hier auftauchen? Ich wollte ihm doch aus dem Weg gehen.
Notgedrungen holte ich tief Luft und wandte mich dann doch zu den beiden um.
Sein Blick ging durch Annette hindurch und traf mich wie der Blitz. Es war, als würde er sich bis tief in mein Innerstes bohren.
»Samantha, wie schön, Sie wieder zu sehen«, er wirkte gelassen und cooler, wie eh und je, küsste mir zur Begrüßung den Handrücken und setzte sein übliches Zahnpasta Lächeln auf.
Ich versuchte, die Fassung zu bewahren, begrüßte ihn höflich. Doch es dauerte nich lange, bis ich die Flucht ergriff. Entschuldigend machte ich mich auf die Suche, nach etwas alkoholischem.
Jetzt war ich also auf einem Event, zu dem mich meine Auftraggeberin eingeladen hatte und flüchtete vor ihrem Liebhaber, dessen Anwesenheit mich völlig aus dem Konzept brachte. Das war eindeutig mein neuer Tiefpunkt.

Ich leerte gerade mein drittes Glas Champus, als sich ein, für meinen Geschmack, viel zu reifer Herr neben mich gesellte.
»Eine schöne Ausstellung, nicht wahr?«, sein Versuch, lasziv zu wirken, scheiterte. Stattdessen machte es mir mehr den Anschein, als würde ihm diese Frage nur schwer von den Lippen gehen.
»Ja, ganz wundervoll«, ich versuchte, mich auf das Gespräch zu konzentrieren und stellte mich ihm schließlich vor.
»Samantha Strong.«
Das Eis schien nun endgültig gebrochen zu sein. Sein Lächeln erreichte nun auch seine grünen, mit kleinen Fältchen umrandeten, Augen.
»Freut mich, Samantha, ich bin Charles, Charles Lesther«, zwinkernd prostete er mir mit seinem Glas zu.
Die Galerie füllte sich allmählich, leise Musik hallte aus den Lautsprechern und Künstler diskutierten über ihre Gemälden und Skulpturen.
Aber ich konnte mich auf nichts davon konzentrieren, meine Augen wanderten immer wieder zu Miles, der sich gerade angeregt mit einer Gruppe Finanzberater unterhielt.
Charles versuchte mich weiterhin in ein Gespräch zu verwikkeln, ich lächelte, antwortete ihm kurz und knapp und hatte, wenn ich ehrlich zu mir sein sollte, gar keine Lust darauf.
Je mehr Alkohol floss, umso aufdringlicher wurde er. Im Gegensatz zu vorher, wo er noch zurückhaltend die Hand in der grauen Hosentasche und den Blick auf den Boden gerichtet vor mir stand, versuchte er mich jetzt bei jeder Gelegenheit zu berühren. Ich wich schon bei der kleinsten Berührung einen Schritt zurück, fühlte mich nicht mehr wohl und obwohl ich weg wollte, ließ er mich nicht gehen.
Plötzlich ging alles rasend schnell.
Ein halb volles Champagnerglas fiel zu Boden und ich sah nur noch Miles, der Charles am Hemdkragen packte und gegen eine Marmorsäule presste. Er knurrte dem aufdringlichen Mann etwas ins Ohr, ließ ihn los und eilte schließlich wieder auf mich zu. Mein Herz raste wie verrückt und drohte aus meiner Brust zu springen. Das Spektakel blieb, Gott sei Dank,

von den meisten Besuchern unbemerkt, so hatte ich nicht das Gefühl, von jedem angestarrt zu werden.
»Komm mit!«, Miles packte mich am Arm und zerrte mich schließlich hinter sich her zur Garderobe. Ich war völlig überrumpelt und obwohl mir danach war, aus vollem Hals zu schreien, brachte ich kein einziges Wort aus meinem Mund.
Stattdessen nickte ich beim hinausgehen noch ein paar Leuten entschuldigend zu und nahm an der Garderobe dankend meine Jacke entgegen. Miles nahm sie mir aus der Hand und legte sie behutsam über meine Schultern.
Das war jedoch auch die einzige zärtliche Geste, die er mir erwies, kurz darauf schob er mich auch schon wieder grob weiter, in Richtung Ausgang.
»Warte hier!«, ich konnte mir selbst nicht erklären warum, aber ich blieb auf der Stelle stehen, schlüpfte in die Ärmel meines marineblauen Mantels und steckte mir in der Zwischenzeit eine Zigarette an.
Die Kälte kroch an meinen, mit dünner Seide bekleideten, Beinen empor und der Tabakrauch vermischte sich mit der klaren, kühlen Nachtluft.
Ich schnippte gerade den Kippen Stummel in eine Wasserpfütze vor mir, als ein schwarzer, meiner Ansicht nach viel zu protziger, Geländewagen um die Ecke bog und letztendlich vor meinen Füßen zum stehen kam. Die Fahrertüre öffnete sich und Miles schlenderte ultra lasziv um den monströsen Wagen und öffnete mir die Beifahrertür, um mich anschließend auf den Sitz zu hieven.
Mit dem rollenden Fahrzeug fand ich endlich meine Stimme und somit auch meinen Verstand wieder.
»Was zum Teufel machst du da?«, mein aggressiver Tonfall berührte ihn kein bisschen, starr blickte er, mit unverändert gelassener Miene, auf die von Laternen und Ampeln beleuchtete Straße vor uns.
»Ich bringe dich nach Hause.«
Mein Puls stieg weiter an. Ich war hin und her gerissen zwischen der Wut in meinem Bauch und den lodernden Flammen, die mich und meinen Verstand zu verschlingen drohten.

Warum musste dieser Kerl auch so unglaublich sexy sein?
Seine Sturheit brachte mich einerseits zur Weißglut, auf der anderen Seite machte er mich jedoch wieder irrsinnig scharf.
Ich klammerte mich an meinem Sitz fest und atmete lautlos einmal tief durch, um die Kontrolle nicht noch weiter zu verlieren.
Das blieb jedoch nicht unbemerkt.
»Alles o.k, Sam? Soll ich anhalten?«, seine Mimik war plötzlich besorgt und weich, automatisch drosselte er die Geschwindigkeit.
»Ja! Du kannst anhalten, um mich hier abzusetzen«, diesmal wollte ich mich nicht von seinem Mr. Universe - Aussehen blenden lassen.
»Was zur Hölle bildest du dir eigentlich ein, mich so einfach aus dem Raum zu zerren, als wäre ich dein Eigentum?«
Für einen kleinen Moment dachte ich, dass ihn meine Worte ein wenig aus der Fassung brachten, doch ich wurde abrupt vom Gegenteil überzeugt.
»Wolltest du dich von diesem alten Sack vielleicht vögeln lassen?«, er funkelte mich kurz wütend an.
»Kein Problem Sam, ich kann dich gern zurück fahren, wenn du ihm den Spaß gönnen willst.«
Als wäre dies ein Startschuss gewesen, bremste er den Wagen auf der Stelle und machte kehrt. Für einen Augenblick dachte ich, mein Herz würde stehen bleiben.
»Verdammt noch Mal, Miles!«
»Willst du nun zurück zu dem Scheißkerl, oder darf ich dich nach Hause fahren, Sam?«
Er meinte es also ernst.
»Los, bring mich nach Hause«, mein leises Gemurmel war kaum zu hören, doch der Wagen setzte sich wieder in Bewegung.
Die einerseits knisternde Atmosphäre wurde andererseits von der Anspannung gedrückt, die sich auftat. Wir saßen noch etwa 15, ewiglang andauernde, Minuten im Wagen und hatten uns nichts mehr zu sagen. Mit zusammen gebissenen Zähnen sah ich beim Seitenfenster raus und sehnte mir das Ziel unserer Fahrt herbei.

Die dürren Äste der Bäume, an denen wir vorbeirasten, wehten im Wind, Menschen torkelten aus Clubs und Bars, etliche Ampeln blinkten mal rot, mal grün oder mal gelb auf und schließlich erreichten wir den hell beleuchteten Parkplatz vor meinem Appartement.
Das monströse Fahrzeug kam zum Stehen.
Während der Fahrt hatte ich mir schon ausgemalt, wie ich aus dem Wagen springen und in mein Appartement hoch laufen würde, so schnell wie möglich weg von dem verrückten Kerl. Doch mit einer Hand raffte ich gerade mein langes Abendkleid hoch, um nicht zu stolpern, da wurde mir auch schon die Tür von außen geöffnet.
Galant ließ Miles mich aus dem Wagen steigen und schloss anschließend die Fahrzeugtür hinter mir. Mit dem Rücken an den schwarzen Lack gelehnt, kramte ich den Wohnungsschlüssel aus meiner Tasche.
Ich wollte mich soeben verabschieden und schnell davoneilen, als unsere Blicke sich trafen und er eine Hand auf dem Autodach abstützte und mir mit der anderen den Weg versperrte.
Ich spürte, wie sein hastiger, heißer Atem sachte meine Wange berührte und seine Hand kurz über meine kurvige Taille strich, ehe er sie wieder auf den Lack der Beifahrertür legte und mir tief in die Augen sah.
Ich verspürte den Drang, nach Luft zu schnappen, hatte das Gefühl, plötzlich zu schweben und konnte das Kribbeln, das sich auf einmal in meinem Bauch breit machte, noch nicht richtig deuten. Sein, nach frischer Minze duftender, Atem streifte meine vollen Lippen, für einen kleinen Moment war ich dazu verleitet, mit meinen Händen durch seinen dichten Bart zu streichen und ihn zu küssen.
Dieser Augenblick war so einmalig, dass es keine Worte bedarf, um auszudrücken, was da zwischen uns zu passieren drohte. Doch ich konnte es nicht.
Ich blickte ein letztes Mal fest in seine stahlblauen Augen, wandte mich ab und ging, ohne mich zu verabschieden, zur Tür.
Der Zauber war gebrochen.

VIER

Aufgewühlt von den Ereignissen des Abends tappte ich auf nackten Sohlen in die Küche und genehmigte mir noch ein Glas Cuvee. Der letzte Tropfen war bereits meine Kehle hinab geflossen, als ich beschloss ins Bett zu gehen und mich weg aus der Realität, die mir langsam über den Kopf zu wachsen drohte, in meine Träume zu flüchten.
Die restliche Zeit des Wochenendes belagerte ich die Couch, verkroch mich wieder einmal in meinem Schneckenhaus und sah fern. Nein, es war noch lange nicht so schlimm, wie es vielleicht klingen mochte, es war schlimmer. Fünf verflixte Jahre war es nun her, seitdem ich einen Mann so anziehend fand, wie Miles. Damals ließ ich mich auf das Abenteuer Liebe ein und wurde bitter enttäuscht.
Zudem wusste ich immer noch nicht, ob Miles nun tatsächlich mit Annette schlief, oder ich mir das bloß eingebildet hatte. Ich betete dafür, dass sie nicht all zu viel von Miles peinlichem Auftritt auf der Vernisage mitbekommen hatte, wenn doch, würde ich mich ab morgen um einen neuen Job kümmern müssen.
Letztendlich stand der Montag schneller vor der Tür, als mir lieb war. Und prompt musste ich mir doch noch den Kopf über Samstagabend und seine Folgen zerbrechen.
Mir graute davor, mich mit Annette zu treffen.
Auf dem Weg ins Büro machte ich einen kleinen Umweg und gönnte mir noch einen Coffee to Go aus meinem Lieblings Café. Leider konnte ich meinem bevorstehenden Arbeitstag nicht weiter entfliehen und trottete dann doch noch in das gigantische, weit in die Wolken ragende, Gebäude.
Larry, der Portier, begrüßte mich mit einem diskreten, freundlichen Nicken. Routinemäßig hielt ich meine Mitarbeiterkarte unter den Scanner und huschte eilig in den Aufzug. Gespielt lächelnd stöckelte ich auf meinen hohen Absätzen, vorbei an den vielen, mit Papierstapel voll geräumten Tischen, an meinen Arbeitsplatz.
Warf den beigen Wollmantel unachtsam über meine Sessel-

lehne und widmete mich den 3D Plänen, die mir, wie verlangt, bereits auf den Tisch gelegt worden waren. Für ein paar Stunden war ich so sehr in meine Arbeit vertieft, dass ich keinen Gedanken mehr an Miles und die Gefühle verschwendete, die er bei mir auszulösen drohte.

Ich machte mich soeben daran, meine Tasche für den in Kürze anstehenden Termin mit meiner Auftraggeberin zu packen, als mein Smartphone klingelte und ihr Name auf dem Display erschien.

Einmal tief durchatmend nahm ich den Anruf, deutlich gelassener als gedacht, entgegen.

»Annette, ich wollte mich gerade auf den Weg zu dir machen.«
»Gott sei Dank Liebes, ich dachte schon, wir würden uns nie wieder sehen, nachdem Miles dich in so eine peinliche Situation gebracht hat«, meine angespannten Muskeln lockerten sich. Sie hat also nichts von alldem bemerkt, was sich zwischen Miles und mir anbahnte.

Gott sei Dank.

So erleichtert war ich schon lange nicht mehr, doch noch einmal werde ich nicht mit so viel Glück gesegnet sein.

»Mach dir keine Sorgen, Annette. Wir sehen uns in zwanzig Minuten im Penthouse, ja?«
»In Ordnung, Sam. Bis gleich.«
Eilig schob ich das Telefon in ein Seitenfach meiner Tasche, schnappte mir meine Jacke und verabschiedete mich beim rausgehen noch bei Cherry, die soeben mit einem Stapel neuer Stoffmuster an mir vorüber eilte.

Ich war so erleichtert über Annettes Anruf, dass ich die Fahrt nach Chelsea damit verbrachte, sämtliche Songs von Kings of Leon lauthals mit zu trällern. Das mochte jetzt vielleicht so rüber kommen, als ob ich nun wieder völlig ausgeglichen war, was die Sache mit Miles und mich betraf. Doch das war nur der äußerliche Schein. Die Sache mit Miles und mir lag mir immer noch wie ein schwerer Stein auf dem Herzen. Mir war klar, dass sich das Problem »Miles« noch nicht erledigt und in Luft aufgelöst hatte, aber die Tatsache, dass Annette von alldem nichts ahnte, ersparte mir eine Menge Ärger, den ich

jetzt ohnehin nicht hätte brauchen können.
Ich parkte mein Baby vor dem schmiedeeisernen Tor und zwinkerte unabsichtlich geradewegs in die Linse der Kamera, die, und darauf hätte ich wetten können, das letzte Mal als ich hier war, noch nicht dort angebracht war. Man musste schon etwas genauer hinsehen, um das kleine unscheinbare Gerät zu entdecken, aber sicher war ich mir trotzdem.
Das gute daran war, dass ich jetzt nicht einmal zwei Sekunden warten musste, bis mich Annette auch schon ins Haus einließ.
Die Begrüßung fiel wie immer sehr herzlich aus. Wir gingen ins Haus und machten uns bei einer Tasse Kaffee an die Arbeit. Zusammen wählten wir die Fußböden und die Farbe der Tapeten aus. Die Wände sollten noch in dieser Woche fertig gestaltet werden. Zusätzlich dazu, erstellten wir noch einige Listen, voll mit Kram, den ich für Annette bestellen sollte.
Das Fazit des Tages war, was die Planung der Umgestaltung betraf, wir nun soweit fertig waren. Jetzt konnte der beste Teil meiner Arbeit beginnen.
Das Shoppen. Annette hatte sich für Möbelstücke im italienischen, sprich mediteranen Stil entschieden und ich konnte es kaum erwarten, die schönsten und besten Einzelstücke für sie zu finden. Davor musste jedoch noch so einiges an Papierkram erledigt werden, also machte ich mich nach etwa vier Stunden auch wieder auf den Heimweg.

Das Bellen von Lucie, der Hündin von Mrs. Hampshire, die eine Etage unter mir wohnte, hallte durch das hohe Treppenhaus. Ich ging zu meiner Wohnung hoch und fing an, meine Tasche zu durchwühlen.
Wo war nur dieser verdammte Schlüssel wieder?!
Es dauerte eine Weile, bis ich ihn aus meiner Tasche hervor kramte, da fiel mir ein in dunkelrotes Papier verpacktes, Paket ins Auge. Es lag direkt vor meinen Füßen.
Neugierig bückte ich mich hinab, um einen Blick auf das winzige Kärtchen zu werfen, das hinter dem schwarzen, aus Seide angefertigtem, Geschenkband klemmte.

Verzeih mir mein unangemessenes Verhalten.
Neustart?
M.

Erstaunt klappte ich das Kärtchen zu, nahm das Geschenk an mich und verschwand schleunigst in meinem Apartment.
Das Paket stellte ich fürs erste auf der schwarz lackierten Kücheninsel ab. Wenn ich ehrlich war, war ich mir nicht sicher, ob ich die Verpackung nun öffnen sollte, oder nicht. Was würde mich erwarten? Würde es etwas an meiner Distanz zu Miles ändern?
Seufzend nahm ich eine Flasche Wasser aus dem Kühlschrank, schnappte mir ein Glas und ließ mich dann auf dem Sofa nieder. Die kleine Schachtel lag immer noch unberührt auf der Kücheninsel und es kam mir vor, als würde sie mich höhnisch angrinsen und mich mit ihrem glänzenden Papier anlocken wollen.
Ich versuchte mich abzulenken. Mit entspannt überkreuzten Beinen lehnte ich mich zurück, stellte den Laptop auf meinen Schenkeln ab und surfte etwas im Netz, um mich über neue Designs und deren Schöpfer schlau zu machen. Diese Coolness hielt aber nicht all zu lange an. Schon nach kurzer Zeit war ich von den Bildern, die auf dem Bildschirm flackerten, gelangweilt und ich ertappte mich dabei, wie mein Blick immer wieder zu dem Geschenk schweifte. Es war fast so, als würde es mich magisch anziehen, mich an sich fesseln und mich erst wieder davon befreien, sobald es nicht mehr in Papier gehüllt war.
Das wars!
Ich konnte nicht anders. Musste ... nein, wollte es zumindest in meinen Händen halten. Auf nackten Sohlen huschte ich also zu der Kücheninsel, nahm das wahrscheinlich professionell verpackte Päckchen an mich und legte mich wieder auf mein Sofa.
Da lag ich nun.
Völlig unkonzentriert, mit einem schweren Stein auf dem Herzen und andererseits dem Lächeln einer glücklichen Frau auf

den Lippen. Unentschlossen wandte ich die kleine Schachtel immer und immer wieder zwischen meinen Fingern. Fühlte das glatte Papier und die raue Schleife unter meinen weichen Fingerkuppen, lauschte dem leisen Rascheln der Verpackung und sehnte mich danach, es zu öffnen.
Doch ich konnte es nicht. Irgendetwas hielt mich zurück. Vielleicht war es die Angst vor einer Veränderung, oder die Furcht davor, dass der Abstand zwischen Miles und mir langsam immer kleiner wurde. Die Aussicht darauf, dass ich dem früher oder später nicht mehr genug Widerstand leisten werden könnte, lähmte mich.

Es war vier Uhr morgens, als ich schließlich mit Rückenschmerzen und einem steifen Nacken immer noch im Wohnzimmer lag.
Ich war wohl eingeschlafen. Völlig schlaftrunken und wie von Sinnen schlug ich die kuschelige Decke zurück, rieb mir den Schlaf aus den Augen und machte mich daran, meinen schlaffen Körper ins Schlafzimmer zu bewegen.
Es fiel mir nicht schwer, erneut in einen wohligen Schlaf zu sinken und so wurde ich erst wieder wach, als mir die Jungs von Arctic Monkeys meinen Weckton ins Ohr trällerten.
Ich mühte mich aus dem warmen Nest, aus Kissen und Decken, das mich die Nacht über umhüllt hatte und tappte in die Küche.
Der Kaffee floss leise plätschernd in den schwarzen Keramikbecher, solange, bis die Tasse voll war und nur mehr das Hupen der Autos auf der Straße, die an dem Haus vorbeiführte, zu hören war.
Seit der schmerzvollen Trennung von Paul genoss ich es, allein zu sein. Vor nicht all zu langer Zeit jedoch, wäre ich lieber auf einem Festival mit abertausenden von Menschen gewesen, als allein in einem stillen Wohnzimmer zu sitzen und Kaffee zu trinken.
Ich hatte mich verändert. Mein gesamtes Leben hatte sich verändert und nur ich allein konnte entscheiden, was ich draus machen wollte und was nicht.

Vertieft in meine Gedanken schlenderte ich, die halbvolle Kaffeetasse in der Hand, durch mein weitläufiges, minimalistisch eingerichtetes Wohnzimmer, als mich plötzlich ein stechender Schmerz aufschrecken und aufgewühlt umher zappeln ließ. »Damn..!«
Mein lautes Fluchen hallte durch die gesamte Wohnung. Ich blickte hinunter zu meinen Füßen und sah das Päckchen vor mir liegen, auf das ich soeben getreten war.
Einige Minuten verweilte ich so. Ich bewegte mich keinen einzigen Zentimeter. Stand nur da und starrte das Geschenk vor mir an.
Ach pfeiff drauf.

Ich stellte die Tasse auf dem breiten Glastisch ab, der vor der Flatscreenwand stand und hob das kleine, rechteckige Geschenk vom Fußboden auf.
Mein Herz donnerte mir wild gegen die Brust und ich hatte Mühe, die Verpackung ruhig und mit Bedacht zu öffnen.
Dann hielt ich es endlich in der Hand.
Ein kleines, mit rotem Samt bezogenes, Kästchen. Es sah so entzückend aus, dass ich mich alleine damit schon zufrieden gegeben hätte. Aber die kleine Schatulle war schwer. Die Neugier packte mich und ich öffnete den Deckel der Schachtel. Ich war hin und weg.
Vor meinen Augen funkelte es wie verrückt. Ein silberner, mit kleinen Diamanten und rosefarbenen Edelsteinen verziertes Zippo strahlte mir entgegen. Vorsichtig nahm ich das Feuerzeug aus der Schatulle und betrachtete es. Auf der Vorderseite des Schmuckstücks waren sogar meine Initialen eingraviert. Ich platzte schier vor Freude.
Jetzt stellte sich mir nur die Frage, wie ich mich dafür bedanken konnte. Ich hatte weder die Adresse von Miles Wohnung, noch hatte ich die geringste Ahnung, wo er arbeitete.
Es gab nur zwei Möglichkeiten.
Entweder, ich fragte Annette nach Miles Nummer, oder ich wartete, bis wir uns wieder über den Weg laufen würden.
Letzteres erschien mir als die bessere Entscheidung und so

machte ich mich langsam, aber gut gelaunt, auf den Weg zur Arbeit.
Ich stellte mich dem Berg Unterlagen, der sich bereits auf meinem Schreibtisch türmte und nutzte die Zeit bis zur bevorstehenden, wöchentlichen Mitarbeiterbesprechung, um mich mit Cherry für später zum Lunch zu verabreden.
Selbst Lexa schien mir an diesem Tag ungewöhnlich gut gelaunt zu sein. Sie quälte uns nicht wie sonst über eine Stunde lang mit langweiligen Statistiken, sondern trug jedem einzelnen kurz die jeweiligen Aufgaben auf, verabschiedete sich und entließ uns letztlich ohne weiteren Kommentar in die Mittagspause.
Kaum war ich in meine braune Wildlederjacke geschlüpft, zerrte Cherry auch schon ungeduldig an meinem Ärmel.
»Beeil dich gefälligst, Sam. Ich platze schon vor Neugier«, lachend gingen wir zum Aufzug. Wir holten uns ein paar Sandwiches und beschlossen, die Pause im Green Park zu verbringen. Ungewöhnlich schweigend schlenderten wir eine Weile nebeneinander her, bis Cherry schließlich das Wort ergriff.
»Sam. Was ist am Wochenende so schreckliches geschehen, dass du es mir nicht erzählen willst?«, für einen Moment blieb ich stehen und blickte sie erstaunt an.
Sie hatte recht. Ich wollte nicht darüber reden.
Nur kannte ich Cherry leider schon zu lange, um zu wissen, dass sie nicht locker lassen würde, ehe ich sie in Alles einweihen würde. Also setzten wir uns auf eine kleine Parkbank und ich erzählte ihr zumindest von Charles, dem alten Sack, der mich belästigt hatte und Miles, der dann den Helden mimte und mich nach Hause brachte.
Dass wir kurz davor standen, uns zu küssen und übereinander her zu fallen, verschwieg ich ihr aber dann doch. Ich wusste ja selbst noch nicht einmal, was das Alles zu bedeuten hatte. Da hielt ich es für besser, wenn erst mal noch niemand etwas davon mitbekam.
Ich nahm einen kräftigen Bissen von meinem Thunfisch Sandwich und hoffte, dass sie nun endlich zufrieden war. Cherry nickte, kaute auf ihrem Brot herum und verkniff sich die

restlichen Worte, die ihr bestimmt noch auf der Zunge lagen. Man sah ihr an, dass sie bereits ahnte, dass da noch mehr war. Trotzdem hielt sie fürs Erste die Füße still und wir spazierten zurück ins Büro.

Eine Stunde später saßen wir auch schon wieder an unseren Arbeitsplätzen. Heute stand kein weiterer Außentermin an. So konnte ich mich den Rest des Tages um Annettes Unterlagen kümmern und durchwühlte das Netz nach neuen Designern, die mir bei der Gestaltung des Penthouses behilflich sein könnten.

Der Tag neigte sich langsam dem Ende zu. Ich stöckelte um kurz nach sechs Uhr abends aus dem Bürogebäude. Die Straßen waren wie immer um diese Zeit, sehr belebt. Kokett lehnte ich mich an eine Straßenlaterne, steckte mir eine Zigarette an und musste unaufhörlich lächeln, als ich das silberne Zippo, das ich von Miles geschenkt bekommen hatte, aus meiner Tasche kramte. Ich zog an der Kippe, blies den Rauch aus meinen Lungen wieder in die kühle Abendluft und wandte das edle Feuerzeug in meinen Fingern.

In meine Gedanken vertieft, bemerkte ich erst jetzt den schwarzen Geländewagen, der auf der anderen Straßenseite parkte. Ich fühlte, wie meine Haut zu kribbeln begann, mein Puls beschleunigte sich.

Ich kannte diesen Wagen. Vor nicht einmal drei Tagen saß ich in genau diesem Fahrzeug und wurde darin nach Hause gebracht. Es war, als würde ich wieder den Duft des hochqualitativen Leders der Sitze, vermischt mit Miles betörendem Aftershave riechen. Mit halb geschlossenen Augen nahm ich noch einen weiteren tiefen Zug meiner Zigarette und ließ mich, von der Erinnerung geführt, weit in die Tiefen meiner Gedankenwelt tragen.

Ein leises, raues Räuspern ließ mich hochschrecken. Peinlich berührt schnippe ich den Zigarettenstummel auf die befahrene, nasse Straße und drehte mich zu der Stimme um, weswegen ich vor Schreck etwas zusammenzuckte.

Ich traute meinen Augen nicht. Mühsam versuchte ich, die anfängliche Coolness zu bewahren. Die Hände in die Taschen seiner grauen Anzughose gesteckt, stand er nun tatsächlich vor mir. Miles.

Seine dunkelblonden Haare waren vom Regen durchnässt und als ihm eine widerspenstige Locke über die Augenbraue fiel, hätte ich ihn auf der Stelle an mich reißen können. Noch nie fühlte ich mich zu einem Mann so sehr hingezogen. Wie ein Magnet zog es mich immer wieder in seine Nähe.

»Guten Abend, Sam«, sein fünfhundert Watt Lächeln hätte selbst eine ausgebrannte Glühlampe wieder zum Leuchten gebracht und ich musste mich verdammt anstrengen, meinen Daumen nicht über seine unwiderstehlichen Lippen gleiten zu lassen. Mein Kopfkino war in diesem Moment unverschämt oscarreif. Doch ich konnte die Fassung behalten.

»Guten Abend, Miles. Schön, dich zu sehen, ich wollte mich noch für dein Geschenk bedanken«, aus Angst, das meine Hände sich selbstständig machen würden, vergrub ich sie in meinen Jackentaschen. Angespannt biss ich mir auf die Unterlippe und suchte angestrengt einen Weg, um aus dieser Situation flüchten zu können.

»Wie ich sehe, trägst du es ja schon bei dir«, sein Blick fiel auf die Wildledertasche, die von meiner Schulter baumelte. »Ich habe jetzt Feierabend und riesigen Kohldampf. Hättest du vielleicht Lust, mit mir Essen zu gehen?«

»Tut mir leid, Miles, aber ich habe noch einen Termin«, log ich ihn an und wandte mich auch sofort von ihm ab, um mein purpurrotes Gesicht zu verbergen. Ich war immer schon eine miserable Lügnerin gewesen. Fest umklammerte ich den langen Riemen meiner Tasche und wollte eilig davon stöckeln, als Miles mich auch schon wieder eingeholt hatte.

»Ach ja? Dann begleite ich dich eben zu deinem Termin«, dieses Spielchen machte ihm sichtlich Spaß, scheinbar wusste er genau, welch eine Wirkung er auf mich hatte.

Unsere Schritte beschleunigten sich.

»Das wäre keine gute Idee, Miles. Der Termin findet bei Annette statt«, ich hoffte inständig, dass er sich mit dieser Lüge nun endlich abwimmeln lassen würde und blickte weiterhin starr geradeaus.

»Wusste ich's doch. Du lügst wie gedruckt, Samantha«, er lief ein paar Schritte nach vorne und drehte sich schließlich um, sodass er mir in die Augen sehen konnte, während er rückwärts vor mir dahin spazierte.
Scheiße.
Verzweifelt versuchte ich, seinem Blick auszuweichen, starrte während ich weiterging auf den Boden und tat so, als wäre er nicht anwesend. Mein Teint musste mittlerweile dem einer reifen Tomate gleichen, am liebsten wäre ich im Erdboden versunken und nie wieder aufgetaucht.
Wie konnte ich auch nur davon ausgehen, dass ich nicht auffliegen würde?
»Samantha! Hör auf, vor mir weg zu laufen«, in seinem Blick lag plötzlich etwas zorniges, etwas, das ich unglaublich anziehend fand.
Mit einem Mal blieb Miles direkt vor mir stehen, sodass ich nicht anders konnte, als knapp vor seiner Nasenspitze Halt zu machen. Seine Hände umfassten erst meine zierlichen Schultern und glitten dann hinab zu meinen Oberarmen, die er mit einem festen Griff umklammerte. Er zwang mich dazu, ihm in die Augen zu sehen.
Und ich versank. Ließ mich fallen in das tiefe Blau seiner Iris und für einen kleinen Moment war ich ganz ich selbst. Samantha Strong, die nichts lieber tun würde, als sich diesem Mann zweifellos hinzugeben.
Die Zeit und das reghafte Leben um uns schienen mit einem Mal stehen zu bleiben und der Lärm, der erst noch die Stadt in eine laute Schallwolke bettete, trat wie durch Knopfdruck weit in den Hintergrund.
Miles Gesichtszüge verwirrten mich. Ich wünschte, ich hätte darin etwas über seine Gefühle ablesen können, doch alles, was ich sah, war einerseits Verzweiflung, andererseits bemerkte ich, wie seine ernste Mimik weicher wurde.
»Komm schon, Sam, begleite mich«, ich war wie hypnotisiert von seinem eindringlichen, tiefgründigen Blick, dass ich mich schließlich doch noch hinreißen ließ.
»Ein Essen und dann verschwindest du gefälligst aus meinem

Leben, ja?«, das war mein voller Ernst. Ich konnte und wollte meine Karriere nicht aufs Spiel setzen. Früher hätte ich mich ohne zu zögern auf dieses gefährliche Spiel mit dem Feuer eingelassen, aber diese Sam gab es nicht mehr, sie hatte sich vor Jahren gemeinsam mit Paul und der Eigenschaft, jemanden bedingungslos lieben zu können, aus meinem Leben verpisst.
»Wenn du dann immer noch willst, dass ich verschwinde, werde ich mich von dir fernhalten, versprochen«, galant bot er mir seinen angewinkelten Arm an, um mich bei ihm einzuhaken und wir spazierten schließlich los. Wir verzichteten auf den Wagen und liefen das kurze Stück bis zum Barshu, einem chinesischem Restaurant, in dem ich mit Cherry und Luke auch schon öfter einmal war zu Fuß.
Wir bestellten Sushi und tranken Weißwein.
Das Essen war fantastisch und für einen kurzen Moment vergaß ich Annette und ihren für mich außerordentlich wichtigen Auftrag. Ich musste erkennen, dass Miles nicht nur das Aussehen eines Gottes hatte, sondern auch einen goldenen Charakter besaß. Er erzählte mir von seinem Unternehmen, das er zusammen mit seinem besten Freund vor ungefähr drei Jahren gegründet hatte.
Sein Ehrgeiz und das hilfreiche große Wissen seines Partners, trieb die lukrative Investmentfirma schnell an die Spitze des Marktes und brachte schon im ersten Jahr mehrere Millionen Euro ein.
Ich war sprachlos und gleichzeitig eingeschüchtert.Bei diesem grandiosen Lebenslauf konnte ich mich mit meinem verkorksten Leben verstecken.
Das einzige, was wirklich gut lief, war mein Studium und der drauffolgende Job, alles andere hatte ich mit der besten Erfolgsnote, die es gab, gegen eine Wand gefahren. Ich lauschte seinen Worten, lachte und genoss es in seiner Nähe zu sein. Es war Ewigkeiten her, dass ich mich bei einem Mann so wohl gefühlt hatte.
Miles Anwesenheit schenkte mir ein Gefühl, das ich bereits verloren gedacht hatte. Achtsamkeit. Er gab mir das Gefühl, jemand einzigartiges und wichtiges zu sein, sein gesamtes

Tun konzentrierte sich auf mich und unser gemeinsames Essen.

Er ignorierte alles, was uns bei unserer Unterhaltung stören könnte. Als sein Smartphone allerdings zum sechsten Mal klingelte und bereits die vierte Nachricht von einem Steven auf dem kleinen Bildschirm aufleuchtete, entschuldigte er sich für einen Moment bei mir und ging vor die Tür hinaus, um ungestört telefonieren zu können.

Und da war es wieder. Ohne Rücksicht tippte es mir, frech grinsend, auf die Schulter.

Mein schlechtes Gewissen.

Verdammt. Was machte ich hier eigentlich? Ich war kurz davor, mich in etwas zu verlaufen, bei dem ich mir sicher war, dass ich den Weg zurück nicht mehr finden würde.

Als ich so zum Ausgang blickte und ihn durch die Glasscheibe beobachtete, wurde meine Verwirrung noch viel größer, als sie ohnehin schon war. Während sich mein Herz und mein Körper schon vom ersten Augenblick danach sehnten, sich diesem atemberaubenden Mann hinzugeben, sagten mir mein Verstand und die Aussicht auf Erfolg in meinem Job, dass ich die Finger von ihm lassen sollte.

Ich durfte es nicht noch komplizierter werden lassen. Entschlossen schlüpfte ich in meine Jacke, legte das Geld für die Rechnung auf den Tisch und eilte aus dem Lokal. Als ich an Miles vorbeiging, trafen sich für einen Moment unsere Blicke. Noch nie im Leben hatte ich so viel Enttäuschung, Zorn und Verwirrung gleichzeitig gesehen.

Ich konnte es nicht ertragen, ihm noch länger in die Augen zu sehen, ohne ein Wort zu sagen verschwand ich in dem Getümmel von Geschäftsleuten und Studenten, die die Straße überqueren.

In meinem Kopf herrschte das reinste Chaos. Die Menschenmengen trieben mich immer weiter in eine Richtung und ich folgte dem Drang wegzulaufen, so als ob mich meine Füße von den vielen Gefühlen und Ärgernissen wegtragen könnten. Mein Zeitgefühl hatte sich von mir verabschiedet, ich wusste nicht, wie lange ich so durch die Stadt gelaufen war, doch es mussten Stunden vergangen sein. Mittlerweile war bereits die Dunkelheit angebrochen und die abertausenden Straßenlaternen der Stadt erwachten zum Leben. Ich saß noch eine Weile auf einer kleinen, weiß lackierten Bank im Hyde Park, bis ich mich dann doch noch auf dem Heimweg machte.

Das ewig lange Laufen und die Fahrt mit der überfüllten U - Bahn raubte mir die letzten Kräfte. Nach einer langen, heißen Dusche fiel ich erschöpft ins Bett und kurz darauf auch gleich in den Schlaf.

Den nächsten Morgen begann ich, wie immer, mit einer Tasse heißem Kaffee. Heute stand ein weiteres Meeting mit Annette auf dem Plan. Die ersten Möbelstücke sollten ausgewählt und die Bestellungen gemacht werden. Ich nahm mir fest vor, keinen Gedanken mehr an Miles zu verschwenden.

Mein Abgang gestern dürfte wohl genug Statement gewesen sein, um ihm klar zu machen, dass er sich von mir fern zu halten hatte. Ab jetzt wollte ich mich ausschließlich auf meinen Job konzentrieren, alles andere würde jetzt warten müssen.

Ich schlüpfte in meine schwarzen Louis Vuittons Pumps und stolzierte mit einem Stapel Kopien unterm Arm zu meinen Wagen.

Die Fahrt nach Chelsea verlief reibungslos, der Verkehr war flüssig und so stand ich auch schon früher als verabredet vor Annettes Haus.

Beim eintreten begrüßte ich den Gorilla, der im Übrigen Leon hieß, und ging auch gleich ins Wohnzimmer, um schon mal mit der Arbeit zu beginnen. Ich holte mein Tablet aus der Tasche und richtete alles notwendige für die große Leinwandpräsentation vor. So würden wir gemütlich auf dem Sofa sitzen können, während wir die einzelnen Möbelstücke auswählen konnten.

Ich machte gerade einen Probelauf, als Annette auftauchte, sie hatte zwei Becher Kaffee in den Händen und lächelte mich freudestrahlend an.

Ob Miles wohl für ihr Lächeln verantwortlich war? War er es, der sie vergangene Nacht so hart vögelte, dass sie nur so vor sexueller Energie strotzte?

Sie setzte sich zu mir auf das Designersofa, reichte mir eine der zwei Keramikbecher und überkreuzte ihre schlanken, von der Sonnenbank gebräunten, Beine.
»Hier. Den wirst du brauchen, ich würde heute gerne die gesamte Auswahl besprechen und das wird uns jede Menge Zeit kosten«, sie verzog ihre tiefrot geschminkten Lippen zu einem Grinsen und nahm einen Schluck von dem schwarzen Gold.
»Das trifft sich gut. Dann kann ich mich in den nächsten Tagen um die Bestellungen kümmern.«
In den folgenden Stunden vermied ich den Gedanken daran, ob die beiden nun miteinander schliefen, oder nicht und konzentrierte mich stattdessen auf meine Arbeit. Wir verbrachten eine Stunde nach der anderen damit, uns auf der Suche nach fantastischen Einzelstücken durchs Netz zu wühlen. Es war unfassbar, wie viel Auswahl es tatsächlich gab. Obwohl wir die Suche schon auf italienische Handanfertigungen beschränkt hatten, fiel uns die Wahl immer noch äußerst schwer.
Am Ende des Tages hatte ich zehn endlos lange Listen voll mit Möbeln und Designern, die für Annette in Frage kamen.
Endlich zu Hause angekommen war ich hundemüde und wünschte mir eigentlich nichts mehr, als mein Kissen und die weiche Matratze unter mir zu spüren. Doch der Plan ging, wie ich dann verblüfft feststellen musste, wohl nicht so auf, wie ich mir das vorgestellt hatte.
Ich sah ihn bereits, als ich mein Auto vor dem Haus parkte. Miles.
Lässig sah er mich, an seine Beifahrertür gelehnt, an. In seiner ausgewaschenen Jeans und der dunklen Lederjacke sah er fast noch besser aus, als in seinen sündhaft teuren Anzügen. Ich wusste nicht so recht, was ich machen sollte. Deshalb blieb ich noch einen Moment im Auto sitzen, um mich zu sammeln und stieg dann letztlich aus. Wie konnte man nur so hartnäckig sein.
Dieser Kerl wird mich mit seinem Sturkopf und dieser unverschämten Coolness, die er trotz allem an den Tag legte, noch um den Verstand bringen.

»Spar dir dein Grinsen!«, wütend stapfte ich auf ihn zu und funkelte ihn zornig an, während er, die Arme vor seinem Oberkörper verschränkt, an seinem Wagen lehnte und mich siegessicher anlächelte.
Wenige Zentimeter von ihm entfernt blieb ich nun stehen und polterte weiter auf ihn los.
»Was bildest du dir ein, hier aufzutauchen?«, ich hatte Mühe, meinen finsteren Gesichtsausdruck zu behalten. Angestrengt versuchte ich, standhaft zu bleiben, »wir hatten eine Abmachung!«
Gespielt sauer verschränkte ich die Arme vor meiner Brust und überließ ihm das Wort. Seine Mimik zeigte mir keinerlei Anzeichen von Gefühlen, weder Wut, noch Einsicht war darin abzulesen. Dieser Mann besaß das perfekte Pokerface und sah zudem, selbst wenn ich ihn in dem Moment am liebsten auf den Mond geschickt hätte, immer noch verdammt gut aus.
Langsam ging er auf mich zu, streifte mit seinen beiden Daumen von meinen Schultern hinab zu meinen Armen und löste meine verkrampfte Haltung.
»Die hatten wir, ja, nur hat dein plötzlicher Abgang sie nichtig gemacht, Sam«, seine Stimme war so unglaublich sanft, dass sich mein Körper wie von selbst entspannte. Vorsichtig blickte ich ihm die Augen. Behutsam streichelte er mir über meine rechte Wange und fuhr fort.
»Warum gehst du mir ständig aus dem Weg, Samantha? Du sollst vor nichts weglaufen, was dich ohnehin immer verfolgen wird.«
Seine Worte raubten mir den Atem und machten mir gleichzeitig das Herz schwer. Zu wissen, dass wir beide das selbe füreinander empfanden, aber es nicht zu lassen durften, schmerzte mehr als alles andere, was ich davor durchmachen musste.
»Dir scheint eine Frau wohl nicht genug zu sein, Miles.«
Abrupt lies er mich los und trat einen Schritt zurück. Seine Miene verhärtete sich und ich sah wie sein Kiefer mahlte.
»Wie meinst du das, Sam?«, seine Stimme glich einem Knurren. Er verwirrte mich.

»Genauso, wie ich es sagte. Es ist wohl offensichtlich, dass zwischen Annette und dir was läuft.«

Anstatt sich, wie erwartet, in Ausreden zu flüchten, packte er mich am Arm und zog mich hinter sich her zu meiner Haustüre.

»Wir müssen da so einiges klären«, er nahm mir den Schlüssel aus der Hand, öffnete die Tür und trat ein. Eilig zerrte er mich hoch in mein Stockwerk, schloss die Wohnungstüre auf und stürmte in meine Wohnung. Was bildete sich dieser Kerl bloß ein? Immerhin war es meine verdammte Wohnung, in die er mich gerade zerrte.

Er ließ meinen Arm wieder los, setzte sich auf mein Sofa und bat mich, zu ihm zu kommen. Trotzig folgte ich seiner Aufforderung und ließ mich neben ihm nieder.

Die Stimmung war angespannt. Nervös wartete ich darauf, dass er endlich das Wort ergriff.

»Annette ist nicht meine Freundin, Sam«, er blickte starr geradeaus und fuhr fort, »zumindest nicht, was eine Beziehung betrifft.«

»Ach ja, und was ist sie dann? Deine Spielgefährtin?«, ich hatte gehofft, ihn zum Lachen zu bringen, doch seine ernste Miene blieb unverändert.

»So was in der Art, ja«, vorsichtig blickte er mich an, um mein Gesicht nach einer Reaktion zu scannen.

»Ich bin ihr Dom, Samantha.«

Wie gelähmt starrte ich ihn an.. Und mit einem Mal wurde ich wieder in die schmerzhaften Erinnerungen meiner Vergangenheit zurück katapultiert. Er musste mir nicht mehr länger erklären, was ein »Dom« war, ich wusste es bereits, hatte es selbst erlebt.

Jahrelang diente ich Paul, meinem Ex Freund, als seine »Sub«Anfangs fand ich es noch reizvoll, unsere Rollenspiele verschafften mir einen gewissen Kick und die Art, wie er mir mit der siebenschwänzigen Katze den Hintern versohlte, turnte mich an, wie nichts anderes zuvor. Doch unser Spiel geriet außer Kontrolle. Paul fing im Laufe der Zeit an, seine Macht auch außerhalb des Schlafzimmers auf mich auszuüben. Er

kontrollierte mich. Befahl mir, was ich anziehen durfte und was nicht. Irgendwann fing er zudem an, mich von meinen Freunden fernzuhalten. Ich wehrte mich dagegen, wollte mich nicht länger in die Rolle der Unterwürfigen zwängen lassen. Von da an war Paul nicht mehr derselbe. Nun zeigte er mir sein wahres Gesicht. Er wurde arrogant, herablassend und gewalttätig. Ein Jahr später verließ ich ihn dann endlich. Von dem Tag an schwor ich mir, Abstand von solchen Kerlen wie ihm zu halten und nur mehr für mich selbst zu leben. Meine Karriere steht seither an erster Stelle, alles andere wurde nichtig für mich.
»Sam, sag doch was,... bitte«, erst jetzt wurde mir klar, dass ich immer noch völlig benommen neben ihm saß. Meine Finger hatte ich unbewusst in die weichen Polster gekrallt, ich hielt mich daran fest, hatte Angst zu fallen.
»Du schläfst mit ihr. Für mich macht das keinen Unterschied, Miles.«
»Nein!«
Schnell umfasste er meine üppigen Hüften und zog mich an sich ran. Bevor er weiter sprach, hob er mein Kinn mit seinem Zeigefinger an und zwang mich dazu, ihm in die Augen zu blicken.
»Wenn ich mit jemanden schlafe, dann, weil ich diejenige liebe. Annette wollte nur dominiert und hart gefickt werden. Das ist ganz und gar nicht das Selbe, Sam.«
Ich drehte den Kopf zur Seite, um mich aus seiner Berührung zu flüchten und stand hastig von dem Ledersofa auf. All das überforderte mich im Moment viel zu sehr. Ich sehnte mich nach meiner vertrauten Einsamkeit. Letztendlich bat ich Miles auch zu gehen.
Zerknirscht fuhr er sich mit den Händen durch das dunkelblonde Haar. Drehte sich noch einmal zu mir um. Dann schlürfte er niedergeschlagen zur Tür raus.
Kaum war er weg, konnte ich spüren, wie sich die Stille gleich wie eine enge Schlinge um mich zusammenzog. Völlig aufgelöst ging ich ins Schlafzimmer, schloss mich darin ein und ließ mich, von den vielen Gefühlen überrumpelt, bäuchlings

ins Bett fallen. Ich zitterte am ganzen Körper, das Atmen viel mir schwer. Zu keiner Zeit war ich so in Zwiespalt geraten, wie jetzt. Während mein Herz sagte, dass ich seinen Worten trauen konnte, zerrte mein Verstand bereits an meinem Ärmel und warnte mich mit den Bildern meiner Vergangenheit.
Es kam mir vor, als wären Stunden vergangen, bis ich mich wieder beruhigt hatte. Die Hände um meine Knie geschlungen saß ich nun da. Immer wieder gingen mir Miles Worte durch den Kopf.
Fühlte er das gleiche wie ich, oder wollte er mich auch nur für seine Lust benutzen.
Und was ist mit Annette?
Stimmt es, dass sie nur dominiert werden will? Oder empfindet sie vielleicht doch mehr für Miles, als sie zugeben will?
Das Gedankenkarussell in meinem Kopf ratterte unaufhörlich vor sich hin, ich konnte es nicht mehr abstellen. Dann hatte ich einen Entschluss gefasst. Solange ich keine vernünftigen Antworten auf all die Fragen hatte, wollte und konnte ich Annette nicht mehr in die Augen blicken, ich hätte es nicht ertragen. Also tippte ich Lexa eine Nachricht, in der ich ihr vorlog, dass ich krank sei und bis Freitag nicht zur Arbeit kommen würde.
Es dauerte nicht lange bis eine Sms von ihr aufblinkte. Sie wünschte mir gute Besserung und trug mir auf, trotzdem von zu Hause aus zu arbeiten, zumindest den nötigen Papierkram sollte ich bis Freitag erledigt haben.
Damit konnte ich ganz gut leben.
Mittlerweile war schon der späte Abend angebrochen, mein Kopf und die vielen Gedanken darin, glichen einem Schlachtfeld.
Nach einem heißen, entspannenden Schaumbad fühlte ich mich dann doch schon wieder ein wenig besser und schlummerte in weiche Decken gehüllt ein.
Das Erwachen am nächsten Tag war grauenhaft. Ich fühlte mich, als ob ich die letzte Nacht mit feiern und sinnlosen Betrinken verbracht hatte. Kaum hatte ich die Augen geöffnet, fiel mir das Gespräch vom Vorabend wieder ein. Immer wie-

der sah ich den verzweifelten Ausdruck, den Miles in seinen Augen hatte, als er zur Tür raus ging. Kopfschüttelnd mühte ich mich dann doch noch aus dem Bett, tappte auf nackten Sohlen in die Küche und trieb mein Koffein Barometer in die Höhe.
Zur Ablenkung kümmerte ich mich um den Haushalt. In gemütlichen Leinen - Pants und einem schlapprigen, alten Tanktop huschte ich in Rekordzeit durch die Wohnung. Die Herdplatte schrubbte ich so lange, dass es schon fast an ein Wunder grenzte, dass sich das Kochfeld noch nicht aufgelöst hatte. Es war bereits Mittag.
Ich gönnte mir eine Pause und stand rauchend auf meiner kleinen Dachterrasse, als es schließlich an der Tür klingelte. Leise fluchend schnippte ich den Kippenstummel über die Brüstung und stapfte zurück in die Wohnung. Als ich die Tür öffnete, fand ich nur ein Paket vor meinen Füßen vor. Obwohl kein Absender zu sehen war, war mir sofort klar, von wem dieses - in mattiertes, schwarzes Papier gehüllte - Päckchen stammte. Miles.
Das Paket in meinen Händen ging ich zu der dunkelrot lakkierten Mitteninsel, die das Herzstück meiner geräumigen Wohnküche war und öffnete die silberne Schleife.
Gespannt zerriss ich das glatte Papier und lugte in die rechteckige Schachtel. Eine edle Sanduhr blitze mir entgegen. Darunter befand sich eine von Hand beschriftete Karte.
Schenke mir ein wenig Zeit. Ich warte in meinem Büro auf dich. Miles.
Ich wandte das Stück Pergament in meinen Händen und sah, dass die Adresse seiner Büroräume auf der Rückseite vermerkt war.
Dieser Mistkerl hatte ja tatsächlich an alles gedacht. Wieder überrollte mich die Verwirrung. Wenn ich ehrlich war, bewunderte ich die Hartnäckigkeit, die Miles bewies.
Er ließ einfach nicht locker und ließ sich von nichts abschrekken. Ratlos nahm ich eine weitere Zigarette aus der Packung, die vor mir lag, und ging an die frische Luft, um meine Gedanken wieder zu ordnen.

Sollte ich es wagen? Über meinen Schatten springen und ihm die Zeit geben, um die er mich bat?

Diese Gedanken machten mein Chaos noch viel größer. Ich musste nun endlich eine Entscheidung treffen, gehorchte ich meinem Verstand oder folgte ich meinem Herzen. Ach scheiß drauf!

Ich sog den letzten Zug meiner Kippe gierig in mich auf, schnippte den Rest davon von mir weg und eilte ins Schlafzimmer.

Eilig schlüpfte ich eine Jeans, tauschte das ausgeleierte Top gegen eine smaragdgrüne Bluse ein und löste meine langen Haare aus dem hochgesteckten Dutt. Meine Entscheidung stand fest. Es wurde Zeit, dass ich einen Teil der Mauer, die ich im Laufe der letzten Jahre um mich aufgebaut hatte, niederriss.

Ich schlüpfte in meine Jacke, zog mir paar schwarze Pumps an und saß letztendlich, mit der Sanduhr, die ich am Beifahrersitz abgelegt hatte, in meinem Wagen. Aufgeregt machte ich mich auf den Weg in die Bridge Street, wo Miles sein Büro eingerichtet hatte. Es war nicht leicht, sofort einen Parkplatz zu finden, also kreiste ich noch ein paar Mal um den Shard, bevor der Wagen doch noch endlich zum stehen kam und ich mit der Sanduhr in den Händen auf die Eingangshalle zu ging. Das Gebäude war so riesig, dass einem schon schwindelig wurde, wenn man nur an der steilen Fassade hoch blickte. Das Klimpern meiner Absätze ging unter dem Lärmpegel der vielen Menschen, die sich in der Lobby tummelten, unter.

»Entschuldigen Sie, Miss, kann ich ihnen behilflich sein?«, ein kleiner, etwas pummeliger Mann mit braungebrannter Glatze stand vor mir und sah mich fragend an. Kurz blinzelnd kehrte ich wieder in die Realität zurück.

»Ähm, ja«, stotterte ich verlegen,»Ich will zu Mr. Taylor, von Taylor & Parker internationals.«

»Gut, folgen Sie mir.«

»Wen darf ich ankündigen?«, seine Stimme drang abermals nur aus weiter Ferne an mein Ohr. Fasziniert ließ ich meinen Blick durch die sonnenlichtdurchflutete Halle schweifen.

»Miss, wie ist ihr Name?«, der Glatzkopf blickte mich besorgt an und tippte ungeduldig auf die in Leder gebundene Mappe, die vor ihm auf der langen, silbernen Theke lag.
Entschuldigend räusperte ich mich.
»Strong, Samantha Strong«, das Gemurmel, das ich beschämt von mir gab, war gerade noch verständlich.
Mein peinlicher Auftritt hatte bereits Aufsehen erregt und so richteten sich bereits einige neugierige Gesichter auf mich. Am liebsten hätte ich auf der Stelle wieder kehrt gemacht und wäre zurück zu meinem Auto gegangen. Doch dazu war es nun schon zu spät.
»In Ordnung, Sir, ich schicke sie hoch.«
Die Miene des Portiers veränderte sich, er wirkte erleichtert, wahrscheinlich war er froh, mich endlich los zu haben. Er sagte mir das Stockwerk, in das ich fahren musste und gab noch etwas von sich, was danach klang, als würde er mir einen schönen Tag wünschen.
Dankend nickte ich dem Herrn zu, betrat den Aufzug und drückte den Knopf, der mich in schwindelerregende Höhen beförderte.
Ich war geflasht von den vielen glamourösen Eindrücken, die mir entgegenschlugen. Miles Anwesenheit konnte ich fühlen, noch bevor ich ihn sah. Alles in den Räumen spiegelte seine Macht und Stärke wieder. Selbstbewusst rauschte ich an der wasserstoffblondierten Dame vorbei, die mir den Weg zu Miles Büro zeigte. Mein Herz raste, als ich die Tür öffnete und den hellen, minimalistisch eingerichteten, weitläufigen Raum betrat.
Miles anziehende Aura beherrschte die gesamte Umgebung und ich fühlte mich mit einem Mal selbst unglaublich sexy. Mit den Händen in den Hosentaschen stand er vor der gläsernen Wand. Er kehrte mir den Rücken zu, blickte auf die belebte Stadt hinab, als würde sie allein ihm gehören und es schien, als hätte er mich noch nicht bemerkt.
Instinktiv wanderte mein Blick über seinen vollkommenen Körper. Das schneeweiße Hemd, das zusammen mit der grauen, kurzärmeligen Weste Stellen verhüllte, die in meiner Fanta-

sie gut trainiert und mit stahlharten Muskeln bepackt waren. Die gleichfarbige, graue Hose brachte sein famoses Hinterteil zur Geltung. Das Wasser lief mir im Mund zusammen und der Produzent meines Kopfkinos spielte bereits wieder eine neue Szene ein.

Ein Lächeln erhellte sein Gesicht, als er sich endlich zu mir umdrehte.

Schnell zog ich meine Selbstbeherrschung wieder an den Haaren an ihren Platz zurück und ermahnte mich in Gedanken, nicht die Kontrolle zu verlieren.

Stark und mit gespielt ernster Miene, stellte ich die Sanduhr auf dem pompösen Schreibtisch ab und richtete meine Augen wieder auf Miles, der mich mit hochgezogenen Brauen beobachtete.

»So, da hast du nun die Zeit, die du wolltest«, lässig verschränkte ich meine Arme vor meiner Brust und sah ihn an.

»Gut, ich verspreche dir, jede Sekunde davon, sinnvoll zu nutzen«, langsam setzte er sich in Bewegung. Er ließ mich nicht aus den Augen und steuerte auf mich zu. Ich war wie gefesselt von der feurigen Aura, die uns plötzlich umgab. Uns trennten nur noch wenige Zentimeter voneinander, dann blieb er dicht vor mir stehen.

»Du musst noch viel lernen, Samantha«, eine Hand streifte über meine rechte Schulter und wanderte dann sanft weiter über meinen Arm und wieder zurück.

Mein Atem ging nur mehr stoßweise, es fiel mir schwer, die Fassung zu bewahren und der Drang, den Kopf zur Seite zu drehen um seinem dunklen Blick zu entweichen, war groß.

Sein Zeigefinger arbeitete sich langsam weiter hoch, strich quälend langsam über meinen Hals und hob mein Kinn an. Ich konnte nicht mehr ausweichen. Musste in seine Augen blicken und war kurz davor, mich darin zu verirren.

»Den ersten Schritt hast du bereits gemacht. Du läufst zum ersten Mal nicht von mir weg«, seinen Worten folgte ein leises Lächeln und er spulte eine meiner langen Locken, die mir über die Schulter fielen, auf seinen Finger auf.

Ich spürte, wie jede einzelne seiner Berührungen wie Blitze

durch meinen Körper strömten. Mein Unterleib zog sich bei jedem seiner Worte zusammen und ich befürchtete, alleine schon beim Klang seiner rauen, erotischen Stimme zum Höhepunkt zu kommen.
Gekonnt gelassen sah er über meine, sich vor Aufregung immer stärker hebende und senkende, Brust hinweg und sprach weiter.
»Und die zweite Lektion werde ich dich jetzt lehren.«

Seine Hand umfasste meinen Nacken, ich löste meine verkrampft verschränkten Arme, versank in dem tiefen Blau seiner Iris und ließ mich schließlich fallen. Seine Lippen berührten mich erst zart, dann immer härter, leidenschaftlicher. Es war ein Gefühl, als würde ich frei sein, frei von den Lastern meiner Vergangenheit, die mich immer noch verfolgten, frei von den Ängsten, die mich bis jetzt davon abhielten, mich auf dieses fabelhafte Abenteuer einzulassen.
In dem Moment, als ich meinen Verstand zusammen mit meiner Vernunft über Bord schmiss, zog sich Miles abrupt von mir zurück.
»Der Sand ist durch, Sam.«
Sein Kopf neigte sich zu der Sanduhr. Die letzten weißen Sandkörner rieselten auf den hölzernen Boden der Uhr.
Atemlos folgte ich seinem Blick und musste schmunzeln. Er hatte die Zeit, wie versprochen, sinnvoll genutzt.
Ich war hin und weg von diesem Mann und wollte mehr, viel mehr. Ich wollte alles.
Energisch packte ich seine dunkelrote Krawatte und zog ihn ein weiteres Mal an mich ran. Sein Blick triefte nur so vor Begierde und Lust, mit leicht geöffneten Lippen sah er mich an. Prompt umfasste er meine wohlgeformten Hüften, hob mich hoch und trug mich zu dem breiten Tisch, auf dem er mich wieder absetzte. Er drängte sich zwischen meine Beine, strich über meine Arme und deutete mir, sie jeweils links und rechts von mir an den Tischkanten abzustützen. Schwer atmend folgte ich seinem stummen Befehl. Erregt biss ich mir lasziv auf die Unterlippe. Ich konnte einfach nicht anders.

Miles Hände setzten ihre Wanderschaft fort, strichen über meine Schenkel, hinauf zu meiner Taille und umfassten meine Brüste. Er beugte sich über mich, vorsichtig, als wäre ich aus Porzellan, oder ein wertvolles Schmuckstück, das auf keinen Fall zu Bruch gehen durfte. Hauchzarte Küsse benetzten meine Haut.
Während seine Lippen mein Schlüsselbein liebkosten, öffneten seine geschickten Finger Stück für Stück die Knöpfe meiner Bluse. Ich keuchte, konzentrierte mich darauf, mich an der glatten Oberfläche fest zu halten. Kostete jeden Moment, den mir Miles schenkte, in vollen Zügen aus.
Er knöpfte den letzten dunkelgrünen Knopf meines Oberteils auf, streifte mir die Ärmel von den Armen und ließ das Stück Stoff achtlos auf den tiefschwarzen Marmorboden segeln.
Seine Finger stoppten. Voller Ehrfurcht blickte er auf meinen enthüllten Oberkörper hinab und gab ein leises Knurren von sich.
»Gott Samantha, ist dir klar, wie schön du bist?«, zärtlich küsste er die üppigen Wölbungen, die aus dem schwarzen Büstenhalter ragten und entlockte mir ein leises Stöhnen.
Die Spannung, die sich in meinem gesamten Körper breit machte, war kaum noch zu ertragen. Ich wollte diesen Mann so sehr, dass es beinahe schon schmerzte.
Geräuschlos fiel nun auch mein Bh zu Boden.
Ich spürte, wie sein Atem erst meine rechte, dann die linke Brustwarze streifte und diese sich wie auf Knopfdruck verhärteten, sich aufrichteten. Behutsam nahm er eine meiner Brüste in seine rechte Hand, stülpte seine weichen Lippen über die harte, überaus empfindliche Knospe und begann daran zu saugen. Währenddessen stützte eine andere Hand meinen Rücken. Ich spürte, wie meine nassen Schenkel sich an dem rauen Bluejeansstoff rieben und wie mein Verlangen danach, Miles endlich in mir zu spüren, mit jeder seiner Liebkosungen größer wurde. Seine Lippen berührten meinen Bauch, vorsichtig drückte er mich immer weiter zurück, bis ich schließlich rücklings auf dem Tisch lag.
Er blickte mich über meinen Bauch hinweg an, machte sich

daran, die Knöpfe meiner Hose zu öffnen und hakte letztendlich seine Daumen jeweils links und rechts in den knappen Bund der Jeans. Instinktiv hob ich mein Becken etwas an und sah zu, wie er mir das Kleidungsstück langsam über die Hüften abstreifte und achtlos fallen ließ.
Während seine Augen mich mit gierigen Blicken verschlangen, war er selbst immer noch völlig gelassen. Er fixierte mich weiterhin, blieb vor mir stehen und schlüpfte aus seinem Jackett. Vorsichtig hängte er es über die Stuhllehne.
Das gleiche machte er mit der grauen Weste. Nur das Hemd landete genauso schnell wie die graue Hose auf dem Boden. Ich konnte es kaum erwarten, sachte über diese steinharten Muskeln zu kratzen. Allein schon bei der Vorstellung daran, überkam mich bereits ein angenehmer Schauer. Lustvoll biss ich mir auf die Unterlippe.
»Ich werde dir jetzt den Unterschied zwischen bedeutungslosem rumvögeln und leidenschaftlichem Sex zeigen, Samantha.«
Mein stockender Atem verschlug mir die Sprache. Ich nickte nur und strich mir mit meiner Hand sanft über meine Brüste. Ich verzehrte mich so sehr nach seinen Berührungen, dass ich selbst nicht mal mehr die Finger von mir lassen konnte. Ich musste mich einfach berühren. Seine funkelnden Augen verrieten mir, dass ihm meine kleine Soloeinlage durchaus gefiel. Er spornte mich dazu an, mich weiter selbst zu streicheln. Meine Fingerkuppen zogen kleine Kreise über meinen Oberkörper. Langsam zog er sich weiter aus.
Seine tiefgründigen, blauen Augen hafteten immer noch an mir. Mein gieriger Blick folgte seinen Händen, die nun zu seinen Shorts wanderten.
Splitterfasernackt stand er jetzt vor mir. Die ausgeprägten Muskeln zum zerreißen gespannt, packte er mich abermals an den Hüften. Abrupt zog er mich zwischen seine Beine.
Eine Hand strich über meinen Bauch hinweg zu meinen Fingern, während er mir mit seiner Linken den feinen String vom Leib riss. Innerlich glühte ich vor Lust und Begierde nach diesem Mann und seinem prachtvollen Körper. Als seine Hand

zwischen meine Beine glitt, entkam ihm ein leises, lusterfülltes Knurren.
»Oh Sam, wie bereit du für mich bist.«
Seine raue, tiefe Stimme ging mir durch Mark und Bein und verpasste mir eine wundervolle Gänsehaut. Er griff in eine der Sekretär-Schubladen und angelte ein Kondompäckchen hervor.
Ich wollte ihn in mir spüren. Jetzt.
Schnell zog er mich weiter an sich ran, öffnete das Päckchen und stülpte sich den Gummi über die Spitze seines Schwanzes. Dieser Anblick machte mich so scharf, dass mir beinahe die Luft wegblieb. Unsre Blicke trafen sich. Langsam drang er in mich ein, plötzlich schien die Welt für einen kleinen Moment still zu stehen.
Es gab nur ihn ... und mich.
Er genoss es sichtlich, in mir zu sein, seine Bewegungen waren erst langsam, kreisend, als wollte er sich jeden Millimeter von mir genau einprägen. Lüstern blickte ich ihm in die Augen, während ich sachte über seinen Oberkörper kratzte. Er keuchte. Seine Muskeln spannten sich unter meinen Berührungen an und seine Stöße wurden kräftiger, tiefer.
Stöhnend streckte ich mich ihm immer mehr entgegen, klammerte mich am Schreibtisch fest und war beinahe versucht, seinen Namen zu schreien, als er mich frech in eine Brustwarze kniff. Er drang noch einmal tief in mich ein. Füllte mich aus, nahm mich ein. Das Gefühl, mich nun endlich der Versuchung hingeben zu können, war einmalig, unbeschreiblich. Miles schlang seine Arme um meine Taille und stülpte seine Lippen über meine rechte Brust, als er mich abermals mit einem kräftigen Stoß vollends ausfüllte. Immer wieder rieb sich meine erregte Perle an seinem flaumigen Scham. Ich konnte spüren wie sich ein atemberaubender Orgasmus in mir anbahnte.
»Baby, lass los.«
»Komm für mich.«
Sein heißer Atem und die rauchige Stimme an meinem Hals, gaben mir den Rest und ich vergaß den Rest der Welt um mich

herum. Verlor mich in einem ekstatischen Höhepunkt. Ich spürte wie auch Miles, nur wenige Augenblicke nach mir, in mir pulsierte und atemlos auf meine Brust hinab sank.
Das war er also, der erste Teil der Mauer, die ich nieder zu reißen begann. Und ich fühlte mich fantastisch dabei.
Nach einer Weile küsste Miles zärtlich meine Brust und löste sich allmählich wieder von mir. Etwas benommen blinzelte ich ihn an und griff nach der Hand, die er mir reichte, um mir hoch zu helfen. Flink schlüpfte er in seine Hose und holte eine Packung Taschentücher aus einer Schublade und gab sie mir.
»Wenn ich nicht in zehn Minuten einen Termin hätte, hätten wir zusammen ein Bad nehmen können«, entschuldigend lächelte er mich an, während er sich sein Hemd wieder zuknöpfte und in seine Schuhe schlüpfte.
Fertig angezogen nahm Miles noch ein letztes Mal meine Hände und zog mich an sich heran. Er küsste mich so behutsam, als könnte er jede meiner Empfindungen darin mitfühlen.
»Ich hoffe, du hast deine Lektion gelernt, Samantha«, seine Lippen waren immer noch ganz dicht an meinen. Sie fingen leicht zu prickeln an, als seine Stimme daran vibrierte. Ein wohliger Schauer kroch mir über den Rücken.
Wir verweilten noch einen Moment so, bis wir uns voneinander lösten. Eilig zupfte ich meine Haare zurecht und wollte gerade gehen, als mein Blick auf die Sanduhr fiel. Mein Blick verharrte einen Augenblick darauf, ehe ich lächelnd weiter ging und Miles ein erfolgreiches Meeting wünschte.

FÜNF

Als ich beim Aufzug stand und darauf wartete, dass sich die Türen endlich öffnen würden, spürte ich, wie sich der arrogante Blick der wasserstoffblonden Frau am Empfang in meinen Rücken bohrte.
Sind Miles Türen etwa nicht schalldicht?
Ich schüttelte den Gedanken wieder von mir ab, weil es mir egal war. Warum sollte ich auch verheimlichen, dass ich soeben mit dem » sexiest Man alive « geschlafen habe.
Mit einem Dauergrinsen auf den Lippen machte ich mich wieder auf den Heimweg. Es war mir durchaus bewusst, dass sich das kleine Problem "Miles" zu einer, mich überrollenden, Katastrophe entwickelte, doch in diesem Moment war mir selbst das völlig egal. Ich genoss das Gefühl, frei und schwerelos zu sein. Zu lange war es her, seitdem ich mich das letzte Mal so fühlen durfte. Ich wusste noch nicht warum, aber in irgendeiner Weise fühlte ich mich erleichtert, so als wäre mir ein Stein vom Herzen gefallen.
Zu Hause angekommen stellte ich mich auch gleich unter den heißen, auf mich herab prasselnden, Wasserstrahl der Dusche und stand wenige Minuten später mit einer dunklen Yoga Hose und einem weißen Top bekleidet in der Küche vorm Herd, um mir eine herzhafte Asia Pfanne zu zubereiten.
Ein Klick auf die Fernsteuerung des Homesoundsystems und ein schwungvoller Song von den American Authors, erfüllte die Räume.
Meine üppigen Hüften wippten im Takt zur Musik, während ich den Text dazu summte und etwas Rotwein in ein Glas goss und vorsichtig daran nippte. Das Gemüse brutzelte kurz darauf in der Pfanne und ein würziger Geruch erfüllte die Küche. Ich liebe die asiatische Küche genauso sehr, wie ich italienisches oder griechisches Essen liebe. Doch normalerweise bestellte ich mir lieber etwas zu essen, als dass ich mich vor den Herd stellen würde.
Überraschenderweise hatte ich heute große Lust dazu, selbst Gemüse zu schneiden und Zwiebeln anzubraten. Ich stellte

den vollen Teller auf die blank polierte, dunkle Theke und setzte mich auf einen der aus Chrom angefertigten hohen Hocker davor, um zu essen. Währenddessen musste ich wieder an Miles und Annette denken. Die Tatsache, dass ich nun wusste, dass die beiden miteinander schliefen, löste eine gewisse Unruhe in mir aus.
Auch wenn ich bis jetzt noch keinen Schimmer davon hatte, was das alles zu bedeuten hatte, war mir zumindest klar, dass ich mit Miles darüber reden musste. Wenn wir das, was sich da offensichtlich zwischen uns anbahnte, nicht stoppten, mussten wir daran arbeiten.
Als der Teller schließlich leer war, stellte ich ihn neben die Spüle, schaltete die Lautstärke der Music etwas lauter und ging mit dem Glas Wein in der Hand hinaus auf die weitläufige Terrasse.
Es war schon spät, der Abend war bereits angebrochen. Die Luft flimmerte noch etwas von der Hitze des vergangenen Tages und ich genoss das Kribbeln auf meiner Haut, als eine leichte Windböe an mir vorüber wehte. Entspannt steckte ich mir eine Zigarette an,trank den letzten Schluck des Weines und ließ den Abend gemütlich ausklingen.
Die darauf folgenden Tage rauschten nur so an mir vorüber. Ich hatte einen Berg an Arbeit zu erledigen und verabredete mich am Donnerstag mit Cherry, um zu erfahren ob ich etwas verpasst hatte, von dem ich wissen sollte.
Der Freitag stand schließlich schneller vor meiner Tür, als mir lieb war. Also balancierte ich, pünktlich um acht Uhr morgens, einen Stapel bearbeitete Papiere und Pläne durch die dunkel verglaste Tür von Stawford Architectures.
»Sam, da bist du ja endlich«, Cherry stand von ihrem Stuhl auf, nahm die beiden Kaffeebecher, die vor ihr standen und ging auf mich zu.
Ich wollte sie gerade verscheuchen. Das Verhältnis zu meiner Chefin war zurzeit besser, als je zu vor und ich hatte keine Lust, mir diese entspannte Zusammenarbeit zu vermasseln.
Doch Cherry schüttelte kurz den Kopf, blickte an mir vorbei zu der breiten Tür, an der in kursiv geschriebenen Buchstaben

"Stawford" zu lesen war. Dann beugte sie sich über meinen Tisch und flüsterte mir ins Ohr: »Lexa ist anscheinend spontan in den Urlaub gefahren.«
Diese Neuigkeit überraschte mich allerdings sehr. So wie ich Lexa bisher kannte, war sie nicht der Typ für spontane Dinge. Sie plante immer alles im Voraus, wusste bereits vor allen anderen, wenn es Veränderungen gab, sie hatte einfach über alles und jeden die Kontrolle.
»Aber wer wird in ihrer Abwesenheit die Firma leiten?«, mit hochgezogenen Augenbrauen nahm ich einen großen Schluck aus meiner Tasse und sah Cherry aufmerksam in die Augen.
»Ach, das weiß keiner so genau, aber ich tippe mal auf Luke«, ihre Beine wippten wieder auf und ab während sie mir, auf meinem Schreibtisch sitzend, von den Neuigkeiten erzählte.
»Ich drücke ihm die Daumen«, genussvoll leckte ich mir den letzten Tropfen Kaffee von den Lippen und fing an, den Papierstapel vor mir auseinander zu sortieren.
Cherry verstand den stillen Befehl, sich wieder an die Arbeit zu machen und rutschte von meinem Tisch runter.
Der Vormittag ging so schnell vorüber, dass ich die Zeit übersah und bereits die halbe Mittagspause um war, als ich auf die Uhr blickte. Ich beschloss, nur schnell in die Cafeteria zu gehen, um mir einen Cranberry Muffin und einen Kaffee zu gönnen und mich gleich danach wieder an die Arbeit zu machen.
Ich kam soeben aus der Toilette zurück, die ich nach so viel Kaffee dringend nötig hatte, als mein Telefon klingelte. Lexa. Aufgeregt nahm ich den Anruf entgegen.
»Hallo Lexa, ich hoffe sie genießen ihren Urlaub«, ich versuchte möglichst freundlich und höflich zu klingen und wartete auf ihre Antwort.
Am anderen Ende der Leitung schien gerade ein reger Verkehr zu herrschen, es rauschte und jemand pfiff, wahrscheinlich einem Taxi hinterher, oder so.
Als der Lärm allmählich leiser wurde, drang Lexas Stimme an mein Ohr. Sie ignorierte meine Frage und fing an zu reden.
»Samantha, wie sie bereits bemerkt haben müssen, werde

ich eine Weile nicht im Büro auftauchen. Daher brauche ich jemanden, der mich in meiner Abwesenheit ersetzt.«
Eine kurze Pause trat ein, und im Hintergrund hörte man wieder das Brummen von Motoren.
»Sie werden diejenige sein, Samantha. Sie werden meinen Platz einnehmen und ihr bestes geben, um die Agentur am Laufen zu halten.«
Ich wusste nicht, was ich sagen sollte, war völlig sprachlos.
Es dauerte einen Moment, bis ich meine Sprache wieder fand und mich kurz räusperte.
»Mrs. Stawford, ich schätze es sehr, dass sie mir diese große Aufgabe zutrauen, aber ich denke, dass Luke durchaus besser dafür geeignet ist.«
Kurz war es still. Und ich hätte schwören können, dass Lexa, wie immer wenn sie nicht sofort bekam was sie wollte, die Luft scharf einsog.
»Luke mag vielleicht einen größeren Erfahrungsschatz haben, jedoch ist er oft sehr ungenau, was einige Dinge betrifft.Sie hingegen sind zielstrebig und äußerst sorgfältig, deswegen bekommen sie den Job.Am Montag werden sie in ihr neues Büro umziehen, ihr Gehalt wird selbstverständlich dementsprechend auch erhöht. Keine Widerrede!«
Ich wollte mich noch ein letztes Mal dazu äußern, als das Telefonat auch schon beendet wurde und nur mehr ein leiser Piepton zu hören war.
Völlig überrumpelt sackte ich auf meinem Stuhl nieder. So wie es aussah, konnte ich mich Lexas Beförderung in keiner Weise entziehen und musste am Montag in mein neues Büro einziehen. Im Grunde hatte ich ja nichts dagegen, befördert zu werden. Ganz im Gegenteil, Geld kann man nie genug haben und wer mich kannte, wusste, wie sehr ich neue Herausforderungen liebte.
Das einzige, was mir dabei Kopfzerbrechen bereitete, war Luke. Ich wusste, dass er schon lange davon träumte, eine höhere Position im Job zu ergattern. Und die Tatsache, dass Lexa mich ihm vorzog, würde ihm durchaus zu schaffen machen.

Im selben Moment öffnete sich auch schon die Bürotür und Cherry stolperte lachend mit Luke zusammen in den Raum. Die beiden prusteten nur so vor sich her.
Sie konnten sich nur schwer wieder beruhigen.
Als der amüsante Lachanfall der beiden vorbei war, hockten sie sich beide noch für einen Moment auf meinen Tisch und erzählten von ihrer gemeinsamem Pause und der blonden Praktikantin, an die ich mich noch vom letzten Mal erinnern konnte.
»Gott, Sam, da hast du echt was verpasst. Die Schnalle wäre doch tatsächlich sofort mit mir raus spaziert«, Lukes Lachen zerriss mir beinahe das Herz.
Trotz allem beschloss ich, Lexas Anruf fürs Erste für mich zu behalten, die beiden waren so gut gelaunt und ich war die Letzte, die den beiden den Spaß verderben wollte. Stattdessen hörte ich den beiden noch ein Weilchen zu und plante mit ihnen das Wochenende. Als Single ist alleine zu Hause sitzen, während die schönsten Männer der Stadt sämtliche Clubs unsicher machen, ein No Go.
Wir verabredeten uns für heute Abend in unserer Lieblings Bar und beschlossen, den weiteren Verlauf des Abends spontan zu entscheiden. Ich freute mich auf den gemeinsamen Abend. Das Gespräch mit Lexa verbannte ich erfolgreich aus meinen Gedanken.
Der Feierabend kam schnell näher. Da die Türen der Agentur an jedem Freitag bereits um 15 Uhr geschlossen wurden, hatte ich noch Zeit, um meinen wöchentlichen Einkauf im Supermarkt zu erledigen und das Abendkleid, das ich bei der Charity Veranstaltung in der Taatchi Gallery trug, aus der Reinigung zu holen.
Um 18 Uhr wollte ich mich mit Cherry und Luke treffen, also blieb mir noch genug Zeit, um meine Wäsche zu waschen und etwas aufzuräumen.
Es war etwa 17 Uhr, als ich den Wischmob an seinen Platz zurück stellte, mich danach unter die Dusche stellte und damit begann, mich für den bevorstehenden Abend fertig zu machen.

Ich wusste nicht warum, aber irgendetwas sagte mir, dass das eine Partynacht werden würde. Passend dafür kramte ich eine hautenge Leder Leggings und eine dunkelrote, transparente Samtbluse aus meinem Schrank.
Ich schlüpfte in einen schwarzen, mit edler Spitze besetzten Bh, der dezent durch den feinen Stoff der Bluse hindurch schimmerte. Mein Spiegelbild verriet mir, dass ich verdammt scharf aussah. Fehlte nur noch etwas Make up und etwas Volumen für die Haare.
Nachdem mir Annettes Stylistin aus dem Beauty Salon, in dem ich mit ihr vor kurzem war, so wunderschöne Locken verpasst hatte, kaufte ich mir selbst auch einen Lockenstab.
Heute kam er zum ersten Mal zum Einsatz. Es war einfacher, als ich dachte.
Nach nicht einmal dreißig Minuten schlüpfte ich top gestylt in ein paar rote Jimmy Choose und machte mich auch gleich auf den Weg zu unserem verabredeten Treffpunkt.
Als ich kurz darauf bei Bradley´s eintrudelte, saßen Cherry und Luke bereits an unserem Stammtisch. Luke pfiff mir anerkennend hinterher. Ich ging an ein paar noch freien Plätzen vorbei zur Bar, um mir ein Glas Rotwein zu bestellen.
Danach setzte ich mich neben ihn auf die mit rotem Samt bezogene Polsterbank.
»Wow, Sam, du siehst fantastisch aus«, bei Lukes Anmache musste sowohl Cherry, als auch ich grinsen. Wir wussten beide, dass ich an diesem Abend nicht die einzige sein würde, die ein solches Kompliment aus Lukes Mund zu hören bekam.
»Ach, du übertreibst wieder einmal«, lächelnd nippte ich an meinem Glas und ließ meinen Blick kurz durch den Raum schweifen. Wir besuchten diese Bar schon während unserer Studienzeit und ich hatte mich vom ersten Drink an in sie verliebt. Andere würden vielleicht sagen, dass die Einrichtung, mit den vielen alten Bildern an der Wand und den hölzernen Möbeln, altmodisch sei.
Doch mir gefiel dieser "Old Shabby Look", es hatte noch was von dem guten alten, urigen London übrig. Früher waren Cherry und ich oft mit unsrer alten Clique hier.

Damals waren Paul und Jason noch dabei. Jason war der einzige Kerl, den ich kannte, mit dem Cherry eine halbwegs solide Beziehung führen konnte. Die beiden waren die gesamte Studienzeit über zusammen. Jedoch trennten sie sich dann, als Jason ein Harvard Stipendium bekam und Cherry sich weigerte, ihm in die USA zu folgen.
An dieser Bar hingen wundervolle Erinnerungen, die ich nicht missen wollte.
Der Abend verlief toll und ehe wir uns versahen, waren wir alle drei auch schon etwas angetrunken. Wir lachten, quatschten über alte Zeiten und tanzten zu den Oldies, die aus der Jukebox klangen.
Es war fantastisch.
Als Luke sich von uns abwandte, um seine Aufmerksamkeit einer rassigen Spanierin zu schenken, nutzte ich die Zeit, um für einen Moment raus zu gehen und eine Zigarette zu rauchen. Die kühle Nachtluft tat mir gut. Ich spürte, wie mein Kopf allmählich wieder klarer wurde. Ich nahm soeben einen letzten Zug, als ich Miles unter den Leuten, die sich vor der Bar tummelten, entdeckte.
Das darf doch nicht wahr sein!
In der Hoffnung, dass er mich nicht entdecken würde, schnippte ich den Rest der Kippe auf die Straße und verschwand eilig wieder im Lokal.
Als ich an unserem Tisch saß, spürte ich, wie mir die Röte an den Wangen empor kroch und mein Herz wie verrückt zu pochen begann. Insgeheim war ich heil froh darüber, dass auch Cherry aufgestanden war und sich, etwas weiter entfernt von mir, mit einem rothaarigem Typen unterhielt, der definitiv um zehn Jahre jünger war als sie.
Ich versuchte mich wieder zu entspannen. Trank mein Glas leer und bestellte mir daraufhin einen Vodka Cranberry
Es überraschte mich nicht einmal sonderlich, als sich nach einer Weile die Tür öffnete und Miles, gefolgt von einem hoch gewachsenen, dunkelhaarigen Kerl, die Bar betrat. Sein Blick fiel so gleich auf mich, durchbohrte mich. Es fühlte sich an, als würde er mich vor seinem inneren Auge bereits wieder aus-

ziehen, um mich ein weiteres Mal auf dem Tisch zu nehmen. Er sagte etwas zu seiner Begleitung und schlenderte auf mich zu. Sein Freund hingegen bahnte sich einen Weg zur Bar.
»Samantha, was machst du hier?«, seine Frage verwirrte mich. Hätte er mich nicht begrüßen können, wie jeder andere normale Mann es auch gemacht hätte?
»Ich gehe aus, Miles. Und ich trinke, so wie jeder andere in diesem Pub auch«, ich grinste ihn frech an, prostete ihm mit dem Glas in meiner Hand zu und nahm provokant einen kräftigen Schluck des Vodkas.
Miles rührte sich nicht vom Fleck. Ich bemerkte, wie sein Kiefer mahlte, die Farbe seiner Iris verdunkelte sich. Seine Muskeln spannten sich unter dem Schwarzen Hemd sichtlich an.
Der Alkohol zeigte mittlerweile erneut seine berauschende Wirkung. Ich wurde mutiger und setzte noch einen drauf.
»Hast du etwa vor, mich wieder am Ärmel raus zu zerren? Das scheint dir ja Spaß zu machen«, ich wusste, dass ich ihn wütend machte. Der Zorn stand ihm ins Gesicht geschrieben, aber ich genoss es.
Seitdem wir miteinander geschlafen hatten, hatte ich kein Wort mehr von ihm gehört. Ich wollte es mir bis jetzt vielleicht selbst nicht eingestehen, aber ich war verdammt sauer deswegen und das sollte er auch zu spüren bekommen.
»Lass uns rausgehen, Sam«, sein Blick wurde weicher. Fast so, als wüsste er, weswegen ich nicht gut auf ihn zu sprechen war.
Ich schnappte mir meine Tasche und ging zur Tür. Wenn jemand unseren Kleinkrieg mitbekommen hätte, hätte sich vielleicht noch eine Prügelei daraus entwickelt und das wollte ich auf jeden Fall vermeiden. Miles folgte mir, er hatte meinen Trenchcoat mitgenommen und legte ihn mir sachte um meine Schultern.
Das war, wie ich fand, ein äußerst guter Schachzug von ihm.
Diese einzige, kleine Geste entschärfte die hochexplosive Stimmung. Allmählich entspannte ich mich wieder.
Als ich mich an der steinernen Wand hinter mir anlehnte und ihn, die Arme vor meiner Brust verschränkt, beobachtete,

ergriff er schließlich das Wort.

»Es tut mir leid, dass ich mich nicht gemeldet hab«, beinahe schon beschämt, stand er, den Blick auf den nassen Kies unter seinen Füßen gerichtet, die Hände in die Taschen seiner beigen Jeans vergraben, vor mir.

Ich nahm einen Zug meiner Kippe, ließ sie dann aber wieder fallen, weil ich mich plötzlich vor dem Geschmack des Tabaks ekelte.

»Schon gut, war ja nur Sex«, sagte ich und zuckte belanglos mit den Schultern. Kaum hatte ich diese Worte ausgesprochen, stand Miles nur eine Nasenspitze entfernt vor mir. Er umfasste meine Arme, presste mich gegen die kühle, nasse Steinmauer.

»Nein, Samantha!«

Seine Stimme klang wie ein Knurren. Er musste sich mit aller Kraft darauf konzentrieren, mich nicht anzubrüllen.

»Es war nicht nur Sex, Samantha, es war viel mehr«, ich konnte nicht fassen, was er da sagte. Meine Augen suchten nach seinen. Unsere Blicke trafen sich. Ein Schwall, voll mit all den Gefühlen, die ich diesen wundervollen blauen Augen ablesen konnte, verschlang mich.

Mir fehlten die Worte und ich war mir nicht sicher, ob das Karussell, das sich in meinem Kopf anfing zu drehen, vom zu vielen Alkohol, oder von all dem, was hier soeben geschah, verursacht wurde.

»Samantha, alles in Ordnung?«, Miles Stimme zog mich wieder aus meinen Gedanken zurück in die kalte, nasse Realität.

»Ich weiß nicht, was ich sagen soll, Miles«, wir blickten uns weiterhin in die Augen. Der feste Griff seiner Hände, mit denen er mich festhielt, lockerte sich.

Es war die Wahrheit. Zum ersten Mal in meinem Leben wusste ich keine Antwort, ich wusste nur eins, ich wollte diesen Mann küssen. Wie auf Knopfdruck tauchten die Bilder aus seinem Büro, seinem Schreibtisch, seiner von Schweiß benetzter Haut und seinen unglaublich heißen Lippen, in meinen Gedanken auf.

Miles konnte scheinbar selbst an nichts anderes mehr den-

ken, seine Miene wurde weicher, liebenswürdiger. Er streckte meine Arme über meinen Kopf aus, drückte mich sachte gegen die Wand und schob sich zwischen meine Beine. Unsere Lippen berührten sich und eine Explosion an Empfindungen brach in mir aus. Jeder einzelne Zentimeter meiner Haut kribbelte, während sich eine ungewohnte Wärme und das Gefühl von Geborgenheit in mir ausbreitete.
So musste es sich hinter Petrus Pforten anfühlen, dachte ich mir und vergaß alles um mich herum.
Ein lautes, tiefes Räuspern, stoppte unseren Liebesrausch.
Es war Luke, der mit verschränkten Armen und grimmigem Gesichtsausdruck am Eingang der Bar stand und uns anstarrte.
Ich kannte Luke schon lange, aber diesen bösen Blick hatte ich noch nie zuvor bei ihm gesehen. Eilig löste ich mich aus Miles Fesseln, zupfte meine Bluse zurecht, hob den Trenchcoat vom Boden auf, der mir von den Schultern gerutscht war und sah ihn beschämt an.
Erst jetzt bemerkte ich den strengen Augenkontakt, den die beiden hatten. Miles stand mit geballten Händen neben mir. Er verhielt sich so, als würde er angegriffen werden, blinzelte nicht einmal.
Die beiden starrten sich an, als würden sie dem Teufel persönlich gegenüber stehen.
»Ich komme gleich wieder rein, Luke«, nervös lächelte ihn an und hoffte inständig, dass er meinen Wink, wieder zu verschwinden, verstanden hatte.
»Ist gut«, er torkelte leicht, als er sich, ohne sich noch einmal nach uns um zu drehen, ins Getümmel stürzte.
Prompt drehte ich mich zu Miles um, und wartete auf eine Erklärung für das, was sich da eben abspielte. Kennen die beiden sich etwa?
»Lässt du dich von ihm ficken?«, seine Frage ließ mich einen Schritt zurück taumeln.
Was dachte er bloß von mir? Das ich mit jedem Kerl ins Bett steigen würde, der mir in die Finger kam?
»Nein, Miles, ich lass mich von ihm genauso wenig ficken, wie von sonst wem, mit dem ich mich ansatzweise gut verstehe«,

meine Stimme war kurz davor zu brechen, so viel Wut und Enttäuschung spiegelte sich darin.
Und plötzlich, als hätte jemand unsere kleine Blase, die uns und unsere Schwärmerei vom Rest der Welt abtrennte, platzen lassen, war ich wieder so unglaublich wütend auf ihn, dass der Drang, mich einfach umzudrehen und zu gehen, immer stärker wurde.
Miles sagte kein Wort, er starrte mich nur weiter an und ich spürte, wie sich nach und nach ein Abgrund zwischen uns auf tat. Ich blicke ihn an schüttelte verständnislos den Kopf und ging in die Bar zurück, wo ich mir einen weiteren Vodka Cranberry bestellte.
Mein Blick schweifte durch das Lokal, als ich Luke schließlich an der Bar entdeckte. Ich nahm meinen Drink und ging zu ihm. Vielleicht würde ich von ihm erfahren, was sein Auftritt vorhin zu bedeuten hatte.
Luke blickte kurz von seinem Smartphone auf, tippte seine Nachricht fertig und ließ es schließlich wieder in seiner Tasche verschwinden. Es war eigenartig, wie wir uns so anschwiegen, als ob keiner so recht wusste, wie wir das Thema ansprechen sollten.
Ich nahm gerade einen großen Schluck meines Drinks, als er doch das Wort ergriff.
»Halte dich von ihm fern, Sam«, völlig verdutzt blickte ich ihn an.
»Warum Luke? Was weißt du über ihn, was ich nicht weiß?«
Noch nie zuvor hatte ich so einen hasserfüllten Ausdruck in Lukes Gesicht gesehen. Er beobachtete, wie die karamellbraune Flüssigkeit in seinem Glas hin und her schwankte und musste sich scheinbar sehr darauf konzentrieren, nichts Falsches zu sagen.
»Er ist einfach nicht gut für dich Sam!«
Mit einem Mal brodelte all die angestaute Wut in mir hoch. Der Alkohol machte mich mutig und gab mir das Gefühl, unglaublich stark zu sein.
»Ach ja? Woher willst du wissen, was gut für mich ist und was nicht?«, ich funkelte ihn zornig an und merkte, dass unsere

Auseinandersetzung bereits die Aufmerksamkeit anderer auf sich zog.
»Ich weiß, dass er alles andere als gut für dich ist«, Luke sah mir direkt in die Augen, er war wütend, aufgewühlt.
»Du wirst seinen Ansprüchen nicht genügen, Kleines, glaub mir«, obwohl sein Blick nun weicher wurde, machte er mich mit diesem Satz noch wütender, als ich ohnehin schon war.
»Na wenigstens genüge ich Lexas Ansprüchen!«, kaum hatte ich diese Worte ausgesprochen, bereute ich sie auch schon wieder. Ich wusste, dass ich nicht mit fairen Mitteln spielte.
Lukes Kopf wandte sich blitzschnell zu mir.
»Was willst du mir damit sagen, Sam?«, mir war klar, dass er bereits wusste, was ich ihm damit sagen wollte, er wollte es nur aus meinem Mund hören.
»I - i -ich bin ab morgen ihre Vertretung«, augenblicklich schoss mir die Röte ins Gesicht.Niemals wollte ich Luke jemals verletzen und doch hatte ich genau das soeben getan.
Seine Augen waren für einen Moment von Enttäuschung und Verletztheit geprägt, dass mir trotz meiner Wut das Herz schmerzte.
Er blickte mich noch einmal kurz an, nahm seinen Drink und verschwand im Getümmel.
Plötzlich überrollte mich das Gefühl, völlig Fehl am Platz zu sein. Cherry flirtete immer noch mit dem Rotschopf, wahrscheinlich hatte sie von all dem Drama, das sich gerade noch abspielte, gar nichts mitbekommen und Luke wollte verständlicherweise erstmal nichts mehr von mir hören.
Ich hatte Mist gebaut.
Bedrückt ließ ich mein halb volles Glas auf der Theke stehen, schnappte mir meine Sachen und trat in die kühle Nachtluft hinaus. Raus aus dem Getümmel und der stickigen Luft, die das Lokal beherrschte.
Kaum war ich in den kalten Regen raus getreten, wurde mir furchtbar übel, ich spürte den Drang mich zu übergeben, wollte dem aber nicht nachgeben, also stützte ich mich kurz an einer hell strahlenden Laterne ab und atmete ein paar Mal tief durch.

Der frische Sauerstoff besserte meine Übelkeit etwas, so dass ich mich auf etwas wackeligen Beinen auf den Heimweg machen konnte.

SECHS

Oh Gott!
Das Licht der Sonnenstrahlen, die durch einen Spalt zwischen den Vorhängen in mein Schlafzimmer strahlte, verpasste mir einen schmerzvollen Stich an den Schläfen. Im Zimmer miefte es nach Alkohol und Zigaretten und als ich mich aufrichtete und die Bettdecke zurückschlug, wusste ich auch weshalb.
Auch wenn ich es nicht gerne zugab, ekelte ich mich in diesem Moment vor mir selbst. Ich stank wie ein Fass voll Schnaps, das in einer Tabakfabrik deponiert wurde. Schnell stieg ich aus dem breiten Bett, schob blinzelnd die dunklen Vorhänge zur Seite und öffnete die Fenster.
Den Bezug von der Bettdecke und dem Kissen nahm ich gleich zusammen mit dem Leintuch mit ins Bad und stopfte es in die Waschmaschine. Ich hasse Unordentlichkeit und noch mehr hasste ich es, wenn ich selbst dafür verantwortlich war.
Nach einer halben Stunde unter der heißen Dusche fühlte ich mich schon viel besser. Als ich in eine meiner etlichen Yoga Hosen und einem dazu passenden Oberteil geschlüpft war, bezog ich mein Bett neu und machte mir schließlich einen Kaffee, den ich fast in einem Zug in mich hinein schüttete.
Langsam dämmerte es mir, was ich am Vorabend angerichtet hatte.
Luke. Ich habe ihm die Neuigkeit von meiner Beförderung vor den Kopf geknallt!
Am Montag musste ich mich unbedingt bei ihm entschuldigen. In diesem Moment erinnerte ich mich wieder an die Situation mit Miles, an die unsagbar bösen Blicke, die die beiden sich zuwarfen und an den eigentlichen Grund, weswegen das Gespräch mit Luke so ausgeartet war.
Mir war klar, dass Miles mir niemals von sich erzählen würde, was zwischen Luke und ihm vorgefallen war. Deswegen beschloss ich, mich fürs Erste mit Luke zu vertragen und ihn nach dem Grund für das Verhalten der beiden zu fragen.
Der Rest des Wochenendes war der reinste Horror für mich. Ich vermisste meine beiden besten Freunde. Nachdem sich

selbst Cherry nicht bei mir meldete, war ich mir sicher, dass Luke ihr von unserer Auseinandersetzung erzählt hatte und sie nun genauso stinksauer auf mich war, wie er. Bisher hatte ich ihr immer alles anvertraut, selbst wenn etwas noch so schrecklich für mich war. Sie war es, die jedes Geheimnis von mir kannte. Die Tatsache, dass sie von Luke erfahren musste, dass ich auf begrenzte Zeit dazu befördert wurde, ihre Vorgesetzte zu sein, hatte sie mit Sicherheit äußerst gekränkt.
Zudem musste ich ständig an Miles denken. Jeder Versuch, mich von den Gedanken an ihn abzulenken, scheiterte kläglich. Wenn ich gekonnt hätte, hätte ich ihn und das wundervolle Abenteuer mit ihm liebend gern vergessen,.Doch er hatte mich schon zu sehr in seinen Bann gezogen, um mich so leicht von ihm losreißen zu können.
In der Nacht von Sonntag auf Montag bekam ich kaum ein Auge zu und wenn, dann begegnete er mir selbst in meinen Träumen. Dieser Mann war wie eine Droge, dessen Abhängigkeit ich nicht mehr verhindern konnte.
Die Augenringe, die mir am nächsten Morgen den Blick in den Spiegel vermiesten, vertuschte ich mit etwas Concealer. Solang ich mich an meine Zeit in der Agentur zurück erinnern konnte, gab es keinen einzigen Tag, an dem es mir so ging wie heute. Jede einzelne Faser meines Körpers sträubte sich dagegen, mich fertig zu machen und zur Arbeit zu gehen. Ich ahnte bereits, dass mir einer der schlimmsten Tage meines bisherigen Arbeitslebens bevorstehen würde.
Und doch musste ich da durch.
Es war wohl die Macht der Gewohnheit, die mich gleich zu meinem alten Schreibtisch gehen ließ. Doch als mich Cherrys ausdrucksloser Blick traf und ich meinen bereits leer geräumten Platz vorfand, machte ich sofort kehrt und stöckelte in das Foyer der Firma zurück, wo mir Susan, die Empfangsdame auch gleich den Weg in mein neues, eigenes Büro wies.
Normalerweise hätte ich mich über den wunderschönen, hellen Raum mit dem riesigen Schreibtisch und dem eigenen Balkon freuen sollen, doch die Freude wurde durch die letzten Geschehnisse überschattet. Ich schenkte Susan ein aufgesetz-

tes, kurzes Lächeln und entließ sie schließlich wieder an ihren Arbeitsplatz zurück.
Dann, als ich so alleine in meinem rar eingerichteten, neuen Büro saß, hüllte sie mich wie eine Glaskuppel ein. Die Einsamkeit.
Ja ich weiß. Normal fand ich es angenehm, ja schon fast beruhigend, alleine zu sein, nur mich und meine Gedanken zu haben. Aber das hier, das war etwas anderes, es war nicht diese Art von Einsamkeit, nein, es war die Art von Einsamkeit, die einem zeigte, dass man scheinbar alles verloren hatte. Und ich hasste dieses Gefühl.
Ich blickte auf den Stapel Unterlagen und die Kisten mit meinen persönlichen Sachen, die auf dem glänzenden, schwarzen Tisch standen. Arbeit würde mich zumindest für eine Weile von all dem Chaos ablenken. Mit einer Portion selbst erzwungener Motivation machte ich mich ans Werk.
Pünktlich zur Mittagspause sah mein neuer Arbeitsplatz aufgeräumt und ordentlich aus und ich hatte bereits angefangen, mich durch einen Teil des Stapels, der mir aus Lexa´s Büro vorbeigebracht wurde, durch zu arbeiten.
Die Jacke in der Hand kramte ich gerade meine Geldbörse aus meiner Tasche, um mir einen Kaffee aus der Cafeteria zu holen, als mich ein leises Klopfen an der Tür plötzlich aufhorchen ließ.
»Ja, bitte.«
Eilig zupfte ich meine Chiffon Bluse zurecht, da ich davon ausging, dass einer der andren Mitarbeiter vor der Tür stand, doch da hatte ich mich getäuscht.
Die Tür ging auf und Luke stand mitten im Raum.
Etwas unbeholfen und mit zwei dampfenden Kaffeetassen in den Händen, sah er mich an.
»Können wir reden, Sam?«, er sah tatsächlich äußerst bedrückt aus, so unbeholfen wie er vor mir stand, konnte ich ihm keine Bitte abschlagen, also bat ich ihn, sich zu setzen.
Eine seltsame Stille breitete sich zwischen uns aus. Luke mied es, mir in die Augen zu blicken . Saß mir gegenüber, schob eine der beiden Tassen über den Tisch und sah sich in dem

halb leeren Raum um.
»Ist ganz gemütlich hier, was?«
Ich wusste nicht ganz, was ich sagen sollte, also nickte ich einfach nur und nippte am Kaffee. Er räusperte sich und strich sich mit einer Hand über den Nacken, ehe er mich mit festem Blick anstarrte und abermals zu sprechen begann.
»Hör zu Sam, es tut mir leid. Ich wollte dich bloß schützen, mehr nicht.«
Mir war klar, dass nun mein Part einer ordentlichen Entschuldigung folgen musste. Es war nicht fair, als ich ihn so vor den Kopf gestoßen hatte und das wusste ich.
»Mir tut's auch leid, dass ich dir das mit der Beförderung so vor den Kopf geknallt habe.«
Wäre nicht der Lärm des Verkehrs draußen gewesen, der durch die offene Balkontür dröhnte, dann hätte man beinahe die Steine, die auf unseren Herzen lagen gehört, wie sie über den Boden kullerten. Aber ich spürte, dass Luke mir noch etwas erzählen wollte, irgendetwas bedrückte ihn und ich würde herausfinden, was es war.
Vorsichtig lächelte ich ihn an, als er schließlich zurück grinste, war das Eis doch endlich wieder gebrochen.
»Danke für den Kaffee, den hatte ich heute schon dringend nötig«, ich nickte zu dem Berg Arbeit, der sich auf meinem Tisch stapelte und lächelte etwas zögerlich.
»Also wenn du Hilfe brauchst, ich bin jeder Zeit zur Stelle«, ich musste abermals lächeln, so kannte ich Luke und so liebte ich ihn auch. Er war von Anfang an immer so etwas, wie mein großer Bruder.
»Sam, wollen wir uns heute bei mir treffen, um noch mal über alles zu reden?«, er sah fast etwas schüchtern aus, als er mich fragend ansah, »ich würde sogar kochen, Curry Chicken oder so.«
Luke und kochen, da hätte ich genauso gut behaupten können, dass ich mit der Queen eine Verabredung zum Tee hatte. Ich bemühte mich, nicht los zu prusten und sagte ihm zu. Wir leerten unsere Tassen und machten uns wieder an die Arbeit. Gott, so erleichtert wie in diesem Moment, war ich schon ewig

nicht mehr. Und noch mehr freute ich mich auf den kommenden Abend mit Luke. Meine Hoffnung, dass er mich von sich aus über die geheimnisvolle Sache, die Miles und ihn miteinander verband, aufklären würde, keimte langsam wieder in mir auf. Mit meiner unzerstörbaren guten Laune, erledigte sich die Arbeit wie von selbst.
Ich fuhr danach noch kurz zu Hause vorbei, um mich umzuziehen und beschloss, gleich danach zu Luke zu fahren, falls er doch etwas Hilfe benötigen würde.
Er hatte mich scheinbar schon vom Fenster aus auf den Parkplatz fahren sehen, denn kaum stand ich vor seiner Türe, wurde sie mir auch schon geöffnet. Luke grinste mich mit seinem verschmitzten, jungenhaften Lächeln an und ehe ich mich versah, standen wir auch schon zusammen in der Küche und gaben unser Bestes, um ein gutes Curry Chicken auf die Teller zu zaubern. Wer auch immer für Lukes Einsicht verantwortlich war, ich dankte ihm dafür.
Das Essen schmeckte, trotz erster Zweifel, köstlich. Als wir beide pappsatt waren, räumte Luke den Tisch ab und kam mit einer Packung Cookie Eiscreme und zwei Löffeln wieder aus der Küche zurück.
»Na los, Kleines, lass uns rausgehen«, er nickte zur Terrassentüre. Wir legten uns in einen der beiden riesigen Rattan Korbsessel und wärmten uns mit einer kuscheligen Felldecke, während wir unseren Nachtisch in uns hinein löffelten.
»Das ich dich nicht wegen dem Essen eingeladen habe, ist dir klar, nicht wahr?«
Mein Mund war voll mit Eiscreme, also nickte ich nur und grinste ihn frech an.
Gedankenverloren rieb er sich sein dunkelbärtiges Kinn und blickte kurz ins Leere.
»Also Sam, ich sagte doch, dass wir über alles reden werden, dann musst du auch die Wahrheit erfahren«, Luke wirkte nicht mehr so cool und gelassen, wie zuvor. Er wurde unruhig, rieb sich immer wieder über den dichten Bart und scannte mein Gesicht, als würde er versuchen, darin etwas ablesen zu können.

Ich sah ihn aufmerksam an und wartete darauf, dass er endlich weiter erzählte. Seit Freitagabend plagten mich nun schon so viele Fragen. Fragen, die nur er, oder Miles mir beantworten konnten.
»Miles ist sozusagen mein Bruder, Sam«, seine Worte verwunderten mich, mir wären viele Gründe in den Sinn gekommen, weswegen die beiden sich scheinbar hassten, aber damit hätte ich nie im Leben gerechnet. Die beiden Männer hatten keinerlei Gemeinsamkeiten, geschweige denn, sahen sie sich nicht im Geringsten ähnlich.
»Sozusagen? Ist er nun dein Bruder, oder nicht?«, ich musste einfach nachfragen. Luke hatte meine Neugier geweckt und je mehr ich über Miles erfahren konnte, desto besser würde ich ihn verstehen können.
Ich war so gespannt, dass ich beinahe die Packung Eis vor mir vergaß.
»Hör zu Sam, ich wurde adoptiert. Damals war ich vier Jahre alt. Meine leibliche Mom ist eine verdammte Hure und mein Vater, da will erst gar nicht anfangen.«
Mir stockte der Atem, ich war so geschockt von seiner Geschichte, dass mir die Worte fehlten. Vor meinen inneren Augen spielten sich Szenen aus Lukes lang vergangener Kindheit ab und es zerriss mir beinahe das Herz.
Nach ein paar Minuten hatte ich meine Fassung wieder errungen und nickte ihm aufmunternd zu. Er verstand meine stumme Aufforderung, steckte sich einen Löffel von dem cremig, zarten Eis in den Mund und fuhr fort.
»Miles ist der leibliche Sohn von Mark und Charlene. Sie bemühten sich zwar, ihn mir nicht vor zu ziehen, aber du siehst ja selbst, was er im Gegensatz zu mir für ein Leben führt. Er leitet seine eigene Firma, fährt die schicksten Wagen und ist obendrein noch stinkreich, genauso wie unsere Schwester.« Schwester? Miles hatte mir nie von ihr erzählt.
»Ihr habt noch eine Schwester?« Er nickte. »Ja, Sandra. Sie ist war ein Nachzügler, wurde etwa drei Jahre, nachdem ich zu ihnen kam, geboren.«
Sein Neid auf Miles und Sandras prunkvolles Leben, war für

mich durchaus nachvollziehbar, jedoch war das meiner Meinung nach noch lange kein Grund dafür, so ein zerrüttetes Verhältnis zu haben. Da musste noch mehr dahinter stecken und ich wollte, nein, ich musste wissen, was es war. Hartnäckig horchte ich ihn weiter aus. »Das ist also der Grund, weswegen ihr nicht mehr miteinander spricht?«
Betrübt schüttelte Luke den Kopf, fuhr sich abermals mit der Handfläche durch den Bart und sprach weiter.
»Ich lebte einige Jahre in Sydney, war glücklich verheiratet, es war perfekt.«
Irgendetwas in mir sagte mir, dass das noch nicht alles gewesen ist und etwas schreckliches folgen würde und ich hatte recht.
»Lisa und ich waren zu Weihnachten immer bei meiner Familie, um ein paar schöne Feiertage mit ihnen zu verbringen. Miles war zu der Zeit ein ziemlich arrogantes Arschloch, Frauen waren nur für sein Vergnügen gut genug.«
Oh Gott. Ich befürchtete schon das schlimmste.
»Er hat Lisa gevögelt, Sam«, bei seinen Worten zeichnete sich so viel Schmerz und Wut in seiner Mimik ab, dass ich nicht anders konnte, als ihn zu umarmen. Er tat mir so unendlich leid.
»Was geschah dann?«, fragte ich weiter, weil ich spürte, dass er mir alles erzählen wollte.
»Danach ließen wir uns scheiden, ich ging nach London zurück, kämpfte mich wieder hoch und nahm den Job bei Stawford an. Das Haus der Taylors habe ich seither nie wieder betreten. Als ich Miles dann letztens wieder sah, kam einfach alles wieder hoch Sam.« Nun wurde mir so einiges klar. Luke war nicht grundlos sauer auf Miles, sein Bruder hatte sein Leben zerstört und ihm alles aus den Händen gerissen, was er liebte. Verständnisvoll umfasste ich Lukes Hand mit meiner.
»Danke, dass du so ehrlich zu mir warst, ich verstehe dich.«
Und doch, selbst wenn ich Luke nun besser verstand und den fürchterlichen Grund für seinen Ausraster kannte, wollte, nein, musste ich auch mit Miles darüber sprechen. Es war nicht meine Art, mir ein Urteil zu bilden, wenn ich nicht auch

die andere Seite der Geschichte kannte.
Ich behielt meinen Plan, Miles einen Besuch abzustatten für mich. Fürs Erste war dieses Thema abgeschlossen. Wir sahen noch etwas fern, lenkten uns mit den Witzen des Komödianten ab, der in einer Show auftrat und verbrachten den Abend gechillt auf dem Sofa. Kurz vor Mitternacht trudelte ich dann wieder, immer noch völlig aufgewühlt von den neuen Erkenntnissen, zu Hause ein.
Ich nahm mir vor, auch mit Cherry so schnell wie möglich das Gespräch zu suchen und ging hundemüde ins Bett.
Die vielen Geschehnisse der letzten Tage wühlten mich tatsächlich so sehr auf, dass sie mich sogar im Schlaf verfolgten. Schweißgebadet, die Schläfen schmerzten mir, wachte ich auf. Die Erinnerung an meinen Traum hatte ich verloren. Es war aber auf jeden Fall nichts schönes.
Wieder einmal musste ich die dunklen Ringe unter meinen Augen mit Concealer kaschieren. Selbst meine Haare schienen von all dem Stress Schaden genommen zu haben, fransig und stumpf fiel mir die, abermals schöne, brünette Mähne über die Schultern.
Seufzend steckte ich mir meine Haare zu einem eleganten, französischen Knoten hoch, schlüpfte in einen schicken schwarzen Jumpsuit, kaschierte die darin noch viel üppiger wirkenden Hüften mit einem goldenen Gürtel und zog mir dazu passende Schuhe an.
Ich sammelte meine Unterlagen ein, die auf der Küchentheke verstreut waren und steckte mir ein paar goldene Ohrstecker an.
Im Büro lief alles drunter und drüber, sodass ich erst frühestens zur Mittagspause das Gespräch mit Cherry suchen konnte. Zum ersten Mal bewunderte ich Lexa für die Coolness, die sie immerzu an den Tag legte. Den halben Vormittag verbrachte ich damit, Telefonate zu führen und mir etliche Notizen zu den Wünschen der teils arroganten und äußerst unfreundlichen Kunden zu machen.
Im Laufe des Nachmittags würde ich auch bei Annette vorbeischauen müssen, die Handwerker schienen, wie sie mir sagte,

hervorragende Arbeit geleistet zu haben und das Appartement sei soweit fertig umgebaut, dass wir schon bald mit dem Einrichten anfangen könnten.
Kurz musste ich wieder an Miles denken, doch ich zwang mich den Gedanken an ihn wieder zu verdrängen und arbeitete bis zur Mittagspause an einigen Entwürfen weiter, die ich Annette heute noch zeigen wollte.
Endlich Pause.
Mit zwei Bechern Cafeteria Kaffee machte ich mich auf die Suche nach Cherry. Wie erwartet, fand ich sie auf unserer Raucherterrasse.
Als ich die Glastür öffnete und zu ihr hinaus trat, wandte sie sich kurz zu mir um und blickte dann wieder starr geradeaus.
»Ich habe dir Kaffee mitgebracht«, still hoffend, dass sie mich nicht sofort wieder wegschicken würde, hielt ich ihr eine Tasse hin.
»Danke, willst du eine?«, sie reichte mir ihre Packung Zigaretten, dankend nahm ich Kippe aus der Packung.
Cherry gab mir Feuer und ich nahm einen tiefen Zug, ehe ich weiter sprach.
»Ich hätte dir vorher Bescheid geben müssen, aber ich denke, ich hatte Angst, du weißt schon, wegen Luke«, ich blickte sie kurz an, um ihr Gesicht nach einer Reaktion abzusuchen.
»Das verstehe ich schon, denke ich«, sie lächelte, »aber wenn du mir das nächste Mal etwas verheimlichst, schwör ich dir, dass ich mir etwas einfallen lasse, damit du das nicht mehr so schnell machst.«
Wir prusteten beide laut los. Es tat so gut, wieder mit Cherry lachen zu können und langsam bog ich wieder alles gerade, wie es sein musste. Fehlte nur noch das längst fällige Gespräch mit Miles.

SIEBEN

Die Versöhnung mit Cherry schenkte mir den Motivationsschub, den ich für den Termin bei Annette dringend benötigte. Ich parkte meinen Mini am üblichen Platz und wurde bereits an der Tür von ihr erwartet. Sie war völlig aufgedreht und strahlte mich an, als sie mir die vollendete Arbeit der Handwerksfirma zeigte, die ich für sie beauftragt hatte.
Und Annette hatte keinesfalls übertrieben, die Räume entsprachen nun genau der Vorstellung, die ich zuvor davon hatte. Die Wände waren nun, bis auf jeweils eine Wand pro Raum, perlweiß gestrichen worden und der zuvor dunkle Fliesenboden, der sich durch das gesamte Appartement zog, wurde durch einen edlen, dunklen Kirschholzboden, ersetzt. Es sah einfach fabelhaft aus
Schnell hatte auch mich der Ehrgeiz gepackt und ich ließ mich von Annettes guter Laune anstecken.
»Großartig, dann fehlen ja nur noch die passenden Möbel«, lächelnd nahm ich die Tasse Cappuccino an, die sie mir in die Hand drückte.
»Richtig, meine Liebe und dafür bist du nun zuständig.«
Wir nahmen noch etwas im bereits eingerichteten Wohnzimmer Platz und besprachen die Pläne, die ich heute noch fertig gestellt hatte.
Ich konnte es kaum erwarten, das Ergebnis meiner harten Arbeit zu sehen und ich musste mir eingestehen, dass ich schon jetzt ein bisschen Stolz auf das war, was wir bereits geschaffen hatten.
»Wie ich hörte, darf man dir gratulieren, Kleines.«
Verdutzt sah ich sie an, ehe ich verstand, was sie meinte.
»Ähm, ja danke«, es war mir irgendwie peinlich, dass sich meine Beförderung bereits herum gesprochen hatte.
Wahrscheinlich, weil ich mich selbst nicht ganz wohl in der Rolle solch eines Postens fühlte.
»Nur nicht so bescheiden, du hast es dir hart verdient«, aufmunternd zwinkerte sie mir zu und strich sich eine Haarsträhne, die sich aus der Hochsteckfrisur löste, aus dem Gesicht.

Ich schmunzelte etwas und trank den letzten Rest von meinem Cappuccino
Für einen Moment kam mir der Gedanke in den Sinn, sie nach Miles zu fragen, ließ es dann aber doch sein. Privates und Geschäftliches sollte man trennen und daran wollte ich mich auch halten.
Kommende Woche würden wir dann mit dem Einrichten der Wohnung beginnen. Bis dahin musste ich mich um die rechtzeitigen Lieferungen kümmern
Meine Füße schmerzten bereits wahnsinnig, als ich wieder bei meinem Auto war. Ich zog für ein paar Sekunden die Schuhe aus, lehnte mich an die Motorhaube und zündete mir eine Kippe an. Wieder war ich so sehr in Gedanken an das Projekt und tausend anderer Sachen versunken, dass ich selbst das Klingeln meines Smartphones völlig überhörte. Ich blickte auf das Display, als gerade eine Nachricht aufblinkte.
Die Nummer war mir unbekannt, doch als ich die Worte darin las, wusste ich, wer der Absender war. Miles.
Woher hatte er bloß meine Handynummer?

Ich muss dich sehen.
M.

Mein Herz machte einen Sprung. Ich las die Sms so oft hintereinander, bis mir meine Augen einen Streich spielten und die Buchstaben bereits zu wackeln begannen. Aufgeregt schlüpfte ich wieder in meine hohen Schuhe, setzte mich hinters Steuer, nahm einen tiefen Atemzug und schrieb ihm schließlich zurück.

O.k. Treffpunkt?

Ich war schon losgefahren und hielt gerade an einer Ampel an, als mein Display wieder aufblinkte. Miles schickte mir die Adresse unseres Treffpunkts. Aufgeregt tippte ich aufs Lenkrad und wartete, bis die Ampel endlich umschaltete und mir den Weg frei gab.

Ich musste mich beeilen, nahm eine zehn minütige Dusche, schlüpfte in andere Klamotten und machte mich auch gleich wieder auf den Weg zu Miles.
Warum war ich nur so nervös? Ich wollte doch nur mit ihm reden, oder?
Das Gebäude, zu dem mein Navi mich lotste, war riesig.
Als ich durch die elegante Lobby ging, dessen Wände fast gänzlich verspiegelt waren, summte mein Handy in meiner Tasche.

Fahr hoch in das zwölfte Stockwerk.
Ich warte.
M.

Überrascht zuckte ich die Schultern und nahm den Aufzug. Während der Fahrt nach oben machte mein Herz eine Achterbahnfahrt. Es raste wie verrückt. Wie auch schon beim letzten Mal, spürte ich Miles Anwesenheit, noch bevor sich die Aufzugtüren öffneten.
Er stand direkt vor mir. Lächelte mich an.
»Freut mich, dich zu sehen, Samantha«, die Art, wie er meinen Namen aussprach, jagte mir eine bekannte Gänsehaut über den Rücken.
»Ich freue mich auch«, antwortete ich zögerlich.
Der Aufzug führte direkt in sein Penthouse. Es war hell und freundlich eingerichtet, ganz anders, als ich es von einem Mann wie ihm erwartet hätte.
»Setz dich bitte«, er wies mich auf eine breite, mit hellem Leder bezogene Sitzlounge.
Allein das Wohnzimmer war schon riesig und ich war mir sicher, dass die Wohnung viel größer war, als ich es mir vorstellen mochte. Eigenartig entspannt ließ ich mich auf dem bequemen Sofa nieder, ich wusste nicht so recht, was ich machen sollte, also nestelte ich etwas unbeholfen an meiner Tasche herum.
Miles war für einen Moment hinter der großen, weiß lackierten Küchentheke verschwunden und füllte zwei Weingläser. Er

reichte mir eins davon und gesellte sich zu mir. Wir verweilten einige Minuten ruhig und still. Irgendwie hatte ich Angst, die Stille zu durchbrechen und war heilfroh, dass er letztlich das Wort ergriff.
»Das, was am Freitag passiert ist, tut mir leid.«
Eine weitere Entschuldigung von Miles Taylor. Ich sollte anfangen, mir solche Highlights in meinem Organizer zu vermerken.
Still beobachtete ich die rote Flüssigkeit in meinem Glas, trank einen Schluck und blickte ihn wieder an.
»Ich weiß, was los ist, Miles«, seine Mimik erstarrte, ich kannte diesen Gesichtsausdruck bereits und hatte, wenn ich ehrlich war, auch keine andere Reaktion erwartet. Als er sich nicht weiter dazu äußerte, sprach ich weiter.
»Du hast sein Leben zerstört, Miles«, jetzt, nachdem ich es ausgesprochen hatte, kam die Wut darüber wieder in mir hoch. Ich sah Luke vor mir, den Schmerz, der sich in seinem Gesicht abgezeichnet hatte, als er mir davon erzählte.
Meinen Worte schienen ihn etwas taumeln zu lassen, nachdenklich setzte er seine Stirn in Falten, fuhr sich mit der Hand über den Nacken.
»Damals war ich noch anders, als jetzt«, sein Glas leerte sich schneller.
»Ich bereue es, Sam, alles davon«, fast schon Mitleid erregend saß er neben mir und blickte mich an, »glaub mir doch.« Während er mich von sich überzeugen wollte, fand in mir ein reger Kampf zwischen meinem Herzen und meinem Verstand statt.
Während mein Herz sich so unglaublich zu diesem Mann hingezogen fühlte, warnte mich mein Verstand und wies mir an, der Versuchung zu widerstehen.
»Sag mir, warum ich dir glauben soll, Miles«
Bei dieser Frage stockte selbst mir der Atem, so direkt war ich noch nie zu ihm, aber ich wollte die Karten auf dem Tisch haben. Jetzt oder nie.
»Weil du etwas in mir auslöst, was ich noch nie zuvor gefühlt habe, Sam«, es kam mir vor, als hätte ich zu wenig Luft zum Atmen, nie hätte ich gedacht, dass er das aussprechen würde,

was ich schon seit unserem ersten Aufeinandertreffen fühlte. Seine Augen sahen mich plötzlich an, als würde ein wahrhaftiger Engel neben ihm sitzen. So weich und verletzlich wie in diesem Moment, hatte ich ihn noch nie zuvor erlebt. Dieser Mann raubte mir, trotz seiner vielen Facetten, immer wieder den Atem. Er allein war es ,der es schaffte, meine selbst erbauten Mauern zum Einstürzen zu bringen.
»Mir geht es genauso mit dir, Miles. Nur weiß ich nicht, ob ich bereit bin, all das zuzulassen«, behutsam nahm er mir das Glas aus meiner Hand und stellte es mit seinem auf dem großen Glastisch vor uns ab. Er umfasste meine zierlichen Hände, zog mich näher an sich ran und küsste mich. Das war Antwort genug.
Es war so wundervoll, ihn nach so langer Zeit wieder zu spüren, dass alles andere wie ein dünner Schleier an uns vorüber zog. Es gab nichts, was ich mehr wollte, als diesen Mann mein Eigen nennen zu dürfen.
Alles in mir lechzte nur so nach seinen Berührungen und mein Körper reagierte auf jede noch so kleine Zärtlichkeit, mit der er mir zeigte, was ich ihm bedeutete.
Er sah mich kurz an, lächelte, nahm mein Gesicht in seine Hände und küsste mich ein weiteres Mal, so zärtlich und sanft, als würde ich bei einer einzigen falschen Geste, in tausend Scherben zerbrechen.
Seine rechte Hand wanderte langsam über meinen Hals, dann an meinen Nacken und meinen Rücken hinab. Alles davon fühlte sich so verdammt gut an, dass ich mir wünschte, diesen Augenblick einfangen und für alle Ewigkeit festhalten zu können.
Sachte legte er mich rücklings auf die weichen Polster unter uns. Unsere Blicke trafen sich und ich sah wieder dieses unsagbare Feuer, das seine stahlblaue Iris entfachte. Atemlos ließ er seinen Daumen über meine angeschwollenen Lippen gleiten und strich damit weiter über meinen gestreckten Hals hinab. Schnell öffnete er die Knöpfe meiner schwarzen Bluse und beugte sich hinab, um den Ansatz meiner Brüste mit zarten Küssen zu übersehen.

Ich konnte nicht mehr länger still halten. Jede Faser meines Körpers wurde von einem aufregendem Kribbeln erfüllt. Seine Finger öffneten vorne den Verschluss meines Bh´s, während seine Lippen ihre Wanderschaft gleichzeitig fortsetzten und er eine meiner bereits harten Knospen damit umschloss und heftig daran saugte.
Miles nahm sich alle Zeit der Welt, um mich zu verführen und ich genoss es, wie nie zuvor.
Meine Hände fuhren durch seine dunkelblonden Haare, während seine über meinen flachen Bauch hinweg zu meiner Hose hinab strichen und sie öffneten. Wieder sah er mich an, hauchte einen zarten Kuss auf meinen Nabel und streifte mir das Stück Stoff von den Beinen. Ich keuchte, als sein Atem mein empfindliches Dreieck streifte und klammerte mich instinktiv an der Couch fest.
Gott, was stellte dieser Kerl nur mit mir an?
Zufrieden lächelte er mich an, ehe er mir den feinen, dunklen Stoff vom Leib riss, der meine feuchte Scham bedeckte.
Diese Geste war so verdammt sexy, dass ich stöhnend den Kopf in den Nacken warf.
Kaum war der Laut wieder verstummt, spreizte er meine Beine und umschloss meine Klit mit seinen heißen Lippen. Mein Atem wurde immer schwerer, mit halb geschlossenen Augen ließ ich mich von seiner Zunge bis an die Klippen meines Höhepunktes treiben. Zwei seiner Finger, die plötzlich zusätzlich in mich glitten, gaben mir den Rest und ich ließ mich fallen. Die Finger in seine Schultern gekrallt rief ich seinen Namen, als wäre er ein Gebet.
Es dauerte etwas, bis ich wieder in der Realität ankam. Doch das war noch lange nicht alles. Verschmitzt grinste er mich an, während er, jeden Zentimeter meines Körpers küssend, wieder zu mir hochkam und mich sachte küsste, ehe er aufstand. Miles zog sich sein weißes Shirt über den Kopf und warf es zusammen mit seiner Jeans, aus der er lasziv stieg, auf den Fußboden. Er schritt wieder auf mich zu, streifte seine Shorts ab, spreizte abermals meine Beine und drang sich dazwischen. Alleine schon beim Anblick seines Adonis-Körpers schrie jede

Zelle meines Körpers nach hartem, animalischem Sex. Genauso wie am Freitag umfasste er auch jetzt meine Handgelenke und streckte sie über meinen Kopf. Mit etwas Druck hielt er sie dort fest.

Miles sah mich an und küsste mich hart. Ehe er sanft an meiner Lippe zog, strichen seine Zähne vorsichtig, als wären sie scharfe Rasiermesser, darüber hinweg.

Völlig unerwartet drang er mit einem festen Stoß in mich ein. Ich war bereits so unglaublich feucht, dass er mich schon beim ersten Stoß völlig ausfüllte. Wieder stöhnte ich, wollte mich aus seinen Fesseln befreien, über seine steinharte Brust kratzen und ihn festhalten, um ihn dann nie wieder loslassen zu müssen.

Doch Miles hatte mich fest im Griff, also gab ich mich seinen leidenschaftlichen Stößen hin. Seine Bartstoppel kratzten über meine Haut, gleichzeitig stöhnte er lüstern an meinem Hals, sein heißer Atem kroch nur kurz über eine winzige Stelle unter meinem Ohrläppchen und ich erschauderte bis ins Mark.

Es folgte ein weiterer, harter Stoß, der mich vollends ausfüllte. Sachte biss ich in seine rechte Schulter, um den mit Lust erfüllten Schrei zu unterdrücken, der mir bereits auf der Zunge lag.

Miles verlangsamte seinen Rhythmus allmählich, während er meine Hände nur noch mit einer Hand über meinem Kopf festhielt und mit der anderen über meine Arme hinweg zu meinen Lippen strich, die ich daraufhin folgsam öffnete.

Verrucht saugte ich an seinem Daumen, ehe er ihn mir wieder entzog und seine sinnliche Wanderschaft über meinen Hals, die Brüste und meinen Bauch hinweg fortsetzte. Es fühlte sich so verdammt gut an, wie er langsam sein Becken kreiste und meinen Höhenpunkt damit etwas ausbremste.

Dieser Mann war so verdammt sexy, dass er alles andere in den Schatten stellte.

Seine Zungenspitze glitt erst über meinen Hals hinab, ehe er mit den Zähnen eine meiner Brustwarzen fasste und daran zu knabbern begann.

Im selben Moment hatte auch sein Daumen sein Ziel erreicht, er strich über meine Klit.
Einmal.
Zweimal.
Und beim dritten Mal drang er noch einmal mit aller Kraft in mich ein und wir verloren uns beide in einem für mich scheinbar unendlichen Orgasmus.
»Gott, Samantha«, seine Stimme glich einem animalischen Knurren und ich konnte spüren, wie er sich pulsierend in mir ergoss.
Miles gönnte mir etwas Schlaf, behutsam nahm er mich in seine Arme und ließ mich erst zwischen etlichen weichen Kissen wieder niedersinken. Dieser eine, winzige Splitter eines einzigen Momentes, war so vollkommen, dass ich am liebsten nie wieder aus meiner Erschöpfung erwacht wäre.

ACHT

Als ich am nächsten Tag aufwachte, lotste mich der verführerische Duft von frisch gekochtem Kaffee in die, von hellem Sonnenlicht durchflutete, offene Küche. Überrascht blieb ich im Türrahmen stehen.
Der Anblick, der sich mir bot, war einfach zu heiß, um ihn nicht zu beachten. Miles stand, mit einer locker auf den Hüften sitzenden, grauen Jogginghose und nacktem Oberkörper am Herd und wippte im Takt zu der soften Rock Musik, die aus den Lautsprechern kam.
Was immer er da zauberte, es roch fantastisch. Ich gönnte mir noch einen kleinen Moment, um seinen schönen, trainierten, glatten Rücken zu bewundern, ehe ich auf nackten Sohlen und in das Hemd gehüllt, das vorhin noch auf dem Fußboden lag, zu ihm tapste und meine Arme um seinen Bauch schlang.
»Guten morgen, Schönheit«, mit einem strahlendem Lächeln wandte er sich zu mir um und zog mich an seine Brust. Als ich mich an ihm schmiegte und mein Blick zufällig auf seine Armbanduhr fiel, erschreckte ich.
Bereits elf Uhr morgens!
»Verdammt, Miles. Ich muss zur Arbeit!«
Ich verstand nicht, wie er mich so dämlich angrinsen konnte und blickte ihn fragend an.
»Mach dir keine Sorgen, Baby. Ich habe Cherry Bescheid gegeben, dass du dir heute frei nimmst«, er drückte mir einen Kuss auf die Stirn und machte sich daran, das Omelett zuwenden, das in der Pfanne am brutzeln war.
»Du hast was?!«, ich wusste nicht, was ich sagen sollte, dieser Kerl war ein wahres Schlitzohr.
Lässig zuckte er die Schultern.
»Du bist doch die Chefin, also kannst du dir auch frei nehmen, wann du willst.«
Ich dachte einen Moment lang über seine Worte nach und musste mir eingestehen, dass er Recht hatte. Einen Tag blaumachen würde schon kein Chaos anrichten.
Miles stellte zwei gefüllte Teller auf die polierte Theke, gar-

nierte die Speisen noch mit etwas Basilikum und nahm gegenüber von mir Platz.
Wahnsinn! Dieser Adonis konnte, neben seinem guten Aussehen, auch noch grandios kochen. Als mein Teller leer war, musste ich mich noch einen Augenblick still halten, ehe ich mich wieder bewegen konnte, so pappsatt war ich.
Beugte mich zu ihm und bestätigte meinen Dank mit einem zarten Kuss.
Lächelnd nahm er die leeren Teller und stellte sie in die Spülmaschine.
»Dann können wir ja nun in unseren Tag starten.«
Unser Tag. Mein Herz machte einen doppelten Salto. Ich hatte keine Ahnung, was Miles mit mir vorhatte, aber ich freute mich jetzt schon drauf.
»Ich habe dir ein paar neue Anziehsachen besorgt, geh doch schon mal unter die Dusche und mach dich fertig. Wenn ich hier aufgeräumt habe, ziehen wir los.«
Es war mir unangenehm, dass er sein Geld für mich ausgab, aber ich bedankte mich und folgte dem Weg ins Badezimmer, den er mir zeigte. Miles gute Laune war einfach zu erfrischend, um sie ihm durch eine erneute Diskussion vermiesen zu wollen. Dieser Mann überraschte mich immer wieder.
Tatsächlich waren die Klamotten genau mein Geschmack und was mich noch viel mehr wunderte, genau meine Größe. Bestimmt hat er sich die Kleider, die er mir letzte Nacht in unserem Liebesrausch vom Leib gerissen hatte, als Vorlage genommen.
Ich duschte und musste, als ich in eines der neuen Dessous Sets schlüpfte, unaufhörlich vor mich hin lächeln. Obendrauf entschied ich mich für ein schlichtes, kurzärmeliges Shirt und eine dazu passende, tief auf der Hüfte sitzende, Jeans. Es passte perfekt.
Wieder zurück im Wohnzimmer, saß Miles auf einem Hocker, vor der Küchentheke und las in seinem Tablet. Kaum hatte ich den Raum betreten, legte er das Gerät auf die glatte Oberfläche. Sein Blick schweifte über meinen Körper und er pfiff anerkennend.

»Ich kenne keine Frau, die in allem, was sie trägt, so sexy aussieht.«
Seine Worte brachten mich in Verlegenheit, ich lächelte ihn kurz an und drängte mich zwischen seine Beine.
»Sie sehen auch nicht übel aus, Mr. Universe.« Miles fing lauthals zu lachen an.
»Also, so wurde ich tatsächlich noch nie genannt«, er küsste mich, nahm meine Hand und stand auf.
»Lass uns gehen Baby, ich habe heute viel mit dir vor.«
Sein geheimnisvolles, verschmitztes Grinsen verpasste mir, wie so oft, ein Kribbeln in meinem Bauch.
Der Aufzug beförderte uns in die unterste Etage, das Parkhaus des luxuriösen Wohnblocks. Miles drückte auf den Knopf des Schlüssels, den er aus der Tasche seiner Jeans angelte und die Rücklichter eines schnittigen Sportwagens blinkten kurz auf.
»Und wo fahren wir nun hin?«, fragte ich, als wir bereits im Auto saßen und er den Wagen aus der Garage lenkte.
Wieder dieses verschmitzte Grinsen.
»Das wirst du schon noch früh genug erfahren, Baby«
Ich liebte es, wenn er mir Kosenamen gab. Es war fast so, wie bei einem echten Pärchen, wir wachten zusammen auf, frühstückten und wollten jetzt sogar noch den Tag zusammen verbringen. Glück war nicht ansatzweise das, was ich in dem Moment fühlte. Wir parkten in der Nähe des St. James Parks. Miles reichte mir seine Hand, ich stieg aus dem Wagen und er schloss den Wagen wieder ab, ehe er mir einen Kuss auf meine Stirn hauchte. Was war letzte Nacht bloß geschehen mit ihm? Er war so anders, so aufmerksam, liebesbedürftig.
»Lust auf einen kleinen Verdauungsspaziergang, Mrs. Universe?«
Ich musste schmunzeln.
»Gerne, Mr. Universe.«
Lachend umfasste er meine Hand und wir schlenderten los. Es war traumhaft Die Sonne strahlte mit unseren glücklichen Gesichtern um die Wette und ihre hellen Strahlen spiegelten sich glitzernd in dem kleinen Teich wieder, an dem wir entlang spazierten.

»Früher waren meine Eltern oft mit uns hier«, interessiert horchte ich auf. Seine Eltern hatte Miles bis jetzt noch nie erwähnt.
Wir gingen an einem weitläufigen Picknick-Platz vorbei, wo ein Vater laut lachend seinem Sohn hinterherlief, der aufgeregt kichernd vor ihm her rannte. Als Miles die beiden erblickte, ertappte ich ihn dabei, wie ein seliger Ausdruck über sein Gesicht huschte.
»Ihr hattet bestimmt jede Menge Spaß, was?«, ich wollte den Gesprächsfaden nicht reißen lassen, den er soeben selbst geknüpft hatte und sah ihn an, während wir an den beiden vorbei spazierten und durch eine kleine Allee hindurch schlenderten.
»Das hatten wir, ja.«
»So viel Glück hatte ich nicht«, es fiel mir ungewöhnlich leicht, meine eigene Familie zu erwähnen.
Kurz setzte Miles seine Stirn in Falten, als würde ihm etwas einen Stich verpassen.
Einige Minuten verweilten wir so, Arm in Arm, still nebeneinander sitzend, bis er schließlich wieder das Wort ergriff und mich ermutigte, weiter zu sprechen.
»Erzähl mir davon, Sam«, seine Stimme war so einfühlsam, dass ich mich entspannt an seine Schulter lehnte und ihm einen Teil meiner Geschichte erzählte.
»Meine Mum ist eine egoistische Tyrannin. Sie schaffte es sogar, ihren eigenen Ehemann zu vertreiben«, überrascht darüber, wie einfach es war, nach so langer Zeit wieder darüber zu reden, wurde ich mutiger und erzählte weiter, während er mir aufmerksam zuhörte und meinen Arm streichelte.
»Mein Dad war großartig«, das war er tatsächlich.
»Warum war?«, fragte Miles und blickte mich interessiert an.
Ich musste schlucken. Spürte, wie sich mein Hals langsam zuschnürte und ich den Tränen nahe stand, doch ich konzentrierte mich auf Miles Berührungen und nahm einen tiefen Atemzug, ehe ich weiter sprach.
»Vor etwa drei Jahren kam er bei einem Autounfall ums Leben.«

»Das tut mir leid«, aufmunternd drückte er mich etwas näher an sich und küsste mich liebevoll auf die Stirn.
»Na los, lass uns zurück zum Wagen gehen, ich will dir etwas zeigen.«
Mit einem Mal kehrte das glückselige Gefühl von vorhin wieder zurück und ich schüttelte die bitteren Erinnerungen wieder von mir ab.
Wir fuhren quer durch die Stadt und ich hatte keinen Schimmer, wo die Fahrt enden würde. Doch Miles zufriedener Gesichtsausdruck verriet mir, dass er das Ziel kaum erwarten konnte.
Wir parkten schließlich in der Tiefgarage des Gherkins, einem der prächtigsten Hochhäuser Londons. Ich spürte, wie Miles Vorfreude mit jedem Schritt den wir gingen, größer wurde. Er führte mich in den Aufzug, der uns schließlich bis an die Spitze des imposanten Finanzgebäudes beförderte. Bisher war ich davon überzeugt, dass sich nur Büroräume darin befanden, doch Miles überzeugte mich vom Gegenteil.
Die Türen schoben sich auf und wir standen in einem rundum verglasten Diningroom. Ich war überwältigt.
In der Mitte des Raumes stand ein ovaler Tisch, der für zwei Personen eingedeckt war. Etliche Kerzen waren auf dem glatten, schwarzen Marmorboden verteilt und ich kam mir vor, wie in einem meiner schönsten Träume.
Miles legte seine Hand auf meine Hüfte und begleitete mich aus dem Aufzug, während er übers ganze Gesicht strahlte.
»Ich hoffe, du hast Hunger?«
Tatsächlich knurrte mir der Magen. Daran war wahrscheinlich die viele frische Luft schuld. Ich nickte.
»Gut, aber zuvor möchte ich dir etwas zeigen«, augenblicklich verdunkelte sich seine Iris und ich dachte zu wissen, was er vorhatte.
Miles reichte mir seine Hand und zog mich an die gläserne Wand des Baugiganten, in dem wir waren.
Er drehte mich um, schlang seine Arme um meinen Bauch und mit einem Mal war die Freiheit, die ich so liebte, greifbar nahe.
Es war phänomenal.

Dieser gigantische Ausblick, über beinahe die gesamte Stadt, machte mich völlig sprachlos. Regungslos lehnte ich mich in Miles Armen zurück und blickte auf das rege Treiben unter uns. Alles war so unglaublich winzig. Die Fahrzeuge, die Menschen, ja selbst die hohen Gebäude wirkten von hier oben fast schon klein.
Miles Lippen auf meinem Hals machten diesen zauberhaften Augenblick perfekt.
Mein Herzschlag beschleunigte sich, als seine rauen Bartstoppel über meine zarte Haut streiften. Ich wollte mich zu ihm umdrehen, ihn berühren, seine Haut unter meiner fühlen, doch er stoppte mich. Ohne ein Wort zu sagen, nahm er meine Hände und legte sie, vor mir auf die verglaste Wand.
Gott das war so aufregend!
Seine Hände strichen über meine Arme, die Taille hinab und wanderten weiter zu den Knöpfen meiner Jeans, die er öffnete. Während eine seiner Hände wieder meinen Körper aufwärts zu meinen Brüsten wanderte und sie fest umfasste, glitt die andere von hinten, nach vorne in meinen Slip.
»Du bist ja ganz feucht, Samantha«, sein zufriedenes, animalisches Knurren ließ mich leise aufkeuchen.
»Soll ich dich befriedigen, Samantha?«, mir stockte der Atem, noch nie fand ich Dirty Talk so verdammt sexy und erregend. Ich war sichtlich angeturnt von unserem kleinen Frage - Antwort - Spiel und ging darauf ein.
»Ja, bitte, Miles«, ich spürte sein zufriedenes Lächeln auf meiner Haut, als er abermals meinen Hals küsste und seine Finger fester über meinen Spalt rieben.
Ich spürte, wie sich Miles Härte an meinen Hintern drängte und stöhnte auf. Zärtlich biss er in mein Ohrläppchen, ehe er seine Zunge darüber hinweg gleiten ließ und ich im selben Moment von zwei seiner Finger ausgefüllt wurde.
Er fickte mich immer härter und ich war jenseits unseres Universums, stöhnte, drückte mich an seinen harten Schwanz, der sich durch den rauen Jeansstoff wölbte und warf den Kopf in den Nacken, als auch sein Daumen zum Einsatz kam.
»Ja Baby, lass dich treiben«, sein Raunen, so dicht an meinem

Ohr, machte mich so unfassbar scharf, dass ich mich völlig gehen ließ.
Dieser Quickie war so primitiv und schmutzig und doch war es einer der erotischsten Abenteuer, die ich je erleben durfte. Miles Daumen kreiste immer schneller über meine Klitoris, seine Finger drängten sich noch einmal kräftig in mich und ich verlor mich. Der Orgasmus erschütterte meinen gesamten Körper. Vor Befriedigung zitternd kam ich langsam wieder in die Realität zurück.
Er zog seine feuchte Hand aus meinem String und knöpfte meine Hose wieder ordentlich zu. Ich wandte mich wieder zu ihm um, als er mich frech und zufrieden angrinste und seine Hände auf meinen Po legte.
»Hat Ihnen das gefallen, Mrs. Universe?«
»Ja, sehr, Mr. Universe.«, sagte ich und schenkte ihm ein Lächeln.
»Gut, dann kann ich ja nun das Essen ordern.«
Ich schüttelte den Kopf.
»Erst, nachdem ich mich für dein Geschenk bedankt habe.«
Lasziv leckte ich mir über die Lippen, wies ihn mit dem Rücken an die Wand, an der ich soeben noch lehnte, und ging langsam vor ihm auf die Knie.
Ich öffnete seine Hose, streifte sie, zusammen mit seinen Shorts, hinab zu seinen Knöcheln und blickte ihm noch einmal fest in die Augen.
Sein dunkler, verruchter Blick verriet mir, dass er bereits ahnte, was ich vorhatte.
Dann konzentrierte ich mich auf seinen bereits aufrechten Schaft. Anfangs ließ ich nur die Spitze meiner Zunge über die glatte Eichel kreisen, dann schloss ich eine Hand darum, während die andere hinab zu seinen prallen Eiern strich. Vorsichtig fing ich an, sie in einem gleichmäßigen Rhythmus zu massieren. Miles raues Stöhne, spornte mich an, noch weiter zu gehen. Ich schloss meine Lippen um seinen harten Schwanz und nahm ihn langsam ganz in meinen Mund auf. Immer wieder ließ ich ihn weiter in mich gleiten, immer tiefer, bis er bereits meinen Rachen erreichte.

»Gott, Sam, wenn du so weitermachst, komme ich noch in deinem Mund«, ich grinste frech und setzte meinen Blowjob weiter fort. Ich saugte an ihm, nahm ihn immer wieder bis zum Anschlag in mir auf und verwöhnte seine Kronjuwelen weiterhin mit meiner anderen Hand.
»Samantha, ich kann mich ni-icht...,«, noch ehe er den Satz beenden konnte, pumpte er mir seinen salzigen Saft in den Rachen. Ich schluckte jeden Tropfen davon und leckte mir genüsslich über die Lippen, als ich den letzten Rest aus ihm gesaugt hatte.
Zufrieden richtete ich mich auf und zog mit mir auch seine heruntergelassenen Hosen wieder hoch.
»Jetzt können wir essen«, mein freches Grinsen entlockte ihm ein lautes Lachen.
»Du bist echt abgebrüht, weißt du das?«, er drückte mir einen Kuss auf die Nasenspitze, zog den Reißverschluss seiner Hose hoch und schnappte sich sein Handy, um den Caterer anzurufen, der für unser Dinner zuständig war.
Er hatte einfach an alles gedacht, um mir diesen Tag für immer in mein Erinnerungsvermögen einzugravieren.
Nachdem wir gegessen hatten, waren bereits drei Stunden vergangen und wir beschlossen, zurück zu fahren.
Als wir wieder in seinem Parkhaus parkten, war mir das Glück nur so ins Gesicht geschrieben. Der Tag war wundervoll und ich war gespannt, was da noch folgen mochte. Miles legte seinen Arm um meine Hüfte und führte mich zu dem Aufzug.
Lachend stolperten wir oben in die Wohnung.
Dieser Kerl konnte einfach nie die Finger bei sich behalten.
Er schloss die Tür hinter uns, wandte sich zu mir und küsste mich innig, während er eine Hand auf meinem Gesäß verweilen ließ und mit der anderen meinen Nacken umfasste.
Sein Kuss war weich, zart wie ein leiser Windhauch und doch gleichzeitig so intensiv, dass sofort wieder tausend Flugzeuge durch meinen Bauch rasten.
Er löste sich wieder von mir, umfasste meine Hand und ging los.
»Lass uns ein Bad nehmen, Baby«, und wieder entdeckte ich

dieses aufregende Funkeln in seinen Augen.
Miles stellte die Temperatur des Wassers richtig ein, das in die Wanne plätscherte und zog sein Shirt aus.
Ich machte mich gerade daran, meine Hose zu öffnen, als er seine Hand auf meinen Arm legte und mich stoppte.
»Warte hier. Und behalte die Klamotten noch einen Moment an«, er grinste und ließ mich dann alleine in dem riesigen Badezimmer stehen.
Einige Minuten später kam er mit zwei Gläsern, einer Flasche Rotwein und zwei elfenbeinfarbenen Kerzen wieder zurück.
Er füllte die Gläser, stellte sie am Wannenrand ab und positionierte die Kerzen in einer breitflächigen Ecke. Ruhig kramte er ein Feuerzeug aus seiner Hosentasche und entflammte die Dochte.
»Nun zu dir«, er strahlte übers ganze Gesicht, als er vor mir stand und ähnelte dabei einem kleinen Jungen, der kurz davor stand, ein Geschenk auszupacken. Langsam zog er mir das weiße Oberteil, das ich trug, über den Kopf hinweg aus und warf es auf den, vom heißen Wasserdampf beschlagenen, Boden.
Sein Blick schweifte über meinen halbnackten Körper und blieb an den üppigen Wölbungen hängen, die über den Stoff des neuen Bh´s ragten, den er mir gekauft hatte.
»Gott, Samantha, du machst mich schon wieder hart«, ich folgte seinem Blick hinab zu seiner Jeans und spürte, wie sich beim Anblick der ausgeprägten Wölbung des Stoffes mein Unterleib angenehm zusammen zog.
Ich wusste genau, wie er sich fühlte.
Zärtlich hauchte ich ihm einen Kuss auf die Lippen, ehe er sich daran machte, mir meine Jeans abzustreifen. Mein Bedürfnis, ihm das letzte vo Leib zu reißen, was seinen verboten, heißen Körper verhüllte, wurde immer größer.
Ich sah ihm in die Augen und machte mich schließlich daran, seine Hosen zu öffnen. Zusammen mit seinen Shorts blieben sie am Boden liegen.
Das Plätschern des Badewassers übertönte den leisen Seufzer, der mir entkam, als ich Miles aufrechte Erektion sah.

Dieser Mann war wie für mich geschaffen worden.

Mein Körper reagierte wie auf Kommando auf seine Zärtlichkeiten, er strich mir sanft über meine Wange und ich stand in Flammen.

Meine Gefühle fuhren Achterbahn, sobald ich seine Anwesenheit auch nur spürte.

Ich war hin und her gerissen von den Gefühlen, die langsam in mir zu wachsen begannen und dem Wissen, dass er neben mir noch mit Annette vögelte.

Miles Hand in meiner zwang mich dazu, diese Gedanken schnell beiseite zu schieben.

Zusammen tauchten wir in das angenehme, entspannende Nass.

Mit halb geschlossenen Augen lehnte ich mich rücklings an seine Brust und genoss es, wie er den kleinen, von Schaum triefenden, Schwamm in seiner Hand über meine Haut kreiste.

Selbst diese kleine Geste war so erregend, dass ich Mühe hatte, mich nicht sofort umzudrehen und mich auf seinen immer noch harten Schaft zu setzen.

Seine kräftigen Hände wanderten langsam hinab zu meinem Schritt, sanft glitt er entlang des schmalen Spaltes und küsste meinen Hals. Miles wurde mit jeder Bewegung immer härter, aufreizend drängte sich seine Erektion an meinen Hintern.

»Mhm-m-mm«, er wusste, was seine Stimme so nah an meinem Ohr mit mir anstellte. Er reizte mich, spielte mit mir und ich spielte gekonnt mit.

Unauffällig rieb ich meine Pobacken an ihm, während ich mich völlig gelassen weiter an ihn schmiegte.

»Ich will dich, Miles«, meine Stimme war nur ein Hauchen auf seiner tropfnassen Haut, aber verfehlte ihre Wirkung nicht.

Er biss mir kurz in mein linkes Ohrläppchen, packte mich an den Hüften und hob mich auf seinen steinharten Schwanz. Langsam füllte er mich aus.

Ich kreiste erst sachte mit meinen Hüften, um mich an das Gefühl, so vollends ausgefüllt zu sein, zu gewöhnen, dann ließ ich mich immer wieder auf ihn hinab sinken.

Miles Hände massierten meine Brüste, während ich mich links

und rechts am Wannenrand abstützte, um mich besser auf ihm bewegen zu können.
Er biss mir vor Lust in die Schulter und ich fiel in einen wahren Rausch. Schamlos ritt ich ihn, bis ich meinen Höhepunkt kaum noch zurückhalten konnte. Das warme, angenehme Wasser an meinem Kitzler fühlte sich so fantastisch an, dass ich bei jeder kleinen Welle, die das Wasser schlug, wenn ich auf ihn niedersank, rau aufstöhnte.
Wortlos griff Miles nach dem Duschkopf, der neben der großen Wanne angebracht war, drehte das Wasser auf und tauchte damit ab zwischen meine Beine.
»Halt still.«, sein Befehl ließ mich erschaudern.
Beinahe regungslos saß ich mit gespreizten Beinen auf ihm. Ein Blick nach unten raubte mir den Atem. Zu sehen, wie er in mir war, so innig miteinander verbunden, brachte mein Herz zum Rasen. Seine Zungenspitze berührte mein Ohr, als mich ein wohliger Schauder durchfuhr.
Der Wasserstrahl des Duschkopfes traf auf meinen empfindlichen Kitzler und ich zerfloss in abertausend Empfindungen. Der Druck auf meiner Klit wurde stärker, als sich Miles dazu mit einem festen Stoß in mich drängte.
Mit einem Mal verlor ich mich, schrie seinen Namen und zitterte vor Erregung.
Nach nur einem Bruchteil einer Sekunde später, pulsierte auch er in mir. Atemlos küsste Miles meine Schultern und hob mich sachte wieder an meinen ursprünglichen Platz zwischen seinen Beinen zurück.
Eng umschlungen und vollends befriedigt, lagen wir nun da.
Wie aus dem Nichts tauchte da plötzlich ein Bild in meinen Gedanken auf, das ich am liebsten sofort wieder verdrängt hätte. In jedem ruhigen Moment musste ich unaufhörlich an Annette denken, wie sie so fühlte wie ich, wie sie seinen Namen schrie und die roten Striemen der siebenschwänzigen Katze, die ihr diesen einzigartigen, heißen Schmerz verpasste, den ich nur zu gut in Erinnerung behalten hatte, welche sie unter ihren sündhaft teuren Kleidern versteckte.
Wie eine in sich zusammenfallende Wand, brachen all diese

Bilder und Gedankenbruchstücke auf mich ein. Ich konnte mich nicht dagegen wehren und es gab nur eine Lösung, um diese Lawine zu stoppen, die mich mitsamt all den schönen Erinnerungen und Hoffnungen des heutigen Tages, zu verschlingen drohte.
Lange genug hatte ich nun einen großen Bogen um dieses Thema gemacht, doch jetzt schien mir der einzig richtige Zeitpunkt zu sein, um ihn auf sie anzusprechen.
Also richtete ich mich auf, wandte mich zu ihm um, sah ihm fest in die Augen und biss mir etwas unsicher auf die Unterlippe.
Warum fiel es mir nur so schwer?!
Es wäre mir wohl leichter von der Zunge gegangen, wenn ich dabei nicht direkt in dieses schöne Gesicht blicken hätte müssen. So saß ich nun da, sah in diese magischen, von dunklen Wimpern umrandeten Augen und spürte, wie sich mein Mut allmählich wieder verpisste.
Reiß dich verdammt noch mal zusammen, Sam!
»Wann warst du das letzte Mal mit Annette im Bett, Miles?«
Ehe ich mich versah, kamen die Worte schon aus meinem Mund gepurzelt. Nervös blickte ich abwechselnd zwischen seinem vollkommenen Mund und den blauen Augen hin und her.
Wenn ich ehrlich war, ging ich davon aus, dass diese eine Frage wieder einen Streit, oder zumindest eine Diskussion auslösen würde. Doch es geschah nichts von all dem. Ruhig und gelassen umfassten Miles Hände meine Hüften, als er schließlich ruhig zu sprechen anfing.
»Weißt du noch, als du den ersten Termin bei Annette hattest?«, vorsichtig strich er mir eine lockige, widerspenstige Strähne aus dem Gesicht.
Gespannt runzelte ich die Stirn. Ich wusste genau, welchen Tag er meinte, es war der Tag, an dem ich ihn zum ersten Mal sah.
»Du sahst so verdammt sexy aus, wie du in dem knappen, roten Fummel bei deinem Auto gestanden hast«, er lächelte vor sich hin, und ich, ich war völlig überrumpelt davon, dass

er schon damals ein Auge auf mich geworfen hatte. Gebannt von seinen Worten nickte ich und er fuhr fort. »Ich habe dich gesehen und konnte an keine Andere mehr denken, Samantha.« Alles vor meinen Augen drohte plötzlich zu verschwimmen. Seine Worte rührten mich so sehr, dass ich beinahe zu heulen begann. Völlig aufgelöst schnappte ich nach Luft, um mich wieder unter Kontrolle halten zu können.
»An dem Tag habe ich die Affäre mit Annette beendet, Sam. Wir sind nur noch Freunde.« Bei seinem Geständnis hätte ich mich selbst ohrfeigen können. Meine Eifersucht, die hasserfüllten Gedanken an die beiden, das Alles war völlig umsonst. Er hat immer nur mich gesehen, vom ersten Augenblick an.
Freudestrahlend und mit Tränen in den Augen schlang ich meine Arme um seinen Hals und küsste ihn so innig, wie seine traumhaften Worte es verdient hatten.
Als wir wieder aus der Wanne stiegen, war bereits der Abend angebrochen. Wir kuschelten uns zusammen auf die Couch, schlangen eine flauschige Decke um unsere Beine und guckten so lange fern, bis wir völlig erschöpft und ausgelaugt von den vielen Geschehnissen des Tages, nebeneinander einschliefen.

NEUN

So schön der Tag mit Miles auch gewesen sein mochte, musste ich mich am nächsten Tag doch wieder auf den Weg zur Arbeit machen. Einen zweiten Tag nicht aufzutauchen, konnte ich mir nach meiner Beförderung einfach nicht erlauben. Also löste ich mich vorsichtig aus Miles fester Umarmung und tapste ins Bad. Ich ging unter die Dusche, putzte mir die Zähne und legte ein wenig Make Up auf, um meinem Gesicht ein frischeres Aussehen zu verleihen Gerade als ich mich nach meiner Tasche umsehen wollte, spürte ich Miles hinter mir.
Er hatte uns Kaffee gekocht. Dabei wollte ich ihn gar nicht erst wecken. Er sah so friedlich und sorglos aus, dass ich es nicht übers Herz brachte, ihn aus seinen Träumen zurückzuholen
»Du hättest mich ruhig wecken können, Baby. Ich muss auch gleich los«, mit leicht erröteten Wangen reichte er mir eine der beiden heißen Tassen, setzte sich auf einen der Barhokker an der Küchentheke und klopfte auffordernd auf seinen rechten Schenkel.
Irgendwie war ich, trotz der kalten Dusche, immer noch im Aufwachmodus. Langsam ging ich zu ihm, setzte mich auf die Stelle, auf die er gerade noch geklopft hatte und schmiegte mich noch einen Moment an ihn. Er roch so gut, dass ich mich dabei ertappte, wie ich die Augen schloss und mich allein auf seinen Geruch konzentrierte.
Seine Haut hatte eine ganz besondere Duftnote, er roch nach uns, nach unseren Küssen, den vielen Zärtlichkeiten, die wir austauschten und nach dem Badewasser, in dem wir uns vergangene Nacht geliebt hatten.
Es tat so gut, seine Nähe zu spüren.
Insgeheim wünschte ich mir sogar, diesen entspannten Morgen immer und immer wieder erleben zu dürfen. Auch wenn ich die Einsamkeit, die mich in den letzten Jahren umgab, lieben gelernt hatte, so fühlte ich mich in Miles Nähe furchtbar wohl. Er war anders als Paul, er jagte mir keine Angst ein, sondern schenkte mir die Sicherheit, nach der ich mich schon so lange sehnte. Ich nahm einen letzten Schluck Kaffee, sah auf

Miles Armbanduhr und musste mich auch gleich auf den Weg machen.
Ein zärtlicher Kuss an der Tür und schon saß ich, glücklich vor mich hin lächelnd, in meinem Mini und kurvte durch den Londoner Berufsverkehr in Richtung Arbeit.
So gut wie heute ging es mir schon lange nicht mehr.
Ich besorgte noch zwei Becher brühend heißen Kaffee und trudelte noch gerade rechtzeitig zu Dienstbeginn im Büro ein.
Mantel und Tasche deponierte ich in meinem Büro, dann eilte ich zu Cherry. Gut gelaunt rutschte ich auf ihren Tisch, reichte ihr einen der beiden Becher und begrüßte sie mit einem freundschaftlichen Kuss auf die Wange.
»Naaa, was hast du gestern so getrieben?«, ihr obszönes, mit Absicht gewähltes Wortspiel, brachte mich zum Schmunzeln.
Sie wusste haargenau, was, bzw. mit wem ich es getrieben hatte. Cherry wollte doch nur noch die Details wissen, doch diesen Gefallen wollte ich ihr noch nicht tun.
Hastig legte sie die angefangene Arbeit beiseite und sah mich gespielt streng an.
»Gibs zu, der Kerl ist ein Gott im Bett.«
Wenn sie wüsste, was für ein Gott er doch war.
»Komm heute Abend bei mir vorbei, dann erzähle ich dir mehr, ja?«
Etwas mürrisch darüber, weil sie sich noch gedulden musste, sagte sie letzten Endes doch noch zu und ich musste mich allmählich auch endlich an die Arbeit machen.
Es war ca. elf Uhr vormittags, als ich mich eben noch mit einem Designer rumschlagen musste, der mir zu der Sitzgruppe und dem Himmelbett, das ich für Annette anfertigen lassen wollte, noch zusätzliche Dekoration andrehen wollte, als mir eine neue Nachricht in meinem E - Mail Postfach ins Auge fiel.
Die konnte nur von Miles stammen.
Und wie sich zeigte, hatte ich auch Recht.

Hey, Mrs. Universe!
Wie wär's mit einem kleinen Lunch?
PS.: Das Dessert bist du ...

Zum ersten Mal war ich froh, allein in einem Büro zu sitzen, ansonsten hätte Cherry sofort bemerkt, wie mir bei den geschriebenen Zeilen die Röte ins Gesicht stieg. In meine Gedanken versunken legte ich den Stift in meinen Händen an die Lippen und knabberte daran rum.
Ich zögerte etwas, bis ich ihm eine Antwort darauf tippte.

Hey, Mr. Universe!
Gerne, ich bin sehr hungrig. (Nicht nur nach Essen ...)

Als ich auf senden klickte, konnte ich mir Miles bereits vorstellen, wie er breit grinsend in seinem protzigem Bürostuhl saß und sich schon in Gedanken ausmalte, wie er mich nehmen würde. Die Vorstellung daran entlockte auch mir ein Lächeln.
Bis zur Pause blieb mir noch eine Stunde, die ich noch sinnvoll nutzen wollte, also bestellte ich die restlichen Möbel für mein Projekt und verteilte die anderen Aufträge auf die restlichen Mitarbeiter.
Wieder blinkte das kleine, weiße Kuvert auf meinem Bildschirm auf. Miles.

Bin in zehn Minuten bei dir.
M.

Mir blieb nicht mehr viel Zeit. Eilig räumte ich meinen Tisch auf, stapelte die Papiere, rückte ein paar Mappen zurecht und zupfte, fest davon überzeugt einen Fussel entdeckt zu haben, nervös an meinem taillierten, schwarzen Kleid herum.
Himmel noch Mal! Was war den bloß los mit mir?
Immerhin war es nicht das erste Treffen, das ich mit Miles hatte. Ich hatte also keinen Grund, aufgeregt zu sein.
Die paar Minuten waren schneller um, als ich hoffte, da öffnete sich auch schon die Türe und selbst der kleinste Funke Nervosität löste sich in Luft auf, als ich ihn sah. Er sah so verdammt heiß aus. Er trug den dunklen Anzug, den er damals anhatte, als ich ihn vor Annettes Penthouse zum ersten Mal

sah. Sein Aftershave breitete sich sofort im ganzen Raum aus und ich wünschte mir, diesen berauschenden Duft für immer in meinen vier Wänden einschließen zu können.
Wir sahen uns an und seine Augen fingen an zu strahlen. Ohne ein Wort zu sagen, schritt er auf mich zu, stellte das in Schachteln verpackte Essen auf meinem Tisch ab und küsste mich. Die Sehnsucht die in dieser einen, leidenschaftlichen Liebkosung lag, war mehr Wert, als es eine Begrüßung durch Worte je sein könnte. Überwältigt von der Intensität, die all das auf meinen Körper hatte, umfasste ich seinen Nacken mit meinen Händen und zog ihn näher an mich ran.
Ich wollte nicht das Dessert sein, sondern der Hauptgang.
Miles verstand mich blind, hob mich auf den fast leer geräumten Tisch, zog mich etwas näher an die Kante ran und küsste mich noch intensiver. Fordernd schob er seine Zungenspitze zwischen meine Lippen und unsere Zungen verschmolzen miteinander, so dass sie Eins wurden. Ich schlang meine Beine um ihn und mein Rock schob sich wie von selbst bis an meinen Po hoch.
»Gott Sam, du hast mir so verdammt gefehlt.«
Meine Fähigkeit, in diesem erregten und atemlosen Zustand mit ihm zu reden, verließ mich. Ich sah ihn nur voller Wollust an und öffnete seine Hose, sie rutschte ihm, mitsamt der schwarzen Shorts, die er trug, bis zu den Knien hinab.
Meine Hand glitt über seinen heißen Schaft und mein Daumen strich kreisend über seine glatte Spitze. Mit geschlossenen Augen stand er vor mir, biss die Zähne zusammen, um nicht laut zu stöhnen und genoss jede meiner Bewegungen.
»Stopp, Sam. Wenn du so weiter machst, komm ich noch vor dir.«
Ich grinste ihn kokett an.
Dann ging alles irrsinnig schnell. Miles umfasste meine Gesäßbacken, zog mich noch einmal ganz dicht an den Rand des Tisches, schob das hauchdünne Höschen zur Seite, das ich trug und drang mit einem einzigen festen Stoß in mich ein.
Gnadenlos rammte er sich aber und aber mal in mich, und ich liebte es. Wenn ich das Bedürfnis hatte zu stöhnen, biss ich in

seine Schulter. Wurde der Rhythmus langsamer, dann drückte ich ihm die hohen Absätze meiner schwarzen Lackschuhe in seine Pobacken und er verstand, was er zu tun hatte. Ohne Pause, fast schon animalisch, vögelte er mich härter, als er es bisher je getan hatte.
Der Höhepunkt ließ sich so logischerweise nicht all zu lange hinauszögern.
Gleichzeitig tauchten wir für einen kurzen Moment in ein Meer der Leidenschaft und Begierde ab. Ich hatte Mühe, nicht laut zu schreien, als ich von einem nie zuvor erlebten, unübertrefflichen Orgasmus erfasst wurde und selbst einige Sekunden danach immer noch zitterte.
»Na, Mrs. Universe, ist ihr Hunger nun gestillt?«, sein Lächeln berührte meine Haut, er hauchte mir einen Kuss an den Hals und zog sich vorsichtig aus mir zurück.
»Fürs Erste ja, Mr. Universe«, sein Atem kitzelte mich und ich musste grinsen. Es war nicht das erste Mal, dass ich auf einem Tisch genommen wurde, aber es war trotzdem eine Premiere für mich. Noch nie hatte ich es so sehr genossen, wie jetzt.
Als wir uns beide wieder angezogen hatten und ich meine Haare wieder so halbwegs gestylt hatte, damit ich nicht wie frisch gevögelt aussah, setzte ich mich auf seinen Schoß und reichte Miles eine der beiden Schachteln.
Gott, hatte ich einen Kohldampf.
Die gebratenen Nudeln schmeckten genauso herrlich, wie sie dufteten. Mit großem Appetit schaufelte ich das köstliche Essen in mich hinein.
»Hast du heute Abend schon was vor, Baby?«, ich merkte sofort, dass die Frage nicht so beiläufig gemeint war, wie sie klang.
Fast hätte ich schon gesagt, dass ich nichts geplant hatte, als mir plötzlich einfiel, dass ich mich schon mit Cherry verabredet hatte.
»Ja, Cherry wollte mich heute besuchen kommen. Warum fragst du?«, die Antwort kannte ich bereits, er wollte mich sehen, aber ich wollte diese für mich so wichtigen Worte aus seinem Mund hören

»Kann ich vorbeikommen, wenn sie weg ist?«
Mein Herz schlug einen Takt schneller, ich legte das Besteck aus meiner Hand und schmiegte mich an seine Brust. Seine Nähe tat so unendlich gut.
»Das würde mich freuen«, sachte liebkoste ich seine rauen Bartstoppeln mit meinen Lippen und lächelte glücklich in mich hinein.
Beinahe hätte ich die Zeit übersehen. Wir hatten die Pause bereits um zehn Minuten überzogen, als Miles sich mit einem innigen Kuss von mir verabschiedete und ich mich wieder an meine Arbeit machen konnte.
Im Laufe des Nachmittags kam es mir mehrmals in den Sinn, Lexa anzurufen, um sie über unsere Fortschritte zu informieren. Aus Angst sie zu stören, ließ ich es dann doch sein und vertraute darauf, dass sie sich von sich aus melden würde.
Mittlerweile konnte ich mich kaum mehr auf die Unterlagen vor mir konzentrieren, ständig musste ich an Miles denken. Ich checkte mindestens alle zehn Minuten meinen E - Mail Account und hoffte, eine Nachricht von ihm zu lesen. Er hatte mich vollkommen verzaubert und brachte mich dazu, entgegen all meiner Prinzipien zu handeln, die ich die vergangenen Jahre immerzu streng einhielt. Merkwürdigerweise störte mich dieser Wandel keineswegs und ich fühlte mich besser, als je zuvor.
Nichtsdestotrotz zwang ich mich dazu, zumindest die wenigen Stunden bis zum Feierabend nicht mehr meinen Gedanken nach zu hängen und mich stattdessen dem Berg Plänen zu stellen, die ich noch absegnen musste. Um kurz nach sechs ging ich schließlich aus dem Büro und machte mich auf den Heimweg. Da meine Kollegen bereits alle weg waren, als ich Schluss machte, simste ich Cherry den Zeitpunkt unseres Treffens und trudelte nur kurze Zeit später zu Hause ein.
Mir blieb noch etwa eine Stunde, um unter die Dusche zu gehen und mein Chaos zu ordnen.
Es war nun schon eine Weile her, seitdem Cherry und ich so einen Mädelsabend veranstaltet hatten. Früher waren diese Art von Abenden allerdings immer unsere Highlights der

Woche. Stundenlang saßen wir auf dem Sofa, oder oft auch davor, mit jeder Menge Kissen auf dem Fußboden, sahen uns uralte Serien an und quatschten dabei über Gott und die Welt. Der guten alten Zeiten Willen, kramte ich eine unserer damaligen Lieblings Staffeln aus dem Regal und genau in dem Augenblick, als ich die Disk in den Player einlegte, klingelte auch schon die Türglocke und der schrille, nervtötende Ton erinnerte mich, wie schon so oft daran, dass ich endlich eine neue einbauen lassen musste.
Seufzend öffnete ich die Tür.
»Hey Süße«, Cherry sah einfach bezaubernd aus. So normal und irgendwie sogar ein wenig jugendlicher als sonst, was bestimmt daran lag, dass sie heute, anders als sonst, völlig ungeschminkt war und eine bequeme, dunkle Jogginghose trug.
Grinsend hielt sie mir zwei Tafeln Schokolade vor die Nase und ging dann geradewegs an mir vorbei ins Wohnzimmer.
»Machs dir schon mal gemütlich und schalet den Fernseher ein, ich hol uns noch eben was zu trinken«, gut gelaunt schlenderte ich hinter die Küchentheke und setzte mich kurz darauf mit zwei Gläsern Eistee zu ihr aufs Sofa.
»Oh mein Gott, Sam, die Serie habe ich ja schon ewig nicht mehr gesehen.«
»Dann habe ich ja wohl einen Volltreffer gelandet«, grinsend zog ich die Beine an, so dass ich im entspannten Schneidersitz sitzen konnte.
Die erste Folge hatte soeben begonnen, als sie mir ein Stück Schokolade reichte und ihr forschender Blick auf mir haften blieb. Sofort wusste ich, was mir nun bevorstand.
»Also Sam, raus mit der Sprache. Was läuft da zwischen Miles und dir?«
Ich wusste es. Schnell schluckte ich das Stück Schokolade runter, das ich mir eben noch in den Mund geschoben hatte, spülte den herb süßen Geschmack mit Eistee runter und fing letztlich an, zu erzählen. »Ehrlich gesagt, weiß ich selbst nicht, was das zwischen uns ist … «, ich war noch nicht fertig, doch Cherrys erhobener drohender Zeigefinger bremste mich aus.

»Keine Ausreden Sam, hörst du!«
Mist.
Seufzend umklammerte ich das Glas in meinen Händen und konzentrierte mich von da an auf unser Gespräch.
»Also gut... «, das war schrecklich, ich fühlte mich, als würde ich in einem Verhörraum sitzen. Das einzige Utensil, das dazu noch fehlte, war eine grelle Lampe, die mir ins Gesicht strahlte.
»Na los, ich warte« ungeduldig wippte sie, wie immer wenn sie aufgeregt war, mit ihren überkreuzten Beinen auf und ab.
»Ja, ja, schon gut«, dieser unnötige Stress ging mir langsam aber sicher auf den Wecker, ich versuchte es zu überhören und sprach weiter.
»An dem Tag, als wir beide uns wieder versöhnt hatten, ging ich auch zu Miles, um mit ihm zu reden. Und wir haben uns ausgesprochen.«
»Das war's? Ihr habt also nur geredet? Und deswegen ruft er am nächsten Tag bei mir an, um dir einen freien Tag zu verschaffen?«, stirnrunzelnd schüttelte sie den Kopf. »Erzähl mir doch keinen Müll, Süße. Ihr wart zusammen im Bett, nicht wahr?«
Cherry war so aufgekratzt, dass sie - die Frau, die stets auf ihre Figur achtete, um bloß kein Gramm zu viel auf den Hüften zu haben - jetzt da hockte und sich ein Stück Schokolade nach dem anderen in den Mund schob. »Ja, verdammt, wir haben miteinander geschlafen«, sagte ich.
... nicht nur einmal, fügte ich gedanklich noch hinzu und konnte mir ein Grinsen nicht verkneifen. Cherrys Hände waren mittlerweile voll mit zerflossener Schokolade. Dankend nahm sie das Taschentuch an, das ich ihr gab und wischte sich die klebrigen, etwas knochigen Finger damit ab. Das Bill Cosby sich im Hintergrund vor seiner Familie zum Affen machte, war nun schon völlig überflüssig, stattdessen löcherte Cherry mich weiter mit Fragen, auf die ich eigentlich gar keinen Bock mehr hatte. Wenn es um ihre Neugierde ging, war diese Frau immer schon gnadenlos gewesen.
»Und was war an deinem freien Tag? Hast du den alleine verbracht?«, wieder sprach die reine Neugierde aus ihr.

»Nein, wir waren in einem Park, gingen spazieren und waren etwas essen«, zugegeben war diese Beschreibung unseres gemeinsamen Tages deutlich untertrieben, doch ich hütete mich davor, sämtliche Details zu erwähnen. Gott, ich musste dringend einen guten Themawechsel finden. Lange würde ich nicht mehr so tun können, als ob das Alles nichts Besonderes für mich gewesen war.
»Erzähl du mal...«, sagte ich also und nahm das letzte Stück Schokolade aus der Packung in ihren Händen, »...was gibt's bei dir Neues?« Ihre plötzlich, wie wild funkelnden, Augen verrieten mir, dass ich damit genau ins Schwarze getroffen hatte und sie schon fast darauf gewartet hatte, dass ich sie nach Neuigkeiten fragte.
»Na ja, ich treffe mich seit kurzem mit jemandem«, aufgeregt zupfte sie am Stoff ihrer Hose rum und wagte es nur kurz mich an zu sehen.
»Ach ja? Erzähl! Los, ich will alles darüber wissen.«
»Hmm, ... okay...«, hastig nippte sie an ihrem Glas, »du darfst aber nicht ausrasten, ja?«
Ich wurde stutzig. Nun hatte sie erst Recht meine Neugier geweckt.
»Na los, raus damit. Ich werds schon überleben«, zwinkernd schenkte ich ihr ein ermutigendes Lächeln.
»Weißt du noch, als wir letztens im Bradleys waren und Miles mit seinem Kumpel aufgetaucht ist?« Prompt schossen mir sämtliche Erinnerungsfetzen von diesem Abend in den Kopf.
»Ja, klar, ich erinnere mich. Und weiter?« Nun zögerte sie etwas, nervös kaute sie auf ihrer Unterlippe.
»Na ja, Dan, also Miles Kumpel, ist derjenige, mit dem ich mich treffe und ich denke, ich liebe ihn, Samantha.«
Mit diesem Geständnis hatte sie mich echt vom Hocker gehauen. Mit halb offenem Mund starrte ich sie an, während mir seit Wochen zum ersten Mal bewusst wurde, wie sehr ich meine Freunde in letzter Zeit vernachlässigt hatte. Ich war so sehr mit Miles, dem neuen Job und meinem eigenen Leben beschäftigt, dass ich von alldem rein gar nichts mitbekommen, geschweige denn, nicht einmal die geringste Ahnung

davon hatte.
»Oh ...«, ich brauchte einen Moment, um mir die passenden Wörter zurecht zu legen und räusperte mich, ehe ich weiter sprach.
»Sorry Süße, du hast mich ganz schön überrumpelt. Ich freue mich natürlich für dich«, das tat ich wirklich, obwohl ich mich nur schwach an den Typen erinnern konnte.
»Gott sei dank«, erleichtert schlang sie ihre Arme um mich und drückte mich an sich, »ich dachte schon, du hättest vielleicht ein Problem damit.«
Sachte zog ich mich aus der innigen Umarmung zurück und sah sie an.
»Warum sollte ich?« jetzt war ich doch etwas irritiert.
»Ich dachte, Miles hätte dich genauso verarscht, wie die anderen Frauen vor dir auch«, ihr Beine wippten wieder im Takt und ich spürte die Wut, die in mir heranwuchs.
War ich etwa wie all die anderen Schlampen, die Miles vor mir hatte? War es das, was andere denken würden, wenn sie uns zusammen sehen würden?
Das war falsch! Und ich würde das nun ein für alle mal klären.
Abrupt richtete ich mich kerzengerade auf, ballte meine Hände zu Fäusten und funkelte Cherry zornig an.
»Jetzt hör mir mal genau zu! Miles mag vielleicht Fehler gemacht haben, aber das heißt nicht, dass er sich nicht ändern kann«, meine Stimme war, im Gegensatz zu sonst, rau und glich dem Fauchen eines Raubtiers.
»Ich... «, Cherry stotterte vor sich her, doch noch ehe sie die richtigen Worte fand, unterbrach ich sie auch schon wieder.
»Oh nein, du wirst dich jetzt nicht raus reden.Miles ist ein wundervoller Mann und mehr will und brauche ich nicht«, Cherrys erstaunter Gesichtsausdruck ließ mich meine Worte noch mal Revue passieren und ich stutzte.
Hatte ich das nun tatsächlich ausgesprochen?
Noch bevor ich darüber nachdenken konnte, wurde mir die Frage auch schon von Cherry beantwortet.
»Du willst also nur ihn, ja?«, der kleine Streit von eben war mit einem Schlag wie weggeblasen, auf einmal konnte ich nicht

mehr anders und ich ließ mich von ihrem frechen Grinsen anstecken.
Ich horchte einen Moment in mich hinein, lächelte sie an und sagte dann mit Stolz: »Ja, nur ihn und keinen anderen.«
Ein unsagbar erfrischendes Strahlen erhellte Cherrys zartes Gesicht.
»Du meine Güte, Sam, du bist verknallt. Das ich das noch Mal erleben darf«, lachend faltete sie die Hände über ihrem Kopf zusammen und mimte einen Gottesdank.
»Ach, hör doch auf«, peinlich berührt fiel mein Blick auf die schwarzumrandete Uhr an der Wand. Drei Stunden waren jetzt schon vergangen und ich musste an Miles denken, der auf meinen Anruf wartete. Cherry entging mein sehnsüchtiger Blick nicht, »Bekommst du etwa noch Besuch?«, ich nickte. »Ja, Miles wollte dann noch vorbeikommen.«
»Ach Süße, keine Sorge, der kommt heute bestimmt noch«, der vielsagende Blick, den sie mir dabei zuwarf und die Zweideutigkeit, die nicht zu überhören war, waren so typisch für Cherry. Sie konnte einfach nicht anders, als alles mit Sex zu verbinden.
Als unser Lachen wieder abgeklungen war, stand sie auf, strich sich ihre Klamotten glatt und trank ihr Glas leer.
»Na wenn das so ist, werde ich jetzt gehen und Dan anrufen«, sie umarmte mich herzlich und ich war furchtbar froh darüber, so eine gute Freundin wie Cherry zu haben. »Das wegen vorhin, mein Ausraster, das tut mir leid«, reumütig sah ich sie an. Die Entschuldigung war mein voller Ernst, ich hätte sie nicht so anbrüllen dürfen. Miles war selbst schuld an seinem schlechten Ruf als Herzensbrecher, da konnte Cherry ja wohl am wenigsten dafür. Ich hatte übertrieben.
»Schon gut, Süße, wir haben alle mal einen schlechten Tag«, sie küsste meine Wangen und verabschiedete sich.
» ... Hey Babe, ich komme doch noch vorbei ... «, hörte ich noch ihre Stimme durchs Treppenhaus hallen und schloss die Tür. Endlich. Endlich konnte ich Miles anrufen. Voller Vorfreude schnappte ich mir mein Handy vom Tisch und wählte seine Nummer. Es hatte gerade zum zweiten Mal geklingelt,

als er auch schon ran ging. »Sie ist w... « Miles Stimme drang an mein Ohr und unterbrach meinen Satz.
»Mach die Tür auf, Baby!«
Ich war verwirrt. War er denn schon da? Das gab es doch nicht, es sei denn...
»Okayy.. «, der Anruf wurde beendet, ich steckte das Handy in meine Tasche und öffnete die Türe. Jedes Klicken, das entstand, wenn ich den Schlüssel im Schloss drehte, erhöhte meinen Herzschlag um einen weiteren Takt.
Und tatsächlich, ich traute meinen Augen nicht, stand Miles, die Händen in den Taschen seiner dunklen Jeans vergraben, vor mir und grinste mich frech an. Dieser Kerl war völlig verrückt.
»Wie lange bist du schon hier?«, sein Grinsen wurde breiter, er umfasste meine Taille, hob mich zu sich hoch und wirbelte mich einmal im Kreis, ehe er mich in die Wohnung trug und die Tür mit einem Fuß ins Schloss zurück kickte. »Sagen wir einfach, dass ich etwas früher, als vereinbart hier war.«
Behutsam legte er mich rücklings auf das Sofa und beugte sich dann über mich. Er sah mich etwa zehn Sekunden lang an, genug Zeit, um sein vollkommenes Gesicht zu bewundern. Ich bewunderte Miles tatsächlich, aber nicht für sein gutes Aussehen, sondern dafür, was er in mir bewegen konnte. Bevor ich ihn traf, war ich nur auf meine Arbeit versteift, alles andere ließ ich erst gar nicht an mich ran. Doch bei ihm war das anders, er heilte meine Wunden, sodass die Narben, die zurückgeblieben waren, nur noch hauchzarte Linien waren. Seine weichen Lippen strichen zärtlich über meine Nasenspitze.
» Na, was geht in deinem hübschen Köpfchen vor?«, er neckte mich etwas und zog mit den Zähnen an meiner Unterlippe, ehe er die selbe Stelle sanft küsste und mich wieder ansah.
»Du machst mich glücklich, Miles«, meine Hände fuhren über seinen dichten Bart und ich musste lächeln, als er sich wie eine verschmuste Katze in meine Handfläche schmiegte.
»Daran denkst du gerade?«
»Mhmmm ... , daran und an tausend andere Dinge, die du mit

mir anstellst«, lachend packte er mich etwas fester an den Hüften und wandte sich so mit mir um, dass nun er unten lag und ich, die Hände auf seine Brust gelegt, auf ihm saß. Ich fühlte mich so fantastisch, als hätte ich eine zweite Chance bekommen, um mit eigenen Augen zu sehen, was das Wort Glück für eine Bedeutung hatte. Meine Beschreibung dafür war einfach. MILES. Mit jedem Augenblick, den wir gemeinsam verbrachten, erwachte die Sam, die sich vor langer Zeit vor der Liebe und vor sich selbst versteckte, langsam wieder zum Leben. Mein Hunger auf das Leben, das aufrichtig ehrliche Lachen, das ich damals durch ein falsches ersetzt hatte und der Mut, anderen zu vertrauen. Alles, was ich damals mit Paul hinter mir gelassen hatte, kehrte nun Schritt für Schritt zu mir zurück.

»Du machst mich auch glücklich, Samantha, sogar sehr.« Versonnen strich er mir eine verlorene Wimper von der Wange und blickte mich an. »Sam, ich wurde für Samstag zu einer Charity Veranstaltung im Rahmen der Krebshilfe eingeladen...«, einen kleinen Moment zögerte er, biss sich auf die Unterlippe und beendete schließlich seinen Satz, »...na ja, ich habe mich gefragt, ob du mich dahin begleiten würdest.«

»Oh, ähm..., «, verdammt, ich war so überrascht, dass ich nicht einmal vernünftig antworten konnte, »das würde ich sehr gerne, Miles.«

»Wirklich? Ich will dich zu nichts zwingen, was du nicht willst, Baby«, mein Stottern hatte ihn verunsichert. Hastig küsste ich ihn auf den Mund und sah ihm wieder fest in die Augen.

»Ja, ich freue mich. Ich war nur überrascht, nichts weiter.«

»Überrascht? Weshalb?«, gespannt scannte er mein Gesicht.

»Na ja, das ist das erste Mal, dass wir uns zusammen in der Öffentlichkeit zeigen werden. Das ist dann fast so, als wären wir ein Pa..., «, ich musste schlucken, bei dem Wort, das mir beinahe aus dem Mund gepurzelt wäre. Miles und ich waren noch nicht ansatzweise soweit, dass man uns als Pärchen bezeichnen konnte. Oder? »Du meinst, wie ein Paar?«, unverschämt locker grinste er mich dabei an. Es durfte ihm scheinbar nicht entgangen sein, wie erschrocken ich über meinen

beinahe ausgesprochenen Ausrutscher gewesen bin.
Ich nickte. »Wäre das denn so schlimm? Wenn du und ich ein Paar wären?«, er konnte einfach nicht aufhören, mich in Verlegenheit zu bringen. Es war ewig her, dass ich eine Beziehung geführt hatte und ich war mir noch nicht einmal sicher, ob ich noch wusste, wie so etwas funktionierte. Und doch gefiel mir der Gedanke, Miles Taylors Freundin zu sein besser, als nur als eine seiner vielen Geliebten abgestempelt zu werden.
»Schlimm wäre es nicht, nein.... «, es fiel mir sichtbar schwer, über dieses Thema zu sprechen. Vor ein paar Wochen war ich noch fest von meinem Single -Leben überzeugt und heute saß ich auf dem Schoß eines Traummannes und machte mir über Beziehungen Gedanken. Ich erkannte mich selbst nicht mehr wieder.
»Aber? Was dann?«, Miles Blick wurde skeptischer und ich hatte Mühe, mich dem nicht zu entziehen.
»Es wäre irgendwie ungewohnt für mich.«
Die Erleichterung war ihm sichtlich ins Gesicht geschrieben. Sanft legte er seine Hände auf meinen Rücken und zog mich näher zu sich hinab. »Dann lass uns langsam zur Gewohnheit übergehen, Baby«, seine Nasenspitze berührte meine und ich hätte schwören können, das Blau der sieben Weltmeere in seinen Augen zu sehen. »Ja... «, wisperte ich und dankte in meinen Gedanken Gott dafür, dass er mir so einen zauberhaften Menschen geschenkt hat. Miles blieb die ganze Nacht über bei mir. Wir liebten uns in meinem Bett und schliefen danach eng umschlungen gemeinsam ein.

ZEHN

Schwitzend löste ich mich am nächsten Morgen aus Miles fester Umarmung. Der Mann strahlte mehr Wärme aus, als ein gut funktionierender Heizkörper es im Winter tat. Auf nackten Sohlen tappte ich zu meinem Schrank, nahm ein paar Anziehsachen für mich raus und ging ins Bad. Ich musste dringend unter die Dusche!
Wenige Minuten später stand ich schon fertig angezogen in der Küche, stellte zwei schwarze Tassen unter die Kaffeemaschine und wartete, bis sie voll waren. Schnell holte ich die Croissants aus dem Backofen, die ich vorm Duschen noch zum Aufbacken reingelegt hatte und ging damit zurück ins Schlafzimmer.
An der Tür blieb ich kurz stehen.
Miles sah aus wie ein Engel, mein Engel.
Er umklammerte mein Kissen und schmiegte sich so wohlig daran, dass mir bei seinem Anblick sprichwörtlich das Herz aufging. Das Zimmer war noch abgedunkelt, bis auf einen schmalen, hellen Lichtstreifen, der auf seinen aufgedeckten, nackten Rücken fiel.
Seine Muskeln waren so herrlich ausgeprägt, dass mir allein schon beim Gedanken daran, wie ich letzte Nacht meine Nägel darin vergrub, das Wasser im Mund zusammen lief.
»Na, gefällt dir, was du siehst?«, mit halb geöffneten, verschlafenen Augen grinste er in sein Kissen hinein und streckte dann einen Arm nach mir aus.
Ich war extra eine Stunde früher aufgestanden, um mich noch einmal in seine Arme kuscheln zu können.
»Nicht übel, Mr. Universe.«
Frech grinsend stellte ich das mitgebrachte Frühstück auf dem kleinen Nachttisch neben dem Bett ab und wollte gerade zu ihm unter die Decke kriechen, als er mich schon an der Taille packte und mich auf ihn zog.
»Nicht übel? Na warte …«
Lachend fing er an, mich zu kitzeln. Ich wollte mich frei zappeln, doch ich hatte keine Chance. Gnadenlos setzte er seine

Folter fort, so lange, bis ich vor Lachen schon Bauchschmerzen hatte und ich kaum mehr zum Atmen kam.
»Na, was heißt nun nicht übel, Madame?«
»Also gut, ja du siehst großartig aus«, er grinste mich zufrieden an und ließ mich frei, damit ich ihm den Kaffee und das Gebäck reichen konnte.
»Mhmm.., die sind ja noch warm«, er biss ein großes Stück davon ab und küsste mich. »Danke, Baby«.
Der Morgen war so herrlich unbeschwert, dass ich mir am liebsten wieder frei genommen hätte, doch dazu war mein Terminplan heute zu voll. Heute sollten die bestellten Möbel endlich geliefert werden und das wollte ich auf gar keinen Fall verpassen. Mit dem Rücken an Miles Brust gelehnt, genossen wir noch das Frühstück im Bett und machten uns eine halbe Stunde später auch schon auf den Weg zur Arbeit.
Miles erzählte mir von einem wichtigen Meeting mit einem neuen Kunden, er versprach mir jedoch, sich auf jeden Fall bei mir zu melden, sobald er etwas Zeit übrig hatte.
Am Parkplatz trennten sich dann unsere Wege, ich setzte mich in meinen Wagen und vermisste ihn auch sogleich wieder. Das war doch verrückt.
Die Fahrt zur Agentur verlief so schleppend wie noch nie und es kam mir vor, als wären Stunden vergangen, als ich endlich auf meinem Parkplatz zum Stehen kam. Eigentlich hatte ich mir heute noch vorgenommen, am Coffeeshop stehen zu bleiben um Cherry ihren Lieblings Latte mitzunehmen, aber dafür war es nun auch schon zu spät. Ich musste sie wohl oder übel mit einem Spülwasserkaffee aus der Cafeteria vertrösten.
Die Rollos in meinem Büro waren schon hochgefahren worden und die Sonne strahlte mir nur so ins Gesicht, als ich die Jeansjacke, die ich trug an den Garderobenständer, der neben meiner Tür stand, hing. Mittlerweile sah der davor noch sehr trüb und langweilig wirkende Raum schon ganz passabel aus. Ich hatte zwei große Gemälde an die Wand genagelt. Die Bilder hatte ich bei einem der Designer entdeckt, die ich ursprünglich für Annette ausgewählt hatte und konnte nicht anders, als sofort zuzuschlagen. Seit meiner Beförderung war

mein Konto für meinen Geschmack so oder so viel zu voll. Was einerseits ja gut war, andererseits war ich es aber einfach nicht gewöhnt, auf keine Preise mehr sehen zu müssen. Klar, ich hatte immer die besten und schönsten Klamotten im Schrank, jedoch habe ich mir schon auf dem College viel zusammen gespart und immer auf meine Ausgaben geachtet. Neben den Bildern habe ich mir noch ein paar neue Pflanzen gegönnt, die dem Raum eine gewisse Wärme verliehen und dazu noch einige Bilderrahmen, von denen aber noch nicht alle mit einem Bild bestückt waren. Familienfotos besaß ich noch nie viele, da von mir als Kind eher selten Fotos geschossen wurden und wenn, dann waren es Schnappschüsse, auf denen ich meist ziemlich doof aus der Wäsche schaute.

Umso mehr Fotos hatte ich von meiner Zeit als Teenie und den Jahren danach. Eins davon zierte meinen Schreibtisch. Es war mein liebstes Bild und ich konnte mich noch genau an den Tag zurück erinnern, an dem es aufgenommen wurde. Seither waren schon ein paar Jahre vergangen, es war im Hochsommer und Cherry und ich hatten zwei Wochen vorher den Job bei Stawfort Architectures angenommen. An dem Tag gingen wir mit Luke und ein paar Kumpels picknicken, es war toll. Wenn ich mich so zurück erinnerte, konnte ich jetzt noch den köstlichen Duft der Steaks riechen, die auf dem Grill lagen. Und genau da wurde dieser Schnappschuss gemacht. Wir saßen zu dritt auf einer Decke. Luke, Cherry und ich, im Hintergrund stand der Grill und Ben, ich war mir nicht mehr ganz sicher, was seinen Namen anging, hielt einfach alles was wir machten mit seiner Kamera fest. Beim Gedanken daran musste ich lächeln, trotz der dramatischen Trennung, die ich zu der Zeit gerade hinter mir hatte, war ich glücklich. Genauso glücklich wie jetzt.

Just in dem Moment flog die Tür hinter mir auf und Cherry stöckelte herein und lief wie immer, geradewegs auf meinem Schreibtisch zu, auf den sie sich auch sofort niederließ und mich schelmisch angrinste.

Oh man. Wie konnte man nur so unglaublich neugierig sein.

»Na Süße, wie war dein Abend?«

»Entspannend. Und deiner?«, lächelnd nahm ich die kleine Gießkanne in die Hand, die auf dem Fenstersims stand und goss eine der Zimmerpflanzen. »Also ist er gekommen, ja?«, die Frage triefte nur so vor Zweideutigkeit und sie brachte mich zum Schmunzeln. Mir war völlig klar, worauf sie hinaus wollte, doch den Gefallen wollte ich ihr nicht tun.

»Ja, Cherry, er ist gestern noch erschienen«, bei meiner geschwollenen Ausdrucksweise musste ich mir selbst schon das Lachen verkneifen. Cherry prustete allerdings gleich wieder laut los.

»Mein Gott, Sam, jetzt lass mir doch mal den Spaß. Man merkt doch, dass du nicht mehr untervögelst bist.« Ich setzte mich vor sie auf meinen Stuhl und grinste sie an. Das war wieder Mal so typisch für sie. Cherry konnte es noch nie leiden, wenn sie ein Blatt vor den Mund nehmen musste und nutzte jede Gelegenheit, um so zu reden wie es ihr gerade gefiel.

»Stimmt ja, Sex habe ich im Moment mehr als genug.«, meine Wortwahl verschlug ihr kurz die Sprache und ich hoffte, sie damit wieder von meinem Platz verscheuchen zu können, doch da hatte ich falsch gedacht. Ganz im Gegenteil, jetzt schnatterte sie erst recht wild drauf los und erzählte mir von ihrem Sexleben mit Dan. Wenn ich ehrlich war, wollte ich von all dem gar nichts wissen, schon gar nicht die Details, doch nicht einmal die blieben mir erspart. Na ja, mir war es nur recht so, Miles und mein Sexleben war jetzt auf einmal in den Hintergrund getreten und ich fands toll, dass Cherry so glücklich war. Nach allem, was ich bis jetzt von ihr gehört hatte, war dieser Dan gar kein so übler Kerl. Nichtsdestotrotz musste ich Cherry nach dreißig langen Minuten und mindestens einem Dutzend schmutziger Geheimnisse später, von meinem Tisch zurück an ihren Arbeitsplatz scheuchen.

»Gehen wir später was zusammen essen?«, lächelte sie mich entschuldigend an.

»Ich kann heute nicht Süße, Annettes Möbel werden in einer Stunde geliefert und ich werde bis zum Abend mit dem Einrichten beschäftigt sein.«

»Gut, dann sehen wir uns morgen auf einen Drink, ja?«

Im selben Moment tauchte Miles wieder in meinen Gedanken auf und mit ihm auch die Erinnerung an das Event, zu dem er mich mitnehmen wollte.

»Ähm, tut mir leid, aber ich habe morgen Abend schon was vor«, augenblicklich schoss mir eine verräterische Röte ins Gesicht. Ich wusste nicht warum, aber es war mir immer noch etwas unangenehm, über Miles und mich zu reden. Cherry entging natürlich nichts von all dem.

Sie verlangsamte ihre Schritte und ging wieder zwei Schritte zurück. Für viele in meinem Alter mochte das vielleicht komisch klingen, aber ich hatte bis dato noch niemals etwas vor, wenn Cherry mich fragte, ob wir ausgehen wollten. »Ach ja, was denn?«, neugierig setzte sie sich wieder auf den Platz zurück, von dem ich sie noch vor wenigen Sekunden verscheucht hatte. Nervös blickte ich auf die Wanduhr neben mir. Wenn ich versucht hätte, sie abzuwimmeln, hätte ich mich mit Sicherheit bei Annette verspätet, weil Cherry nicht locker gelassen hätte. Doch würde sie auch die Klappe halten, wenn ich ihr die Wahrheit sagte? Ach, Scheiß drauf!

»Ich werde Miles auf eine Charity Gala begleiten«, das hätte sie nun nicht erwartet. Und ob man es nun glaubte oder nicht, für ein paar wenige Sekunden konnte sogar Carmen Jefferson den Mund halten.

»Oh mein Gott, Sam, du führst doch tatsächlich eine Beziehung.«

»Nein. Das tue ich nicht. Und jetzt hau schon ab, ich muss in zehn Minuten los«, in diesem Augenblick bereute ich, dass ich mich ihr anvertraut hatte. So wie ich Cherry kannte, würde sie ihre Mittagspause damit verbringen, sich über mich das Maul zu zerreißen und überall rum erzählen, dass meine ewige Männerabstinenz nun ein Ende gefunden hatte. Gott, wie konnte ich nur so blöd sein?! Ich kramte meine Unterlagen zusammen und verließ dann mit ihr gemeinsam mein Büro. Auf dem Weg nach Chelsea klang der Groll in mir langsam wieder ab und ich nahm mir vor, mich bis zum Feierabend nur mehr auf meine Arbeit zu konzentrieren. Immerhin war morgen ja auch schon Samstag und somit hatte ich auch wie-

der einen Grund, der etwas Vorfreude in mir aufkeimen ließ. Meinen Wagen musste ich dieses Mal, anders wie sonst, etwas weiter vom Haus entfernt parken, da bereits drei vollbepackte Möbelwagen davor standen und sich unzählige Arbeiter dort tummelten, wo mein Baby für gewöhnlich seinen Platz hatte. Elegant stöckelte ich an ihnen vorbei und ging durch die offene Tür hindurch, direkt ins Wohnzimmer. Ich hatte Annette schon dort erwartet, doch ich musste noch eine Weile im Haus rum irren, bis ich sie schließlich im zukünftigen Schlafzimmer fand. Sie war soeben dabei, ein paar Männer, die ihr nagelneues Himmelbett trugen, herum zu kommandieren. Die armen Kerle taten mir schon fast leid.
»Samantha, da bist du ja, ist was passiert?«, sie sah mich besorgt an, während eine kleine Falte, ihr sonst so glattes Gesicht, ein paar Jahre älter aussehen ließ.
»Nein, nein. Alles gut, ich steckte bloß in einem Stau«, hastig setzte ich meiner winzigen Notlüge ein knappes Lächeln hinzu. »Ganz sicher?«
»Ja ... «, schnell machte ich mich daran, meine Pläne durchzusehen, um die verräterische Hitze, die ich wieder in meinen Wangen spürte, zu vertuschen.
»Gut. Dann lass uns an die Arbeit gehen.« Gesagt, getan. Es brauchte nicht viel und schon hatte ich den nervigen Auftritt von Cherry auch schon wieder vergessen.
Während die Männer ein Unikat nach dem anderen ins Haus schleppten, kommandierten Annette und ich sie permanent herum. Alles musste perfekt sein. Und so schliffen wir in nur wenigen Stunden den Rohdiamanten, um am Ende einen funkelnden Diamanten daraus zu schaffen. Es war bereits später Nachmittag, als Annette und ich uns eine kleine Pause gönnten. Mit jeweils einer Tasse brühend heißem Kaffee, machten wir es uns im Garten gemütlich. Die Sonne strahlte vom Himmel und das Wasser des kleinen angelegten Teiches, funkelte mit ihren hellen Strahlen um die Ecke. Wir starrten beide eine Weile lang in den weitläufigen Garten vor uns, als Annette sich mir zu wandte und mit mir zu sprechen begann.
»Darf ich dich was fragen, Sam?« Das klang ernst, viel zu

ernst, wie ich fand. Ich nickte. »Klar, schieß los«, aufmerksam schob ich mir die verspiegelte Sonnenbrille, die ich mir zuvor aufgesetzt hatte, ins Haar und blickte sie an.
»Liebst du ihn?« Oh mein Gott. Wusste sie etwa schon die ganze Zeit über Miles und mich Bescheid? Auch wenn mich ihre Frage erst ein wenig ins Wanken brachte, wusste ich die Antwort darauf bereits. Ich wollte jedoch auf Nummer sicher gehen, um raus zu finden, ob sie nun wirklich von Miles sprach, deshalb spielte ich die Ahnungslose. »Ich verstehe nicht ...«
»Miles. Liebst du ihn?«, Annette wirkte sehr ruhig und gelassen und ihre Worte klangen so belanglos, als würde sie mich nach dem Wetter, oder dem Designer meiner Schuhe fragen. »Ich weiß es nicht. Wir haben noch nie von Liebe gesprochen«, wenn sie mich schon so direkt danach fragte, hatte sie meiner Meinung nach auch eine ehrliche und aufrichtige Antwort verdient. Gedankenverloren nickte sie und als ich annahm, dass das Thema Miles damit beendet war, nahm sie den Gesprächsfaden noch mal auf.
»Hör zu, Kleines. Ich gönne dir dein Glück von ganzem Herzen, aber Miles ist nicht der Richtige dafür.«
Nun hatte sie meine Neugier endgültig geweckt. Wollte sie ihn etwa wieder zurück haben? War es die Eifersucht, die hier aus ihr sprach? Ich hatte keine Ahnung und hakte deswegen weiter nach.
»Was meinst du damit?«
»Er kann keine Beziehung führen. Warum das so ist, soll er dir lieber selber sagen.« Wieder einmal drohte meine Welt einzustürzen. Wie ich von Miles wusste, kannten sich die beiden nun schon knapp zehn Jahre. Warum sollte sie sich so etwas also ausdenken, oder zusammen fantasieren? Annette wollte sich gerade zum Gehen aufmachen, als ich sie noch einmal sachte am Arm zurückhielt. Ich konnte nicht warten, bis ich Miles danach fragen konnte. Ich wollte es jetzt wissen.
»Sag du es mir, bitte«, es vergingen Sekunden, in denen sie mich stirnrunzelnd ansah, dann nahm sie doch noch einmal neben mir Platz.

»Hat er dir von Lucia erzählt?« Ein mulmiges Gefühl beschlich mich. Krampfhaft versuchte ich mich an unsere Gespräche zurück zu erinnern und hoffte, dass mir die Erwähnung dieser fremden Frau einfallen würde. Fehlanzeige. Da war nichts. Ich senkte den Blick, hinab zu dem halbvollen Keramikbecher in meinen Händen und schüttelte den Kopf.
»Das dachte ich mir schon ...«, Annette stellte ihre Tasse auf dem gläsernen Tisch vor ihr ab und zündete sich eine Zigarette an, ehe sie fort fuhr. Gespannt sah ich sie an und mir graute vor dem Geheimnis, das Annette mir anvertrauen würde.
»Lucia war seine Frau, Sam.«
Mit weit aufgerissenen Augen starrte ich sie an und wusste nicht, was ich sagen sollte. Warum hatte er mir nie von ihr erzählt? Ich wusste bereits so vieles von ihm, hörte Geschichten aus seiner Kindheit, von seinen Eltern. Und in dem Moment merkte ich, wie ich alles, was Miles und mich betraf, plötzlich in Frage stellte.
Aufmunternd schob Annette mir die Zigarettenpackung über den Tisch hinweg zu und gab mir Feuer. Ich sog das Nikotin in mir auf und versuchte, mich allmählich wieder etwas zu sammeln. »Weshalb haben sie sich getrennt?« Annette zögerte einen Moment, bevor sie mir dann doch antwortete.
»Lucia hat ihn damals betrogen, mit Luke, seinem Adoptivbruder«, der Schock stand mir sichtlich ins Gesicht geschrieben, ich nickte und wollte, dass sie mir mehr davon erzählte. »Die beiden, also Luke und Lucia waren danach etwa ein Jahr lang zusammen und wanderten gemeinsam nach Australien aus«, sie nahm einen Zug ihrer Kippe und äscherte auf den Boden.
»Und da hat Luke dann Lisa kennengelernt ...«, beendete ich ihren Satz. Doch Annette schüttelte verneinend den Kopf.
»Nicht so ganz, nein. Wie das Schicksal es wohl wollte, hat Lucia auch ihn nach einer gewissen Zeit betrogen und erst dann kam Lisa ins Spiel.« Sie räusperte sich, trank einen Schluck und richtete ihre blauen Augen auf mich.
»Was ich dir damit sagen wollte, ist, dass Miles seither nicht mehr der Selbe war. Von da an vögelte er alles, was zwei Beine und eine Vagina hatte. Im Gegensatz zu früher wurde er, was

die Gefühle anderer anging, rücksichtslos und eiskalt. Es interessierte ihn einen feuchten Dreck, was andere von ihm dachten, geschweige denn, ob eine Frau seinem Charme nicht länger widerstehen konnte und sich in ihn verliebte. Sobald er das bemerkte, war diejenige nichts anderes mehr, als Luft für ihn.« Das war nun zu viel! Einerseits konnte ich Miles verstehen, ich kannte das Gefühl, betrogen und belogen zu werden nur zu gut. Doch anders als er, habe ich mich einfach zurück gezogen und noch nicht einmal die Nähe eines Mannes zugelassen. Auf der anderen Seite verwandelte sich das Bild eines Traummannes, das ich bisher von ihm hatte, in das eines herzlosen Arschlochs. Doch war er das tatsächlich immer noch? Ich konnte mir nur schwer vorstellen, dass alles, was er bisher zu mir sagte, erfunden und gelogen war. Jetzt, wo ich schon so offen mit Annette reden konnte, wagte ich mich ein Stück weiter vor. Der Ehrgeiz hatte mich gepackt und ich hoffte, dass sie mir noch ein paar der Fragen beantworten konnte, die mir schon seit längerem auf der Seele lagen. Vorsichtig begann ich zu sprechen. »Hat er deswegen diese Beziehung mit dir begonnen, weil es nichts mit Liebe zu tun hatte?« Annette musste lachen.
»Du meinst unsre Sex Beziehung?« Ich nickte. »Nein. Ich schätze mal, er hatte es satt, immer eine andere erst um den Finger wickeln zu müssen, um sie dann vögeln zu können. So wusste er, wo er sich den Sex holen konnte, den er brauchte und außerdem sind wir uns, was die sexuellen Bedürfnisse betrifft, sehr ähnlich.«
»Du meinst, weil ihr beide auf BDSM Spielchen steht?« Ich merkte ihr ihre Überraschung über mein Wissen an und ein kleiner Funken Triumph flammte in mir auf.
»Hat er dir das erzählt?« Ich nickte. »Ja, wir haben darüber gesprochen.« Die kleine, tiefe Falte, die da auf ihrer Stirn auftauchte, ließ mich erahnen, dass sie angestrengt über etwas nachdachte. »Hmm ..., das wundert mich. Scheint ja fast so, als hättest du diese harte Nuss tatsächlich geknackt.«
Wir fingen beide an zu lachen und machten uns danach wieder langsam auf, um ins Haus zurück zu gehen. Ich nahm

mir vor, Miles heute gleich nach der Arbeit noch einen Besuch abzustatten und mit ihm über das Gespräch mit Annette zu reden. Selbst wenn sie vielleicht etwas geflunkert haben sollte, so hätte sie sich niemals alles einfach so aus den Fingern saugen können. Ein Teil davon musste also wahr sein und ich wollte wissen, welcher. Während wir nun fast eine geschlagene Stunde im Garten saßen, waren die Arbeiten im Haus gut vorangegangen. Ein Großteil der Möbel war schon in den Räumen verstaut und uns standen noch circa zwei Stunden Arbeit bevor, bis der Rest auch im Haus war. Annette kommandierte die jungen Männer wieder fleißig herum und ich machte mich daran, einzelne Möbelstücke meinem Plan nach anzuordnen. Mit der Zeit nahm das Ganze schon Form an und ich freute mich auf den immer näher rückenden Abschluss meines Auftrages. Letztendlich machte ich mich knapp zweieinhalb Stunden später auf den Weg zu Miles. Er hatte mir im Laufe des Nachmittages eine kurze Nachricht geschrieben, dass er bereits auf dem Heimweg war. Also schlängelte ich mich durch den dichten Verkehr hindurch, direkt zu seiner Wohnung. Jetzt, wo ich wieder alleine war, konnte ich die Gedanken rund um Annettes Gespräch nicht länger stoppen. Man mochte meinen, dass ich sauer war, doch das stimmte nicht so ganz. In Wahrheit war ich nur von Luke enttäuscht. Ich ging davon aus, dass er aufgrund der Tatsache, dass wir Freunde waren, ehrlich zu mir sein würde, doch er hatte mir nur die Hälfte von seiner Geschichte erzählt. Miles damaliges Verhalten, mit Lisa zu schlafen, war vielleicht moralisch nicht richtig, jedoch war es auch der Schmerz, den er fühlte, der ihn dazu veranlasst hatte, Luke so etwas grässliches anzutun. Es war nichts weiter, als die Rache dafür, was sein Bruder ihm schon Jahre davor zerstört hatte. Ich konnte ihm ja noch nicht Mal einen Vorwurf machen, in gewisser Weise verstand ich ihn sogar. Mir war klar, dass ich früher oder später auch mit Luke reden müsste, doch das schob ich erstmal noch ein wenig auf. Jetzt war vor allem wichtig, dass Miles offen und ehrlich mit mir sprechen würde.In Anbetracht darauf, was mir nun bevorstand, war ich den Umständen entsprechend locker

und gelassen, als ich den Aufzug zu seinem Penthouse betrat und damit hochfuhr. Die Türen öffneten sich und er stand auch gleich vor mir. Zur Begrüßung legte er seine Lippen auf meine. Ich hatte ihm auf dem Weg hierher eine kurze Nachricht geschickt, in der ich ihm schrieb, dass wir reden müssten und ich gleich vorbei kommen würde.
Die Angst davor, etwas falsch gemacht zu haben, konnte er nur schlecht verbergen und so beschloss ich, nicht gleich mit der Tür ins Haus zu fallen.Wir setzten uns also aufs Sofa, er bot mir etwas zu trinken an und wir unterhielten uns erst über unseren bisherigen Tagesverlauf. Doch schon nach einigen Minuten rückte Miles näher an mich ran, strich mir eine lose Strähne aus dem Gesicht und sah mich an.
»Nun rück schon raus mit der Sprache, Baby. Ich weiß doch, dass dir was auf dem Herzen liegt.«
Ich lächelte ihn zögerlich an, wusste nicht so recht, wo ich anfangen sollte.
»Ist es etwas wegen morgen? Hast du es dir anders überlegt?«
Hastig schüttelte ich den Kopf. »Nein, das ist es nicht ...«
»Was dann?«, hakte er nach und nahm dabei meine Hand in seine.
»Ich habe heute mit Annette gesprochen«, ich suchte in seinem Gesicht nach etwas, das mir verriet, dass er bereits wusste, auf was ich hinaus wollte. Doch da war nichts, nein, noch nicht einmal ein Wimpernzucken. Also sprach ich weiter und wagte mich etwas weiter vor.
»Sie, ... sie hat mir von Lucia erzählt, Miles.« Mit einem Mal wich sämtliche Farbe aus seinem Gesicht und er erblasste beim Klang ihres Namens.
»Was hat sie dir genau davon erzählt?«, presste er zwischen zusammengebissenen Zähnen hervor und ich sah, wie sein Kiefer zu mahlen begann.
»Alles. Das ihr verheiratet wart und sie dich mit Luke betrogen hat«, ich ließ einen kleinen, stillen Augenblick verstreichen und fuhr dann ruhig fort.»Warum hast du mir nie von ihr erzählt, Miles?«
»Weil es nicht mehr wichtig für mich ist.« Ich ließ mich nicht

weiter von der Wut einschüchtern, die in seinen Augen blitzte. Mir war im Vorhinein schon klar, dass es nicht einfach sein würde, mit ihm darüber zu reden, aber früher oder später hätte ich es doch erfahren. »Nicht wichtig? Du hast mit Lisa geschlafen, weil du dich an Luke rächen wolltest und das findest du nicht wichtig? Erzähl mir doch nichts, Miles. Du warst verletzt und wirst ihm das wohl nie verzeihen können.«
Verdutzt blickte er mich an, sah mich dann aber doch wieder völlig ausdruckslos an.
»Das mit Lisa war falsch, das sagte ich dir ja schon. Und ja, vielleicht war es ein Fehler, dass ich dir das verheimlicht habe, aber was hätte ich denn machen sollen? Dir erzählen, dass mir das Herz gebrochen wurde, um dann als Weichei dazustehen? Niemals! Da halte ich lieber den Mund und bin weiterhin der starke Mann, für den du und alle anderen mich halten.« Nun war ich sprachlos. Niemals hätte ich geahnt, was in ihm vorging. In Wahrheit war Miles genauso verletzlich, wie ich es war.
Ich brauchte einen Moment, um die Fassung zu bewahren, bevor ich weiter sprechen konnte. Miles Hand umklammerte meine immer noch, so fest, als wollte er verhindern, dass ich gehe. Doch das hatte ich auch nicht vor.
»Miles, du bist nicht schwach, nur weil du zugibst, dass du verletzlich bist. Das ist menschlich und zudem halte ich dich jetzt für einen noch stärkeren Menschen, als zuvor.« Sachte drückte ich seine Hand und schenkte ihm ein aufmunterndes Lächeln. Ein eigenartiges Gefühl machte sich in mir breit. Jetzt, wo ich Miles Geschichte kannte, sollte er auch meine kennen. Nach einem tiefen Atemzug fasste ich Mut und blickte ihn an.
»Weißt du, mir ging es einige Jahre ähnlich wie dir …«
Er sah mich aufmerksam und interessiert an. »Was meinst du damit?«
»Ich war sechs Jahre in einer Beziehung. Anfangs lief alles gut, ich dachte sogar, dass ich ihn liebte, bis ich mit eigenen Augen sehen musste, wie er eine andere vögelte.«
»Gott, Baby, das tut mir leid«, er löste den festen Griff, mit

dem er meine Hand umfasste und umarmte mich. Es tat so verdammt gut, nach so langer Zeit darüber zu reden. Noch nicht einmal Cherry wusste, was die Trennung anging, über alles Bescheid. Zu groß war der Schmerz und die Scham davor, zuzugeben, was er mit mir angestellt hatte. Doch bei Miles fiel es mir nicht schwer, darüber zu sprechen, ganz im Gegenteil. Langsam löste sich meine Zunge und ich sprach weiter, ich wollte ihm alles anvertrauen.
»Weißt du noch, wie ich darauf reagiert habe, als du mir von Annette und dir erzählt hast?«, er nickte und hörte mir weiter zu. » Ich, ... ich war nicht sauer, weil du ausgerechnet mit ihr geschlafen hast. Es waren die Erinnerungen, die dadurch wieder zurückkehrten. Deswegen war ich so aufgelöst und scheinbar schockiert. In Wahrheit war ich selbst eine Sub und ich hab es auch genossen, wenn nicht sogar geliebt, mich zu unterwerfen. Aber Paul hat genau das damals ausgenutzt. Er fing an, mich immer und zu jeder Zeit zu kontrollieren, nahm mir die Luft zum Atmen und engte mich furchtbar ein.«
Vorsichtig sah ich zu Miles auf, der mich mit weit aufgerissenen Augen ansah.
»War das alles?«, fragte er.
Bedrückt schüttelte ich den Kopf und biss die Zähne kurz zusammen. Es kostete mich viel Kraft, meine Geschichte zu beenden und doch fuhr ich fort. »Nein, er ... er hat mich geschlagen, Miles. Mit der Zeit veränderte Paul sich so sehr, dass er immer aggressiver und reizbarer wurde und ich war oft das Ventil für die angestaute Wut«, beschämt wandte ich meinen Blick von ihm ab und musste mit den Tränen kämpfen. »Baby, mach dir keine Sorgen deswegen. Ich werde dich deswegen bestimmt nicht anders sehen, als sonst. Dazu ist es auch schon viel zu spät, ich bin bereits völlig vernarrt in dich und das wird sich womöglich auch niemals ändern.«
Er legte seine Hand unter mein Kinn und zwang mich so, ihn an zu sehen. In seinen Augen lag nun so viel Wärme und Zuneigung, dass mein Schmerz langsam wieder verebbte. Die Tränen musste ich trotz allem immer noch zurück halten, aber nicht weil ich in schlimmen Erinnerungen schwelg-

te, nein, sondern vor Rührung. Seine liebevollen Worten gingen mir direkt ins Herz, noch nie zuvor hatte ein Mann mir so viel Halt geschenkt, wie er in diesem Augenblick. Ich lächelte kurz, sah ihn an und wisperte ein leises »Danke« an seinen weichen Lippen, ehe ich diese mit meinen versiegelte und ihn küsste. Als wir uns wieder voneinander gelöst hatten, blickte Miles mich noch einmal an.
»Wirst du mich morgen trotzdem begleiten?«, ich musste lächeln, sein hoffnungsvoller Gesichtsausdruck war einfach zu göttlich. »Klar, ich freue mich schon.«
»Gott sei Dank, dann erspar ich mir die enttäuschten Gesichter meiner Eltern«, frech grinste er vor sich hin.
Was?! Seine Eltern? Ich konnte mich nicht daran erinnern, dass er mir gesagt hätte, dass er mich ihnen vorstellen wollte, nervös hakte ich nach.
»Heißt das, du willst mich deinen Eltern vorstellen?« Er nickte.
»Das bleibt uns wohl nicht aus, wenn sie das Event in ihrem Haus veranstalten, Baby«, wieder grinste er mich an.
»Du hast mir doch mit Absicht nichts davon erzählt, nicht wahr?« Verlegen blickte er zur Seite. »Na ja, ich dachte, wenn du Bescheid wüsstest, würdest du mich nicht begleiten. Und da du ja jetzt schon zugesagt hast, kannst du auch wissen, dass sie da sein werden.«
»Du bist ein verdammtes Schlitzohr, Miles«, neckend verpasste ich ihm einen leichten Schlag gegen die Rippen. »Ich weiß.«
Trotz der Tatsache, dass ich nun allen Grund zur Aufregung hatte, freute ich mich über Miles Geständnis. Die anfänglichen Zweifel, die ich heute nach dem aufwühlenden Gespräch mit Annette hatte, waren mit einem Mal wie weggeblasen. Jetzt war ich mir sicher, dass ich sehr wohl mehr als nur eine beiläufige, einfache Affäre für ihn war.

ELF

Mittlerweile war schon der frühe Abend angebrochen. Wir blieben noch ein Weilchen kuschelnd auf der Couch liegen, als Miles sich plötzlich aufrichtete.
»Was hältst du davon, wenn ich uns was koche? Du könntest währenddessen unter die Dusche gehen und danach machen wir es uns vor dem Fernseher gemütlich.« Ich musste schmunzeln.
»Du willst also, dass ich über Nacht bleibe?«
»Ich hätte dich am liebsten für immer hier bei mir, aber ja, heute Nacht tut es fürs Erste auch«, grinsend machte er sich auf in die Küche, während ich ins Bad huschte.
»Übrigens habe ich dir in meinem Schrank etwas Platz gemacht und deine Sachen dort verstaut«, rief er mir noch hinterher. Schmunzelnd musste ich feststellen, dass wir der festen Beziehung von Tag zu Tag immer näher kamen und es mich kein bisschen störte. Wenn ich ehrlich war, konnte ich mich kaum mehr daran erinnern, wie es war, ohne Miles zu leben. Mein Blick fiel auf die Duschutensilien, die auf einer gläsernen Ablage standen. Er hatte echt an alles gedacht, sogar eine Flasche von dem Duschgel, das ich so liebte, stand dort. Dazu hatte er mir ein Shampoo und eine Haarspülung gekauft. Frisch geduscht wickelte ich mir dann ein Frottee Badetuch um die Taille und tapste so am Meisterkoch vorbei ins Schlafzimmer, um mir was zum Anziehen zu holen. Ich stand gerade in Miles begehbarem Kleiderschrank, als er auch schon ruck zuck hinter mir stand und seine starken Arme um meinen Bauch schlang.
»Gott, Baby, du riechst wieder so herrlich nach Sommer ...«, raunte er in mein Ohr, während seine rechte Hand zu meinen Hüften wanderte und er mit der linken über den Saum des immer noch feuchten Handtuches strich, das meine nackten Brüste verdeckte. Ich schmiegte mich an ihn, wiegte wie auf Knopfdruck meine Hüften im Takt seiner zärtlichen Berührungen und hätte am liebsten sofort mein Badetuch fallen gelassen, um mich gierig auf ihn zu stürzen. Doch ich wusste,

wie spannend diese kleinen Spielchen waren und heute wollte ich ihn herausfordern. Mal eine andere, düstere Seite von ihm entdecken, die ich bisher selbst noch nicht erleben durfte.
»Das Essen, Miles! ... «, er strich sachte über die festen Rundungen, die sich über das Handtuch wölbten und ich erschauderte schon, als er mich nur mit einer Fingerkuppe berührte.
» ... das kann warten Baby, erst wirst du noch vernascht.«
Mit einer einzigen schnellen, geübten Handbewegung riss er mir das Handtuch vom Körper und ließ es auf den, von meinen Haaren tropfnassen, Fußboden segeln. Seine Finger zeichneten die feine Linie meiner Silhouette nach und sein Atem streifte meinen Hals, kroch weiter hoch zu meinem Ohr, wo mich schließlich seine Zungenspitze kurz streichelte, ehe er seine Liebkosungen stoppte und er erst nach wenigen Sekunden, die er so verblieb, anfing mir ins Ohr zu wispern.
»Baby, du hast heute gesagt, dass du es genossen hast, dich unterwerfen zu können, nicht wahr?«, seine Stimme, die viel mehr nur mehr ein leises Hauchen war, ging mir durch Mark und Bein. Auf einmal war ich völlig aufgeregt, ich wusste, auf was er hinaus wollte und Gott ja, ich war mir sicher, dass ich es auch jetzt genießen würde. Aber immerhin waren seitdem letzten Mal schon wieder ein paar Jährchen vergangen.
»Willst du diesen köstlichen Schmerz wieder einmal erleben, Baby ...«, das Ende des Satzes wurde von einem leisen, überraschten, »Aa –a –ah«, von mir verschluckt, als er mit einer Hand erst meine rechte Brust streichelte und mich dann etwas fester, aber dafür nur kurz, in die dunkle, vor Erregung steife, Brustwarze kniff. Dem nicht lange anhaltenden, harmlosen Schmerz, folgte ein wundervolles Kribbeln, das sich von meiner Mitte ausgehend, wie große Wellen in meinem gesamten Körper ausbreitete. Und da konnte ich nicht anders. Von diesem überwältigenden, sinnlichen, Meeresrausch hingerissen, warf ich den Kopf in den Nacken, rieb mich noch näher an Miles Körper und stöhnte zwischen zusammengebissenen Zähnen hervor, leise auf. Ich kostete diese feine Empfindung so lange aus, bis das letzte Kitzeln in meinen Fingerspitzen verebbte. Ich war so scharf, wie nie zuvor, war völlig von Sin-

nen und konnte mich kaum noch konzentrieren, geschweige denn einen klaren Gedanken fassen.

»Zeig es mir noch einmal Miles, bitte, ich will mehr«, diese Worte waren wie der laute Knall einer Startpistole. Er packte mich an der Taille und wandte mich schnell zu ihm um, sodass ich in sein Gesicht sehen konnte. Sein Blick war so leidenschaftlich, so heiß und so wahnsinnig hungrig nach mir, nach uns, dass es mir schwer fiel, nun langsam zu machen. Ich spürte schon wie meine Schenkel allmählich feucht wurden und immer noch ein leichtes Kribbeln auf meinem Kitzler lag.

»Hör zu, Baby, bevor wir richtig damit anfangen, brauchen wir ein Safeword. Hast du eins?«

Ich dachte darüber nach und hatte auch prompt einen Einfall dazu. »Phönix ... das ist mein Safeword.«, Miles lächelte mich an, er kannte die Bedeutung meiner Wahl. Wie ein Phönix, genauso fühlte ich mich, wenn ich in seiner Nähe war. Damals war ich zu einem Haufen Asche zerfallen, doch seitdem Miles in mein Leben getreten war, erhob ich mich Tag für Tag ein kleines Stück weiter daraus empor. Ohne auch nur ein einziges Wort zu verlieren, küsste er mich erst auf den Mund, fuhr mit beiden Händen meine Silhouette hoch unter meine Arme. Mit einem sanften Druck auf die Innenseite meiner Arme deutete er mir, dass ich sie über meinen Kopf hinweg ausstrecken sollte, was ich dann auch tat. Wollte er etwa hier bleiben? In seinem Kleiderschrank?!

Seine Hände, die wieder zu meinen Hüften hinab strichen, um mich dann sachte etwas weiter nach hinten, direkt unter die blank polierte Kleiderstange zu lotsen, gaben mir die Antwort auf meine Frage. Während mein Herzschlag sich von Sekunde zu Sekunde rasant erhöhte und das Kitzeln unter meiner Haut immer mehr wurde, war Miles voll in seinem Element. Äußerst konzentriert und doch wahnsinnig sexy, band er meine Handgelenke mit einer seiner Krawatten, die er aus einer Schublade angelte, an der Stange fest. Der Knoten übte einen leichten Druck auf meine Gelenke aus, jedoch schmerzte es nicht. Zumindest nicht im unangenehmen Sinn, es reizte

mich ungemein, so hilflos und ausgeliefert zu sein. Und durch Miles geweitete Augen und der gewölbten Hose, konnte ich davon ausgehen, dass ihm mein Anblick durchaus auch gefiel. Er wies mich an, einen Fuß auf den kleinen Hocker abzustellen, den er an meine rechte Seite stellte und ich erschauderte, als ein zarter Luftzug über meine glatte, empfindliche Scham hinweg wehte. Miles stellte sich etwa einen Meter von mir entfernt vor mich und beobachtete mich. Sein gieriger Blick erfasste jeden Quadratmillimeter meines Körpers und ich hatte die ganze Zeit über eine unverkennbare Gänsehaut.
»Damn ... Baby, du machst mich so hart.«
Als er dann anfing, sich langsam auszuziehen, das perlweiße Shirt seinen makellosen Körper enthüllte und er schließlich den schwarzen, aus Leder gefertigten, Gürtel aus seiner Jeans zog und die Knöpfe der Hose öffnete, lief mir das Wasser im Mund zusammen. Das Bedürfnis, ihn anzufassen wurde von den Fesseln, die mich davon abhielten, gedämpft. Unsere Blicke trafen sich, als er völlig gelassen jeweils ein Ende des Gürtels links und rechts um seine Hände wickelte und den Lederriemen so straffte, das er nur mehr eine gerade Linie war. Wie ein wildes Tier auf Beutejagd, schlich er an mich ran. Mein gesamter Körper stand unter Strom, allein sein durchdringender, scharfer Blick brachte mich zum Glühen. Als er dann ganz dicht vor mir stand und sein Atem meine Halsmulde streifte und weiter über die rechte Seite meines gestreckten Halses empor kroch, befürchtete ich bereits, mich zu verlieren. Der kühle, stramme Riemen in seinen Händen lag dabei quer über meiner Brust, direkt auf meinen dunklen Knospen, die sich allein dadurch schon vor Erregung aufrichteten. Seine Lippen hatten mein Ohr erreicht, als er mich erst anhauchte und dann zu flüstern begann.
»Willst du das hier spüren, Baby?«, seinen Worten folgte ein leichter Druck auf meinen Brüsten. Atemlos nickte ich eifrig. Doch er tat keinesgleichen, schüttelte stattdessen nur den Kopf. »Sag es, Baby. Sag, dass du genau das jetzt willst.«
Ich schluckte, obwohl mein Mund bereits völlig ausgetrocknet war.

»I – ich will, dass du mich schlägst …«
»Wo soll ich dich schlagen, Samantha?«
Gott, musste er mich so quälen?!
»Auf meine Brüste, Miles.«
Sein fast schon gemeines Spielchen machte mich immer feuchter und ich spürte den Rinnsal an meinen Schenkeln runter laufen. Kaum hatte ich den Satz beendet, erklang auch schon ein leises Schnalzen, gefolgt von dem Schmerz, der mich erst beinahe zum Aufschreien gebracht hätte und dann durch ein aufregendes Kribbeln ersetzt wurde, das mir ein raues Stöhnen entlockte. Zu gern hätte ich dabei den Kopf in den Nacken gelegt, um mich seinem heißen Blick zu entziehen, doch wieder hinderten mich die festen Fesseln daran, die nur einen schmalen Spalt zwischen meinen zusammengebundenen Armen frei ließen. Voller Zärtlichkeit schloss er seine nassen Lippen um die harten, brennenden Nippel. Erst sachte um die linke, dann um die rechte und linderte so den süßen Schmerz. Mit geschlossen Augen und vor Lust flatternden Lidern fühlte ich, wie sich seine Zunge vorsichtig einen Weg zu meiner Vulva bahnte. Er kreiste über meinen Bauch hinweg und folgte der Spur mit dem stramm gezogenen Riemen. An den Leisten angekommen, löste er den Griff an einem Ende, spreizte meine Beine mit der anderen, als ich das glatte Utensil plötzlich zwischen meinen feuchten Schenkeln spürte und die Luft anhalten musste, um nicht auf der Stelle zu kommen . Miles richtete sich, die eine Hand auf meiner Rückseite und die andere vor mir, wieder langsam auf und spannte so den Gürtel, der nun zwischen meinen Schamlippen lag und meinen Kitzler reizte.Miles zufriedenes Knurren, seine Lippen auf meiner heißen, zarten Haut brachten mich völlig um den Verstand. Ich wollte ihn berühren, zerrte an dem seidenen Stoff, der um meine Handgelenke geschlungen war und stöhnte laut auf, als Miles bei jedem meiner Versuche, mich zu wehren, den Druck auf meiner Perle erhöhte.
»Lass los, Baby, lass dich gehen, für mich«, der Klang seiner Stimme vibrierte an meinen Lippen und mit ihr auch mein gesamter Körper. Ich konnte mich nicht mehr länger zurück-

halten und verlor mich mit einem ekstatischen Zucken in einem schier bis in die Ewigkeit nachklingenden Orgasmus, der mir all meine Sinne raubte. Das Klirren der Gürtelschnalle, als dieser kurz darauf auf den Boden fiel, holte mich schließlich wieder in die Realität zurück. Miles erlöste mich von meinen Fesseln, nahm mich in seine starken Arme und trug mich aus dem, nach Sex riechenden, Schrank hinaus ins Schlafzimmer und legte mich aufs Bett. Er selbst blieb am Bettende stehen, streifte sich seine restlichen Klamotten ab. Kam zu mir ins Bett und beugte sich über mich.

»Das war erst der Anfang, Baby«, es folgte ein leidenschaftlicher, forscher Kuss, der die Glut meines soeben erlebten Höhepunktes wieder zum lodern brachte. Ich wollte ihn spüren, so tief wie nur möglich, jetzt! Voller Wollust legte ich meine Hände in seinen Nacken, zog ihn näher an mich ran und spreizte willig meine langen Beine. Mit nur einem einzigen festen Stoß drang er in mich ein und füllte mich auch gleich vollends aus. Nachdem ich mich vorher schon so sehr nach seiner Nähe, unserer Einigkeit gesehnt hatte, fühlte es sich jetzt noch schöner und intensiver an, als je zuvor. Er keuchte, biss mir sanft in die Schulter und beschleunigte seinen Rhythmus. Seine Spitze dockte immer wieder aufs Neue an einen Punkt in mir an, der mich zum Rande eines erneuten Höhepunktes trieb. Seine ganze Kraft konzentrierte sich allein auf mich. Verbissen auf das Ziel mich erneut kommen zu lassen, drang er immer wieder in mich ein. Schamlos gab ich mich dem Treiben hin. Ich krallte meine Finger ins perlweiße Leintuch, als er diese auch schon mit seinen Händen fasste und sein Griff mit jedem Stoß fester und stärker wurde. »Verdammt Baby, du fühlst dich so gut an...«, seiner rauen, magischen Stimme folgte eine langsame Kreisbewegung. Er wollte mich fühlen, alles von mir, jeden Zentimeter den er mit seinem harten Penis erreichen konnte. Sein, von meinem bittersüßen Saft getränktes Schambein rieb sich wieder und wieder an meiner Vulva, strich dabei über die empfindlichste Stelle meines Körpers und ehe ich mich versah, krallte ich mich fester ins Laken, bäumte mich seinen Namen schreiend auf und versank. Seine Haut an meinem Kitzler zog mich immer weiter hinab in ein Meer von so vielen wundervollen Empfindungen, dass es mir vorkam, als würde ich mich für einen winzig kleinen Moment auflösen und fliegen. Ich war noch kaum wieder in der Realität angekommen, krümmte die Zehen noch vor Erregung und konnte kaum regelmäßig Atmen, da drang Miles noch einmal tief und mit aller Wucht in mich ein und sackte nach einem lauten, erlösendem Stöhnen auf meinen von Schweiß benetzten Körper hinab. Liebevoll streichelte ich seinen Rücken und küsste sein Haupt, während er sich völlig erschöpft an meine zierliche, nackte Schulter schmiegte.

»Danke ...«, meine Stimme war kaum hörbar, gerade mal ein leises Hauchen an seinem Haar. »Für was denn Baby?«, er hob seinen Kopf und sah mich mit seinen stahlblauen Augen an.

»Dafür, dass du mich wieder zum Leben erweckst.« Sanft legte er seine Lippen auf meine, berührte mit seinem Bart kurz meine Wange und kuschelte sich wieder zurück an meine Schulter.

»Nicht, dafür Baby.« Doch. In Wahrheit hätte ich ihm die Welt zu Füßen legen müssen für das, was er innerhalb kürzester Zeit in mir bewegte. Ich taute wieder auf, fühlte wie das Leben unter meinen Fingerkuppen prickelte und vor allem, und das war das schönste von allem, half er mir den Weg zur Liebe wieder zu finden. Völlig ausgelaugt nickten wir beide eng umschlungen ein. Als ich wieder aufwachte war es bereits stockfinster. Ich wollte mich noch etwas an Miles rankuscheln, tastete nach seinem überhitzten Körper und griff dabei überraschender Weise ins Leere. Aufrecht sitzend spitzte ich meine Ohren. Leises Gerumpel war zu hören, es klang, als würde er mit Pfannen und Töpfen hantieren. Ich nahm die dünne Decke, die meine Blöße verhüllte, raffte sie um meine Brust und tapste auf nackten Sohlen zur Tür raus. Neugierig folgte ich dem Geräusch bis ins Wohnzimmer. Der Raum war begrenzt beleuchtet, nur die kleinen Lampen im Küchenpart waren an und ihr Licht fiel auf Miles, der gerade vorm offenen Kühlschrank stand und fröhlich vor sich hin pfeifend

darin rumkramte. Die Hände voll bepackt mit Tomaten, Schinken, Käse und etwas, das nach einer Tube Sauce Tatar aussah, drückte er die Kühlschranktür mit seinem nackten Rücken zu. Er hatte mich noch nicht bemerkt. Er legte die Sachen auf der Arbeitsfläche ab, nahm ein Messer aus einer der vielen Schubladen und fing an, die Tomaten in Scheiben zu schneiden.
»Na, hat dich der Hunger geweckt?«, ich musste grinsen, als er aufblickte und ich sein verdutztes Gesicht sah.
»Oh Baby, hab ich dich geweckt?«
Verneinend schüttelte ich den Kopf und setzte mich auf einen der Hocker, um ihm weiter dabei zuzusehen, wie er die Zutaten schnippelte. »Ich habe dich vermisst«, er sah zu mir auf, beugte sich über die Theke und küsste mich.
»Hast du Hunger?« Ich nickte, mein Magen rumorte schon, seitdem ich ihn am Kühlschrank stehen sah.
»Gut. Ich mach uns ein paar Sandwiches, das Curry von vorhin ist mir leider nicht gelungen.« Lachend klaute ich mir eine Tomate von dem Teller und steckte sie mir in den Mund.
»Kein Wunder, wenn du immer nur an Sex denkst.«
»Das sagt die Richtige«, schmunzelnd tat er es mir gleich und naschte vom gleichen Teller wie ich. Die Terrassentüre war geöffnet, ein leichter Luftzug wehte über meine nackten Schultern hinweg und ließ mich ein wenig frösteln. Miles lächelte.
»Mein Hemd liegt im Bad, zieh doch das an und schließe die Türen wieder. Mir wird allmählich auch etwas kalt hier drinnen.« Das ich seine schneeweißen Hemden trug, nachdem wir miteinander geschlafen hatten, wurde schon zur Gewohnheit. Ich hatte mich also umgezogen, der kühlen Nachtluft den Weg ins Haus versperrt und war gerade wieder zu ihm zurück gekommen, als unser Mitternachtssnack auch schon bereit stand. Miles hatte sich sogar jetzt, wo es mitten in der Nacht war, irrsinnig viel Mühe gegeben. Er saß bereits am gedeckten Tisch. Gegenüber von ihm stand ein zweiter Teller, in der Mitte strahlte eine Kerze, die den Raum in eine warme, romantische Atmosphäre tauchte. »Lust auf ein Candle Light Dinner für Arme?«, frech grinsend stand er auf, ging um den Tisch

herum, zog einen Stuhl zurück und bat mich, mich zu setzen.
»Wie charmant ...« Miles setzte sich wieder an seinen Platz zurück und strahlte mich an. Es war eigenartig, so normal, als würden wir schon seit Ewigkeiten zusammen zu Abend essen. Mit Paul wäre so ein spontaner Mitternachtssnack unvorstellbar gewesen. Was die Romantik anging war er eine Niete. Ich konnte mich noch genau daran erinnern, als wir unseren ersten Jahrestag feierten. Damals hatte ich mir schon Wochen zuvor den Kopf darüber zerbrochen, wie wir diesen Tag verbringen sollten. Als es dann soweit war hatte ich einen perfekten Abend für uns geplant. Ein romantisches Essen bei Kerzenschein, ein gemeinsames Schaumbad und dazu eine Flasche, für mich als damalige Studentin, äußerst kostspieligen Champagner. Die leisen Klänge von Kings of Leon sollten dem Ganzen noch den letzten Schliff verleihen. Blauäugig wie ich war, hatte ich von ihm natürlich auch eine Kleinigkeit erwartet. Doch da kam rein gar nichts. Paul verhielt sich wie jeden anderen normalen Tag auch. Er pulverte seine Chucks in die Ecke, plumpste wie ein nasser Sack Kartoffeln aufs Sofa und überkreuzte die Beine auf dem kleinen Tisch davor. Einige Stunden später bekam ich dann eine Gratulation zu hören, die ich wegen seinem Gemurmel noch nicht einmal korrekt verstehen konnte. Miles war, wie ich schon mehrmals sehen konnte, in der Hinsicht völlig anders als mein Ex Freund. Er war zuvorkommend, höflich, ein wahrer Gentleman eben und obwohl das Alles so neu für mich war und ich bis jetzt allem Neuem, das in mein Leben trat, aus dem Weg ging, konnte ich nicht mehr genug von diesem Mann bekommen.
Es dauerte nicht lange, bis unsere Teller auch schon wieder leer geputzt waren. Zusammen räumten wir den Tisch ab, mit einem Atemzug löschte Miles die kleine Kerze, legte seinen Arm um meine Taille und führte mich, die Hand auf meiner Hüfte, wieder ins Schlafzimmer zurück.
»Zeit fürs Bett meine Schöne.«
Ich spürte, dass er Recht hatte. Nachdem mein Bauch nun wieder mit etwas anderem als wild herum fliegenden Schmetterlingen gefüllt war, wurde ich immer müder, schwacher und

sehnte mich jetzt auch schon wieder nach seinen Armen, in die ich mich schmiegen konnte. Ohne Widerstand zog ich mich aus, kroch unter seine Decke, sah ihm zu, wie er sich aus seiner Hose befreite und dann neben mir in die Federn sank. Seine muskulösen, leicht dunkel behaarten Arme, verdeckten meine nackten Brüste. So dicht aneinander gepresst schliefen wir auch sofort ein. Als ich am nächsten Morgen aufwachte war das Zimmer, trotz der offenen Vorhänge und des Tagesanbruches, noch leicht abgedunkelt. Das Wetter war mies. Regentropfen schlugen gegen die Fensterscheibe und hätte mich Miles nicht so sehr umklammert und gewärmt, hätte ich allein schon beim Blick aus dem Fenster vor Kälte gezittert. Vorsichtig hob ich seinen Arm von meinem Körper, kroch mucksmäuschenstill aus dem warmen Bett und schlich zum Kleiderschrank. Ich holte eine von Miles ultra bequem aussehenden Jogginghosen, Unterwäsche und ein schlichtes Top aus den Regalen, als mein Blick auf die seidene Krawatte fiel, die immer noch lose an der selben Stelle hing, an die Miles mich damit am Vortag gefesselt hatte. Wenn ich auch nur daran dachte, wie es war, als er den strammen Gürtel auf meine Brustwarzen niedersausen ließ und mich dabei eine sengende Hitze durchfuhr, wurde es mir selbst beinahe wieder zu heiß.
Flink huschte ich mit leisen Schritten an Miles vorbei ins Badezimmer.
Nach der heißen, angenehmen Dusche fühlte ich mich besser als je zuvor. Was wahrscheinlich nicht nur an dem frischen Limettenduft meiner Haut, sondern vielmehr an dem Liebesrausch lag, dem ich mittlerweile schon verfallen war. Gut gelaunt machte ich mich in der Küche ans Werk Ich wagte den Versuch, ein Omelett zuzubereiten, versagte aber kläglich. Es schmeckte völlig anders als das, was mir Miles Mal vor die Nase gesetzt hatte. Deprimiert schob ich die Pfanne beiseite.
»Mm-m-m, das riecht fantastisch«, erklang da plötzlich seine tiefe, vom Schlaf belegte, Stimme hinter mir. Ehe ich mich versah, drückte er sich auch schon an meinen Rücken und umarmte mich.

»Nein, es schmeckt nicht so lecker wie das, was du so gerne machst.«

»Ach was, das glaub ich nicht. Lass mich mal ein Stück davon probieren.« Ich nahm eine Gabel, stocherte damit etwas in der Pfanne rum und führte sie an seinen Mund. Er aß den Bissen genüsslich. Dann küsste er mich auf die Schläfe.

»Mach noch eine Prise Curry rein Darling, dann ist es perfekt.«
Curry. Ich hätte es wissen müssen. War doch klar, dass sein Lieblings Gewürz nicht fehlen durfte. Also folgte ich seinem Ratschlag und war vollends zufrieden. Miles löste sich wieder von mir, holte zwei Teller aus dem Schrank, füllte dazu zwei Gläser mit Orangensaft, während ich das goldgelbe, köstlich duftende Omelette noch richtig portionierte und auf unsere Teller aufteilte. »Ich hoffe, ich habe dich vorhin nicht geweckt?«, sagte ich und schob mir einen Bissen in den Mund.

»Nein, aber ich habe bemerkt, dass du nicht mehr neben mir warst.« Er rückte mit seinem Thekenhocker näher an mich ran, sodass uns nur noch wenige Zentimeter von einer Berührung trennten.

»Nach dem Frühstück werde ich mich erstmal auf dem Heimweg machen ...« Sein Blick scannte meine Augen. Hatte ich etwa was Falsches gesagt? Gott bewahre, bitte nicht. Ich wollte sämtlichen Diskussionen aus dem Weg gehen, um den Zauber, der uns umgab, nicht mutwillig zu zerstören.

»Warum? Ich dachte, du bleibst den Tag über hier, bei mir und am Abend fahren wir zusammen zu meinen Eltern.« Bei der Erwähnung seiner Familie rauschte mir das Blut in den Ohren. Ich hatte richtig Bammel davor und musste mich zurückhalten, um nicht sofort aufzubrechen und weg zu laufen. Immerhin ging das Alles doch eine Spur zu schnell. Wir hatten uns doch erst aneinander gewöhnt und waren noch nicht einmal richtig zusammen.

»I- ich muss mir noch ein Kleid besorgen und dringend zum Friseur. Anders kann ich dort heute nicht auftauchen.« Damit hatte ich nicht übertrieben, nein. Meine Haare sahen bereits grässlich aus und glichen denen, einer Vogelscheuche.

»Nein, musst du nicht. Ich habe schon mit Janette gesprochen, sie kommt um elf vorbei. Und was deine Haare angeht, habe ich einen super Stylisten, den ich nur anrufen muss, damit er vorbei kommt.« Wer verflucht noch Mal war Janette?! Noch bevor ich ihn danach fragen konnte, gab er mir auch schon die Antwort darauf.

»Ich habe Janette damit beauftragt, ein Kleid für dich zu nähen. Sie kommt später für die Anprobe vorbei.« Beinahe hätte ich mich an dem Omelette in meinem Mund verschluckt. Ein Kleid?! Von einer Designerin? Miles musste mir nicht erst sagen, welche Summe er dafür hingeblättert hatte. Völlig sprachlos spülte ich das Stück, das mir beinahe im Hals stecken geblieben wäre, mit Orangensaft runter.

»Oh, ok. Danke ...« Insgeheim dachte ich mir, dass ich mir ebenfalls was Besonderes für ihn überlegen musste. Er war so großzügig, viel zu großzügig. Nach dem Essen räumten wir zusammen auf.

»Würde es dich stören, wenn ich die Zeit, bis Jannette hier ist, noch zum Arbeiten nutzen würde?« Ich schüttelte den Kopf. Schon bei meinem ersten Besuch in seiner Wohnung, war mir ein bis an die Decke ragendes, mit Büchern gefülltes Regal ins Auge gefallen. Lesen war schon von Klein auf eine große Leidenschaft von mir und ich brannte nur so darauf, Miles Literaturgeschmack auf den Grund zu gehen.

»Nein, nein, mach nur. Könnte ich mir vielleicht eines deiner Bücher aus dem Regal nehmen?« Er strahlte mich an.

»Ich wusste gar nicht, dass du gerne liest. Tu dir keinen Zwang an.« Als ich sah, wie er in einem angrenzenden Raum, seinem Büro verschwand und einige Sekunden später mit seinem Laptop wieder zurückkam, hatte ich eine Idee.

»Soll ich uns eine Tasse Kaffee kochen? Dann könnten wir uns zusammen aufs Sofa setzen.« Ich hatte keine Ahnung, wie er auf meinen Einfall reagieren würde und war erleichtert, als er lächelnd nickte. »Das fände ich schön, ja.« Miles setzte sich schon, als ich die Kaffeemaschine anmachte und zwei Tassen unterstellte. Während die heiße Brühe leise in die Keramikbecher plätscherte, nahm ich einen von Miles Gedichtsbänden aus dem Regal. Als großer Fan der Poesie fiel mir die Entschei-

dung nicht all zu schwer. Das Buch unter den Arm geklemmt und die zwei heißen Tassen in den Händen schlenderte ich zu Miles zurück. Er war bereits in seine Arbeit vertieft, ließ es sich jedoch nicht nehmen aufzusehen und sich mit einem Kuss für den Kaffee zu bedanken. Sein Blick fiel auf das Buch, das ich, entspannt an die Kissen gelehnt, aufschlug.
»Gute Wahl, Baby«, er lächelte kurz und widmete sich weiter den Tabellen auf dem Bildschirm vor ihm. Und er hatte Recht. Schon das erste Gedicht berührte mich zutiefst. Es war von Chamisso, einem französischem Dichter, der den Großteil seiner Werke in Deutsch verfasste. Seine übersetzten Worte erinnerten mich ein wenig an Miles und an das, was er in mir auslöste.

„Seit ich ihn gesehen,
Glaub ich blind zu sein;
Wo ich hin nur blicke,
Seh ich ihn allein;
Wie im wachen Traume
Schwebt sein Bild mir vor,
Taucht aus tiefstem Dunkel,
Heller nur empor..."

Ergriffen von der herrlichen Schreibe nahm ich einen Schluck von dem Kaffee vor mir, stellte die Tasse wieder auf dem Tisch vor mir ab und las weiter.
Ich spürte, dass Miles mich ansah, er beobachtete mich. Hoffentlich hatte er nicht bemerkt, wie ich beim Lesen des Gedichtes kurz nach Luft rang. Das Buch zog mich, mit all seinen wundervoll geschriebenen Zeilen, so sehr in seinen Bann, dass die Stunden bis zur angekündigten Anprobe wie im Flug vergingen. Wir unterhielten uns kaum, saßen still nebeneinander. Während er das Notebook nach einer Weile gegen sein Tablet eintauschte und den Finanzmarkt recherchierte, las ich, lässig an seine Schulter gelehnt und in die entgegengesetzte Richtung blickend, ein Gedicht nach dem Anderen. Auch wenn ich Miles Taylor zu jeder Tageszeit begehrte, war

es zur Abwechslung genauso schön, einmal nur Zeit mit ihm verbringen. Ohne Sex, Fummeln oder Sonstiges. Einfach nur die Anwesenheit des anderen zu spüren, das machte es zu etwas Einzigartigem. Miles legte das Gerät zur Seite, sah auf die Uhr an seinem Handgelenk und zog mich abrupt auf seinen Schoß.
»Du siehst verdammt sexy aus, wenn du dich so konzentrierst, Baby«, sein Blick war weich, er wickelte eine meiner Haarlocken auf seinen Zeigefinger und grinste mich schelmisch an.
»Oh nein, Miles, versuche es erst gar nicht«, lachend versuchte ich aus seiner Umarmung zu entkommen. Ich wusste genau was er damit erreichen wollte, doch im Laufe der vergangenen Wochen habe ich gelernt wie ich seinem Charme, wenn nötig, auch widerstehen konnte. Mir graute vor der Vorstellung, völlig verschwitzt und nach Sex riechend in ein nagelneues Kleid zu schlüpfen.
»Meinst du etwa das hier ...«, ich konnte nicht einmal auf seine Frage reagieren, als er sein Gesicht auch schon auf meinen üppigen Ausschnitt hinab senkte und meine Haut mit Küssen belegte. Es fühlte sich so gut an, dass ich Mühe hatte, gegen das Kribbeln in meinem Unterbauch anzukämpfen.
»Aaah Miles, lass das. Janette wird jeden Moment vor der Tür steh...« Im selben Moment wurde das Ende meines Satzes auch schon vom Schellen der Türglocke übertönt. Seine Hände umfassten meine Hüften und hoben mich von seinem Schoß runter, dann stand er auf, ging zur Tür und öffnete sie. Ach du heilige Scheiße, dachte ich, als ich die Frau sah, die da vor ihm stand. Neben ihr sah ich aus wie ein fettes Schwein im Kartoffelsack. Selbst das war noch eine Untertreibung. Während ich ungeschminkt, die Haare zu einem Pferdeschwanz gebunden und in meinen Gammelklamotten am Frühstückstresen stand, war sie top gestylt und trug ein fantastisches Kleid, das aussah, als hätte sie es sich noch eben erst auf den Leib schneidern lassen. Ihre Figur ähnelte der einer der Frauen aus den Modezeitschriften, die man in jedem Kiosk fand und ob man es nun glaubt oder nicht, hatte ihre Haut sogar den selben bronzefarbenen Teint, wie der dieser Models. Womit eine mei-

ner aufbauenden Illusionen ein für alle Mal zerstört wurde. Jedes Mal, wenn ich in einem dieser Zeitschriften blätterte und vor Neid auf diesen schönen Teint erblasste, redete ich mir ein, dass die Bilder doch wieder nur alle retouchiert und bearbeitet wurden.

»Miles, wie schön, dich zu sehen.« Gespielt übertrieben fuhr sie sich mit ihrer freien Hand durch die langen, goldblonden, gewellten Haare und strahlte übers ganze Gesicht, als sie ihm danach die Hand reichte und ihn jeweils links und rechts auf die Wangen küsste. »Guten Tag, Janette. Komm doch rein « Galant nahm er ihr das gut verpackte Kleid ab, das über ihren angewinkelten Arm hing und bat sie in die Wohnung. Was mich anging fiel ihre Begrüßung deutlich kühler aus.

»Sie müssen dann wohl Mrs. Strong sein. Ich bin Janette.« Sie reichte mir die Hand, ließ mich jedoch nicht mehr weiter zu Wort kommen und wandte sich wieder Miles zu, der das Kleid über einen Barhocker hing und hinter der Theke verschwand, um etwas zu Trinken anzurichten. Mit einem aufgesetzten, zuckersüßen Lächeln auf den Lippen nahm sie das Glas Wein entgegen, das er ihr reichte. Der verbitterte Gesichtsausdruck, den sie bekam, als Miles mit meinem Glas zu mir kam und einen Arm um meine Taille legte, war göttlich. Triumphierend schmiegte ich meinen Kopf an seine Schulter.

»Deine Wohnung hat sich ja kaum verändert, Taylor. Hast du immer noch dieses Kingsize Bett im Schlafzimmer stehen, oder hast du es inzwischen schon kaputt gerammelt?« Bei ihren Worten musste ich schlucken. Am liebste, hätte ich mich auf der Stelle aus Miles Umarmung befreit, doch dann hätte ich dieser hochnäsigen Pute nur gegeben, was sie haben wollte und diesen Gefallen wollte ich ihr auf keinen Fall tun. Geübt setzte ich mein altbekanntes, falsches Lächeln auf und suchte Miles Blick.

»Ach, ihr kennt euch von früher? Es ist mir immer wieder eine Freude, Miles Freunde kennen zu lernen.« Ha! Das war wohl ein Schuss in den Ofen für die Barbie mit den gemachten Möpsen. Ich sah Miles mit einem aussagekräftigen Blick an, der ihm klarmachen sollte, dass dieses Thema noch nicht abgehakt war und machte weiter eine gute Miene zum bösen Spiel. »Kennen ist noch vorsichtig ausgedrückt, meine Liebe. Doch nun lasst uns doch zum eigentlichen Grund meines Besuches kommen.« Der schnelle Themenwechsel machte mich stutzig aber nicht unsicher, ganz im Gegenteil. Gespannt sah ich zu, wie sie ihr Glas abstellte und sich dem langen, schwarzen Kleidersack zuwandte und ihn öffnete. Und mir klappte sprichwörtlich die Kinnlade hinunter. Das Kleid war perfekt. Nein. Mehr als perfekt, es war wie für mich gemacht. Miles bemerkte das Funkeln in meinen Augen und strich mir sanft kreisend über den Rücken. »Gefällt es dir, Baby?«, seine liebevolle Bezeichnung vertrieb wieder etwas von dem Groll, den ich erst noch wegen Janette hegte.

»Ja, sehr. – Danke.« Ich wollte ihn gerade küssen, als uns Janettes viel zu hohe Stimme unterbrach.

»Na, na, na. Jetzt wollen wir das gute Stück erst einmal anprobieren. Wer weiß, ob es überhaupt passt«, mit dem Ende des Satzes, schweifte ihr Blick hinab zu meinen kurvigen Hüften. Ich übersah den Versuch mich zu demütigen, schnappte mir stattdessen das smaragdgrüne, bodenlange Kleid und verschwand damit im Schlafzimmer. Der Gedanke, die beiden dadurch gemeinsam allein zurückzulassen, gefiel mir zwar nicht besonders, doch ich sah diese Situation mehr als Probe für mich selbst. Langsam war es an der Zeit, Mut zum Vertrauen zu fassen und das tat ich nun auch. Ich schälte mich aus meinen Schmuddelklamotten, bis ich nur mehr in einem schwarzen Sport BH und den dazupassenden Panties vorm Spiegel stand. Behutsam schlüpfte ich in das edle Abendkleid und zog es mit Leichtigkeit über meine Hüften hoch bis zu meinen Brüsten. Der Reißverschluss war am Rücken angebracht. Ich ging ins Wohnzimmer zurück, wo sich die beiden wie zwei Fremde anschwiegen. Miles blickte von seinem Smartphone hoch und kam auch gleich auf mich zu, fast so, als hätte er schon seit Stunden auf mich gewartet. »Alles in Ordnung? Ich könnte Hilfe brauchen«, die Situation irritierte mich. Verwundert blickte ich zwischen den beiden hin und her. Was war nur geschehen? Ich hätte tatsächlich vie-

les erwartet, dass ich in eine wilde Diskussion platzen würde, ein Geheimnis belauschen könnte, von dem ich nichts wissen durfte oder sogar, dass ich sie inflagranti erwischen würde. Aber das?! – Nein, das hatte ich nun wirklich nicht erwartet.
»Natürlich Baby, komm her.« Ich ging zu ihm, wandte ihm den Rücken zu und beobachtete unauffällig, wie Janette unser Tun mit argwöhnischem Blick verfolgte. Sie verhielt sich ganz anders als zuvor. Wo sie vorher noch versuchte mich auszustechen, mein Aussehen zu verhöhnen und sich immer wieder gut darstellen wollte, saß sie nun an der Küchentheke, umklammerte das halbleere Rotweinglas und starrte uns mit zusammengebissenen Zähnen an. Das Geräusch des hochziehenden Reißverschlusses wurde leiser und verstummte schließlich ganz. Das Kleid passte, genauso wie es sein sollte, perfekt. Es umspielte meine Kurven, der dünne seidene Stoff ließ mich bei jeder von Miles Handbewegungen an meinem Rücken erschaudern. Ich hätte mich noch ewig lange drehen und wenden können, um den feinen Stoff weiter zu fühlen und auf mich wirken zu lassen, doch das ließ die blonde Giftspritze, die immer noch gegenüber von uns saß, nicht zu.
»Ja, also gut, es ist ganz passabel. Dann werde ich wohl wieder gehen.«
Mach das. Das Geld dafür hast du ja schon bekommen«, sagte Miles und sah sie nur für einen kurzen Moment an. Wenige Minuten später war sie auch schon wieder verschwunden. Miles Hände lagen immer noch auf meiner Taille und sein Griff verkrampfte sich etwas, als die allvertraute Stille wieder einkehrte und uns in Schweigen hüllte. Mein Instinkt sagte mir, dass irgendetwas nicht stimmte. Es war das gleiche Gefühl, das ich hatte, wie an dem Tag, an dem mir Luke von seiner Vergangenheit mit Miles erzählte. Und ich musste wissen, was los war. Mit einem Mal drehte ich mich zu ihm um und sah ihn direkt an. Er wirkte fast so, als wollte er vor mir flüchten, sich diesem Gespräch keines Falls stellen. Und ich befürchtete das Schlimmste.
»Miles ...«, behutsam berührte ich dabei seinen Arm. »Willst du mir sagen was los ist?«

Sein Kiefer mahlte, nervös fuhr er sich mit seiner rechten Hand durch das seidige Haar und ging schließlich zum Sofa, um sich zu setzen.
»Komm her, Baby.« Angespannt folgte ich seiner Aufforderung und setzte mich neben ihn.
»Was ist los?«, fragte ich noch mal. Wieder fuhr er sich durch die Haare, räusperte sich und fing zu sprechen an.
»Baby, Janette ist nicht irgendeine Designerin, die ich durch Zufall entdeckt habe.«
»Was dann Miles? Erzähl es mir.«
Ich versuchte so ruhig und gelassen wie nur möglich zu klingen und mir meine eigentliche Nervosität und Angst, vor dem was nun kommen mochte, nicht anmerken zu lassen. »Versprich mir, dass du bei mir bleibst. Du kannst alles machen, schrei mich an, beschimpfe mich, schlag mich ..., aber bitte, lauf nicht weg.« Selbst wenn ich ihn noch nicht jahrelang kannte, hatte ich Miles Taylor noch nie zuvor so niedergeschlagen und verzweifelt gesehen.
»Ich bleibe. Allerdings musst du mir dafür auch die ganze Wahrheit sagen.«
Er nickte. Ich sah den feuchten Glanz seiner Hände. Angstschweiß. Spannung schwängerte die Atmosphäre und es fiel mir irrsinnig schwer, mich still zu halten und nicht hin und her zu rutschen. Das hätte uns nur beide viel zu nervös gemacht und ihm eventuell den Mut, sich mir zu öffnen, wieder genommen. »Als mich Lucia damals betrogen und dann verlassen hatte .... na ja, da war ich furchtbar einsam. Also ging ich aus, flirtete mit anderen Frauen und nahm sie mit zu mir nach Hause, um die Nächte nicht alleine verbringen zu müssen.« Er sah mich kurz an, wollte sich versichern, ob ich noch neben ihm war und haftete seinen Blick wieder auf den Boden. Ich hingegen blieb still, nickte kurz und lauschte weiter seinen Worten.
»Ich habe sie alle gefickt und noch vor dem Morgengrauen wieder aus dem Haus gejagt. Ich war ein Arschloch, Sam.«
Was er mir bis jetzt erzählt hatte, schockierte mich nicht besonders. Annette hatte mir bereits einen Teil davon erzählt.

Was konnte da also noch kommen?
»Was hat Janette mit all dem zu tun?«, ich verstand nicht, worauf er hinaus wollte, gespannt wartete ich auf seine Erklärung.
»Sie war eine von den Frauen, Sam. Nur, ähm, verdammt, ich weiß nich,t wie ich dir das sagen soll, ohne dich damit zu verjagen.«
»Ich halte meine Versprechen, Miles. Also raus mit der Sprache.«
Langsam wurde ich immer ungeduldiger, doch ich riss mich zusammen. »Sie wurde schwanger, Sam«, sein Gesicht war gezeichnet von Scham, Angst und etwas, das mich an die Schmerzen erinnerte, die ich jahrlang selbst auf dem Herzen trug. Sein Geständnis schockte mich, ich behielt jedoch die Fassung weil ich spürte, dass das noch nicht alles war. Einfühlsam rückte ich zu ihm auf und umfasste seine Hand.
»Was ist mit dem Kind? Habt ihr noch Kontakt?« Bedrückt schüttelte er den Kopf. Meinem fragenden Blick wich er aus und starrte weiterhin permanent auf seine Füße.
»Ich war ein Monster, Sam. Das Kind hat sie nie bekommen, weil ich sie dazu gedrängt habe, es wegmachen zu lassen. Ich war nicht feige, nein, ich war schlichtweg nur egoistisch und wollte mein Leben nicht wegschmeißen.« Endlich sah er mich an und mir stockte der Atem, als ich die Tränen bemerkte, die in seinen Augen glitzerten. »Sam, ich gebe dir mein Wort, dass ich nichts mehr bereue, als das. Ich weiß, dass ich diesen Fehler womöglich nie wieder gut machen kann, doch ich habe es versucht. Als ich etwas später erfahren habe, dass Janette eine eigene Kollektion rausbringen wollte, habe ich ihr die nötigen finanziellen Mittel dafür zur Verfügung gestellt und ihr viele gute Kontakte vermittelt.«
»Und sie will dich nach all der langen Zeit wieder zurück erobern, nicht wahr?«
Wieder nickte er. »Sie meinte, wenn sie schon ihr Kind nicht behalten konnte, wolle sie wenigstens einen Teil davon für sich haben. Mich.«
Verständnislos schüttelte ich den Kopf. Klar, diese Geschichte war tragisch und Miles mag vielleicht auch ein Arschloch

gewesen sein, doch diese Frau hatte eindeutig ein gravierendes psychisches Problem.
»Was hatte es vorhin mit ihrem schnellen Abgang auf sich?«, fragte ich und verschränkte meine Finger fester mit seinen.
»I – ich habe ihr gesagt, dass ich dich liebe, Samantha.«
»Du hast was?!«, aufgebracht ließ ich seine Hand los.
»Ich weiß, dass du noch nicht bereit dafür bist, aber ich bin es und ich weiß, dass es richtig ist.«
Sein Blick war nun standhaft, die Tränen waren versiegt und das helle Blau seiner Augen blendete mich schon beinahe, so grell war es. In meinem Kopf drehte sich jedoch alles. Ich konnte keinen klaren Gedanken mehr fassen und wollte mir am liebsten einreden, dass Miles bloß etwas angetrunken war und nicht wusste, was er da tat. Doch das wusste er genau. Er war drauf und dran mir mein Herz zu stehlen, doch meine Angst davor, dass er sich womöglich irgendwann damit verpissen würde, hinderte mich daran, mich mit jeder Faser meines Körpers auf ihn einzulassen. Irgendetwas in mir sträubte sich immer dagegen. »Miles, i – ich …, ich kann ni …«, ich wollte den Satz gerade beenden, als Miles mir seinen Zeigefinger auf die Lippen legte und mich so zum Schweigen brachte.
»Schhhhhh …, Baby ich weiß, dass du noch Zeit brauchst. Ich kann auf deine Liebe warten, selbst wenn du noch Jahre dazu brauchen würdest. Du wirst sehen, dass ich immer noch hier sein und dich lieben werde.« Jetzt war ich es, der ein Wasserfall in den Augen stand. Noch nie hatte ich etwas so schönes gehört. Seine Worte klangen immer noch in meinen Ohren nach.
»Du bist wundervoll, Miles.«
Wieder einmal war ich ihm für so vieles dankbar. Am Anfang, als ich mich die ersten paar Mal mit ihm getroffen hatte, dachte ich, dass er einer der Charakterstärksten, stählernen Männer war, die mir je begegnet waren. Doch heute, etliche Wochen später, hatte ich einen völlig anderen, besseren Eindruck von ihm. Als starker, unerreichbarer, erfolgreicher Geschäftsmann, hätte er mich nur eingeschüchtert, nie im Leben hätte ich mich ihm so geöffnet, über meine Vergangen-

heit und meine Ängste geredet. Jetzt, wo ich weiß, dass auch er Fehler machte und genauso verletzlich war, wie ich, fiel es mir leichter meine Masken abzulegen und ganz ich selbst zu sein.
»Baby ..., willst du mich auch ganz sicher immer noch zu dem Event begleiten?« Liebevoll blickte ich ihn an. Er sah aus wie ein kleiner, zerbrechlicher Junge. Bei seinem Anblick wurde mir das Herz schwer. Ich nickte.
»Du warst nur ehrlich und das ist nichts Schlimmes, selbst wenn dein Geständnis grausam war, ich werde dich nicht hängen lassen.« Mit dem Ende meines Satzes löste sich auch plötzlich die enorme Anspannung, die in der Luft lag, einfach auf. Miles Haltung wurde wieder lockerer, entspannter und wir beschlossen im Stillen, jeder für sich, dass wir seine unschöne Vergangenheit fürs Erste aus unseren Köpfen verbannen würden. Er zögerte einen Moment, suchte mein Gesicht nach etwas ab, das ihm zeigte, dass ich ihm nicht böse war. Dann, nach zwei Minuten, küsste er mich. Endlich.
»Ich liebe dich, Samantha.«
»Und ich habe dir bereits eine Hälfte meines Herzens geschenkt.«
Zufrieden lächelnd rieb er seine Nasenspitze an meiner. Dann richtete er sich auf, zückte sein Handy und wählte eine Nummer.
»Es wird Zeit, dass ich Jamie anrufe. Oder hast du dir das mit dem Friseurtermin schon anders überlegt?« Seine Unsicherheit über unser Date heute Abend fand ich insgeheim richtig niedlich. Einen Augenblick lang spielte ich sogar mit dem Gedanken, ihn noch etwas an der Nase herum zu führen, um mich weiter daran zu amüsieren, doch so fies war ich nun doch wieder nicht.
»Nein, nein, mach nur. Aber frage ihn, ob ich mir vorher noch die Haare waschen soll, ja?«
Mit dem Telefon am Ohr und der kurz darauf folgenden Begrüßung, » Hey Jamie ...« ging er auch schon auf die Terrasse raus. Durch die viele Aufregung war mir völlig entgangen, dass ich mein Kleid noch trug. Vorsichtshalber ging ich

ins Schlafzimmer und zog mich wieder um. Es wäre die reinste Katastrophe gewesen, wenn ich den Stoff so kurz vor der Veranstaltung noch bekleckern würde. Tollpatschig wie ich war, wäre mir wahrscheinlich genau das passiert. Als Miles sein Gespräch beendet hatte und wieder zu mir zurück kam, hatte ich mir gerade ein Glas O – Saft geholt und wollte noch ein paar Seiten von dem Buch weiter lesen, das mich so fasziniert hatte. Doch der Plan sollte, wie ich dann erfuhr, nicht aufgehen.
»Gute Nachrichten, Baby. Jamie macht sich gleich auf den Weg hier her und wird in etwa einer halben Stunde hier aufkreuzen. Deine Haare kannst du so lassen, wie sie sind.«
Frech nahm er mir das Glas aus der Hand, trank einen kleinen Schluck davor, stellte es auf der Theke ab und zwang sich zwischen meine Beine. Sein forsches näher kommen, ließ mich beinahe das Gleichgewicht verlieren. Reflexartig packte ich ihn am Hemd und verbesserte meine Sitzposition, indem ich hin und her rutschte. Diese Hocker waren, was mein breites Hinterteil betraf, eindeutig zu knapp bemessen. Wie konnte es auch anders sein, interpretierte Miles meine Reaktion wieder völlig anders.
»Bist du etwa wieder so gierig auf mich, Baby?«
Sein Atem berührte meine Lippen, während uns nur noch wenige Millimeter von einem Kuss trennten. Ich roch den betörenden Duft von Minze, vermischt mit dem der frisch gepressten, spanischen Orangen. Scharf sog ich die Luft ein, die um uns herum zu knistern begann.
»Diesmal wirst du mich nicht wieder abblocken, Madame ...«, ich wollte widersprechen, doch seine Lippen hinderten mich daran. Mit einem verzehrenden Kuss versiegelte er meinen Mund und ließ mich nicht mehr weiter zu Wort kommen. Sanft saugte er an meiner Unterlippe, ehe er wieder ganz nah daran zu wispern begann.
»..., denn diesmal, werde ich dich ficken, Samantha.«
Aus seinem Mund klang mein Name so unglaublich sexy und verrucht, dass ich nichts weiter tun konnte, als ihn mit halbgeöffnetem Mund anzustarren. Ich spürte, wie sich mein Unter-

leib bereits wieder voller Vorfreude auf ihn angenehm zusammen zog. Seine Finger strichen hinauf über meinen Hals hinweg an meinen Nacken wo er mich fest packte und noch näher an sich ran zog.

»…Es wird schnell gehen, du wirst schreien und vor allem, wirst du kommen.«

Gott, war das sexy. Ich wusste schon gar nicht mehr, wo mir der Kopf stand, war hin und weg von seinen Worten und der leisen, ultra, rauen Stimme mit der er mir ins Ohr flüsterte.

»…Willst du das Baby? Willst du, dass ich dich ficke?«

Seine Augen waren dunkler als vorhin, in ihnen glühte die Lust und das Verlangen nach mir.

»Ja Miles, fick mich.«

Es war, als hätte ich mit meinen Worten einen Startknopf gedrückt. Denn kaum hatte ich sie ausgesprochen, packte er mich auch schon, trug mich hinter die Theke und setzte mich auf der Arbeitsplatte ab. Eilig nestelte er an seinem Hosenschlitz rum, richtete seinen Blick auf die Jogginghose, die ich trug und befahl mir sie auszuziehen. Ich zitterte vor Aufregung, streifte mir die Hose ab und saß nun nur noch mit den grottenhässlichen, schwarzen Panties und meinem Shirt auf dem etwa einen Meter fünfzig hohen Küchenblock.

»Das auch …«, er meinte den Slip. Folgsam streifte ich das letzte Stück Stoff, das mich von unserer Einigkeit trennte, ab und leckte mir voller Wollust mit der Zungenspitze über die Mitte meiner Oberlippe. Kaum hatte ich die Beine breit gemacht, stand er auch schon halb nackt, so nah wie nur möglich, vor mir. Er umfasste meine Hände mit seinen und presste sie auf die kalte, glatte Oberfläche, als ich seine samtige Spitze auch schon an meiner Scham spürte. Winzige Lusttropfen befeuchteten die glatte Haut und ich keuchte auf.

»Lass dich gehen, Baby«, geleitet von seinen Worten drang er in mich ein. Es fühlte sich an, als wäre er wie für mich gemacht. Jeder Zentimeter meiner Vagina war durch ihn ausgefüllt. Eisern hielt er sich an sein Versprechen und pumpte sich immer wieder weiter in mich. Mit einer angenehmen Schroffheit, biss er durch den Stoff meines Shirts hindurch

in eine der beiden hoch erregten Brustwarzen. Die sengende Hitze, die mich dadurch erfüllte, entlockte mir einen spitzen Schrei, den er ignorierte. In seine Ekstase vertieft, stieß er immer heftiger in mich, tiefer. Ich fühlte, wie mir mein eigener, süßer Saft die Gesäßbacken runter rann. Gierig nach mehr schlang ich meine Beine fester um ihn, überkreuzte sie über seinem, von Muskeln geprägtem, Hinterteil und klammerte mich daran fest.
Wie immer, wenn ich kurz davor stand zu kommen, schloss ich die Augen und ließ mich vollends von ihm ausfüllen.
»Baby ..., sieh mich an. Ich will es in deinen Augen sehen.«
Als sein stürmischer, vor Gier auflodernder Blick mich in seinen Bann zog, war es auch schon um mich geschehen. Mein gesamter Körper reagierte auf ihn und in mir explodierte ein gigantischer Orgasmus, der jede einzelne meiner Fasern erfasste.
»Gott, Baby - y ...«
»O - oh shit! Ich kom ... «, das Ende des Satzes wurde von einem tiefen, animalischem Stöhnen verschluckt. Erleichtert pulsierte er in mir und füllte mich mit seinem salzigen Saft. Ich richtete mich auf, schlang meine Arme um seinen Nakken und schmiegte mich an seine Schulter. Wir verharrten einen Moment lang so, bis das überragende Hochgefühl unseres Höhepunktes wieder sachte abgeklungen war. Mein Blick fiel auf die Wanduhr hinter ihm. Noch nicht einmal zwanzig Minuten waren nun vergangen, genug Zeit um mich frisch zu machen und die Klamotten zu wechseln, bevor Jamie vor der Tür stehen würde. Miles zog sich aus mir zurück, hob mich wieder von dem Küchenblock runter und ließ mich erst los, als ich wieder festen Boden unter den Füßen hatte.
»Das war schön ..«, sagte ich und schenkte ihm einen knappen Kuss, dann huschte ich mit meinen zusammen gesammelten Kleidern ins Schlafzimme,r um mir was neues überzuziehen. Nach einem kleinen Abstecher im Bad, wo ich mir kurz durch die Haare kämmte und meine, von Miles fordernden Küssen, leicht angeschwollenen Lippen mit etwas Balsam pflegte, war ich auch schon wieder bei ihm zurück. Wie frisch

aus dem Ei gepellt schlenderte er durch die Wohnung und öffnete sämtliche Fenster und Türen, um etwas zu lüften. Bis auf die stickige, nach Sex riechende Luft und die Röte, die uns nach unserem hitzigen Quickie beide ins Gesicht gestiegen war, wies nichts darauf hin, dass wir bis vor wenigen Minuten noch gevögelt hatten.
»Du siehst zauberhaft aus, Baby«, ich musste Lächeln.
»Du auch. Das bisschen Farbe im Gesicht steht dir.«
In der Hoffnung darauf, dass ich noch wenigstens eine Seite lesen könnte, griff ich nach dem Buch, das auf dem kleinen, ovalen Glastisch lag. Doch da klingelte es auch schon an der Türe.
»Ich liebe es, wie überpünktlich dieser Kerl immer ist.« Liebe. Das war nun wohl sein Lieblingswort. Widerwillig legte ich den Gedichtsband wieder beiseite und folgte Miles, der seinen Freund auch schon herein bat.
»Jamie. Na, alles fit?«
»Bei mir immer, mein Guter. Wie ich sehe bringt dich auch mal wieder wer zum Strahlen.«
Jamie sah an Miles vorbei zu mir und zwinkerte mir freundlich zu.
»Samantha, richtig?«
Die beiden gingen zusammen auf mich zu und schlossen die Türe hinter sich. Ich nickte, reichte dem Unbekannten die Hand und lächelte ihn freundlich an.
»Also Miles, ich habe keine Ahnung, warum du mich hierher bestellt hast. Sie sieht aus wie eine Göttin«, sagte er über meinen Kopf hinweg zu Miles, der hinter mir stand und seine Hände nach vorne an meinen Bauch legte.
»Bin ganz deiner Meinung, aber sag das mal ihr.«
Die beiden unterhielten sich über mich, als ob ich gar nicht anwesend gewesen wäre.
»Vielleicht könnten die beiden Damen sich später weiter über meine Frisur unterhalten?«, frech grinsend blickte ich zwischen den beiden hin und her.
»Okay, sie hat ja Recht. Lass uns an die Arbeit gehen.«
Jamie war anscheinend schon öfter hier gewesen. Zumindest

verhielt er sich so. Er schnappte sich einen von Miles Theken - Hocker, kurbelte ihn auf die passende Höhe runter und bat mich, Platz zu nehmen. Ein leises Klicken ertönte, er öffnete den riesigen, rechteckigen Metallkoffer, den er mitgebracht hatte und ich staunte nicht schlecht, als er die Utensilien eines halben Salons da raus angelte.
»Baby, wäre es okay für dich, wenn ich euch kurz alleine lasse? Die Arbeit ruft.«
Ich nickte.
»Ja, klar. Kein Problem.«
»Endlich überlässt du mir das Revier.
Dabei dachte ich schon, dass ich dich raus schmeißen muss«, lachend schnallte Jamie sich seine Arbeitstasche um und brachte Schere und Kamm darin unter. Vielleicht ging es nur mir so, aber sein markantes Aussehen passte irgendwie gar nicht so recht mit seinem Beruf zusammen. Er war verhältnismäßig klein, ungefähr in meiner Größe, breitschultrig und hatte Muskeln wie Popeye, die Comicfigur. Sein Haar war seidig, schwarz und sah gut gestylt, aber komischerweise doch zerwühlt aus, so als wären erst noch vor ein paar Minuten die Finger einer Frau darin vergraben gewesen. Wie Miles war auch er ein Bartträger, jedoch trug er im Gegensatz zu ihm einen dichten, bis weit übers Kinn hinaus ragenden, Vollbart. Zwischen seinen breiten Nasenflügeln prangte ein schwarzes Septum. Zuguterletzt war er über und über mit Tattoos verziert. Der Gedanke, dass Miles früher mit solchen Rebellen um die Häuser gezogen sein könnte, amüsierte mich.
»Blödmann«, murmelte Miles. Mit einem breiten Grinsen im Gesicht schritt er davon. Kaum war Miles von der Bildfläche verschwunden, fing Jamie mit mir zu reden an.
»Na los, erzähl mal was von dir. Bist du ursprünglich aus London?«
»Ja, meine Eltern hatten etwas außerhalb der Stadt ein Haus ...« Musste ich ihm jetzt tatsächlich meinen gesamten Lebenslauf stecken?
»Hatten? Wo sind sie jetzt?« Gott war der Kerl neugierig.
Unentdeckt rollte ich meine Augen genervt nach oben.

»Das ist eine lange Geschichte ..., erzähl ich dir vielleicht ein anderes Mal. Was ist mit dir? Woher kennt ihr euch, du und Miles?«

Jamie teilte meine Haare gerade mit einem Kamm in mehrere Partien auf und steckte einen Teil davon an meinem Oberkopf fest. Autsch. Eine der Haarnadeln piekste mich in die Kopfhaut, tapfer biss ich die Zähne zusammen.

»Wir sind zusammen aufgewachsen. Unsere Familien sind heute noch sehr eng befreundet und wir beide sind die einzigen, die auch nachdem sich unsere damalige Clique aufgelöst hatte, noch befreundet blieben.«

Miles? In einer Clique? Davon musste ich mehr erfahren.

»Ihr wart also in einer Clique, ja? War das so ein Studentenclan von reichen Schnöseln?«

Laut lachend schnitt Jamie munter drauf los und verpasste mir eine schicke neue Frisur.

»Ganz im Gegenteil. Miles und ich waren die einzigen, die aus wohlhabenden Familien kamen. Der Rest waren Rebellen, Kiffer und ungezogene Bengel. Unsre Mütter hassten es, wenn wir mit den Leuten abhingen. Von wegen schlechter Umgang und so weiter.«

»Und warum versteht ihr euch jetzt nicht mehr? Tut mir leid, dass ich so neugierig bin«, entschuldigend blickte ich zu ihm hoch.

»Still halten, Aphrodite, sonst mach ich noch das weibliche Gegenstück von Quasimodo aus dir«, scherzte er und rückte meinen Kopf wieder in die richtige Position.

»Das Studium war schuld daran, wir gingen einfach getrennte Wege.«

Ich musste grinsen. In meinem Kopf tauchten Bilder von Miles auf, wie er wohl jetzt aussehen und leben würde, wenn er immer noch mit seinem alten Freundeskreis abhängen würde. So schräg die Vorstellung ihn mit gepiercten Ohren und Tattoos kennengelernt zu haben auch war, musste ich mir eingestehen, dass er dann wohl genauso ein heißer Typ gewesen wäre, wie jetzt. Kurzweilige Stille kehrte ein. Das summende Geräusch des Föhns war einfach zu lau,t um sich dabei wei-

ter unterhalten zu können und so schwiegen wir uns an. Ich spürte, wie meine widerspenstige Mähne langsam gebändigt wurde. Immer wieder wurden breite Strähnen auf eine Rundbürste aufgedreht und seidig glatt getrocknet. Das Geräusch verstummte und Jamie hielt einen Moment inne, bevor er etwas zögerlich zu sprechen begann.
»Darf ich dich etwas fragen, Samantha?« Ich nickte.
»Du musst nicht antworten, wenn du nicht willst.«
»Nein, schon ok. Frag ruhig.«
»Ist das was Ernstes? Mit Miles und dir, meine ich.«
Wieder spürte ich, wie mich Haarnadeln in die Kopfhaut piksten und zuckte dabei leicht zusammen. Ich brauchte einen Moment, um mir seine Frage durch den Kopf gehen zu lassen und hatte schnell eine ehrliche, offene Antwort parat.
»Ja, ich denke schon. Immerhin stellt er mich heute seinen Eltern vor.«
Wieder stoppte er seine Bewegungen. Mit einem Mal wirbelte er den Drehstuhl so um, dass ich ihm direkt in die dunkelbraunen Augen blicken konnte.
»Er macht was?!« War der Typ etwa schwerhörig?
»Er stellt mich seinen Eltern vor«, wiederholte ich eine Spur leiser und errötete, bei dem überraschten Blick, mit dem er mich ansah.
»Weißt du, dass meine Schwester die einzige war, die er je mit zu sich nach Hause genommen hatte, Sam?«
»Du bist Lucias Bruder?« Er nickte, während eine kleine Sorgenfalte seine hohe Stirn zierte.
»Rauchst du?«, fragte er und steckte die letzte lose Strähne in die Frisur, die er mir auf den Kopf gezaubert hatte.
»Hin und wieder, ja..., «, log ich, da ich mich nicht gerade zu den Gelegenheitsrauchern zählen konnte.
»Wollen wir …? «, er nickte zu der verschlossenen Glastüre, die zur Dachterrasse führte.
»Klar, Moment, ich muss meine Kippen noch holen …« Ich wollte mich soeben aufmachen, um meine Tasche zu suchen, als er den Kopf schüttelte.
»Lass stecken, ich gebe dir eine aus.«

Wir gingen raus, er kramte eine, von der engen Tasche beschädigte, Schachtel aus seiner Hosentasche, steckte sich eine Zigarette an und reichte mir das Päckchen. Mit einem »Danke«, tat ich es ihm nach und nahm einen tiefen Zug, als er mir Feuer gab. Das Wetter war immer noch mies. Dank des kleinen Dachvorsprungs konnten wir uns vor dem kühlen Nieselregen schützen, der durch die dunklen Wolken hindurch auf die Erde hinabprasselte.
»Wundert mich, dass Miles dir das durchgehen lässt.«
»Er wusste von Anfang an, dass ich rauche, bis jetzt hat er sich noch kein einziges Mal darüber beschwert.« Eine Hand in die Taschen seiner abgewetzten Jeans vergraben, blies er den Rauch zwischen den schmalen, mit dem dunklen Bart umrandeten Lippen hervor.
»Sei gut zu ihm, ja …, er hat es nicht verdient, noch mal verletzt zu werden.«
Seine Bitte ließ mich einen Augenblick verstummen. Nachdenklich inhalierte ich den herbe schmeckenden Rauch, dann sah ich ihn wieder an.
»Das bin ich.« »Weißt du, ich bin nicht stolz darauf, was meine Schwester ihm angetan hat. Mit ihrer Dummheit hat sie ein Monster erweckt. Und ich wenn ich ehrlich bin, war ich seither immer davon überzeugt, dass er das auch immer bleiben wird. Bis jetzt.«
Neugierig spitzte ich die Ohren und hakte nach.
»Wie meinst du das, bist jetzt?«
»Bis ich das Leuchten in seinen Augen sah, das er hatte, als er auf dich zu ging. Es ist eine halbe Ewigkeit her, seit ich ihn zum Letzten Mal so glücklich gesehen habe, Samantha. Er braucht das, er braucht dich.« Wow.
Ich wusste nicht, was ich sagen sollte. Dass ich Miles etwas bedeutete, wusste ich ja nun schon, doch die Bestätigung dafür aus dem Mund eines Mannes zu hören, der ihn schon sein halbes Leben lang kannte, war wieder etwas ganz anderes. Wieder schwiegen wir uns nur an. Jamies rührende Worte lagen immer noch in der Luft, als ich meinen Blick von ihm abwandte und auf die beinahe unsichtbaren, Millimeter gro-

ßen Regentropfen starrte. »Und ich brauche ihn.«, flüsterte ich mehr zu mir selbst, nahm einen letzten Zug der Kippe und dämpfte den Rest in dem kleinen Aschenbecher aus, den Miles schon beim ersten Mal, als ich bei ihm übernachtet hatte, für mich bereitstellte. Mir wurde allmählich ein klein wenig kalt, also gingen wir wieder ins Warme. Miles saß bereits wieder auf dem Sofa, als wir den Raum betraten.
»Ihr beide versteht euch ja prächtig, wie ich sehe.« Und so war es auch. Jamie war, wie ich fand, ein toller Kerl und ich war mir sicher, dass Miles nicht mal ansatzweise wusste, wie wichtig er für seinen Kumpel war. Nach dem Gespräch mit ihm, fühlte ich mich Miles näher als je zuvor.
»Deine Perle ist großartig Miles. Verkraul sie bloß nicht!«
»Habe ich nicht vor. Seid ihr schon fertig?« Ich sah Jamie an. War ich wirklich schon schön genug, um vor Miles Eltern treten zu können?
»Nein. Unsere Aphrodite bekommt noch etwas Make up ins Gesicht.« Aphrodite. Ich ließ mir den Namen durch den Kopf gehen und musste darüber schmunzeln. So wurde ich noch nie genannt. Nichtsdestotrotz fühlte ich mich aber dennoch geschmeichelt.
»Setz dich. Ich hole inzwischen den anderen Koffer aus dem Auto.« Noch ein Koffer? Hatte er denn in dem anderen monströsen Ding nicht genug Platz?
Folgsam ging ich auf meinen Platz zurück und setzte mich. Kaum war die Türe ins Schloss gefallen, stand Miles auch schon hinter mir. In sanften, knetenden Bewegungen, massierte er meine Schultern.
»Gefällt er dir?«, der Klang seiner Stimme war ernst, aber ruhig.
»Er ist nett, ja.«
»Nur nett?«, er hielt inne und wirbelte den Stuhl zu sich rum, um mir in die Augen sehen zu können.
»Ja, nur nett. Obwohl ...«, ich hatte ihn durchschaut. Miles war eifersüchtig, was mich durchaus amüsierte.
»Obwohl was?«, fragte er schon deutlich angespannter als zuvor.

»Na ja, ... er sieht schon nicht schlecht aus ...«, gespielt ernst sah ich ihn an. Sein Blick wurde so düster wie noch nie, die Kieferpartie s spannte sich an und er funkelte mich böse an. Da konnte ich mir mein Lachen nicht mehr länger verkneifen und sein verdutzter Gesichtsausdruck machte es nicht besser.
»Du hast mich verarscht, stimmts?«, ich nickte und grinste dabei immer noch übers ganze Gesicht.
»Na, warte ...«
Mit einem hohen Quietschen sprang ich vom Stuhl auf und wollte gerade noch vor ihm flüchten, als er mich schon eingeholt hatte. Er umklammerte meine Mitte und kitzelte mich so lange, bis ich vor lauter Lachen kaum mehr richtig atmen konnte.
»M - i - iles ...« die Buchstaben waren kaum verständlich, lachend versuchte ich mich aus seinen Fängen zu befreien.
»Oka - a - y ..., es tut mir ja leid«, rief ich endlich, als ich wieder halbwegs Luft bekam. Mit einem Kuss auf die Wange ließ er mich schließlich wieder gehen.
»Du bist ein richtiger Mistkerl«, scherzte ich und setzte mich wieder auf meinen Stuhl zurück.
»Das war er schon immer«, bestätigte Jamie mir und kickte die Tür hinter sich zu. Er stellte einen etwas kleineren Koffer, der dem Design des anderen ähnelte, neben mir auf dem Boden ab und schob Miles gekonnt beiseite. »Schluss mit dem Fummeln, dafür habt ihr später noch genug Zeit.«
»Ja, ja schon gut. Baby, willst du was trinken?«
»Ein Glas Saft wäre gut, ja. Danke.«
»Aber nur mit Strohhalm! Es reicht, wenn du ihr später den Lippenstift versaust«, fügte Jamie noch hinzu und stellte sich mit einer, zu meinem Hautton passenden, Tube Make up und einem Pinsel bewaffnet vor mich. Miles kühles Getränk rettete mich vorm verdursten. Ich trank beinahe das ganze Glas leer und reichte es ihm wieder, bevor Jamie damit begann, meine Lippen zu bemalen. Am liebsten wäre ich da schon aufgesprungen und zum nächstgelegenen Spiegel gelaufen, um mich betrachten zu können. So musste ich ihm jedoch blind vertrauen und darauf hoffen, dass er sein Handwerk

beherrschte. Etwa dreißig Minuten später war es dann endlich so weit.

»So machst du selbst Angelina Jolie neidisch auf dich.« Mit einem zufriedenen Lächeln hielt Jamie mir schließlich einen Spiegel vors Gesicht.

»Na, was sagst du? Gefällt es dir?« Ich war sprachlos. Die Stylistin, die mich damals für die Vernissage, zu der mich Annette eingeladen hatte, zurecht machte, hatte schon wahre Wunder vollbracht, aber das hier ... das ging über alles andere hinaus. Es war wundervoll.

»Wow! Ich meine, ja, ich finde es fantastisch.«, brachte ich freudestrahlend und immer noch erstaunt darüber, wie viel man aus mir herausholen konnte, hervor. Jamie hatte einfach auf jedes Detail geachtet. Meine Augenbrauen waren in einem warmen Braunton gepudert worden, was sie zu einem markanten, aber doch elegant wirkenden Merkmal meines Gesichts machten. Die grüne Farbe meiner Iris hatte er gekonnt durch dunkle Smokey Eyes betont, während die Lippen dem Ganzen mit einem rose farbenen Gloss noch den letzten Schliff verpassten. Miles Augen weiteten sich ebenfalls bei meinem Anblick. Wenn ich mich nicht täuschte, loderte da wieder dieses dunkle, verruchte Feuer in ihm, das ich so begehrte.

»Er hat Recht. Die werden sich alle nur so um dich reißen, Baby.« Es tat gut, solche Komplimente zu hören und zu wissen, dass sie nicht nur geheuchelt waren, sondern wirklich ernst gemeint waren.

»Danke Jungs.«, sagte ich und grinste sie beide freudestrahlend an. Jamie packte sein Zeug wieder ein und setzte sich noch etwas zu uns auf die Couch. Es war toll. Die beiden schwelgten in Erinnerungen und ich hörte ihnen dabei gebannt zu, um nichts davon zu verpassen.

»Tut mir leid Leute, aber ich muss los«, sagte Jamie nach einer Weile plötzlich und verabschiedete sich von uns.

»Wir sehen uns später bei deinen Eltern, Miles.«, er klopfte ihm freundschaftlich auf die Schulter und wandte sich dann mir zu.

»Bis später Aphrodite, lass ihn vorm Event bloß nicht an dich

ran, ja?«, er küsste mich jeweils links und rechts auf die Wangen und verschwand dann zur Tür raus.
»Also ein bisschen durchgeknallt ist er ja schon«. lachend sah ich zu Miles hoch.
»Ein bisschen? Du meinst wohl völlig durchgeknallt.«
Er lächelte und ich merkte, dass er froh darüber war, einen Freund wie Jamie zu haben.
»Hast du noch Hunger? Oder hältst du die zwei Stunden, bis wir bei meinem Eltern sind, noch durch?« Zwei Stunden nur mehr?
»Ich dachte, das Event beginnt erst um achtzehn Uhr?«
»Das schon, ja. Aber ich dachte, dass es vielleicht etwas einfacher für dich wäre ... Sie freuen sich übrigens schon auf dich«, fügte er noch eilig hinzu und drückte sachte meine Hand, die in seiner lag.
»Oh, ok. Nein. Wir müssen nicht extra kochen. Ich werde noch etwas lesen und mir einfach einen Apfel nehmen, falls ich doch noch hungrig werde.«
Ich widmete mich also noch eine Stunde lang dem Buch, das ich zu lesen begonnen hatte, während Miles noch schnell unter die Dusche ging um sich für den bevorstehenden Abend frisch zu machen. Er stand wahrscheinlich schon einige Minuten vor mir, als ich etwas später von den aufgeschlagenen Seiten vor mir aufblickte und mein Blick auf die glänzend polierten Lackschuhe vor mir fiel. Langsam wanderten meine Augen weiter hoch und ich blieb mit halboffenem Mund an Miles verführerischen Lippen hängen. Verdammt sah er heiß aus. Er trug einen granitgrauen, dreiteiligen Anzug, darunter ein weißes Hemd und eine, perfekt auf die Farbe meines Kleides abgestimmte, smaragdgrüne seidene Krawatte. Er hatte seinen Bart etwas gestutzt, die Kanten mit einem Rasiermesser zurecht geschnitten . Die Haare hatte er mit etwas Haarwachs so gestylt, dass ihm eine Locke über die Stirn fiel.
»Es wird Zeit, dass du in dein Kleid schlüpfst, Baby.«
Oh Gott. War es etwa schon so spät? Ich war so sehr in den Gedichtband vertieft, dass ich die Zeit vollkommen vergessen hatte. Schnell stand ich auf, streckte meine müden Glieder

und verschwand ins Schlafzimmer.
»Miles«, rief ich, als ich den Stoff schließlich über meine Brust hinauf gezogen hatte, »kannst du mir mit dem Reißverschluss helfen?«
Keine zwei Minuten später stand er auch schon hinter mir, schloss mit einer einzigen Handbewegung den Schlitz, der meinen nackten Rücken entblößte. Liebevoll schlang er seine Arme von hinten um meine schmale Taille und legte seinen Kopf auf meine linke Schulter. Ich blickte in den großen Spiegel vor uns und mir gefiel, was ich da sah. Ein scheinbar glückliches, frisch verliebtes Paar. Langsam aber sicher gewöhnte ich mich an uns, an die unaufhörliche Nähe und die magnetische Anziehungskraft, die uns immer wieder gegenseitig anzog. Miles löste sich wieder von mir, hauchte mir einen zarten Kuss auf das elegant hochgesteckte Haar und blickte mich durch den Spiegel an.
»Warte hier. Ich habe noch was für dich.« Noch ein Geschenk? In der Zwischenzeit schlüpfte ich in meine Heels, frischte mein Make up etwas auf und steckte das Gloss zusammen mit einer Mascara und einem Päckchen Erfrischungstücher in die goldene Clutch, die ich mir für den heutigen Abend bereit gelegt hatte.
»Dreh dich um und schließ die Augen, Baby«, befahl Miles in einem sanften Ton und betrat, die Hände hinter seinem Rücken versteckt, den Raum. Mir pochte das Herz bis zum Hals hoch. Folgsam drehte ich mich auf der Stelle um und schloss die Augen. Meine Lider zitterten, als ich spürte, wie er hinter mir stehen blieb. Es war still und plötzlich fühlte ich, wie sich etwas Kühles, Hartes um meinen Hals legte. Ohne zu wissen was es war, wusste ich jetzt schon, dass ich soeben ein kleines Vermögen angelegt bekommen hatte.
»Sieh es dir an«, ich öffnete die Augen und er führte mich, die Hände auf meine kurvigen Hüften gelegt, vor den Spiegel. Überwältigt starrte ich auf das goldene, mit vielen winzig kleinen Smaragdsteinen bestückte Collier, das an meinem Hals funkelte. Noch bevor ich meine Sprache wieder fand, um mich dafür zu bedanken, ergriff Miles das Wort.

»Ich wollte etwas finden, was genauso schön strahlt wie du, Samantha, doch um dir einen Stern vom Himmel zu holen, war die Zeit dann doch zu knapp …, also entschied ich mich dafür. Ich hoffe es gefällt dir.«
»Miles ich, ich weiß nicht, was ich sagen soll. Du tust so viel für mich und ich kann noch nicht einmal deine Liebe erwidern.« Tränen brannten mir in den Augen, als er mich zu sich umdrehte und mich zwang, ihn anzusehen.
»Nicht weinen, Baby. Du bist hier bei mir, das ist alles was zählt, der Rest kommt von ganz allein«, ich schenkte ihm ein schwaches Lächeln.
»Sieh dich doch mal an, du bist die schönste Frau, der ich je begegnet bin. Wenn es sein muss, werde ich ein ganzes Leben lang auf dich warten.« Mit seinem Daumen strich er mir sanft über die Wange, küsste meine Stirn und nahm mich bei der Hand.
»Und jetzt lass uns losfahren, wir werden schon erwartet.«
Ich schniefte, atmete tief durch, nahm meine Clutch und dann verschwanden wir zusammen aus der Wohnung.

ZWÖLF

Die Fahrt führte uns überraschenderweise nach Chelsea, dem selben Luxusviertel, in dem auch Annette wohnte. Selbst das Haus, das Miles mir als sein Elternhaus zeigte, kam mir bekannt vor. Sicher hatte ich es auf dem Weg zum Penthouse schon einmal gesehen und konnte mich deswegen daran erinnern. Wir parkten etwas weiter entfernt davon. Wie immer, öffnete Miles mir auch dieses Mal die Wagentür und half mir aus dem Sitz, damit ich nicht über die kurze Schleppe meines bodenlangen Kleides stolperte. Als ich die vielen Fotografen sah, die sich bereits vor der Villa tummelten, stand ich kurz vor einer Panikattacke. Das Event war wohl eine größere Sache, als ich dachte. Hilfesuchend sah ich ihn an. Er verstand mich blind.
»Keine Sorge Baby, die Ratten werden uns erst später zu Gesicht bekommen. Wir nehmen den Hintereingang. Komm mit.«
Er verschränkte seine Finger mit meinen und wir gingen in die entgegengesetzte Richtung, ein Stück weit die Straße runter. Zum Glück hatte Miles den Wagen so geparkt, dass er von einem anderen verdeckt wurde und wir uns problemlos hinters Haus schleichen konnten. Der Garten, durch den wir dann schlenderten, war von hohen, blickdichten Hecken umsäumt. Gott sei Dank. Ein roter Teppich wies uns den Weg zum Haus. Miles Eltern hatten weder Kosten noch Mühen gescheut, um ihren Gästen ein entspanntes Ambiente zu bieten. Weiße Zelte wurden aufgestellt, eine mittelgroße Bühne prangte am oberen Ende des gepflegten Rasens. Sogar an eine großflächige Tanzfläche hatten sie gedacht.
»Da seid ihr ja endlich«, die freundliche Stimme einer auf uns zu schlendernden Frau hinderte mich daran, mich weiter umzusehen. Ihre Ähnlichkeit zu Miles war unverkennbar. Als ich ihre Augen sah, war es, als würde ich in seine blicken. Es war das selbe tiefgründige Blau, in das ich zu jeder Tages und Nachtzeit versinken wollte. Diese Frau hatte verdammt gute Gene.

Alles, bis auf die scharfkantige Kieferpartie, war haargenau mit dem Gesicht seiner Mutter identisch. In Gedanken verglich ich ihr Aussehen mit dem von Cassandra, meiner Mom. Im Gegensatz zu Charlene sah sie schon verdammt alt aus und das, obwohl sie schätzungsweise ungefähr im selben Alter waren. Anders als bei Cassandra war Charlenes Ausstrahlung natürlicher.
»Miles, was hast du da nur für ein Goldstück an deiner Seite?«, freudestrahlend nahm sie ihren Sohn in ihre Arme und küsste seine bärtige Wange, womit sie sich auch gleich zu mir um wandte.
»Samantha, sie sehen noch bezaubernder aus, als in meiner Vorstellung.« Sie umarmte mich ebenfalls so herzlich wie Miles und ich fühlte mich sofort pudelwohl in meiner Haut. Ich hatte befürchtet, dass ich mich einer Bande Snobs stellen müsste, doch Miles Mutter war alles andere als das. Sie machte einen sehr guten Eindruck auf mich, wirkte weder überheblich, noch eitel. Es erging mir bei ihr, wie bei Miles. Ich sah ihr in die Augen und hatte, wie auch bei ihm, sogleich das Gefühl, angekommen zu sein.
»Mrs. Taylor, danke für die Einladung. Es freut mich, sie kennen zu lernen.«
»Ach Schätzchen, lass uns doch duzen, du gehörst ja schon so gut wie zur Familie.« Ich gehörte zur Familie? Da musste mir irgendetwas entgangen sein.
Wir schlenderten gerade auf die weitläufige Terrasse zu, als ein braungebrannter Mann uns lächelnd entgegenkam. Seinem, mit feinen grauen Strähnchen durchzogenen, Haar nach zu urteilen, dürfte er um die fünfzig Jahre alt gewesen sein.
»Da ist er ja endlich. Wie geht's dir, mein Sohn?«, wir blieben stehen. Wieder wurde Miles herzlich umarmt, aber auch ich kam nicht zu kurz.
»Und du musst Samantha sein, von der Miles mir schon so viel vorgeschwärmt hat. Was die Schönheit betrifft, hat er nicht übertrieben.«
Als Kenner der alten Schule küsste er meinen Handrücken. Nun konnte ich mich doch nicht mehr so recht entscheiden,

wem Miles nun ähnlicher sah, seinem Vater oder seiner Mutter, beiden war er wie aus dem Gesicht geschnitten.
»Setzt euch doch, Kinder ...«, sie wies auf den großen rechtekkigen, gedeckten Glastisch hin, der auf der von Buchsbäumen umsäumten Terrasse stand.
Wir nahmen neben Miles Dad Platz, während sie auch schon, mit den schmalen Hüften wippend, im Haus verschwand.
»Tut mir leid, wenn ich dich zu sehr anstarre Samantha, aber es ist eine Weile her, dass uns Miles jemanden vorgestellt hat.«
Unter dem Tisch spürte ich Miles Hand auf meinem bedeckten Schenkel, er lächelte mich stolz an und sah dann zu seinem Vater rüber, dessen grüne Augen vor Freude funkelten.
»Sie ist es auch wert, Dad.«
Bei seinen Worten fühlte ich, wie sich mein Herz vor Glück zusammenzog. Er war so großartig, einzigartig aber nichtsdestotrotz einer von der Sorte Mann, die ich seit je her mied. Oder täuschte ich mich diesmal etwa doch? War er in Wahrheit der, auf den ich schon so viele Jahre voller Enttäuschungen sehnsüchtig gewartet hatte? Ich hatte keine Ahnung, nahm mir aber vor, dem ganzen etwas intensiver auf den Grund zu gehen.
»Mark, jetzt sag bloß, du hast den beiden noch nichts zu trinken angeboten ...?«, ertönte da auch wieder die Stimme seiner Mutter, die sich mit einer gläsernen Schüssel Salat und einem Korb voll Weißbrot in den Händen zu uns zurück gesellte.
»Ich gehe auf die Sechzig zu Schatz, da darf man so was schon mal vergessen«, scherzte er und füllte unsere Gläser mit dem Weißwein, der vor ihm stand.
Charlene stellte die Schale auf dem Tisch ab, setzte sich neben ihren Mann und richtete ihren Blick auf uns. Das leise Brummen der Motoren der Autos, die auf der Straße oberhalb des verdeckten Gartens vorbei rasten, war zu hören. Die Wolken hatten sich allmählich wieder verzogen, um der Sonne noch etwas Eintritt zu gebieten.
»Hoffentlich habt ihr beide eine ordentliche Portion Hunger mitgebracht? Bis zum Dinner vergehen noch ein paar Stunden und ich dachte mir, eine Schüssel voll Salat würde kei-

nem Schaden ...«, zwinkernd wandte sie ihren Blick zur Seite, woraufhin Mark gespielt zum Himmel hoch sah, um so zu tun, als wüsste er nicht, wovon sie sprach. Charlene hauchte einen Kuss auf das beinahe ergraute Haupt ihres Gatten und häufte den, nach Zitrone duftenden, Salat auf die Teller vor uns.
»Ja, ja, du weißt genau, wovon ich rede Mark. Du weißt, was dein Arzt gesagt hat. Weniger Kohlenhydrate!«
Wie schon vorauszusehen war, konnte Miles sich nicht zurückhalten. Er grinste seinen Dad frech an und sagte, »Tja Dad, das war's dann wohl mit Fußball gucken und Chicken Wings essen. Aber keine Sorge, wir können ja wieder Mal zusammen kicken gehen, den Salat danach spendier ich dir sogar. «
»Deine Ausdauer heb dir mal besser für die Prinzessin neben dir auf, du Meisterkicker.«
Charlene musste sich, genauso wie ich, die Hand vor den Mund halten, um eine Weißwein - Fontäne zu verhindern. Hüstelnd beobachteten wir die beiden, wie sie sich weiter gegenseitig aufzogen.
»Eyy, mein Ball rollte vielleicht nicht ins richtige Tor,aber immerhin landete er nicht immer hinter irgendwelchen Hekken.« Nun mussten wir alle lauthals los lachen. Jetzt, wo ich hier war, den wunderschön gestalteten Garten vor mir sah und mich Miles Eltern so herzlich empfangen hatten, waren alle Zweifel, die ich erst noch hegte, verblasst. Die beiden waren netter, als ich es mir je erträumt hatte. Wenn ich dabei an meine tyrannische Mutter dachte, die jeden, der es auch nur in Erwägung zog sich ihr zu widersetzen, zum Teufel jagte, konnte ich schon fast neidisch werden. Doch das war ich nicht. Ich war einfach nur froh darüber zu sehen, wie gut es Miles hier ging. Er blühte richtig auf, lachte, machte Scherze, er war genauso ausgelassen, wie ich es früher war. Als ich ihn so sah wurde mir wieder einmal klar, weshalb ich ihn so gern in meiner Nähe hatte. Er tat mir gut, wie kein anderer je zuvor, ob nun mit Absicht oder nicht, er zeigte mir immer wieder, dass das Leben mir mehr zu bieten hatte als das, worauf ich mich die vergangenen Jahre so verbissen versteift hatte. Erfolg im Job, ein guter Ruf, der Drang immer

alles richtig zu machen, all das wurde immer nebensächlicher für mich. Stattdessen überließ ich den Dingen ihren Lauf und erfreute mich an allem Schönen, das das Leben mir schenkte. Wobei Miles ganz oben auf der Liste davon stand. Das vorsichtige Beschnuppern mit seinen Eltern verlief auch weiterhin bestens. Der Wein löste unsere Zungen, amüsiert lauschte ich den alten Geschichten aus Miles Kindheit, während ich mir noch ein Stück Brot aus dem kleinen, geflochtenen Korb nahm, der in der Mitte des Tisches stand. Die knackigen Salatblätter lösten, zusammen mit dem fruchtig herben Geschmack des köstlichen Dressings, ein wahres Gaumenspektakel in meinem Mund aus. Herrlich, die Portion war genau richtig. Nicht zu groß, um zu satt für das spätere Dinner zu sein, dafür aber perfekt, um bis dahin nicht zu verhungern.
»Das war köstlich, Charlene«, lobte ich sie, legte das Besteck auf dem Teller vor mir ab und griff, möglichst unauffällig, nach Miles Hand, die wieder auf meinem Schoß ruhte. »Ach was, das war doch nur eine Kleinigkeit. Warte ab, bis du siehst was wir später auf den Tisch gezaubert bekommen, da denkst du, dass das hier nicht mehr Lob als ein Sandwich verdient hätte.« Lachend trank sie das letzte Schlückchen Wein aus ihrem Glas. Ein leises Klingeln hallte plötzlich durchs Haus.
»Das muss Jamie sein, er wollte mich noch etwas verschönern. Ist es etwa schon so spät?«
Miles schob den Ärmel seines Hemdes etwas zurück und warf einen Blick auf seine Armbanduhr.
»Der Empfang beginnt doch erst in drei Stunden, Mom«, er blickte sie an, als würde sie sich einen Scherz mit ihm erlauben, als sie eilig aufstand und die leeren Teller stapelte.
»Warte ab, bis du so alt bist wie ich, dann sitzt du auch stundenlang beim Friseur und lässt dir die grauen Strähnen tönen.«
Wieder klingelte es.
»Sandra Schatz, würdest du bitte die Türe für mich öffnen?«, rief sie ins Haus hinein, worauf auch gleich das Geräusch von Füßen in Heels, die die Treppe runter liefen, zu hören war.
»Ja, Mom.«
Es dauerte nicht lange, ein paar Minuten, da erschien auch

schon eine junge, ziemlich gut aussehende Frau, gefolgt von Jamie an der Terrassentüre. Miles Schwester ging ohne zu Zögern auf ihn zu, stellte sich dicht hinter ihn und schlang ihre, von natur aus blassen, Arme um seine Schultern und knutschte seine Wange. Sandra sah so anders aus als Miles. Sie war groß, etwas schlaksig, ihre Haut war blass und die Farbe ihrer langen, gelockten, Haaren konnte ich noch nicht einmal richtig identifizieren. Es war eine Mischung zwischen Zinnrot und einem warmen Blond. Rotblond vielleicht? Ihre Haut war blass und teils mit Sommersprossen gesprenkelt, was wahnsinnig gut zu dem hellen Blau ihrer Iris passte. Meiner Ansicht nach war das auch die einzige Ähnlichkeit, die sie mit dem Rest ihrer Familie teilte.

»Hey, ... nicht so stürmisch Schwesterherz, du zermahlst mich noch.«

»Kein Wunder, wenn du dich so selten bei uns blicken lässt«, erwiderte sie und entließ ihn wieder aus ihrer Umarmung. Dann fiel ihr Blick auf mich. Sie stupste Miles Schulter an und fragte: »Sag mal, willst du uns nicht vorstellen?«

»Hi, ich bin Sam, Miles ... äh ...«, stotterte ich und wusste selbst nicht mehr, wie ich den Satz beenden sollte. Was war ich denn nun für ihn?

»Sie ist meine Freundin, Sandra.«, sagte er und drückte dabei meine Hand. Jetzt war ich erst recht sprachlos und allem Anschein nach, war ich nicht die einzige, der es bei seinen Worten die Sprache verschlug. Ringsum wurde es mucksmäuschen still, zu still. Durch die Stille kam es mir so vor, als würde man sogar das Blut hören, das in meinen Ohren rauschte.

»Oh ...«, sagte Sandra, »Na dann, willkommen in der Familie«, übers ganze Gesicht strahlend reichte sie mir die Hand.

Die Situation war mir so dermaßen unangenehm, dass ich mir im Kopf bereits ausmalte, wie ich mich am besten verabschieden und abhauen könnte. Zum Glück rettete mich Jamie.

»Wir sollten uns langsam ans Werk machen. Dein Make up könnte auch noch etwas Auffrischung gebrauchen Aphrodite, komm doch gleich mit uns mit.«

Lautlos atmete ich erleichtert auf. Die Vorstellung, noch länger zwischen Miles und seinem, beinahe vor Neugier platzendem, Vater zu sitzen, bereitete mir jetzt schon Magenschmerzen. Also folgte ich Jamie, der sich seine Koffer schnappte und hinter Charlene her ins Haus ging. Die beiden führten uns in einen großen Raum mit hohen Wänden. Es erinnerte mich ein wenig an Annettes Wohnzimmer. An einer Wand stand ein Kosmetiktisch, der über und über mit kleinen Parfümfläschchen, Lippenstiften in allen Farben und Pinseln in jeden erdenklichen Größen und Formen bedecket war.
»So, welche von euch Schönheiten will zu erst Platz nehmen?«, fragte Jamie, als er die beiden Koffer öffnete. Er trug noch die selben Klamotten wie am Nachmittag, zwei schmale Kämme lugten aus einer seiner Gesäßtaschen, als er sich bückte, um seine Scherentasche raus zu kramen. Sandra kam uns währenddessen hinterher. Da ich noch einen Augenblick brauchte, um mich nach Miles Auftritt wieder zu sammeln, überließ ich ihr den Vortritt. Ich war schon gespannt darauf, wie sie nach Jamies Styling wohl aussehen würde. Jetzt war sie noch ungeschminkt, die rotblonden Haare trug sie offen, sodass sie, als sie sich setzte, in weichen Locken über die Stuhllehne fielen. Ich setzte mich auf einen Teil der bequemen Polstergarnitur, die in der Mitte des Raumes positioniert war.
»Fangt doch schon mal ohne mich an, ich hole uns noch eine Flasche Champagner«, schlug Charlene uns vor und war auch schon zur Tür raus. Jamie war inzwischen schon voll in seinem Element. Mit einer Spange steckte er Sandras lange Mähne an ihrem Hinterkopf fest, sodass ihr keine Strähnen mehr ins Gesicht fallen konnten. Ihre Haut war so rein, samtig und glatt, dass er auf die übliche Grundierung verzichtete und nur die Augenpartie, mit ein klein wenig Concealer, kaschierte. Er war gerade dabei etwas von dem tiefschwarzen Puder vor sich auf ihre Augenlider aufzutragen, als Charlene auch wieder zurück kam und uns jedem eines der mit Champus gefüllten Gläser reichte, die sie gekonnt auf einem silbernen Tablett herum balancierte. Dann nahm sie neben mir Platz und prostete mir zu. Ich zwang mich zu einem Lächeln,

war aber auch gleich wieder mit den Gedanken bei Miles. Wie konnte er sich nur so weit aus dem Fenster lehnen, wo wir doch erst vor kurzem, noch darüber gesprochen haben, dass wir das mit uns langsam angehen lassen wollten. Ich verstand es nicht, würde es auch nie verstehen.
»Miles hat dich vorhin etwas überrumpelt, hm?«, fragte Charlene, die meine absinkende Stimmung bemerkt hatte. Wenn sie wüsste. Überrumpelt war nicht einmal annähernd das, was ich fühlte. In mir herrschte das pure Chaos. Ich nickte, nippte an meinem Glas und versuchte, die Blasen des sprudelnden Getränks darin zu zählen.
»Ich weiß, dass mein Sohn oft sehr forsch und fordernd sein kann, aber ich weiß auch, dass er nur dann so kämpft, wenn ihm etwas sehr viel bedeutet. Du machst ihn glücklich, Samantha und dafür danke ich dir.« Charlenes ehrliche Worte brachten mich dazu, Miles Aussage von vorhin noch einmal zu überdenken. Vielleicht war es sogar ganz gut, dass er mich so überrumpelt hatte. Anders hätte ich mich womöglich niemals gewagt, mich in das Abenteuer Beziehung zu stürzen, weil ich einfach schlichtweg zu feige gewesen wäre und letztendlich einen Rückzieher gemacht hätte. Er kannte mich mittlerweile schon besser als jeder andere Mensch in meinem Leben, ich konnte mir gut vorstellen, dass er genau das befürchtet hatte und mich deswegen vor vollendete Tatsachen stellte.
»Los Samantha, gib dir einen Ruck. Mein Bruder ist kein übler Kerl und du hast schließlich nichts zu verlieren.
Wenns nicht klappt, bleibt ihr Freunde«, mischte sich Sandra, die uns die ganze Zeit über durch den Spiegel beobachtet hatte, ein. Ich lächelte ihr, etwas verklemmt, zu. Sie hatte leicht reden. Wenn sie über die Angst davor, wie damals zu fallen und am Ende nicht aufgefangen zu werden, Bescheid gewusst hätte, würde sie selbst auch anders darüber denken. Natürlich konnte ich nicht all zu viel verlieren, wenn ich mich ganz und gar auf ihn einlassen würde, doch mein Herz würde ich nie wieder zurück bekommen. »Fertig«, riss mich Jamies stolz klingende Stimme aus meinen Gedanken. Wie nicht anders erwartet, hatte er ein grandioses Kunstwerk geschaf-

fen. Sandras lange lockigen Haare wurden mit jeweils einer silbernen, mit kleinen blauen Edelsteinen besetzten Haarspange links und rechts an den Seiten ihres schmalen Kopfes befestigt. Wie auch bei mir, hatte er ihre Augen mit einem tiefen Schwarz umrandet und die Lippen nur dezent betont. An den Wangen trug sie einen Hauch Rouge, was ihre hohe Wangenpartie sehr gut zur Geltung brachte. Kleine, blau funkelnde Ohrstecker waren das I - Pünktchen. Begeistert über Jamies Arbeit tauschte sie mit ihrer Mutter den Platz und verabschiedete sich in ihr Zimmer, um sich umzuziehen.

Knapp eine Stunde war nun schon wieder vergangen, ganze sechzig Minuten, die ich nun schon von Miles getrennt war und ich vermisste ihn bereits wieder sehnlichst. Was er wohl gerade machte? Bestimmt saß er immer noch bei seinem Dad auf der Terrasse und unterhielt sich mit ihm über die neuesten Trends in der Investmentbranche. Abermals schlichen sich all die wundervollen Dinge in meine Gedanken ein, die er in der letzten Zeit zu mir sagte. Dass ich die schönste Frau sei, die er je gesehen hatte, dass er mich liebt ...

Je mehr ich darüber grübelte, umso weniger schreckte es mich ab. Ich sah seine Mom vor mir sitzen, die sich ganz still hielt um Jamie nicht bei seiner Arbeit zu stören und musste dabei wieder an die Worte denken, die sie mir ans Herz legte. Als schließlich die letzte Haarnadel in ihrem dichten, kastanienroten, hochgesteckten Haaren verschwand, hatte ich einen Entschluss gefasst. Miles machte mich glücklich und ich war für jeden winzigen Augenblick dankbar, den ich mit ihm verbringen durfte. Also würde ich mich endlich meinen Ängsten stellen. Ich wollte mich nicht mehr länger hinter meinen Mauern verkriechen und darauf hoffen, dass mir kein Mensch mehr das Herz brechen würde. Nein. Ab jetzt wollte ich nur mehr darauf vertrauen, dass es bei Miles in guten Händen war und mit ihm zusammen nach vorne blicken. Mir war klar, dass Liebe allein nicht genug sein würde, um meine Vergangenheit und die damit verbundenen Grausamkeiten einfach abzuschütteln, doch ich wollte es zumindest versuchen und alles dafür tun, dass das mit uns funktionierte.

»Sieh dir das an, Charlene. Unsere Aphrodite kann wieder lächeln«, Jamies breites Grinsen strahlte mich durch den Spiegel an. Er hatte mich dabei ertappt, wie ich selig vor mir hin lächelte. Den ersten Teil meiner Mauern hatte Miles bereits vor einigen Wochen zum einstürzen gebracht, den Rest riss ich nun selbst nieder. Gott, es fühlte sich großartig an. So musste es einem Vogel ergehen, der erst Jahre lang in einen Käfig gesperrt wurde und dann, Jahre später, in die Freiheit fliegen konnte. Entschlossen und vor Motivation strotzend nahm ich mein halb volles Glas in die Hand und gesellte mich zu den beiden, um nicht so sehr im Abseits zu sitzen. Charlene hatte die Augen geschlossen, sie musste gespürt haben, dass ich mich für ihren Sohn entschieden hatte.Liebevoll tastete sie nach meiner Hand und drückte sich sachte, während ein zufriedenes Lächeln auf ihren Lippen lag. Staunend beobachtete ich Jamies flinke Bewegungen. Im Nu hatte er Charlene ein dezentes Make up verpasst, das dennoch sehr ausdrucksstark war und ihre großartige Ausstrahlung noch mehr zur Geltung brachte. Zuletzt steckte sie sich noch selbst ein paar weiße Perlenohrringe an und betrachte ihr Spiegelbild.

»Du hast mich um zehn Jahre jünger gemacht, mein Lieber«, scherzte sie und küsste Jamie zum Dank auf die Wangen. Dann ließ sie uns allein zurück. Wie ihre Tochter trug auch sie noch ihre Alltagsklamotten, die Zeit drängte bereits und sie eilte davon, um sich umzuziehen.

»Na los, setz dich Schönheit«, sagte Jamie schließlich und schob mir den Stuhl etwas zurück.

»Wage es nicht, eine Cruela Devil aus mir zu machen, ja«, warnte ich ihn lachend, lehnte mich entspannt zurück und schloss die Augen, damit er den leicht verblassten Lidstrich korrigieren konnte.

»Willst du mir etwa drohen?«, grinsend machte er sich an die Arbeit. Es dauerte nur wenigen Minuten, vielleicht auch nur Sekunden, bis er mir die Lippen noch einmal glosste und mich aus seinen Fängen entließ.

»Danke, Jamie«, ich umarmte ihn und hatte irgendwie ein schlechtes Gewissen dabei, ihn allein aufräumen zu lassen,

also sammelte ich die Pinsel ein, die er mitgebracht hatte und reichte sie ihm.
»Ach komm schon Sam, lass das, ich mach das. Such du mal lieber deinen Prinzen, bevor du mir hier noch vor Sehnsucht nach ihm zerfließt.«, grinsend gab er mir einen leichten Schubs in Richtung Türe.
»Ehrlich?«, fragte ich etwas unsicher, ich kann auch noch hier bleiben ...«
»Klar, jetzt hau schon ab.«
Noch bevor er es sich doch noch anders überlegen konnte, war ich auch schon zur Tür raus gegangen. Ich folgte den wirr durcheinander plappernden Stimmen, die an mein Ohr drangen und hoffte, ihn dort zu finden. Doch als ich den großen, mit etlichen runden Tischen bestückten Saal betrat, aus dem die lauten Geräusche kamen, sah ich ihn nirgendwo. Stattdessen stöckelte Annette auf mich zu.
»Kleines, da bist du ja, ich wollte schon sehen, wo du steckst.« Der Klang ihrer Stimme war wie immer äußerst rau und kratzig, bestimmt hatte sie wieder zu viel geraucht. Ich wusste ja noch nicht einmal, dass sie auch eingeladen wurde, oder doch? Angestrengt versuchte ich mich daran zu erinnern, gut möglich, dass sie es sogar erwähnt hatte, aber ich mit meinen Gedanken wieder ganz weit weg war.
»Annette, schön dich zu sehen. Dein Kleid ist ja umwerfend.« Wie nicht anders zu erwarten, stahl die Millionärin beinahe jeder anwesenden Frau die Show. Das Kleid, das sie trug, war zwar für meinen Geschmack viel zu kurz und zu dick aufgetragen. Der weiße Stoff war beinahe gänzlich mit kleinen Perlen besetzt und verdeckte gerade noch so ihren Hintern. Eins war mir jetzt schon klar, für die Paparazzi würde dies bestimmt ein prächtiges Festmahl werden, zu dem Annette nicht die einzige war, bei der ein Hintern Blitzer voraussehbar war. Mein Blick schweifte immer wieder durch den Raum, ohne Erfolg. Wo zum Teufel steckte er bloß?
»Suchst du etwa Miles?«, fragte sie mich schließlich und nippte an ihrem Glas.
Ich nickte. »Ja, weißt du wo er steckt?«

»Vorhin war er no ...«, sie wollte mir gerade antworten, als sich auch schon zwei Arme von hinten um meinen Bauch schlangen und weiche Bartstoppeln über meinen Hals kratzten.
»Hast du mich etwa schon vermisst, Baby?« raunte er in mein Ohr.
Etwas peinlich berührt davon, dass er mich vor Annette aufzugeilen versuchte, räusperte ich mich und murmelte etwas vor mich hin, das wie ein »mhmmm ...«, klang.
»Oh, hallo Annette«, begrüßte er sie stumpf, woraufhin sie nur nickte.
»Ich lass euch beide lieber mal wieder alleine ...«, mit ihrem fast schon nackten Hintern wackelnd, mischte sie sich unter die anderen Gäste, die sich bereits in Scharen eingefunden hatten. Gott, war mir das peinlich. Es war immerhin das erste Mal, dass Annette uns zusammen gesehen hatte, hoffentlich bahnte sich da nun keine neue Katastrophe an. Abermals spürte ich Miles Lippen, die über meinen Hals hinauf glitten.
»Miles ...«, kicherte ich, »... doch nicht hier.«
»Tut mir leid Baby, aber du warst so lange weg, dass ich schon Entzugserscheinungen habe. Ich kann einfach nicht anders ...«
Genau in dem Moment, als ich ihn gerade ein weiteres Mal abwimmeln wollte, verstummten die lauten Gespräche, das wilde Getümmel ordnete sich langsam und die Bühne, die weit weg von uns errichtet war, erstrahlte im grellen Licht der Scheinwerfer, die darauf gerichtet waren.
»Komm mit ...«, er nahm mich an der Hand, ging im Laufschritt zur Tür raus, wo mich der Blitz einer Kamera für einen kleinen Moment erblinden ließ und machte erst im Privatbereich des Hauses wieder Halt.
»Miles, um Gottes Willen, was soll das werden?«, jauchzte ich vor Schreck, als er mich gegen eine Wand drückte und sich eng an mich drängte. »Ich will dich, Baby. Jetzt!«
»Jetzt? Du meinst also hier?«, ich sah an ihm vorbei in den Flur, in dem wir so eng aneinander gepresst standen. Das konnte er doch nicht ernst meinen!
Der Gang führe direkt in alle anderen Räume. Was, wenn uns wer erwischen würde? Sein Dad zum Beispiel, oder vielleicht

sogar seine Mum. War Sandra überhaupt schon wieder aus ihrem Zimmer gekommen?
»Nein Miles, auf keinen Fall«, sagte ich eine Spur zu schroff. Erneut brachte sein Atem an meinen Hals meine Haut zum kribbeln. Ja. Verdammt, ich wollte es doch auch.
»Lass uns wo anders hingehen Miles, irgendwohin, wo uns keiner überraschen kann.«
Sein zufriedenes Lächeln berührte mein Haut, schnell umfasste er meine Hand, zog mich ein weiteres Mal hinter sich her. Sein Schritttempo war hoch, schnell eilten wir den langen Flur entlang, bis er schließlich eine Tür öffnete. Der Raum war von den blickdichten Rollos abgedunkelt. Man konnte gerade mal die Umrisse eines breiten Bettes und einer Kommode erkennen. Das war doch wohl nicht das Schlafzimmer seiner Eltern? Bei dem Gedanken versteifte ich mich ein wenig. Miles mochte vielleicht abgebrüht sein, aber so etwas hätte ich ihm auf keinen Fall zugetraut.
»Wo sind wir hier Miles?«, fragte ich vorsichtshalber nach. Er drückte auf einen Lichtschalter neben der Tür. Ich blinzelte, meine Augen mussten sich erst an das helle Licht gewöhnen, dann atmete ich geräuschlos auf. Die gerahmten Abschlusszeugnisse und sämtliche Auszeichnungen, die an den Wänden hingen, gehörten niemals in ein Elternschlafzimmer. Ich kniff die Augen etwas zusammen, durch die winzige Schrift der Dokumente konnte ich nur schwer erkennen, für welche Leistungen sie ausgestellt wurden, doch zumindest war Miles Namen halbwegs leserlich für mich. Wir standen also in seinem alten Kinderzimmer. Noch bevor ich mich weiter staunend umsehen konnte, hatte er mich auch schon an den Hüften gepackt und an sich ran gezogen. Eine Hand auf mein rundes Hinterteil gelegt, strich er mit der andren meinen Rücken hoch, tastete nach dem Reißverschluss meines Kleides und öffnete ihn langsam. Gierig sog er den Duft des Parfüms auf, das ich aufgetragen hatte.
»Endlich ...«, wisperte er dicht an meinem Ohr, »darauf warte ich schon seit der Anprobe.«
Seufzend streckte ich ihm meinen Hals entgegen, um mehr

von der köstlichen Liebkosung zu fühlen. Seine Hände umfassten meine Brüste, ehe er mir den Stoff, der sie verdeckte, behutsam abstreifte. Das Kleid hängte er sorgfältig über die Lehne eines Stuhls. Ich wollte noch aus meinen hochhackigen, golden schimmernden Schuhen schlüpfen, als er mich stoppte.
»Lass die an! Und die Strümpfe auch.«, der raue Tonfall seiner Stimme jagte mir einen angenehmen Schauer über meinen nackten Rücken. Ich fühlte, wie sich meine Brustwarzen nach seiner Zunge lechzten und sich aufrichteten. Gott er sollte sich endlich diese lästigen Klamotten ausziehen, damit er sich endlich auf mich stürzen konnte. Ich konnte nicht mehr länger warten, platzte fast vor Lust auf ihn und nahm die Sache schließlich selbst in die Hand. Hastig machte ich mich daran, die Knöpfe von seinem Hemd zu öffnen, doch er zog sich zurück.
Irritiert blickte ich ihn an.
»Wir haben nicht viel Zeit Baby, ich will dich zum kommen bringen, das genügt mir fürs Erste. Um meinen Orgasmus kümmern wir uns später, wenn wir wieder zu Hause sind.« Seinem Satz folgte ein inniger, fordernder Kuss, der mich nichts mehr weiter sagen ließ.
Alles in mir verzehrte sich so sehr nach ihm, dass ich nichts anderes mehr konnte, als mich seinen Verführungskünsten hinzugeben. Er drängte seine Zunge zwischen meine Lippen, drängte mich rückwärts an die Bettkante bis meine Knie nachgaben und ich rücklings in die weiche Matratze sank. Miles verschwendete keine Zeit. Sein Mund arbeitete sich meine Brust hinab, über meinen vor Erregung angespannten Bauch zu dem transparenten, azurblauen Höschen vor, das ich trug und zerrte lüstern mit den Zähnen daran. Gott, hoffentlich hatte er nicht vor, es zu zerreißen. Nein. Stattdessen leckte er über den feinen Stoff, was mich bis ins Mark erschauern ließ, dann hakte er seine Daumen in den mit Spitze besetzten Saum und zog es mir über die Hüften hinab aus und legte es beiseite.
»Mhmmm ... Baby ich liebe es, wenn du so feucht bist ...«, sei-

nem Raunen folgte ein Finger, der meine Schamlippen spreizte. Sachte drang er damit in mich ein. Am Anfang nur langsam, kreisend. Was für eine traumhafte Folter. Dann gab er mir endlich was ich wollte, sein Rhythmus wurde schneller, immer tiefer, fester drang er in mich ein. Er trieb mich immer wieder bis an den Beginn meines langersehnten Höhepunktes, ich war kurz davor mich zu verlieren, doch er ließ es nicht zu. Schraubte das Tempo wieder runter, kreiste dafür zusätzlich mit dem Daumen langsam über meinen Kitzler und quälte mich weiter. Es schien kein Ende in Sicht zu sein, ich winselte, wandte mich hin und her, wollte endlich den Kopf verlieren und unter seinen Berührungen zerfließen. Seine zweite Hand hatte sich inzwischen einen Weg unter meinen Bh gebahnt, streichelte über die zarte Haut, erfasste jeden Quadratzentimeter davon. Obwohl ich ihn durch meine geschlossenen Augen nicht sehen konnte, spürte ich, dass sein Blick an mir haftete und jede meiner nach ihm verzerrenden Windungen mit Freuden beobachtete.
»Lass mich endlich kommen, verdammt«, meine Lust hatte sich schon mit einer Prise Wut vermischt.
»Das wurde auch Zeit ...«, raunte er an meine Vulva ehe er sein Gesicht in meinen Schoß hinab senkte und ich mir einen Schrei verkneifen musste, als seine Zunge über meinen Kitzler glitt. Endlich, endlich war es so weit. Gierig sog er an meiner Perle, drang gleichzeitig mit zwei Fingern in mich ein und strich mit dem Daumen der anderen Hand über eine meiner Brustwarzen. Abermals stand ich kurz vor meiner Erlösung, der Druck auf meiner Klit wurde größer, mein Atem wurde langsamer, als er mich völlig unerwartet in die dunkle Warze zwickte und ich in Flammen aufging. Der leichte, sengende Schmerz breitete sich in meinem gesamten Körper aus und ebbte mit einem aufregenden Prickeln unter meiner Haut wieder ab. Das Kribbeln erreichte meinen nassen Schoß und ich erbebte. Meine Zehen krümmten sich vor der Masse an Empfindungen, die in mir ausbrachen. Für den Bruchteil einer Sekunde kam es mir vor, als ob er mich ins Universum katapultiert hätte. Keuchend kehrte ich schlussendlich wieder zu

ihm zurück. Miles hauchte mir einen Kuss auf die immer noch geschlossenen Augenlider.

»Aufwachen, Prinzessin«, wisperte er und schmiegte sich an mich. Bis jetzt war ich noch der festen Überzeugung, dass er sein Sex Level nicht noch mehr steigern konnte, doch das, was er gerade mit mir angestellt hatte, übertraf alles, was wir bis jetzt miteinander erlebt hatten. Womöglich lag es auch an der Entscheidung, die ich zuvor getroffen hatte. Auf jeden Fall fühlte es sich gut an, so wie es war. Ich versuchte, dieses wundervolle, befreite Gefühl noch einige Sekunden fest zu halten, öffnete dann aber doch die Augen und sah direkt in sein wunderschönes Gesicht.

»Baby, versprich mir, dass nur ich dich zu einem Orgasmus bringen darf.«

Ich sah ihn an und verspürte weder Angst noch Zweifel. Lächelnd näherte ich mich seinen halb geöffneten, vollen Lippen, küsste ihn aber nicht.

»Ich verspreche es dir ...«, flüsterte ich stattdessen und küsste ihn erst danach zärtlich, um mein Versprechen zu besiegeln. Tausend Schmetterlinge flatterten in diesem Augenblick durch meinen Bauch. Wir wussten beide, dass dies der Zuspruch war, auf den er so geduldig gewartet hatte.

»Komm Baby, du musst dich wieder anziehen. Ich wette, meine Mum sucht schon nach uns.« Hoffentlich nicht, fügte ich in meinen Gedanken hinzu und schälte mich wieder in mein hautenges Kleid. Miles zog mir den Reißverschluss hoch, zupfte mir die Frisur etwas zurecht, dann waren wir auch schon wieder weg. Wir hatten den Veranstaltungssaal eben erst betreten, als Jamie uns auch schon entdeckt hatte. Ein Glas Wein in der Hand kam er auf uns zu.

»Ich habe ihr das Haus gezeigt«, erklärte sich Miles schnell, bevor ich wieder ins Stottern geraten würde.

»So rosig wie ihre Wangen sind, hast du ihr wohl eher dein Zimmer gezeigt«, grinste sein Kumpel ihn an.

»Würde es dir was ausmachen, wenn ich dir deine Traumfrau für einen Moment nach draußen entführe? Ich habe keinen Bock darauf, mich allein zu den qualmenden Senioren da draußen zu stellen.«, er nickte zu der Glasfront, durch die man in den Garten blicken konnte, wo eine Gruppe älterer Herren ihre Zigarren rauchten.

»Schon in Ordnung, ich denke, eine Kippe würde ihr jetzt ganz gut tun«, er drückte mir zum Abschied einen Kuss auf die Stirn und mischte sich unter die Gäste. Jamie und ich gingen in die entgegengesetzte Richtung, raus in den Garten, suchten uns ein ruhiges Plätzchen, ein Stück weiter entfernt von den anderen Rauchern und zündeten uns eine Kippe an. Man tat das gut. Die letzte Zigarette hatte ich geraucht, als Jamie bei uns war um mich für den Abend fertig zu machen. Seither waren schon wieder einige Stunden vergangen. Den Rauch inhalierend sah ich ihn mir von der Seite an. Im Gegensatz zu vorher, sah er nur viel seriöser aus. Was mir bestimmt nur so vorkam, weil er den Großteil seiner Tattoos unter seinem roten Hemd versteckt hatte. Selbst die sonst so wüst aussehenden Haare, hatte er sich für den besonderen Anlass nach hinten gekämmt. Sein Look erinnerte mich an irgendjemand Berühmten, dessen Name mir gerade nicht einfiel. Auf alle Fälle sah er todschick aus.

»Seid ihr jetzt wirklich zusammen, du und Miles?«
Gute Frage, dachte ich und zuckte mit den Schultern.
»Denke schon, ja ... aber er weiß noch nicht, dass ich es versuchen will.«
Verdutzt sah er mich an.
»Wie er weiß es noch nicht?«
Meine Antwort ließ auf sich warten, ich nahm noch einen Zug von der Zigarette in meiner Hand und blies den Rauch in die Luft.
»Na ja, bis jetzt habe ich dieses Thema immer gemieden, oder bin ausgewichen, wenn er von Beziehungen geredet hat.«
Jamie musste lachen. »Ach, du bist also auch so ein, von Beziehungen geschädigtes, Wrack wie er?«
»Mehr oder weniger«, wich ich dem unangenehmen Thema aus, auf das Jamie gerade raus wollte. Keine Ahnung warum, aber plötzlich schmeckte mir der herbe Geschmack der Zigarette nicht mehr. Die Hälfte davon dämpfte ich aus und

behielt den verglühten Rest davon in meiner Hand, um ihn beim zurück gehen in einem Aschenbecher zu entsorgen. Zu meinem Glück rauchte Jamie viel schneller als ich, ihm fehlte noch ein letzter Zug bis zum Filter.
»Wollen wir wieder reingehen?«, fragte ich ihn und nickte dabei zu den offen stehenden Glastüren, die in den Saal zurück führten.
»Ja klar, kein Problem.«, schnell rauchte er den letzten Zug seiner Kippe, schnippte den Stummel weg und stand auf. Da war er wieder, der Rebell in ihm. Als ich sah, wie er den schönen, gepflegten Rasen so unachtsam verschmutzte, juckte es mich schon in den Fingern, mich zu bücken und den weggeworfenen Filter aufzuheben. Doch Jamie kam mir zuvor. Mein Missfallen darüber musste ihm wohl aufgefallen sein. Flink tat er es mir nach und hob das bisschen Müll wieder auf.
»Sorry«, nuschelte er etwas beschämt. Wortlos schlenderten wir wieder zum Haus zurück.
Mittlerweile war die Dunkelheit schon angebrochen, hell strahlende Fackeln tauchten den Garten in ein warmes, hell strahlendes Licht. Wir entsorgten die Kippen und kamen genau rechtzeitig zum Essen wieder zurück.
»Gib Miles Bescheid, dass ich gleich zurück bin ja? Ich gehe mir noch eben die Hände waschen.«
»Ist gut, bis dann.« In Wahrheit musste ich schon verdammt dringend auf die Toilette, doch zu sagen, dass ich mir schon fast in den Slip gemacht hätte, fand ich dann doch etwas peinlich. Eilig schlängelte ich mich an den Gruppen von Akademikern vorbei, die sich im Eingangsbereich tummelten und hielt Ausschau nach etwas, was mir die Suche nach der Damentoilette etwas vereinfachen würde, als ich hinter mir jemanden meinen Namen rufen hörte.
»Samantha, warte«, keuchend von dem enormen Schritttempo das sie zugelegt hatte, stand Sandra plötzlich neben mir.
»Oh Hi …«, begrüßte ich sie und hielt insgeheim die Luft an, um bloß keinen Tropfen zu verlieren.
Sie bemerkte meine etwas verzwickte Haltung. »Suchst du das Klo?«

Ich nickte.

»Komm mit, ich halte es selbst kaum noch länger aus«, kichernd ging sie neben mir her und schob die Männer beiseite, die sich ihr in den Weg stellten, um mit ihr zu flirten.

»Diese alten Säcke sind echt nicht mein Fall. Aber Mom hört ja nicht auf mich, wenn ich ihr sage, dass sie die Leute aus den Nobelclubs auch mal ruhig einladen könnte.«

Ihr Satz wurde immer wieder von leisen, ziemlich niedlich klingenden Schluckauf Geräuschen unterbrochen. Schien ja fast so, als wäre sie schon etwas angeheitert gewesen. Als wir die Toiletten erreicht hatten, verließen zwei rassige Frauen den Raum. Beide hatten schwarze Haare und makellose Gesichter und warfen mir sehr deutlich abschätzige, arrogante Blicke zu.

Sandra grüßte sie mit einem knappen Nicken.

»Kennst du die beiden?«, fragte ich sie, als die Tür hinter uns ins Schloss fiel.

»Die rechte, mit den monströsen Titten, ist Annette Dubrovkys Schwester, Sylvia. Die andere muss wohl eine Bekannte von ihr sein. Die kenne ich nicht persönlich, habe sie aber schon öfter in dem Club gesehen, in dem ich tanze.«

Das Annette mir noch nie von ihrer Schwester erzählt hatte wunderte mich, aber noch mehr verblüffte mich Sandras Erwähnung von ihrem Job. Wir waren bereits beide jeweils in eine der zwei abgeschlossenen Kabinen gegangen, als ich dem Ganzen noch einmal etwas auf den Grund ging.

»Du tanzt?«, fragte ich sie also vorsichtig und riss zwei Blätter der Papierrolle neben mir ab.

»Ja, ich mache Poledance. Damit finanziere ich mir die Hälfte meines Studiums.«

»Ach, du studierst noch? Miles erzählte mir, dass du als Grafikerin arbeitest.«

Mittlerweile standen wir wieder in dem kleinen Waschraum, kontrollierten unser Make up im Spiegel und unterhielten uns weiter. »Das tue ich auch. Aber nur drei Mal die Woche. Als ich damals mein Kunststudium abgeschlossen und nach meinem Abschluss nicht wusste, wie es weitergehen soll-

te, habe ich noch ein Jura Studium begonnen. Die zwei Jobs mache ich nur, weil ich mich von Mom und Dad nicht aushalten lassen möchte. Ich will selbst was auf die Beine stellen, verstehst du?«Das verstand ich sehr gut. Ich war selbst auch nicht anders, Cassandra hatte mir höchstens dreißig Prozent der Studiengebühren bezahlt, den Rest habe ich mir selbst erarbeitet. Ich nickte. »Deine Einstellung gefällt mir. Vielleicht besuche ich dich mal in dem Club, in dem du arbeitest.«
»Da bin ich ja mal gespannt.«
Lachend stöckelten wir zurück in den Saal, wo uns auch gleich der Duft des leckeren Essens, das soeben serviert wurde, in die Nasen stieg. Es roch so verdammt verführerisch nach frischen Hummer, dass ich es nicht erwarten konnte, endlich an unseren Tisch zu kommen. Ich sah mich nach Miles um und als ich ihn endlich entdeckte, bemerkte ich, dass er sich mit jemanden unterhielt. Miles breiter Rücken versperrte mir die Sicht, sodass ich trotz aller Anstrengung nicht erkennen konnte, wer da vor ihm stand. Bestimmt geht es wieder ums Geschäft, dachte ich, nahm währenddessen neben Sandra Platz und machte mir keine weiteren Gedanken mehr darüber. Als eine der Servicekräfte endlich auch unseren Tisch erreichte, jedem einen Teller Hummersuppe, die mit Chili abgeschmeckt war, servierte, war der Platz neben mir immer noch leer. Nur wenige Gäste standen noch an den Bars oder in kleinen Grüppchen beisammen. Miles war einer davon, er hatte sich bisher nicht vom Fleck gerührt. Wild gestikulierte er mit den Armen, es machte den Anschein, als würde er sich mit der unbekannten Person vor ihm streiten, oder in eine tiefgründige Diskussion verwickelt sein. Das würde diesem Sturkopf, tatsächlich ähnlich sehen. Langsam wurde ich doch etwas ungeduldig. Mit wem zum Teufel redet er da? Ich hatte mich so sehr auf ihn konzentriert, dass ich den jungen Mann, der neben Sandra Platz genommen hatte, erst jetzt registrierte. Er kam mir so bekannt vor. Die dunklen Haare, die markante, schmale Nase ..., ich war mir sicher, dass ich ihn schon einmal irgendwo gesehen hatte. Die beiden bemerkten meine neugierigen Blicke, unterbrachen ihre Unterhaltung und sahen mich an.

»Hey, Samantha richtig?«, er zog seine Hand unter dem Tisch hervor, griff über den Tisch und reichte sie mir zur Begrüßung.
»Ja, richtig. Und du bist?«, fragte ich ihn und blickte kurz zwischen den beiden hin und her.
»Dan Parker, wir haben uns bei Breadly´s schon mal kurz gesehen.«
Nun klingelte es. Parker, Miles Geschäftspartner.
»Ach ja, ich erinnere mich. Freut mich, dich kennen zu lernen, Dan.«
Scheinbar wusste er nur, dass ich Miles kannte, ansonsten hätte er es wohl nicht gewagt, vor meinen Augen mit Sandra zu flirten. Immerhin wusste ich von Cherry, dass sie mit ihm geschlafen hatte und sie sich regelmäßig sahen. Oder hatte ich in der Zwischenzeit schon wieder etwas verpasst? Vielleicht haben sie ihre anbahnende Beziehung beendet, noch bevor sie erst begonnen hatte. Grübelnd löffelte ich meine Suppe fertig. Endlich nahm auch Miles neben mir Platz. Schnell blickte ich noch zu der Stelle rüber, wo er eben noch stand, um einen Blick auf die unbekannte Person zu erhaschen, mit der er sich so lange unterhalten hatte. Es war Sylvia, der ich vorhin bei den Toiletten begegnet war. Wieder hatte sie dieses hasserfüllte Funkeln in den Augen, blickte aber gleich darauf weg, strich sich eine lange, glatte Haarsträhne hinters Ohr und gesellte sich zu Annette, die drei Tische weiter ihren Platz hatte. Ich wusste nicht, was es war, aber irgendetwas sagte mir, dass Miles und dieses unsympathische Weib mir etwas verheimlichten.
»Baby, tut mir leid. Aber ich musste noch was klären.« Sein sonst so liebevoller Kuss fühlte sich nun etwas anders an, aufgezwungener, so als hätte er das Gefühl, er müsste mich nun küssen, damit ich keine Fragen stellte. Ich wollte uns den Abend nicht versauen, also ließ ich es darauf beruhen und hoffte, dass er sich mir im richtigen Moment selbst anvertrauen würde.
»Samantha, ist es wahr, dass du das Projekt um Annette Dubrovskys Haus angenommen hast?«, fragte mich Sandra über den Tisch hinweg. Den Mund voll mit einem Stück Lachs,

das ich mir soeben in den Mund geschoben hatte, nickte ich nur und sah sie an.

»Kommst du klar mit ihr?«, hakte sie weiter nach, nippte an ihrem Glas und wartete gespannt auf meine Antwort. Ich schluckte und spülte den Rest meines Essens mit etwas Wein runter.

»Wir verstehen uns ganz gut, ja.« Sie sah mich etwas unglaubwürdig an.

»Oh, das wundert mich ...«, sagte sie dann, blickte schnell zu Miles, dann wieder mich an. Wusste sie etwa über die beiden Bescheid?! Gott war mir das peinlich.

»Warum wundert dich das?«, ich hoffte so sehr, dass sie nun etwas simples sagen würde, wie „nur so", oder „war nur so ein Gedanke", aber nein, stattdessen beugte sie sich ein kleines Stück weiter über den Tisch, sodass Außenstehende nichts mitbekommen konnten, dann begann sie einen halben Ton leiser zu sprechen. »Na ja, seitdem sie über mich und Dan Bescheid weiß, ist sie eifersüchtig. Sie wollte mich immer für sich alleine haben.«

Was?, dachte ich und stellte mir gleichzeitig noch die Frage, ob ich sie nun tatsächlich richtig verstanden hatte. Hüstelnd stellte ich das Weinglas, das ich eben noch zum Trinken an meinen Lippen angesetzt hatte, auf dem Tisch ab.

»Wie meinst du das jetzt? ...«, stotterte ich völlig verlegen und mit hochroten Wangen. Drei grinsende Gesichter sahen mich nun an. Oh nein, das war also wirklich ihr Ernst.

»Baby, Annette steht nicht nur auf Playboys sie hat ebenso eine Schwäche für unwiderstehliche Frauen«, schmunzelnd ließ er seinen Blick erst zu seiner Schwester, dann wieder zu mir schweifen.

»Oh, okay, das wusste ich nicht.«

Mehr konnte ich nun wirklich nicht dazu sagen. Das Annette gewisse Vorlieben hatte, was ihr Sexleben betraf, wusste ich ja schon seit geraumer Zeit, aber dass sie erst mit Miles ins Bett stieg und sich danach von seiner Schwester verführen ließ, das war mir neu und vollkommen suspekt. Das Sandras Grund aber Dan war, machte mir durchaus mehr Sorgen. Wie

um alles in der Welt sollte ich das Cherry erklären? Oder sollte ich ihr die Sache vielleicht sogar verheimlichen? Mir war klar, dass ich noch ewig darüber grübeln würde, wollte mich aber nicht an dem Abend damit herum schlagen. Also musste ich mich entweder um einen Themenwechsel kümmern, oder schnellstmöglichst abhauen. Zweiteres war mir, aufgrund der Luft, die mir immer stickiger zu werden schien, die bessere Variante.
»Leute, ich gehe mal eben auf die Toilette ...«, flunkerte ich. Sandra sah mich etwas verwirrt an, als ich meine Stoffserviette auf den Tisch legte und meinen Stuhl zurück schob, um aufzustehen.
»Du warst doch eben erst auf dem Klo ...«, sagte sie deswegen und blickte mich mit einem solch intensiven Blick an, dass ich Mühe hatte, sie weiter anzulügen ohne aufzufliegen.
»Ja ich weiß, schätze der viele Wein ist schuld«, freundlich zwinkernd verabschiedete ich mich von der Gruppe, eilte zum Ausgang und schnorrte mir von einem Mitte vierzig jährigen Kerl eine Zigarette und ging weiter, während er sich noch ein Stück tiefer in den Rattan Sessel sinken ließ. Ich hingegen ging , an den Platz zurück, wo ich davor schon mit Jamie war.
»Shit!«, fluchte ich als ich bemerkte, dass ich zwar eine Kippe hatte, aber dafür ohne Feuerzeug da stand. Oh man, was für ein Abend. Gott sei Dank hatte ich eine gute Ausrede, um mich hier raus zu schleichen. Alleine schon der frische, klare Sauerstoff, den ich gierig aufsog, war eine kleine Notlüge wert.
»Hey ...«, ich sah auf und Jamie stand, wie aus dem Nichts aufgetaucht, vor mir
»Ist ziemlich warm da drinnen, was?«, er sah die Kippe in meiner Hand und reichte mir Feuer. Wenn er so weitermachte, würde er noch die Rolle meines Retters einnehmen. Erst das Angebot, mein Make up noch einmal aufzufrischen, jetzt das Feuerzeug, nach dem ich mich kurz vorher noch fluchend umgesehen hatte.
»Danke. Ja, ist kaum auszuhalten dort.«
»Darf ich mich setzen?«, fragte er höflich und nahm neben mir Platz, nachdem ich zusagend nickte. Ein leichter Luft-

zug wehte die Stimmen der anderen Gäste, die noch im Saal saßen, zu uns herüber. Ein lautes, tiefes Lachen durchbrach den regelmäßigen Lärmpegel und Jamie musste gleichzeitig mit mir anfangen zu lachen. Das Geräusch klang einfach zu ulkig, um es ignorieren zu können.

»Sei ehrlich Samantha, warum bist du wirklich so fluchtartig in den Garten gestürmt?« Ich konzentrierte mich auf den Boden, fixierte einen kleinen weißen Kieselstein, der sich zwischen den grünen Gräsern verirrt hatte und ließ etwas Zeit verstreichen, ehe ich meinen Kopf hob und starr geradeaus zum Haus blickte.

»Sandra hat mir von der Affäre erzählt, die sie mit Annette hatte. Und das Annette nicht gerade erfreut darüber war, als Sandra sie wegen Dan stehen gelassen hat.«

»Hmm, okay. Und was stört dich so daran?«, nachdenklich rieb er sich das bärtige Kinn, nahm einen tiefen Zug seiner Kippe und starrte, wie ich, geradeaus.

»Naja ...«, fing ich zögernd zu reden an, »... meine beste Freundin Cherry hat mir noch vor wenigen Tagen voller Euphorie von Dan erzählt. Für mich klang es so, als wären sie schon so etwas wie ein Paar.« Laut lachend zog er abermals an seiner Kippe.

»Deine Freundin muss ganz schön naiv sein, wenn sie denkt, dass Dan Parker ein Beziehungstyp ist.«

»Ich verstehe nicht. Was meinst du damit, Jamie?«

»Also gut, hör zu. Ich kenne Dan ungefähr so lange wie Miles, also fast mein ganzes Leben lang und ich schwöre dir, ich habe ihn noch nie länger als drei Tage mit der gleichen Frau gesehen. Nach drei Tagen wird ihm das ganze Charmeur spielen entweder zu langweilig und er serviert sie ab, oder er hat die Dame damit um den Finger gewickelt, gefickt und lässt sie dann stehen. Das Spielchen wiederholt er immer wieder.«

Was für ein verdammtes Arschloch, dachte ich und dämpfte den letzten kleinen Rest meiner Kippe aus. Mir war klar, dass Cherry Rotz und Wasser heulen würde, wenn ich ihr davon erzählen musste. Verheimlichen wollte ich ihr diese neuen Erkenntnisse über ihren Lover nicht.

»Und Sandra? Will er mit ihr jetzt das Gleiche abziehen?«, fragte ich, da mir die beiden, vorhin am Tisch, schon sehr vertraut vorkamen.
Jamie schüttelte den Kopf.
»Nein, Sandra ist immer so etwas wie seine Reserve, wenn er eben gerade sonst nichts am Start hat.«
Mit weit aufgerissenen Augen starrte ich ihn an. »Und das weiß sie?«
»Ja, klar. Sie mag für Charlene und Mark vielleicht immer das brave, artige Töchterlein spielen, aber in Wahrheit ist sie selbst nur ein abgezocktes Luder.«
Dass Sandra nicht das brave Mädchen von nebenan war, das sie vor ihren Eltern mimte, wurde mir spätestens klar, als sie mir von ihrem zweiten Job erzählte. Doch dass sie tatsächlich so abgebrüht war, hörte ich zum ersten Mal. In meinen Augen war ihr Verhalten nur dumm. Ich könnte nicht mehr ruhig schlafen, wenn ich wüsste, dass Miles sich gleichzeitig mit einer anderen vergnügen würde und ich ihn nur zu Gesicht bekäme, wenn kein anderes Flittchen zur Verfügung stand.
Mittlerweile hatte sich ein Teil der geladenen Gäste auch schon im Garten breit gemacht. Fünf Männer in Anzügen schleppten ihre Instrumente auf die Bühne und stimmten sich aufeinander ein.
»Yes, endlich kann ich dieses verfluchte, hässliche Ding abnehmen«, grinsend zerrte er an seiner Krawatte und zog sie sich über den Kopf. Der seidene Stoff verschwand in seiner Hosentasche. Wir hatten uns schon wieder völlig verquatscht und das Dessert womöglich sogar verpasst. So wie es aussah, gab es jetzt noch eine Aftershow Party. Wir blieben noch einen Moment lang an unserem ruhigen Plätzchen sitzen, dann mussten wir uns wohl oder übel auch wieder unter die Gäste mischen. Zusammen machten wir uns auf die Suche nach Miles und den anderen. Den Rest des Abends versuchte ich mir meinen Groll über Dans unverschämtes, niveauloses Verhalten nicht anmerken zu lassen, sondern konzentrierte mich stattdessen auf Miles, der mir nicht mehr von der Seite wich.
Es war kurz vor Mitternacht, die Hälfte der Gäste waren schon

leicht angetrunken, als ein lautes wütendes Geschrei alle verstummen ließ. Es klang wie ein furchtbarer Streit, der gleich zu eskalieren drohte. Angestrengt versuchte ich die Stimmen zu erkennen, die durch die verglasten Türen des Hauses drangen, als Luke, stockbesoffen und mit einer Flasche hochprozentigen Wodka in der Hand, in den Garten torkelte.

»Ne-i-in Mark, ich will diesem Arschloch sofort die Meinung sagen«, schrie er seinen Vater an, der hinter ihm herlief und ihn aufzuhalten versuchte. Sein Gesicht war vor Scham errötet, er konnte ihn nicht mehr fassen und blieb hilflos im Türrahmen stehen. Mit, vor Schreck, stocksteif gewordenen Gliedern sah ich zu, wie Luke auf Miles zu wankte. Seine Augen waren voller Hass, zornig beschleunigte er sein Tempo. Dann ging alles rasend schnell. Ich wurde zur Seite geschubst, stolperte und fiel zu Boden, ebenso wie die halbleere Flasche in Lukes Hand.

»Luk ...«, wollte Miles ihn noch besänftigen, doch es war zu spät.

Lukes Hände packten Miles Kragen und sie krachten beide rangelnd auf den Boden. Mir stockte der Atem, erschrokken schrie ich auf und hielt mir, wie Miles Mutter, die Hand vors Gesicht. Keiner der Gäste wusste, was sie tun sollten. Geschockt umklammerten sie ihre Gläser und starrten die beiden Brüder an. Miles wollte sich aus Lukes festem Griff befreien, doch es war zwecklos, er saß bereits auf ihm, drückte Miles Körper mit aller Kraft in den Boden und drosch auf ihn ein. Es war schrecklich. Verzweifelt suchte ich nach Jamie.

»Du verdammtes Arschloch, wirst noch alles bereuen.«, brachte Luke zwischen den vor Wut zusammen gebissenen Zähnen hervor und verpasste Miles den nächsten Kinnhaken.

»Bitte, helft ihm doch ...«, schrie ich und blickte die wenigen Gäste an, die noch hier waren. Der Rest von ihnen war bereits geflüchtet. Endlich kam Mark aus dem Haus zurück, er hatte sich Jamie zur Hilfe geholt, um die beiden auseinander zu bekommen.

»Luke, hör auf damit ...«, schrie sein Vater ihn an, erpackte seinen Ziehsohn an dem ausgeblichenen Shirt, das Luke

trug um ihn davon abzuhalten, ein weiteres Mal auf Miles einzuschlagen.
»Er darf nicht mit ihr zusammen sein. Sie wird an ihm zerbrechen, so wie alle an ihm zerbrochen sind.«, Luke war am Ende seiner Kräfte, der Alkohol lähmte seine Zunge und man verstand ihn kaum noch. Miles Mutter war währenddessen zu ihrem Sohn gelaufen, der sich vor Schmerzen auf dem Boden krümmte. Er hielt sich die Hand vors Gesicht, um den Blutstrom zu stoppen, der aus seiner Nase floss.
»Mark, bring Luke von hier weg und ruf einen Arzt, schnell.« Miles hatte sich nun schon wieder etwas gefangen, schmerzverzerrt richtete er sich etwas auf. »Nein Mom, schon gut, es geht schon ...«, wollte er seine Mutter beruhigen, doch die duldete keine Widerrede.
»Baby, geht es dir gut?«, fragte er mich dann besorgt. Ich sah ihn nur an, nickte stumm und spürte sogleich, wie mir die Tränen über die Wangen flossen. Der Schock saß mir noch in den Knochen und ich brachte kein einziges Wort über die Lippen. Im Augenwinkel sah ich, wie Mark und Jamie meinen, immer noch wütend um sich schlagenden, Arbeitskollegen aus dem Garten zerrten. Es verstrichen einige Minuten, bis die beiden wieder zu uns zurück kamen.
»Luke sitzt im Taxi und der Arzt ist schon unterwegs«, liebevoll und voller Mitgefühl streichelte Mark über Charlenes Rücken.
»Hier, das sollte ihm bis dahin helfen«, sagte Jamie, drückte Charlene eine Packung gefrorener Erbsen in die Hand , bevor er sich mir zu wandte.
»Komm Aphrodite, ich habe dir eine Decke mitgebracht«, beklommen griff ich nach seiner Hand und stand auf. Ich zitterte wie Espenlaub, was bestimmt nicht allein an der kühlen Nacht lag, sondern viel mehr an dem Schrecken, den mir Luke eingejagt hatte. Mein Blick schweifte zu Miles. Eigentlich sollte ich doch bei ihm bleiben. Zumindest bis der Arzt hier war. Doch er schenkte mir ein schwaches Lächeln. »Geh nur und wärme dich etwas auf, ich komme schon klar.« Jamie legte seinen Arm um meine Schulter und führte mich ins Haus. Wir

gingen durch den Saal, durchquerten die hell beleuchtete Eingangshalle und endeten etwas weiter hinten in dem Privatbereich der Villa. Der Raum, in dem wir uns schließlich auf einem gemütlichen Sofa niederließen, sah aus, als ob es die Bibliothek oder ein Büro war. An den Wänden stand jeweils ein großes, breites Bücherregal, das bis an die Decke ragte. Es war genauso wie das Regal in Miles Wohnung auch bis obenhin mit Büchern voll geräumt. Gegenüber der Tür, direkt am Fenster, stand ein schwerer, robuster Schreibtisch. Anders als mein Arbeitsplatz, war er jedoch ordentlich aufgeräumt, jeder Stift und jedes Stück Papier hatte seinen Platz. Von der gemütlichen Atmosphäre umgeben, fühlte ich mich auch gleich wieder ein kleines bisschen besser.
Doch das Zittern hörte erst auf, als Jamie mir eine Decke gab. Erschöpft schlüpfte ich aus den hohen Schuhen und zog die Beine an meinen Bauch.
»Hier«, sagte Jamie mit ruhiger Stimme. Er reichte mir eine Zigarette und gab mir Feuer. »Danke.«
Gott tat das gut. Langsam beruhigte ich mich wieder.
»Hat Luke noch irgendetwas zu dir gesagt, als ihr ihn raus gebracht habt?«
»Nein.«, beteuerte er mir, zündete sich seine eigene Kippe an und setzte sie an seinen Lippen an. Jamies Augen waren etwas gerötet, er hatte reichlich viel getrunken. Doch jetzt, nach dem Drama, wirkte er wieder relativ nüchtern und schien klar bei Verstand zu sein.
»Hmm … okay«, sagte ich, inspizierte meine rot lackierten Zehennägel und hoffte, dass er mir trotzdem noch mehr dazu sagen würde. Es dauerte auch nicht lange, bis Jamie wieder das Wort ergriff.
»Es war nicht richtig von ihm her zu kommen, nicht so … «, er redete nicht weiter, doch ich wusste, dass er noch etwas hinzufügen wollte. Also hakte ich nach.
»Aber …? «, fragte ich.
»Na ja, ich verstehe ihn auch, irgendwie.« Er wagte es nicht, mich dabei anzusehen. Wahrscheinlich ahnte er bereits, dass ich seine Meinung nicht mit ihm teilen konnte. Denn im Gegen-

satz zu ihm, konnte ich Lukes Auftritt vorhin nicht verstehen, immerhin hätte er Miles beinahe krankenhausreif geprügelt.
»Wie meinst du das, du verstehst ihn?«
Jamie nahm die selbe Sitzposition wie ich ein, schlüpfte aus den Lackschuhen, die er trug und zog die Beine an seine Brust.
»Denk doch mal daran, was sich bei ihm in den letzten Jahren alles angestaut hat. Der Mann ist frustriert und das schon seit Jahren. Als er damals mit Lucia durchgebrannt ist, war er jung und vielleicht nur ein wenig verknallt, das war bloß eine einfache Schwärmerei. Aber Lisa hat er über alles geliebt und Miles hat ihm mit seiner Racheaktion alles zerstört.« Ich nickte. Einerseits hatte Jamie schon Recht mit dem, was er sagte, aber andererseits hatte Luke seinem Bruder das selbe angetan. Die letzte Dosis Nikotin strömte durch meine Lungen.
Jamie stand auf, holte einen Aschenbecher, der auf dem breiten Sekretär stand und ich dämpfte den glühenden Rest darin aus.
»Ich verstehe nur nicht, warum er meinte, dass Miles nicht mit mir zusammen sein darf«, sagte ich schließlich und sah Jamie an, der nun wieder neben mir saß und sich an die Rückenlehne lehnte.
»Ganz einfach, er erträgt den Gedanken nicht, dass Miles wieder glücklich ist und er wegen ihm die Chance auf sein eigenes Glück verloren hat.«
Ruhig, hörte ich ihm zu und ließ mir seine Gedanken noch einmal durch den Kopf gehen. Er hatte Recht. Luke war nicht eifersüchtig auf mich. Nein. Es war die Einsamkeit, die ihn mit einem Mal einholte.
Nach dem Gespräch mit Jamie konnte ich Luke zwar etwas besser verstehen, seine Wut nach empfinden, unsre Freundschaft aber würde von dem Abend an einen tiefen Riss haben und ich wusste nicht, ob es jemals wieder so wie früher sein könnte.
Die Tür ging auf und Mark trat in den Raum. Er sah mitgenommen und erschöpft aus. Lukes Aufstand hatte ihm mehr zugesetzt, als er zugeben wollte.
»Störe ich?«, fragte er. Wir schüttelten den Kopf und er setz-

te sich zu uns, fuhr sich mit beiden Händen durchs Haar und seufzte.
»Dr. Campton ist gerade ins Auto gestiegen.« Ich wurde hellhörig, blickte ihn an.
»Wie geht es Miles?«, wollte ich wissen.
»Den Umständen entsprechend gut. Seine Nase ist gebrochen, er liegt in seinem Zimmer und schläft vermutlich schon.« Erleichtert atmete ich auf. Gott sei Dank.
»Du kannst heute Nacht gerne hier bei uns bleiben, Samantha. Charlene hat dir bereits ein paar bequeme, frische Klamotten in Miles Schlafzimmer gelegt, sie würde sich freuen, wenn du bleibst«, sein Lächeln war ehrlich, aufrichtig. Ich erwiderte es.
»Ich bleibe gerne, Mark.«
Allmählich merkte ich, wie mich die Müdigkeit in ihren Bann zog. Meine Augenlider wurden immer schwerer und ich fühlte mich auch irgendwie ausgelaugt. Schlafen war in diesem Moment das Einzige, an das ich noch denken konnte.
»Würde es euch etwas ausmachen, wenn ich euch schon alleine lasse?«, fragte ich die beiden und hatte Mühe, noch wach zu bleiben.
»Nein, nein schon gut. Gehe du mal ins Bett«, erwiderte Jamie und lächelte mich freundlich an.
»Gut, danke. Schlaft schön.«
»Du auch«, sagten die beiden im Chor und blieben alleine zurück.

DREIZEHN

Auf leisen Sohlen apste ich in Miles Zimmer, schlüpfte aus meinem Kleid und ging mit den Sachen, die mir Charlene auf die Kommode gelegt hatte, ins angrenzende Bad. Noch nie hatte ich mich so sehr auf eine heiße Dusche gefreut. Danach fühlte ich mich auch schon um einiges besser, zumindest konnte ich mich aufwärmen und zitterte nicht mehr, wie zuvor. Ich putzte mir die Zähne, schlüpfte in die Yoga Hose und das pinke Shirt, das ich auf dem Waschtisch gelegt hatte und ging in das dunkle Schlafzimmer zurück. Mir blutete das Herz, als ich die Nachttischlampe anmachte und Miles, sonst so schönes, mit Blutergüssen übersätes Gesicht sah. Er tat mir so unsagbar leid. Behutsam strich ich über seine Wange.
»Ohne mich, wäre dir das nie passiert …«, flüsterte ich und konnte meine Tränen nicht mehr länger zurückhalten. Leise weinte ich in mich hinein.
»Shhhh … Baby«, wisperte er plötzlich, öffnete die Augen und sah mich an.
»Ich wusste, dass er mir irgendwann mal eine verpassen würde, er hat mich nur überrumpelt.«
Verdutzt blinzelte ich meine Tränen weg und setzte mich im Schneidersitz neben ihn. Ich hatte mich schon gewundert, warum er sich nicht gegen Lukes Angriff gewehrt hat.
»Hast du dich deswegen nicht dagegen gewehrt?«, fragte ich.
»Mhm-mhm, ich hab ihm ja damals auch eine verpasst, als er Lucia gefickt hat. Jetzt sind wir Quitt.«
»Also denkst du, dass er dich nicht mehr angreifen wird?«
»Ich bin mir fast sicher, dass das ein für alle mal geklärt ist. Ich bin ihm ja auch nicht mehr wirklich böse wegen Lucia«, verdutzt sah ich ihn an.
»Nicht?«
Er schüttelte den Kopf, richtete sich auf, legte seine Hand an meine Wange und sah mir in die Augen.
»Nein. Weil ich jetzt dich habe und mehr brauche ich nicht. Lucia ist Vergangenheit, du bist meine Gegenwart und meine Zukunft.« Dann küsste er mich.

»Eigentlich hätte ich dir die Mousse au Chocolate einpacken lassen, damit wir sie zu Hause essen können. Jetzt muss ich wohl auf die Schokolade verzichten und dich dafür vernaschen.«
Mit einem Mal hatte er mich auch schon unter seinem nackten Körper begraben.
»Aber Miles, ... deine Schmerzen.«, wollte ich ihn abhalten.
»Heile mich, Baby.«
Schon lag er zwischen meinen angewinkelten Beinen und liebkoste meinen Bauchnabel, ehe er seine Wanderschaft fortsetzte und mit seinen Zähnen am Bund meiner Hose zerrte. Gott, ja, dachte ich und biss mir vor Erregung auf die Unterlippe. Er nahm seine Hände zur Hilfe, streifte mir das Stück Stoff mitsamt dem Ersatzslip, den ich immer in meiner Handtasche versteckt hielt, ab und warf beide Kleidungsstücke auf den Fußboden. Der Schein der Nachttischlampe hüllte unsere Körper in warmes, gedämpftes Licht. Ich hob den Kopf und wagte einen Blick hinab auf meine gespreizten Beine. Sein Anblick, wie er die Hände in meine weichen Schenkel gekrallt, den Kopf hinab zu meiner Vulva gesenkt, völlig nackt zwischen meinen Beinen lag, raubte mir den Atem. Sein fester Hintern war zur Hälfte vom Schatten der Vorhänge bedeckt und um seine Beine raffte sich noch die dünne Bettdecke, unter der er zuvor noch tief und fest schlummerte.Seine Zunge glitt über meine Klitoris. Ich erschauderte, krallte mich ins Laken und sank wieder in das weiche Kopfkissen zurück. Gierig drang er damit in mich ein, kostete jeden Quadratzentimeter von mir und brachte mich damit beinahe zum schreien. Ich keuchte, fühlte, wie sich sämtliche Härchen vor Erregung aufstellten und ich eine Gänsehaut bekam. Es war so wundervoll. Seine Zunge zog sich wieder aus mir zurück. Liebevoll küsste er die Innenseite meiner Schenkel und kniete sich schließlich vor mich hin.
»Baby, dreh dich um. Ich will dich von hinten.«
»Miles, ich ...«, noch bevor ich ihn davon abhalten konnte mich anal zu nehmen, wisperte er auch schon ein leises »Shhhh ..., ich tue dir nicht weh.«, an meine Schenkel und ich folgte sei-

nem Befehl, drehte mich um, blickte nach vorne und streckte ihm mein Hinterteil entgegen. Ich spürte, wie er mit der Spitze seines Penises von meinem Steißbein weg über den geschwungenen Hügel hinab streifte. Mein Atem wurde träger, langsamer und nervös wartete ich, dass er in mich eindrang. Doch anders als erwartet drängte er sich zwischen meine tropfnassen Schamlippen und füllte mich mit einem einzigen Stoß schon vollends aus. Ich stöhnte auf. Er war so verdammt tief in mir, dass es schon fast schmerzte.

Eine Hand fest um meinen Bauch geschlungen, drang er ein weiteres Mal in mich ein. Mit der anderen stimulierte er weiter meinen empfindlichen Kitzler. Diese köstliche Kombination war kaum zu ertragen und ich war kurz davor zu kommen, als ich seinen heißen Atem an meinem gestreckten Rücken spürte und biss in das Kissen vor mir, um nicht laut aufzuschreien. Seine Lippen wanderten weiter nach oben, küssten meine Schulterblätter, vibrierten durch sein Stöhnen an meiner erhitzten Haut. Es war der reinste Wahnsinn. So erotisch, heiß und leidenschaftlich. In diesem Augenblick gab es nur uns. Miles, mich und unsere Körper, die sich auf die wohl erdenklich schönste Weise miteinander vereinten. Glückshormone durchströmten meinen Körper, willig nahm ich Miles Schwanz wieder und wieder in mir auf, lechzte nur so nach seinen Stößen. Mein wiegendes Becken passte sich seinem Rhythmus perfekt an. Der Schweiß perlte uns von der Haut, unser Stöhnen klang durch den Raum, gemeinsam ließen wir uns von unserer Ekstase treiben. Ein sanfter Luftzug, es war nur ein Hauch, wehte durchs halb offene Fenster, kroch über meinen entblößten Rücken, Miles Daumen rieb über die feuchte, überaus empfindliche Haut meines Kitzlers und ich ließ mich fallen, fühlte wie mich ein berauschender Höhepunkt überkam. Ich zitterte, bebte am ganzen Körper, spürte die Überdosis Adrenalin, die durch meine Adern schoss und Miles, der sich pulsierend in mir ergoss. Atemlos sanken wir in die Matratze. Nach einigen Minuten, in denen die frische Nachtluft, die durchs Fenster strömte, uns etwas abkühlte und alleine unser Atem zu hören war, wälzte sich Miles wieder von mir runter.

Er legte sich neben mich, stütze seinen Kopf auf seine Hand und sah mich an.
»Ich liebe dich, Samantha«, flüsterte er und zog mit seinem Zeigefinger kleine Kreise auf meinem flachen Bauch, der sich noch immer hektisch hob und senkte. Bei seinen Worten ging mir das Herz auf, ja es kam mir vor, als würde es gleich zerspringen, so sehr war es mit den Gefühlen gefüllt, die er in mir auslöste. Dann, es war plötzlich ganz einfach, fühlte sich sogar richtig an und vor allem kam es tief aus meinem Herzen, erwiderte ich ihm zum ersten Mal seine Liebe. »Ich liebe dich auch, Miles.«
Ich blickte in seine Augen, versank in dem wunderschönen Blau seiner Iris und sah, wie der von den Fäden der Unsicherheit gesponnene Schleier darin verblasste. Er sagte nichts, kein Wort und doch wusste ich, wie glücklich ich ihn mit meinem Geständnis machte. Das war er also, der Schritt nach vorne, von dem ich nicht gedacht hätte, dass ich es jemals wieder wagen würde, ihn zu gehen. Glücklich aber völlig erschöpft fielen wir eng umschlungen in den Schlaf. Als ich am nächsten Morgen aufwachte und Miles verletztes Gesicht noch einmal bei Tageslicht sah, schreckte ich hoch. Es hatte ihn schlimmer erwischt, als ich erst dachte. Ich beschloss, ihn weiter schlafen zu lassen, zog mich an und schlich aus dem Zimmer. Als ich leise die Tür hinter mir schloss, hörte ich bereits die Stimmen von Charlene und Mark. Ich folgte dem Geräusch, blieb kurz vor der Türe stehen, die einen Spalt offen war und lauschte.
»Mark, du musst mit ihm reden, er hat ein Recht darauf, es zu erfahren ...«, Charlenes Stimme klang, anders als sonst, aufgebracht, wenn nicht sogar verärgert.
»Nein! Er hat auch das Recht auf sein Glück und ich werde der letzte sein, der ihm das zerstört. Jetzt lass uns die Diskussion beenden, bevor die Kinder wach werden und er noch selbst davon erfährt.«
Stille trat ein. Die beiden unterhielten sich eindeutig über Miles, aber was sollte er nicht erfahren? War es was schlimmes? Ich wollte nicht auffliegen, ließ erst ein paar Minuten

verstreichen, bevor ich die Tür öffnete, gähnte und die beiden mit einem gespielt müden und freundlich klingenden »Guten Morgen«, begrüßte. Die beiden würden schon wissen, was das beste für ihren Sohn sei. Früher oder später würde ich schon noch erfahren, wovon sie eben gesprochen hatten. Bis dahin beschloss ich, den Mund zu halten und die Ahnungslose zu spielen.

»Guten Morgen Samantha, schläft Miles noch?«, fragte mich Charlene, stellte einen Stapel Frühstücksteller auf den Tisch und ging wieder zurück zum Herd, um den nächsten Pancake, der in der Pfanne vor ihr lag, zu wenden.

Ich nickte. »Ja, der Streit gestern hat ihn doch ziemlich mitgenommen.«

»Verständlich«, erwiderte Mark. Er wirkte angespannt. Im Gegensatz zu seiner Frau, konnte er seinen Ärger nicht so leicht überspielen. Mit zusammengebissenen Zähnen verteilte er die Teller auf dem Tisch und holte das fehlende Besteck aus einer Schublade.

»Setz dich doch Samantha, ich habe für uns alle Frühstück gemacht. Soll ich dir einen Kaffee machen?«

»Das wäre lieb, danke«, mit müden Knochen ließ ich mich auf einem der vielen Stühlen nieder, die um die breite Tafel herum aufgereiht waren.

»Wo ist Sandra? Schläft sie noch?«, fragte ich beiläufig, um das Gespräch aufrecht zu erhalten.

»Nein, sie ist mit Dan verschwunden, als Luke aufgetaucht ist. Sie erträgt seinen Anblick immer noch nicht, aber ich denke, es geht ihr gut.« Mit einem Augenzwinkern reichte sie mir eine heiße, dampfende Tasse Kaffee und balancierte mir einen fantastisch duftenden Pancake auf den Teller. Erst jetzt bemerkte ich, wie hungrig ich bereits war. Der stark aromatisierte Kaffee machte mich langsam aber sicher wach. Gott sei Dank hatte ich am Vorabend nicht all zu viel getrunken, so blieb mir der Kater erspart, den ich sonst immer ertragen musste, wenn ich zum Alkohol griff. So genoss ich also das Frühstück, hörte Charlene zu, wie sie die Melodie eines Chart Hits, der aus dem kleinen Küchenradio oben auf dem Kühlschrank drang und

versuchte trotz den Turbulenzen, die es letzte Nacht gab, gut gelaunt in den Sonntag zu starten. Als sich dann noch zwei nackte Arme um meine Schulter legten, war ich mir sicher, dass es nichts mehr gab, was mir diesen Tag noch vermiesen könnte. Ich neigte meinen Kopf etwas zurück und sah direkt in Miles strahlende Augen.
»Guten Morgen, Baby ...«, lächelte er mich an, küsste meine Lippen und setzte sich auf den Stuhl, der direkt neben meinem stand.
»Morgen Schatz«, begrüßte ich ihn und wunderte mich, wie einfach mir der liebliche Kosename über die Lippen kam. Es war, als hätte ich ihn noch nie anders genannt. Meine Mundwinkel gingen auch prompt nach oben und ohne es zu wollen, grinste ich schon fast dämlich vor mich hin. Gott, was stellte er bloß mit mir an, dachte ich und kam mir beinahe vor, als wäre ich noch im Grundschulalter und zum aller ersten Mal bis über beide Ohren verknallt. Wobei das mit Miles und mir viel mehr war, als eine bloße Schwärmerei, es war Liebe. Charlene hatte unsere Blicke bemerkt, sie strahlte mit uns um die Wette, drückte Miles eine Tasse Kaffee in die Hand und gab ihm einen Kuss auf die völlig zerzausten Haare, die nebenbei bemerkt, so ungestylt verdammt sexy aussahen.
»Danke, Mom.«, sie nickte, ging zurück an den Herd und holte die restlichen Pancakes, um sie auf unseren Tellern zu verteilen, dann setzte sie sich neben ihren Gatten. Das gemeinsame Frühstück war Neuland für mich. Vielleicht konnte ich mich auch einfach nicht mehr daran erinnern, aber so weit ich zurück denken konnte, gab es in meiner Familie nie so etwas, wie ein gemütliches Zusammen sein. Cassandra hatte sich dauernd mit Dad gestritten, ihn und mich durchs Haus gescheucht. Mein Vater ergriff dann meist die Flucht nach draußen, sah zu, dass er so schnell wie möglich zur Arbeit fahren konnte und sie verzog sich ins Badezimmer, um sich für die gierigen Blicke anderer Männer hübsch zu machen. Letztendlich machte ich mir dann immer selbst eine Schüssel voll Cornflakes, setzte mich damit alleine in die Küche und verließ das Haus, sobald der Schulbus um die Ecke bog. Was

seine Eltern betraf, war Miles also im Gegensatz zu mir ein wahrer Glückspilz.

Es war schon kurz nach zehn Uhr, als wir alle unsere Teller leer geputzt hatten und Miles sich ins Bad verabschiedete, um sich fertig zu machen.

»Baby, packe du doch schon mal dein Zeug zusammen, wenn ich fertig bin fahren wir nach Hause.« Ich nickte.

»Danke für alles«, wandte ich mich noch einmal an Charlene und Mark.

»Immer wieder gerne, meine Liebe. Ich hoffe, wir sehen uns bald wieder«, zwinkernd lächelte sie mich an.

»Bestimmt«, beteuerte ich ihr, drehte mich auf der Stelle um und ging den Weg zurück in Miles Zimmer.

Ich war schnell fertig, hängte mir das Kleid über den Arm, nahm die Heels in die andere Hand und vertrieb mir die Wartezeit, bis Miles aus der Dusche kommen würde damit, das ich mit meinem Smartphone etwas im Internet surfte. Überrascht stellte ich fest, dass bereits ein Teil der Fotos, die am Vorabend geschossen wurden, ins Netz gestellt wurden. Auf ein paar war Sandra zu sehen, wie sie mit Dan flirtete, doch der Großteil der Onlinemagazine war mit Bildern zugepflastert auf denen Miles mit mir zu sehen war. Auf fast jedem Schnappschuss hatte er einen Arm um meine Hüfte gelegt, oder seine Hände um meine geschlossen, ja sogar einen Kuss hatten sie geknipst. Stolz vor mich her lächelnd tippte ich mich durch die verschiedenen Seiten. Bis mir mit einem Mal das Herz beinahe stehen blieb und mir das Lächeln gefror. Auf einer der Titelseiten war nicht ich mit Miles zu sehen, nein, es war Sylvia, Annettes Schwester. Doch es war nicht das Bild, was mich so schockierte, da ich mich wieder an die Situation erinnern konnte, in der es gemacht wurde. Viel mehr ärgerte ich mich über den Titel, der mir in riesigen, leuchtend roten Buchstaben ins Auge stach.

Miles Taylor begehrt nicht nur eine Frau.

Aufgebracht las ich den Text, der darunter verfasst wurde. So wie es aussieht, scheint der begehrte Junggeselle Miles Taylor seinem alten Muster als Frauenheld, trotz der neu gefunde-

nen Liebe, treu zu bleiben. Ist Sylvia Shatterstorm seine neue Geliebte? Mir wurde übel, grässlich übel und ich hatte das Gefühl, den Boden unter meinen Füßen zu verlieren. Obwohl ich mich darauf eingestellt hatte, dass sich sämtliche Boulevard Zeitungen das Maul über uns zerreißen würden, sobald wir uns gemeinsam der Öffentlichkeit zeigten, riss mich dieser Artikel im ersten Moment völlig vom Hocker. Miles kam ins Zimmer zurück, das Wasser tropfte ihm noch von den nassen Haaren, er sah mich an und kam sofort auf mich zugestürzt.
»Baby, was ist passiert?«, fragte er und ich hörte die Sorge, die sich hinter seinen Worten versteckte. Sein Kopf neigte sich auf das Handy in meiner Hand hinab.
»Zeig her«, sagte er schließlich und nahm es mir weg. Mit zusammen gezogenen Augenbrauen las er den Artikel, der mich so aus der Bahn geworfen hatte.
»Diese verlogenen Aasgeier!«, fluchte er und warf mein Smartphone auf das Bett, auf dem wir saßen.
»Lass das bloß nicht zu sehr an dich ran Baby, hörst du?«, mitfühlend legte er zwei Finger unter mein Kinn und hob es etwas an, sodass ich ihm in die Augen sehen musste. Zögerlich nickte ich.
»Gut, die fressen dich sonst noch auf.« Ich musste lachen.
»Daran muss ich mich wohl gewöhnen, hm?« Er grinste.
»Spätestens wenn wir verheiratet sind, werden sie gelangweilt von uns sein.« Verheiratet? Ich? Was für eine ulkige Vorstellung. Beziehungsgestörte, kontrollsüchtige Innenarchitektin heiratet den wohl größten Playboy der Stadt. Wieder konnte ich mir ein Lachen nicht verkneifen.
»Das ist mein ernst Baby, irgendwann wirst du meine Frau werden.«
Und war sie wieder, langsam schlich sie sich in mein Innerstes, schleppte die Steine der Mauern, die ich erst abgerissen hatte, wieder heran und lachte sich dabei frech ins Fäustchen. Meine Angst. Es war nicht die Art von Angst, die ich sonst verspürte, nein. Diesmal fürchtete ich mich nicht davor, einen Schritt weiter nach vorne zu machen, sondern viel mehr, dass Miles sein Versprechen nicht einhalten würde. Selbst wenn

mir die Vorstellung, jemals in einem Brautkleid vor einem Altar zu stehen, noch äußerst fremd und suspekt vorkam, so war ich mir sicher, dass er der Einzige war, zu dem ich jemals »Ja« sagen würde.

»Komm Baby, lass uns fahren«, er stand auf, reichte mir die Hand und zusammen gingen wir aus seinem ehemaligen Kinderzimmer.

Die Straßen waren ruhig, ein, zwei Ampeln hielten uns auf, dann konnten wir auch wieder weiter zu Miles Wohnung fahren. Durch den flüssigen Verkehr fuhren wir etwa dreißig Minuten später in die Tiefgarage. Er parkte den Wagen, ich schlüpfte in das Paar Ballerinas, die ich mir gestern vor der Abfahrt zu seinen Eltern noch auf die Rückbank geschmissen hatte und fuhren schließlich mit dem Aufzug hoch. Richtig fit fühlte ich mich immer noch nicht. Es ging mir zwar besser, als vor ein paar Stunden, aber ich konnte die Belastung des letzten Abends immer noch in meinen Knochen spüren. Die Schuhe stellte ich im Eingangsbereich ab, tappte auf nackten Sohlen weiter bis zur Couch. Seufzend lehnte ich mich in die breiten, weichen Kissen zurück.

»Baby, ich müsste noch etwas für die Arbeit erledigen, aber wenn du willst, lass ich dir vorher noch ein Bad ein, dann kannst du dich etwas entspannen.«

Ich wälzte mich zur Seite, sah ihn an und schenkte ihm ein schwaches, mühsames Lächeln. »Gerne.«

»Gut.«

Kurz darauf hörte ich auch schon das Rauschen des Wassers. Etwas Entspannung würde mir tatsächlich gut tun. Träge, wie ein Sack voll Steine, erhob ich mich wieder und trottete dem Geräusch nach ins Bad, wo mich auch gleich ein verführerischer Duft willkommen hieß. Ich blieb kurz im Türrahmen stehen, atmete einmal tief ein, aber konnte den Geruch nichts zuordnen, was ich so in der Art kannte.

»Riecht gut, was?«

»Ja, was ist das?«, fragte ich nach und zog mir dabei mein Top über den Kopf.

»Honigmilch mit Orangenblätter. Das lockert deine verspann-

ten Muskeln ...«, er stellte sich hinter mich, legte seine rauen Hände auf meine Schultern und knetete sie leicht.
»Und danach, wenn ich fertig bin, bekommst du noch eine Massage von mir.«
Er hauchte mir einen Kuss in den Nacken, verabschiedete sich so und verschwand. Die Erschöpfung überkam mich immer mehr, mühsam schälte ich mich aus den restlichen Klamotten, ließ sie achtlos auf dem beheizten, schwarzen Fliesenboden liegen und tauchte langsam, mit den Zehenspitzen voran, ins Wasser ein. Es hatte exakt die richtige Temperatur, schön heiß, so wie ich es liebte. Ich setzte mich, lehnte mich entspannt zurück und stellte dann das laute Geplätscher ab. Die Stille, durch die das Rauschen des Wassers ersetzt wurde, entlockte mir ein leises Seufzen. Nach und nach erholte ich mich von den Strapazen der letzten Stunden. In kreisenden Bewegungen seifte ich meinen Körper ein, strich mit dem weichen, mit Badewasser vollgesogenen, Schwamm über jeden Zentimeter meines Körpers. Mein Atem wurde langsamer, die verkrampften Muskeln lockerten sich. Die Haut an meinen Fingern war schon runzelig, vom Wasser aufgeweicht. Ich sollte wieder rausgehen, mich abtrocknen und zu ihm gehen. Schon nach nicht einmal dreißig Minuten, in denen er nicht an meiner Seite war, vermisste ich ihn bereits wieder sehnlichst. Er war wie eine Droge, ohne existierendes Gegenmittel. Und selbst wenn es ein Mittel gegen diese Sucht gegeben hätte, hätte ich mich dagegen gewehrt es einzunehmen, weil ich ihn brauchte. Ein Handtuch um die Taille gewickelt und ein kleineres als Turban um den Kopf geschlungen, machte ich mich auf die Suche nach ihm. Das Penthouse war riesig, ich war mir sicher, dass ich noch nicht einmal die Hälfte der Räumlichkeiten zu Gesicht bekommen hatte. Ich ging die Treppe hoch ins Obergeschoss, als ich sah, dass die Tür zum Schlafzimmer offen stand. Ich wusste, dass er da drinnen war, lugte trotzdem vorsichtig durch den offenen Spalt, da ich es einfach liebte, ihn zu beobachten. Barfuß und nur mit einer der bequemen Jogginghosen bekleidet, die ich selber so gerne trug, hockte er im Schneidersitz auf dem Bett. Konzentriert

blickte er auf das Tablet in seiner Hand, krauste dabei manchmal nachdenklich die Stirn, strich mit seinem Finger über das Display und las weiter. Er hatte mich noch nicht bemerkt und wenn doch, spielte er die Rolle des Ahnungslosen perfekt. Anders als zuvor sah auch er jetzt viel entspannter aus. In seine Gedanken vertieft, strich er sich über das bärtige Kinn. Mein Blick fiel auf seinen durchtrainierten Oberkörper, zog dabei den Saum des Handtuches, das meine Blöße verdeckte weiter nach oben und fühlte wieder dieses altbekannte Kribbeln in meinem Bauch.

Er allein war es, dem dieses wundervolle Gefühl gebührte, dessen Liebe ich nie wieder missen wollte. Miles hatte das Gerät inzwischen aus den Händen gelegt. Er wusste, dass ich vor der Tür stand.

»Baby, du musst mich nicht heimlich beobachten. Ich wette, dass du viel mehr davon hast, wenn du zu mir kommst.« Ich errötete, fühlte mich ertappt. Ich drückte die Tür auf, die sich mit einem leisen Quietschen öffnete und ging zu ihm. Kniete mich neben ihm aufs Bett und lehnte mich an seine breite Schulter.

»Fühlst du dich schon besser?«, fragte er und lehnte seinen Kopf an meinen. »Ja, viel besser. Danke.« Sachte löste er sich für einen Moment aus unserer kuscheligen Position, angelte das Smartphone aus seiner Hosentasche und legte es neben das Tablet, das er vorher auf den Nachttisch, der neben dem Bett stand, gelegt hatte. Dann kam er wieder zu mir zurück, drückte mich sanft zurück in die weichen Kissen und schmiegte sich an mich. Schöner konnte ein Moment nicht mehr sein. Es gab nur uns und die Stille um uns herum, kein Lärm, keine lästigen Fotografen, alles was in diesem Augenblick zählte, waren wir und die Liebe, die uns verband. Ich war immer noch halb nackt und das Handtuch, auf dem er lag, war feucht und nass, doch das schien ihm egal gewesen zu sein. Sein Kopf lag auf meiner Brust und ich konnte seinen Herzschlag fühlen, dieses Herz schlug ganz allein für mich. Es kam mir vor, als wären Stunden vergangen, bis er sich wieder von mir erhob und sich aufrichtete.

»Wollen wir uns einen Film ansehen? Ich könnte uns dazu eine Tasse heiße Schokolade machen.«
Bei »heißer Schokolade« hatte er mich bereits von seinem Vorschlag überzeugt.
»Ja, gerne«, nickte ich eifrig. Ich löste den Turban auf meinem Kopf und trocknete mir mit dem Handtuch die Haarspitzen, sodass das Wasser nicht mehr weiter auf meine Haut tropfte.
»Gut, ich bin gleich wieder da«, mit einem Satz war er auch schon aus dem Bett gesprungen.
»Du kannst dir ja inzwischen überlegen, was wir uns ansehen«, er nickte zu dem, mit verschiedenen Filmen voll gestellten, Regal, das unter dem breiten Flachbildschirm stand und verließ das Zimmer. Bevor ich mich daran machte, die Sammlung zu durchforsten, tappte ich in den angrenzenden begehbaren Kleiderschrank, holte einen String aus einer der vielen Schubladen, schlüpfte in ein kurzärmeliges Oberteil und eine von Miles Jogginghosen und hängte das nasse Handtuch über eine Stuhllehne. Die Reihe an Filmen in dem Regal war schier endlos lang, es dauerte etwas, bis ich mich entschieden hatte. Fünzig erste Dates, eine Liebeskomödie.
Als eingefleischter Adam Sandler Fan griff ich natürlich gleich nach diesem Film. In der Hoffnung, dass ich auch Miles Geschmack getroffen hatte, legte ich die Disk ein, ging auf nackten Sohlen wieder zurück ins Bett, schlüpfte unter die Decke und wartete. Ein leises, störendes Summen, es klang wie ein vibrieren, ertönte plötzlich. Ich versuchte es zu ignorieren, doch nach dem dritten Mal ging es mir schon gehörig auf die Nerven. Ich setzte mich also wieder auf und sah mich nach dem Geräusch um. Miles Handydisplay leuchtete immer wieder auf und tanzte dabei summend auf dem kleinen Tisch. Ich versicherte mich, dass er noch immer in der Küche war, beugte mich über die Bettkante hinaus und spürte, wie die Wut wieder in mir zu brodeln begann.
Sylvia ruft an, war da zu lesen. Ich war versucht, den Anruf entgegen zu nehmen und dieser Pute mal ordentlich zu sagen, was ich von ihren störenden Anrufen hielt. Nämlich gar nichts! Das vibrieren hörte wieder auf. Genervt setzte ich mich wie-

der zurück, lehnte mich an die Kissen hinter meinem Rükken und zog die Decke über meine, zum Bauch herangezogenen, Knie.
Schon auf der Party hatte ich das Gefühl, dass irgendetwas nicht in Ordnung war Dann noch die Diskussion, die Charlene mit Mark hatte. Gab es da etwa einen Zusammenhang, oder täuschte mich mein mulmiges Bauchgefühl gerade? Wie ich diese Angewohnheit, mir immer über alles Gedanken zu machen, hasste. Eigentlich hatte ich mir vorgenommen, diesen Tag völlig entspannt zu genießen. Das WIR, zu dem ich mich erst vor wenigen Stunden entschieden hatte, mal richtig zu genießen. Doch wenn ich nun nicht bald erfahren würde, was sich zwischen den Vieren abspielte, würde ich noch vor lauter Grübeln platzen. Übers ganze Gesicht strahlend stand Miles auch plötzlich wieder im Türrahmen. Er ging zu mir ans Bett ran, reichte mir eine der zwei dampfend heißen Tassen und kroch zu mir unter die Decke. Sein freudestrahlendes Lächeln ging mir sofort unter die Haut und ich brachte es nicht übers Herz, ihn jetzt sofort mit Sylvias Anrufen zu konfrontieren. Also schluckte ich meinen Ärger runter, konzentrierte mich wieder auf uns und versuchte, nicht mehr weiter daran zu denken.
»Na, was sehen wir uns an?«, er machte den Fernseher an und die Startseite von dem Film erstrahlte auf dem Bildschirm.
»Sehr gute Wahl, mein Schatz«, grinste er mich von der Seite an und drückte die Abspieltaste. Sein Kopf ruhte auf meiner Schulter, während meiner auf seinem lag. Es war traumhaft.Trotz allem konnte ich mich aber so gut wie gar nicht auf die Komödie konzentrieren, sondern musste ständig, ja schon fast ununterbrochen, an Sylvia denken. Die Vermutung, dass sie und die hitzige Diskussion von Miles Eltern, die ich mitbekommen hatte, in einem Zusammenhang standen, nagte sehr an mir. In Gedanken versuchte ich eine Erklärung für ihr eigenartiges Verhalten zu finden, doch es gab keine Gründe dafür, bis auf Lukes Ausraster war doch alles gut. Ja, alles war genauso, wie es sein sollte. Wären da nicht die winzigen Gesprächsfetzen gewesen, die ich, neugierig wie ich

nun mal war, aufgeschnappt hatte und nun in meinen Kopf herumspukten.
Er hat das Recht, es zu erfahren ... Charlenes Worte waren ein undurchschaubares Rätsel für mich. Und zum Teufel noch mal, ich hasste Rätsel. Ich wollte immer sofort die Karten auf den Tisch gelegt bekommen, nicht lange um den heißen Brei herum reden müssen. Einfach klipp und klar gesagt bekommen, was Sache war. Während meines Grübelns wurde ich immer stiller, zu still. Der Film stoppte. Miles hatte ihn angehalten, die Lippen fest aufeinander gepresst wandte er mir sein Gesicht zu. Seine Augen fixierten die meinen und ich hatte Mühe, mich dem nicht zu entziehen.
»Samantha, sag mir was los ist!«, sein Blick war leer, ich sah nichts darin, keine Sorge, keine Angst ... nur das tiefe Blau seiner Iris, in das ich am liebsten sofort wieder abgetaucht wäre. Doch ich riss mich am Riemen. Ich war es, die wissen wollte, was los war. Er war derjenige, der davon erzählen musste.
»Das könnte ich dich auch fragen, Miles ...«, sagte ich mit fester Stimme und sprach weiter, als er mich mit angespannter Mimik anstarrte.
»Ich habe deine Eltern heute über dich reden gehört. Und auf deinem Handy leuchten acht verpasste Anrufe von Sylvia auf, mit der du dich auf der Party schon wegen irgendetwas gestritten hast«, sprach ich also weiter.
Ich hatte total ins Schwarze getroffen. Er wusste genau, wovon ich redete. Sein Kiefer mahlte, er wurde blass, blieb aber still und ruhig neben mir sitzen und sagte kein Wort. Er gab noch nicht einmal einen Laut von sich, als ich ihm über die Wange strich.
»Miles, sag mir doch bitte, was los ist. Ich weiß doch, dass die Tracht Prügel, die Luke dir verpasst hat, nicht das einzige ist, was dich bedrückt.« Stumm sah er mich weiter an. Ich wollte gerade einen Zahn zulegen, mehr Druck auslösen, als er tief einatmete und doch noch zu sprechen begann.
»Da läuft nichts mit Sylvia, falls du das denkst ...«, er neigte seinen Kopf hinab zu dem Porzellanbecher, den er krampfhaft mit beiden Händen umschloss. Ich glaubte ihm, er hatte

so hart um meine Liebe gekämpft und wäre dumm, wenn er das aufs Spiel setzen würde.
»Dann sag mir, was los ist! Immerhin sind wir nun ein Paar und ich möchte unsere Beziehung nicht mit einem Geheimnis beginnen.«
»Also gut ...«, fing er an und man merkte sofort, wie unwohl er sich gerade fühlte. Ich wollte ihn ermutigen, ihm zeigen, dass ich für ihn da war, streichelte deswegen zärtlich über seinen nackten Oberarm.
»Ich fange am besten von vorne an«, er räusperte sich.
»Du musst wissen, dass ich Sylvia schon eine ganze Weile lang kenne, beinahe länger als Annette. Früher war sie immer mit uns allen unterwegs, gehörte mehr oder weniger zu meinem Freundeskreis dazu. Am besten verstand sie sich aber mit Lucia, die beiden waren unzertrennlich, so was wie beste Freundinnen.«, ich nickte. Daher kannte er sie also.
»Und über was habt ihr euch gestern so lange unterhalten? Sie schien mir etwas aufgebracht gewesen zu sein.«
Er schluckte. Ich spürte, dass es ihm schwer fiel, mit mir darüber zu reden, aber da musste er nun wohl oder übel durch, ich wollte nicht locker lassen.
»Es ging um Lucia, Sam ...«, sagte er so leise, das ich es kaum verstehen konnte. »Sie ist wieder in London.« Oh nein. Sofort hatte ich sämtliche Szenarien im Kopf, wie er mit mir Schluss machen würde, um wieder zu ihr zurück zu gehen. Alleine die Vorstellung gab mir einen Stich ins Herz. Noch vor ein paar Stunden, es war nicht lange her, beteuerte er mir, dass nicht sie seine Zukunft war, sondern ich. Aber konnte ich ihm das auch glauben? Würde er wieder Gefühle für sie haben, wenn er sie nach so langer Zeit wieder sehen würde? Die vielen Fragen, etliche Gedanken, alles war das reinste Chaos.
»Wirst du wieder zu ihr zurück gehen, Miles?«, fragte ich ihn, sah ihm in die Augen und musste mich zusammenreißen, um mir meine Angst nicht anmerken zu lassen. Kaum hatte ich den Satz ausgesprochen, schüttelte er energisch den Kopf.
»Um Gottes Willen, nein! Ich liebe dich Samantha, nur dich«, mit seinen Händen umfasste er mein Gesicht, blickte in meine

wässrigen Augen und sprach weiter.
»Ich werde dich niemals verlassen Baby, hörst du? Niemals.«
Weiß der Teufel warum, aber ich glaubte ihm, vertraute darauf, dass er für immer an meiner Seite bleiben würde. Erleichtert neigte ich meinen Kopf etwas zur Seite und schmiegte meine Wange in seine warme Hand. Dann sah ich ihn wieder an.
»Aber vielleicht solltest du noch ein letztes Mal mit ihr reden. Reinen Tisch machen.« Überrascht richtete er sich auf und sah mich an. Ich konnte selbst gar nicht fassen, was ich ihm da gerade vorgeschlagen hatte, aber ich dachte, dass es ihm gut tun würde, einen konkreten Schlussstrich zu ziehen. Das alles belastete ihn sehr und würde, genauso wie meine Vergangenheit mit Paul, immer einen Schatten auf unsere Beziehung werfen.
»Willst du wirklich, dass ich mich mit ihr treffe, Baby?«, ich nickte.
»Ja, ich denke, das würde dir gut tun.«
» Okay, ich werde sie anrufen. Aber ich möchte, dass du dabei bist, wenn ich mit ihr rede.«
»Gut.« Jetzt, wo ich die Wahrheit wusste, war mir die Erleichterung ins Gesicht geschrieben.
Natürlich war mir klar, dass dieses Treffen kein Zuckerschlecken für uns werden würde, aber ich war mir sicher, dass wir alles meistern konnten, solange wir nur an einem Strang ziehen würden. Miles legte seinen Arm um meine Schulter und zog mich mit sich zurück in die warmen Kissen. Endlich konnte ich mich wieder besser auf den Film konzentrieren. Der Tag verging wie im Flug. Wir lagen nur faul im Bett, sahen uns drei weitere Komödien an und ich fühlte mich dabei, als wäre ich wieder sechzehn Jahre alt. So, als ob es keine Verpflichtungen, keine Arbeit, ganz einfach nichts gab, was wir tun mussten. Der Abend war schon angebrochen, draußen gingen die Laternen an, die dunklen, von der Nacht umhüllten Straßen erhellten, als sich mein Magen zu Wort meldete. Ich hatte Hunger.
»Haben wir was zu essen hier?«, fragte ich ihn und löste mich

aus seiner Umarmung. »Klar, soll ich uns was kochen?«
»Warum kochen wir nicht gemeinsam?«, grinste ich ihn an.
»Das wäre natürlich noch besser. Los, hoch mit dir«, lachend nahm er meine Hand und zog mich mit sich aus dem kuscheligen Bett. Zusammen schlenderten wir in die Küche. Er machte etwas Musik an, klassischen Rock, warf einen Blick in den Kühlschrank, schloss ihn wieder und seufzte.
»Okay, wir haben nichts hier außer einer Dose Ravioli und etwas Käse.«
ging ich um die Küchentheke herum, kramte einen Dosenöffner aus der Schublade und hielt ihn ihm vor die Nase.
»Gut, dann essen wir eben Ravioli.«
»Du bist fantastisch«, murmelte er in mein zerzaustes Haar, nahm mir das Küchenutensil aus der Hand und machte sich daran, die Dose zu öffnen, die er aus dem Regal über der Spüle nahm.
»Wo hast du die Töpfe versteckt?«, fragte ich, als ich selbst keinen passenden Topf finden konnte.
»Rechts neben dem Herd, Baby. Aber pass auf, wenn du die Tür öffnest, nicht, dass dir noch einer auf den Zeh fällt.«
Ich musste schmunzeln. Scheinbar war ich nicht die einzige, die etwas chaotisch war. Vorsichtig holte ich einen passenden Kochtopf aus dem Schrank, schob die restlichen Pfannen wieder etwas weiter zurück, schloss die Schranktür und stellte ihn auf den Herd. Miles kippte noch den Inhalt der Dose rein, schaltete die Herdplatte ein und drückte mir einen Kochlöffel in die Hand.
»Du kümmerst dich ums Essen und ich hole uns noch eine gute Flasche Wein dazu.«
Nach einem frechen Klaps auf meinen Po drehte er sich auch schon um und bediente sich am Weinregal. Eine gute viertel Stunde später saßen wir auch schon mit jeweils einem Teller voll Ravioli und einem Glas Rotwein am Tisch und aßen.
Mit etwas Salz, Pfeffer und geriebenem Käse schmeckte es gar nicht so übel. Der Geschmack erinnerte mich an meinen Vater. Nach der Scheidung meiner Eltern verbrachte ich fast jedes zweite Wochenende bei meinem Dad. Er war nicht der

beste Koch, also bestellten wir uns entweder was beim Italiener um die Ecke, oder machten uns eine Dose Ravioli auf. Dazu guckten wir uns alte Zeichentrickfilme an und tranken zuckersüße Limonade. Wenn Mom jemals davon gewusst hätte, wäre sie ausgeflippt. Wenn ich bei ihr zu Hause war, durfte ich nur Wasser trinken, alles was süß, ungesund oder nicht frisch vom Gemüsemarkt war, kam ihr nicht ins Haus. Andere würden sagen, dass sie nur eine gute Mutter sein wollte, für mich war sie einfach nur grausam.

»Ich habe noch was für dich«, sagte Miles, stapelte die leeren Teller aufeinander und trug sie in die Küche zurück. Gespannt beobachtete ich, dass er was aus dem Kühlschrank holte und war sichtlich überrascht, als er mit einem Schälchen Mousse au Chocolate und einem Löffel in der Hand zurückkam.

»Ich habs dir einpacken lassen«, grinste er stolz. Gerührt von der aufmerksamen Geste schenkte ich ihm ein Lächeln.

»Das ist lieb, danke.« Ich erwartete, dass er mir den Löffel geben würde, aber da hatte ich mich getäuscht.

»Komm mit, wir essen es im Schlafzimmer.«

Voller Vorfreude und neugierig darauf, was er geplant hatte, folgte ich ihm. Im Schlafzimmer angekommen, stellte er das leckere Dessert auf dem Nachttisch ab, legte den Löffel daneben und streifte seine Hose ab. Was für ein Anblick. Automatisch schälte ich mich ebenso aus meinen Kleidern.

»Leg dich hin, Baby ...«, am Klang seiner rauen, gelassenen Stimme konnte ich hören, wie erregt er bereits wieder war. Meine Haut kribbelte, das Herz pochte einen Takt schneller. Nackt legte ich mich rücklings auf das, von uns zerknitterte, perlweiße Laken. Ich hatte das Gefühl, das bereits Stunden vergangen waren, bis er sich mit der kleinen Dessert Schale in der Hand neben mich kniete.

Mein Blick fiel zwischen seine Beine. Er war schon hart, hoch erregt, behielt seine Hände jedoch immer noch bei sich. Meine Brust hob und senkte sich, so aufgeregt war ich. Miles tunkte die Spitze des Löffels in die köstliche Schokolade und leckte ihn danach genussvoll ab. -Mm – m. Er sah so verdammt heiß dabei aus, dass mir bei seinem Anblick das Wasser im

Mund zusammen lief. In meinen Gedanken konnte ich förmlich schmecken, wie diese Köstlichkeit auf seiner Zunge zerschmolz und der herb süße Geschmack der Schokolade sich in seinem Mund ausbreitete.
»Willst du auch einmal davon kosten, Baby?«, fragte er mich und leckte sich dabei über die Lippen.
»Ja, bitte.«, meine Stimme war nur mehr ein leises Wispern.
»Hmm, gut, aber vorher werde ich noch etwas davon von deinem Körper naschen.«
Instinktiv krallte ich die Finger in das Laken, scharf sog ich die Luft zwischen meinen zusammen gebissenen Zähnen hindurch ein, als er einen Löffel voll davon auf und rund um meinen Bauchnabel verteilte. Er legte den Dessert Löffel zusammen mit der Schale beiseite, ließ seine Augen über meinen nackten, angespannten Körper schweifen und kam näher. Sein Kopf senkte sich auf meinen Bauch hinab. Erst streifte sein heißer Atem meine Haut, ein angenehmer Schauer überkam mich, dann leckte er mit der Zunge über die mit Schokolade bedeckte Stelle. Reflexartig zog ich den Bauch ein, jede einzelne Faser meines Körper war angespannt und wartete darauf, von seiner verführerischen Zunge gereizt und verwöhnt zu werden .Ich sah hinab zu seinem Körper, der zwischen meinen gespreizten Beinen lag, als unsere Blicke sich trafen und ein dreckiges, freches Grinsen über sein Gesicht huschte. Er senkte seine Lippen auf die Schokoladenspur, kroch zu mir hoch und küsste mich damit. Die Süße der Schokolade, gemischt mit dem Geschmack seiner nach Minze schmeckenden Lippen, raubten mir den Verstand.
»Gefällt dir das, Baby?« Hastig nickte ich.
»Willst du noch mehr davon, oder soll ich aufhören?«, fragte er und sah mich an. »Mehr, bitte«, stöhnte ich.
»Schön, dann werden wir jetzt eine Stufe höher gehen. Ich werde dir dazu die Augen verbinden. Vertrau mir.«
Widerstandslos sah ich zu, wie er eine seidene Krawatte aus dem Nachttisch hervorholte und wieder zurück aufs Bett kroch. Sachte schob er eine Hand unter meinen Kopf, hob ihn etwas an und verband mir mit dem schwarzen Stoff die

Augen. Mein gesamter Körper stand direkt in Flammen. Ich konnte fühlen, wie der letzte Rest der Schokolade auf meiner Haut langsam schmolz und in feinen Linien über meinen Unterbauch rann. Jedes Geräusch, selbst wenn es noch so leise war, ließ mich aufhorchen. Ich hörte die sanfte, klassische Rockballade, die im Wohnzimmer aus den Lautsprechern drang, den Klang der Regentropfen, die von draußen gegen das Fensterglas preschten und Miles, der sich wieder von mir entfernt hatte.

Was machte er? Ich wusste es nicht, konnte nur erahnen, dass er sich einen weiteren Löffel voll Schokoladen Mousse holte. Und so war es auch. Nur wenige Sekunden später spürte ich, wie er die kühle, weich geschlagene Masse auf meinen Brustwarzen verteilte. Ich hielt die Luft an, biss mir auf die Unterlippe und krallte mich noch fester an den Bettbezug unter mir. Nach einem kurzen Moment, in dem nichts passierte, schlossen sich seine Lippen auch schon um eine meiner harten Spitzen. Er saugte daran, leckte den süßen Nachtisch nach und nach von meiner Haut und zog dann noch einmal sachte mit den Zähnen daran.

»Ahhh ...«, hörte ich mich leise aufstöhnen. Ein Spektakel meiner Sinne begann. Mit seinem Zeigefinger fuhr er einmal über die zweite, mit Schokolade überzogene, Warze und steckte ihn mir anschließend in den Mund. Gierig leckte ich ihn wieder sauber, ich saugte daran und fühlte, wie die Süßigkeit in meinem Mund zerlief und sich mit der angesammelten Spukke darin vermischte. Dann zog er seine Hand wieder zurück und widmete sich weiter meiner erregten, aufrecht stehenden, Knospe. Seine Zunge umkreiste meinen Warzenvorhof. Stöhnend warf ich den Kopf in den Nacken und streckte mich seinen köstlichen Liebkosungen entgegen.

Er setzte seine erotische Wanderschaft fort, küsste nahezu jeden einzelnen Millimeter meines Körpers. Von meinen Brüsten angefangen, über meinen angespannten Bauch hinweg immer weiter abwärts, bis hin zu meinem glattrasierten Venushügel. Meine Haut prickelte, es fühlte sich an, als hätte er mir anstatt der Schokolade Champagner über meinen Körper laufen lassen. Ich war so sehr erregt, dass ich unmöglich still halten konnte. Ein letztes Mal tauchte er den Löffel in die dunkle Süßspeise. Die kühle, glatte Oberfläche des Bestecks glitt über meine reizbare Vulva und ich stöhnte auf. Gott war das geil. Danach spürte ich das kühle Silber an meinen Lippen, willig öffnete ich den Mund. Köstlich. Die Schokolade löste ein wahres Gaumenspektakel aus. Ich wollte noch mehr davon, doch kaum hatte ich meine Zunge ausgestreckt um noch etwas davon ablecken zu können, nahm Miles mir den Löffel auch schon wieder weg. Stattdessen positionierte er sich wieder zwischen meinen Beinen. Das Mousse war inzwischen schon zerschmolzen und hatte sich einen Weg zwischen meine Schamlippen gebahnt. Es fühlte sich seltsam an. Meine Perle kribbelte und ich konnte spüren, wie ich immer feuchter wurde, das Verlangen nach unserer Verschmelzung wurde größer. Seine Zunge glitt durch meinen Spalt und ich schnappte vor Erregung nach Luft. Diesmal war ich noch empfindlicher als beim letzten Mal, als er mir die Augen verbunden hatte. Die Atmosphäre um uns herum knisterte von Sekunde zu Sekunde mehr und ich konnte den Sex förmlich riechen, der in der Luft lag. Seine Zunge liebkoste mich immer heftiger, drang in mich ein, leckte die zerflossene Schokolade von meinem Kitzler. Damit raubte er mir das letzte Fünkchen Verstand. Gerade, als ich kurz davor war zu kommen, hielt Miles plötzlich inne. Er schlich sich auf allen Vieren zu mir hoch, streifte mir die Augenbinde über meine Stirn hinweg ab und blickte mir in die Augen. Sein Mund war dabei nur Millimeter von meinem entfernt, ich spürte seinen heißen Atem, der über meine Lippen kroch. Er keuchte.

»Baby, ich kann mich nicht mehr länger zurückhalten, ich muss in dir sein. hier ...«, seine Finger glitten durch meinen triefend nassen Spalt und ich stöhnte leise auf.

»mhmm ...«, raunte er, als er mit der Zunge über seinen, von meinem Saft feuchten Finger leckte.

»Du schmeckst köstlich, Baby.«

Seinen schmutzigen, berauschenden Worten folgte ein leidenschaftlicher Zungenkuss. Ich konnte mich schmecken, die

Lust, das Begehren ... alles, was er in mir wieder zum Leben erweckt hatte. Er löste sich von mir, ich leckte mir lasziv mit vollem Genuss über die Oberlippe, sah ihn dabei direkt an und schenkte ihm ein teuflisch freches Lächeln.
Jetzt hatte ich seine Geduld eindeutig überschritten. Mit einem Mal packte er mich an meinen Oberschenkeln, zog mich ein Stück näher an ihn heran und rammte sich mit einer Wucht in mich. Der kurze Schmerz, der mich für einen winzigen Moment durchfuhr, entlockte mir einen Aufschrei. Ich musste mich erst an ihn gewöhnen und entspannte mich wieder, als unsere Körper schließlich in Einklang miteinander waren. Sein Rhythmus war aggressiver, härter als sonst. Zwischendurch zog er sich immer wieder mal ganz aus mir zurück, um dann wieder heftig und mit aller Kraft tief in mich einzudringen. Ich konnte spüren, wie sich der Höhepunkt wieder langsam in mir aufbaute. Mit jedem Stoß, jedem Kuss auf meiner Haut, kam ich meiner Erlösung immer näher. Ich stöhnte, kratze über seine Schulterblätter, jeder Atemzug war nur mehr ein tiefes Keuchen. Ein Bein hatte ich um seine steinharten Gesäßbacken geschlungen, drückte ihn damit immer weiter an mich. Ich wollte ihn fühlen, sehnte mich danach, den Kopf zu verlieren und endlich zu kommen. Seine Lippen waren nun dicht an meinem Ohr, alleine schon sein raues Stöhnen schoss wie ein Fluss von abertausenden, minimalen Stromschlägen durch meinen Körper.
»Du bist für mich geschaffen worden, Baby«, wisperte er, »wir sind Eins ...«
Damit hatte er mir den Rest gegeben. Mit einem ekstatischen, unkontrollierbaren Zucken traf mich der Orgasmus mit so einer Wucht und Masse an Gefühlen, wie ich es noch nie zuvor erlebt hatte. Völlig weg getreten hörte ich mich von der Ferne seinen Namen schreien und nahm seinen pulsierenden Penis noch tiefer in mich auf. Wie ein Ring zog ich mich automatisch um ihn herum zusammen und wir wurden Eins.
Die folgende Nacht war kurz, wir liebten uns zwei weitere Male, waren süchtig danach. Kurz nach drei Uhr morgens fielen wir endlich erschöpft, aber restlos glücklich in den Schlaf.

Es war bereits später Vormittag, als mich die Sonnenstrahlen, die durch einen offenen Spalt der Vorhänge durch die Fensterscheibe in den Raum reflektiert wurden, meine Nasenspitze kitzelten und ich aufwachte.
Trotz der wilden Nacht war ich überraschend ausgeschlafen und munter. Anders als sonst nahm ich den Blick auf die Uhr ganz locker hin. Der nächste Termin mit Annette stand erst um halb eins an, meine Arbeitsutensilien lagen bereits im Auto und ins Büro wollte ich heute sowieso nicht gehen. Vermutlich war Luke schon wieder fit und würde dort seiner Arbeit nachgehen. Ich wusste, dass ich ihm nicht ewig aus dem Weg gehen konnte, aber zu dem Zeitpunkt war ich einfach noch nicht bereit, mich einem Gespräch mit ihm zu stellen. Miles Bettseite war schon leer, aber noch warm, er konnte also noch nicht all zu lange wach gewesen sein. Sein fröhliches Pfeifen tönte aus der Küche. Besser konnte ein Morgen ja gar nicht beginnen.
Gut gelaunt schälte ich mich aus der Bettdecke, schlüpfte nackt wie ich war in die Jogginghose und das Shirt, das ich am Vorabend getragen hatte und folgte dem Geräusch. Mit nassen Haaren, nacktem Oberkörper und einer tief auf den Hüften sitzenden, lockeren Jeans stand er vorm Herd und wandte mir dabei den Rücken zu. Ich erkannte den köstlichen Duft, der mir in die Nase stieg, sofort wieder. Er kochte sein berühmtes Omelett. Die Pfanne in der einen und einen Bratenwender in der anderen Hand, drehte er sich zu den zwei leeren Tellern um, die auf der Frühstückstheke bereitstanden und füllte sie.
»Guten Morgen, meine Schöne«, er grinste übers ganze Gesicht und seine Augen funkelten, als würden tausend Sterne darin tanzen. Gott war der Mann schön, ging es mir da durch den Kopf.
»Guten Morgen, Schatz«, begrüßte ich ihn schließlich und ließ mir den Kosenamen dabei auf der Zunge zergehen. Ich liebte es, ihn so zu nennen. »Ich dachte, dass wir uns nach dem Hochleistungssport gestern eine kleine Stärkung verdient haben.«

»Oh ja, ich habe einen Bärenhunger«, ich kämmte mir mit meinen Fingern durch die Haare und band sie zu einem Pferdeschwanz zusammen, ehe ich mich vor einen der beiden Teller setzte und meinem Freund weiter dabei zu sah, wie er uns noch zwei Tassen heißen Kaffee machte. Die beiden Keramikbecher in den Händen schlenderte er um die Ecke herum zu mir, reichte mir einen davon und küsste mich. Ich kostete es richtig aus, mal nicht aus dem Bett springen und gestresst ins Büro hetzen zu müssen. Der Gedanke mehr Spielraum zu haben, selbst Entscheidungen treffen zu können, gefiel mir von Tag zu Tag mehr.
Wir verbrachten ein gemütliches gemeinsames Frühstück, gingen danach zusammen unter die Dusche, trockneten uns gegenseitig ab, alberten beim Zähneputzen etwas herum und setzten uns dann noch mit einer heißen Tasse Kaffee auf die Terrasse.
Mir blieben noch eineinhalb Stunden bis zu meinen Termin, die wollte ich auf keinen Fall sinnlos verschwenden. Also hatte ich mir den Gedichtband, den ich bereits zu lesen begonnen hatte, aus dem Regal geholt, lehnte mich entspannt zurück, genoss die warmen Strahlen der Sonne, die vom Himmel strahlten und versank in den wundervollen Zeilen des Buches. Miles war immer noch barfuß, überkreuzte seine langen Beine auf meinem Schoß und las in einem Buisness Magazin. Seine freie Hand ruhte auf meinen Beinen, die ich lässig auf seinem Stuhl hochgelegt hatte. Die Zeit mit ihm war so schön, dass sie auch schon wieder viel zu schnell an uns vorbei rauschte. Es kam mir vor, als wären nur Sekunden vergangen, bis ich mich aufrichtete und mich zum gehen aufmachte. Er zog mich ein letztes Mal an sich heran und verabschiedete sich mit einem Kuss und einem leisen »Ich liebe dich«, an meinen Lippen von mir. »Ich liebe dich auch ...«, antwortete ich und eilte ein paar Minuten später auch schon zur Tür raus.
Auf der Fahrt zu Annette musste ich an ihr komisches Verhalten am Samstag denken. Als sie mich und Miles zusammen gesehen hatte, verhielt sie sich völlig anders als sonst, es sah fast so aus, als hätte sie mir die gute Freundin vorgespielt

und kochte aber gleichzeitig innerlich vor Wut beinahe über. Abgelenkt von seiner Hand auf meinem Hintern, konnte ich mich natürlich auch getäuscht haben. Wahrscheinlich hatte ich die Skepsis, die ich bei jeder anderen auf der Party schon nur beim kleinsten Augenkontakt mit Miles hatte, auch auf sie abgewälzt und hatte deswegen nun so ein mulmiges Gefühl.
Ich reihte mich in dem selben Parkplatz wie immer ein. Checkte noch eben im Rückspiegel mein Make up, nahm meine Unterlagen in die Hand und ging, durchs geöffnete Tor hindurch, zum Haus. Leon stand bereits an der Tür, die Sonnenbrille hatte er abgenommen, bestimmt hatte er selbst erkannt, wie dämlich er damit aussah. Zudem grinste er mich jetzt auch schon jedes Mal an, wenn wir uns begegneten.
»Guten Tag, Mrs. Strong«, begrüßte er mich und trat beiseite, um mich vorbei zu lassen.
»Guten Tag, Leon«, lächelte ich zurück, ging an ihm vorbei in den Flur und hörte Annette bereits, wie sie laut von ihren neuen Möbelstücken schwärmte.
»Sehen sie nur, das hier ist jetzt schon mein absolutes Lieblingsstück«, sie redete wohl von dem kleinen schwarzen, hölzernen Tisch mit der geblümten Verzierung darauf. Strahlend ging ich der Stimme nach ins Obergeschoss und blieb dann überrascht im Türrahmen stehen. Vor mir saßen Annette und Lexa, beider hatten sie die Beine überkreuzt und hockten dicht beieinander auf dem nagelneuen Designersofa, das ich ausgesucht hatte.
»Oh, da ist sie ja schon«, Annettes Stimme erhöhte sich etwas, als sie mich sah.
»Komm, setz dich zu uns, Kleines. Soll ich dir einen Kaffee machen?«
»Ähm, ja gerne«, Lexas Anblick machte mich sprachlos. Sie sah anders aus, war noch viel dünner als vorher und anstatt ihrem kurzen Bob, trug sie ihre Haare nun lang und lockig. Ihre Gesichtsform wirkte dadurch sehr schmal. Das Blau, von tiefen Augenringen, schimmerte noch etwas durch die dicke Make up Schicht durch, die sie aufgetragen hatte. Ich erkannte sie beinahe nicht wieder.

»Hallo, Mrs. Stawford, wie war ihr Urlaub? Haben sie sich gut erholt?«, begrüßte ich sie und versuchte sie gleichzeitig in ein Gespräch zu verwickeln.
»Guten Tag, Samantha. Mein Urlaub, wie sie so schön sagen, ist noch nicht beendet. Aber ich war neugierig auf ihre Arbeit. Wie ich sehe, hatte ich recht, sie haben ein Händchen für den Job. Die Räumlichkeiten sehen großartig aus.«
»Freut mich sehr, wenn es ihnen gefällt. Bis auf ein paar Details, die noch nachgebessert werden müssen, sind wir ja auch schon fertig.«
Annette war wieder an uns heran getreten, sie zwinkerte mir zu, drückte mir den Kaffee in die Hand und setzte sich wieder an ihren Platz zurück. Wie gewöhnlich griff sie immer nach der Zigarettenpackung auf dem Tisch. Sie bot erst Lexa an, sich eine Kippe zu nehmen, die ihr Angebot jedoch überraschenderweise ablehnte, dann hielt sie mir die offene Packung hin. Dankend steckte ich mir die Zigarette an. Oh man tat das gut. Seitdem ich so viel Zeit mit Miles verbrachte, rauchte ich kaum mehr, ganz abgewöhnen konnte ich es mir jedoch noch nicht.
»Wie geht's Miles? Hat er noch Schmerzen?«, fragte mich Annette, blies den Rauch in den Raum und nippte danach an ihrer Tasse.
»Nein, er ist tapfer. Aber er wird diese Woche von zu Hause aus arbeiten.« Sie nickte.
»Ist vielleicht auch besser so, sonst wird das Ganze noch von der Presse breit getreten.«
Sie hatte recht. Die Fotografen lauerten nur so auf neue, gute Bilder, zu denen sich ihre Journalisten dann das Maul zerreißen konnten.
»Ach, sie waren auch bei Charlene und Marks Event, Samantha?«, warf Lexa beiläufig ein und sah mich über den Tassenrand hinweg an.
»Ja, ich war mit Mr. Taylor da. Waren sie etwa auch dort? Ich habe sie gar nicht gesehen.« Sie schüttelte den Kopf. »Nein, ich habe nur davon gehört.«
Wir plauderten noch ein bisschen über die Designer der

Möbelstücke und ehe ich mich versah, war uns auch schon wieder eine ganze Stunde durch die Finger geronnen.
Lexa hatte ihren Kaffee fertig getrunken, sie strich sich über den Stoff ihrer dunklen Hose und machte sich auf, um zu gehen. »Samantha, würden sie mich noch zur Tür begleiten?«
»Natürlich, Mrs. Stawford.«
Ich stellte meine leere Tasse auf den Tisch und folgte ihr. Wir sprachen kein Wort miteinander, bis wir an Leon vorbei, raus in den Garten gingen. »Warten Sie, Samntha, ich muss mit Ihnen reden«, stoppte sie mich und legte eine Hand auf meine Schulter. Ich blieb stehen, war gespannt, was sie mir sagen wollte und sah sie aufmerksam an.
»Ich habe sie angelogen ...«, sagte sie endlich. Ich verstand nicht. Womit hatte sie mich angelogen?
»Kommen Sie, setzen wir uns einen Moment«, zusammen gingen wir zu der kleinen, weiß lackierten Gartenbank, die nahe am Eingangstor des Hauses stand und ließen uns darauf nieder.
»Womit haben sie mich angelogen, Mrs. Stawford?« Aufgeregt rieb sie sich mit einer Hand über die Knöchel der anderen.
»Ich war nicht im Urlaub, Samantha. Ich habe die Zeit in einer Privatklinik für Krebspatienten verbracht.«
Mir stockte der Atem. Deswegen war sie also so dürr geworden, die lange Mähne war nur eine Attrappe, eine Perücke. Ich wollte ihr gerade sagen, wie leid mir das tat, doch sie hob die Hand, brachte mich wieder zum Schweigen.
»Ich bin noch nicht fertig. Die Ärzte haben Brustkrebs im zweiten Stadium diagnostiziert und die Chemotherapie schlägt scheinbar nicht an. Der viele Stress und vor allem der Druck, wieder arbeiten gehen zu müssen, ist daher pures Gift für mich.«
Sie umfasste meine Hände, sah mich an und ich konnte die Verzweiflung und Angst in ihren Augen sehen.
»Sie waren also doch auf der Spendengala von Miles Eltern, nicht wahr?«, begann ich wieder zu sprechen. Sie schüttelte den Kopf.
»Nein, aber ich habe der Organisation eine hohe Summe

gespendet. Besser, Sie erfahren von mir persönlich von meiner Erkrankung, als dass sie es in der Zeitung lesen.«
Stille kehrte ein. Das Brummen der Autos, die durch die Straße fuhren, das vergnügte Quietschen von kleinen Kindern, die womöglich gerade mit ihren Eltern im Garten spielten, durchbrach die Ruhe.
»Samantha, ich möchte, dass sie die Firma übernehmen«, brach es da plötzlich aus Lexa heraus und ich starrte sie erschrocken an.
»Sie sind die Einzige, die dem Druck der Konkurrenz standhalten kann und die einzige Person, der ich wirklich vertraue.«
Ihre Worte rührten mich zu tiefst. Ich hatte ja keine Ahnung, wie viel meiner Chefin an mir lag.
Ich brachte es nicht übers Herz, ihr sofort eine Absage zu geben, also fragte ich: »Und wie würde das Ganze ablaufen?«
»Ich werde am Mittwoch eine Pressemitteilung rausgeben. Sie bekommen die Firma, zusammen mit einem Budget von einer Million Euro, überschrieben und ich lasse den Namen auf Strong Architectures ändern. Sämtliche Unterlagen dafür liegen schon, von mir unterschrieben, auf ihrem Tisch.« Wieder verschlug es mir die Sprache. Sie hatte bereits damit gerechnet, dass ich ihr Angebot nicht ablehnen würde. Im Prinzip fehlten nur noch meine Unterschrift und die Presseerklärung, dann wäre ich die neue Inhaberin von Strong Architectures.
»Also muss ich nur noch unterschreiben?«, stotterte ich.
»Ja. Ich werde mich dann ab sofort aus der Firma zurückziehen und mich um meine Gesundheit kümmern. Mrs. Dubrovskys Einweihungsparty wird der Abschluss meiner Karriere und der Beginn ihrer sein.«
Ich brauchte einen Moment, um das Alles erst mal sacken zu lassen, atmete tief durch und beschloss, die neue Herausforderung anzunehmen. »Soll ich sie anrufen, wenn ich die Papiere unterschrieben habe?«, fragte ich sie und ein Lächeln zeichnete sich auf ihren Lippen ab.
»Melden sie sich am besten morgen bei mir. Dann ist bis zum Mittwoch alles unter Dach und Fach.« Man konnte ihr ansehen, dass ihr in diesem Augenblick ein riesengroßer Stein vom

Herzen gefallen war. Gemeinsam gingen wir zum Tor hinaus und verabschiedeten uns. Sobald sie in den Wagen gestiegen war, hastete ich zu meinem Auto. Ich war kurz davor zu platzen, so groß war die Anspannung, die sich jetzt, wo ich alleine war erst löste. Meine Hände zitterten, das Herz schlug mir bis zum Hals. Schnell öffnete ich die Beifahrertür des Minis, kramte die Packung Zigaretten aus meinem Handschuhfach, die ich dort für Notfälle wie diesen deponiert hatte, schloss die Tür und lehnte mich schließlich paffend an die von der Sonne erhitzte Motorhaube. Perplex und völlig überrumpelt von der neuen Situation starrte ich ins Leere. Hatte ich das nun alles nur geträumt? Selbst als ich die Hälfte der Kippe in fast einem einzigen Zug geraucht hatte, konnte ich immer noch nicht fassen, was da gerade geschehen war. Es würde noch eine ganze Weile dauern, bis ich mich an die neue Rolle als Geschäftsinhaberin gewöhnen würde, aber ich wollte mich der Herausforderung stellen und die neue Chance für mich nutzen.

Die kleine Pause tat mir gut, zumindest hatte ich mich wieder so weit beruhigt, dass mir Annette nichts von all dem anmerken würde. Die Zeit drängte und ich musste auch wieder zurück ins Haus. Die Arbeit war eine gute Ablenkung, wir packten die letzten Kisten mit den Dekorationsartikeln aus, stellten hier und da noch eine antike Vase hin und ehe wir uns versahen, hatten wir unser Werk auch schon vollbracht. Ich konnte mit Stolz sagen, dass ich den Auftrag mit Bravour vollendet hatte. Wenn ich den Raum jetzt damit verglich wie er vorher, als ich ihn zum ersten Mal betreten hatte aussah, standen wir nun in einem kunstvollen, modern gestalteten Raum. Auch die anderen vier Räume sahen nun fantastisch aus. Sie passten allesamt perfekt in das Konzept, das ich mich vorgestellt hatte.

»Samantha, du bist eine wahre Göttin auf deinem Gebiet«, flötete Annette voller Freude über das Ergebnis unserer wochenlangen Arbeit.

»Komm mit, darauf werden wir nun anstoßen.« Was für ein perfekter Tag, dachte ich und ging hinter ihr her, die Stufen

hinab, ins Erdgeschoss.
»Ich werde dich doch hoffentlich am Donnerstag auf der Einweihungsparty sehen, oder?«, fragte sie und das Klirren der beiden andockenden Gläser erklang.
»Natürlich«, gab ich ihr mein Wort, nippte an meinem Glas und blinzelte in die Sonne, die auf die Terrasse schien, auf die wir hinausgetreten waren.
»Miles ist natürlich auch herzlich eingeladen«, fügte sie noch schnell hinzu, ließ sich in einem Korbsessel nieder und grinste mich an.
»Er wird sich freuen.«
»Das hoffe ich doch. Ich finde, ihr beide seid ein schönes Paar. Tut mir leid, wenn ich mich am Samstag etwas unpassend verhalten habe, ich war einfach nur überrascht, ihn so glücklich zu sehen.«
»Ach, das habe ich schon vergessen, mach dir keine Sorgen, ich verstehe das schon.«
Eine Stunde später, es war bereits später Nachmittag, gingen wir wieder ins Haus zurück. Ich reichte ihr mein leeres Glas, das sie dann zusammen mit ihrem auf der blank polierten Kücheninsel abstellte und drückte ihr die Mappe mit den Rechnungen in die Hand, die noch offen waren.
»Danke für deine wundervolle Arbeit, meine Liebe. Ich werde mich gleich morgen um die Zahlungen kümmern. Wenn du willst, entlasse ich dich auch jetzt schon. Die Blumen kann ich auch noch alleine in die Vasen stellen.«
»Ich habe dir zu danken. Du hast mir immerhin blind vertraut und die Arbeit hat wirklich Spaß gemacht«, mit einer herzlichen Umarmung verabschiedete ich mich von ihr. »Wir sehen uns dann am Donnerstag.«
Einerseits blutete mir das Herz bei dem Abschluss des Projekts, auf der anderen Seite hatte ich in Annette eine neue gute Freundin gefunden, die ich nicht mehr missen wollte. Trotz ihrer Vergangenheit mit Miles hatte ich ein gutes Gefühl dabei, wenn ich an unsere zukünftige Freundschaft dachte.
Auf der Fahrt zu Miles war ich kurz dazu versucht, einen anderen Weg ein einzuschlagen und zum Büro zu fahren, um mir

die Unterlagen zu holen, von denen Lexa gesprochen hatte. Doch der Gedanke daran, dabei Luke zu treffen hielt mich davon ab. Morgen würde ich dann wohl oder übel doch mit ihm sprechen müssen. Unsere Freundschaft war mir einfach zu wichtig, um sie den Bach runter laufen zu lassen. Wir würden vielleicht nicht von einem Tag auf den anderen wieder die besten Freunde sein, aber zumindest konnten wir versuchen, uns Schritt für Schritt wieder anzunähern. Ich hatte mein Baby bereits in der Parkgarage neben Miles Wagen geparkt und stand im Aufzug nach oben. Meine Haut kribbelte wieder voller Vorfreude darauf, ihm von den großartigen Neuigkeiten zu erzählen, die im Gepäck hatte. Die Aufzugtüren öffneten sich, als mir ein unwiderstehlicher Geruch um die Nasenspitze tanzte. Er hatte gekocht. Ich schlüpfte aus meinen hochhackigen Schuhen, löste meine Haare aus der strengen Hochsteckfrisur und schlenderte in die Küche.
»Da bist du ja endlich ...«, freudestrahlend nahm er mich in seine Arme. »Na, wie war dein Tag?«
»Fantastisch«, grinste ich zu ihm hoch und wollte ihm am liebsten gleich alles davon berichten. Doch er versiegelte mir die Lippen mit einem sanften Kuss.
»Erzähl mir beim Essen davon, Baby. Ich habe uns Pasta gekocht.«
Der Tisch war schon gedeckt, der ganze Raum duftete nach den leckeren Spaghetti und dem selbstgemachten Pesto, das er mir servierte. Wir streuten uns beide eine halbe Hand voll frisch geriebenen Parmesan darüber, spulten ein paar Nudeln auf unsere Gabeln auf und steckten sie uns in den Mund. Es schmeckte wie beim Italiener, wenn nicht sogar noch besser.
»Also los, erzähl, was ist heute so großartiges passiert, dass du die ganze Zeit über nur am Grinsen bist?«, fragte er mich über den Tisch hinweg und spulte die nächste Portion Spaghetti auf sein Besteck. Ich schluckte.
»Ich habe Lexa heute getroffen, sie war bei Annette«, begann ich.
»Ach ja? Und?«, fragte er mich gespannt. Ich legte mein Besteck beiseite und erzählte ihm von unserem Gespräch,

ihrer Krankheit und dem Angebot, das sie mir unterbreitet hatte.
»Und, hast du zugesagt?« Ich nickte. »Ja, ich muss nur noch den Vertrag unterschreiben.«
»Soll ich ihn mir auch noch einmal durchlesen und checken, ob alles seine Richtigkeit hat?«
Ich nahm mein Besteck wieder in die Hand und aß weiter.
»Das wäre toll, aber die Papiere liegen noch auf meinen Schreibtisch und ...«
»Und du willst sie nicht holen, weil du Luke aus dem Weg gehen willst, stimmts?«, beendete er meinen angefangen Satz, spießte die letzte Nudel auf seine Gabel auf und steckte sie sich in den Mund.
»Genau.«
»Warum fragst du nicht Cherry, ob sie dir den Vertrag vorbeibringen kann?«
»Wäre dir das denn recht?«, fragte ich zögerlich.
»Klar«, nickte er, »ich freue mich, wenn ich sie mal kennenlernen kann, bis jetzt habe ich sie ja immer nur flüchtig irgendwo gesehen.«
Ich ließ mir seinen Vorschlag durch den Kopf gehen. Das wäre perfekt.
»Gut, dann werde ich sie nach dem Essen gleich anrufen, sie könnte mir auch gleich ein paar Klamotten aus meiner Wohnung mitbringen.«
»Hat sie denn einen Schlüssel?«
Ich nickte, schluckte den letzten Bissen hinunter und erklärte ihm, dass sie einen Ersatzschlüssel dafür hatte.
Frech grinsend trug er die leeren Teller zur Spüle.
»Also wirst du noch länger bei mir wohnen?«
»Wenn du das willst, gerne«, grinste ich zurück.
»Ich habe dir schon einmal gesagt, dass ich dich am liebsten für immer hier bei mir haben möchte.«
»Wer weiß, was uns die Zukunft noch bringt ...«, sagte ich, nahm einen Schluck von dem Mineralwasser in meinem Glas und sah ihm zu, wie er das Geschirr in die Spülmaschine einräumte.

»Hast du eigentlich schon mit Lucia geredet, wegen dem Treffen?«, lenkte ich ab und spürte, wie mir ihr Name einen Stich ins Herz verpasste.

»Ja, sie wollte morgen Abend hier vorbeikommen«, sein Tonfall war kühl, ich merkte, wie sich seine Körperhaltung dabei versteifte. Mitfühlend stand ich auf, ging zu ihm und strich ihm sachte über den Rücken.

»Mach dir keine Sorgen, das wird schon gut gehen.«

»Ich hoffe es ...«, stieß er hinter zusammengebissenen Zähnen hervor, schaltete den Geschirrspüler ein und drehte sich zu mir um. Die Hände auf meinen Po gelegt, küsste er meine Stirn.

»Ich habe nur Angst, dass sie was dummes sagt und ich dich verliere.«

»Ich werde nicht gehen, Miles. Du bist mein Anker, ohne dich verliere ich den Halt.«

Wieder konnte man dieses unverwechselbare Knistern zwischen uns spüren. Entspannt schmiegte ich meine Wange an seine wohlig warme Brust. Durch ihn wurde so vieles besser, er hatte mein ganzes Leben auf den Kopf gestellt und es positiv verändert.

»Ich liebe dich«, wisperte ich und fühlte sein stolzes Lächeln auf meinen Haaren. »Ich liebe dich auch, Baby.«

Langsam lösten wir uns wieder voneinander. Miles setzte sich mit einem Berg Papieren aufs Sofa und arbeitete weiter, während ich mir mein Handy schnappte und Cherrys Nummer wählte.

Es dauerte nicht lange, noch nicht mal drei Sekunden, da drang ihre Stimme auch schon an mein Ohr.

»Süße endlich, ich dachte, du lebst schon gar nicht mehr. Geht es dir gut?«, ich hörte die Sorge, die hinter ihrer Frage steckte.

»Nein, nein, keine Sorge ... mir geht's gut«, beruhigte ich sie.

»Wie geht's dir?«

»Passt schon. Weswegen rufst du an?«, lenkte sie schnell von sich ab und ich hakte auch nicht weiter nach, obwohl ich ihr anmerkte, dass es ihr in Wahrheit beschissen ging und ich ahnte auch schon, warum.

»Ich wollte dich fragen, ob du heute vielleicht vorbei kommen willst?«
»Du meinst zu Miles nach Hause? Klar«, das war die Cherry, die ich kannte. Begeistert und völlig aufgedreht.
»Da ist noch was«, sprach ich weiter, »Lexa hat mir heute einige Unterlagen auf den Tisch gelegt, könntest du sie mir vielleicht mitnehmen und noch schnell zu meiner Wohnung fahren, um mir ein paar Klamotten zu holen?«
»Ja, geht in Ordnung. Wann soll ich da sein?«
»Sagen wir um sechs Uhr, dann können wir es uns noch auf der Terrasse gemütlich machen.«
»Gut. Ich freue mich, bis später dann«, beendete sie das Gespräch.
Ehrlich gesagt hatte ich sie auch vermisst. Schnellt simste ich ihr noch Miles Adresse, steckte mein Handy wieder in die Tasche zurück und ging ins Schlafzimmer, um mir was bequemeres anzuziehen. Das Business Outfit war zwar ultra schick, aber alles andere, als für den Alltag zu gebrauchen. Als ich wieder ins Wohnzimmer zurück kam, war Miles in seine Arbeit vertieft. Leise schlich ich an ihm vorbei, schnappte mir mein Buch, nahm eine Flasche Wasser aus dem Kühlschrank und ging auf die Terrasse hinaus, um ihn nicht weiter dabei zu stören.
Der Nachmittag verging so recht schnell. Es war kurz nach fünf Uhr, als ich die letzte Seite des Schmökers gelesen hatte und wieder rein ging. Die strahlende Sonne hatte mir etwas Bräune verliehen. Miles blickte kurz von seinem Laptop hoch, der auf seinen Schenkel stand und schenkte mir ein Lächeln.
»Na du Bücherwurm, hast du dich nun genug gesonnt?«
»Ja ich denke, das reicht, bevor ich noch krebsrot werde.«
»Ich wollte noch ein paar Häppchen vorbereiten, bevor Cherry hier eintrudelt«, sagte ich und holte etwas Lachs, Rucola, Tomaten und Mozzarella aus dem Kühlschrank.
»Okay, ich schicke Dan noch die Finanzübersicht, dann helfe ich dir dabei.«
»Stört es dich, wenn ich etwas Musik anmache?«, fragte ich vorsichtig nach.

Er schüttelte den Kopf. Kurz darauf klang auch schon die klassische Rocknummer aus den Lautsprechern, die letzte Nacht unser Liebesspiel untermalte. Fröhlich mit den Hüften wippend, schnitt ich das frische Baguette, das Miles heute gekauft hatte in Scheiben, bestrich sie mit etwas Frischkäse, portionierte den gewaschenen Rucola in kleinen Häufchen darauf und belegte sie mit Mozzarella und Tomatenscheiben. Ich träufelte gerade noch etwas Olivenöl darüber, als der Hauptgrund meiner überschwänglich guten Laune auch schon hinter mir stand und seine Arme um meinen Bauch schlang.
»Mhmm ... das sieht köstlich aus. Kann ich dir noch bei was zur Hand gehen?«
»Du kannst den Lachs noch filetieren und dazu legen, ansonsten bin ich schon fertig.«
Er ließ sich nicht lange bitten und machte sich auch gleich an die Arbeit. Im Nu war der kleine Snack angerichtet und wartete nur noch darauf, verzehrt zu werden.
Wir hatten noch genug Zeit für uns. Das dachte ich zumindest, bis auch schon das Summen der Sprechanlage an den Aufzugstüren ertönte. Überraschenderweise war Cherry eine gute halbe Stunde früher da, als erwartet. Wenige Minuten später stand sie auch schon voll bepackt mit zwei riesigen Taschen voller Klamotten und den Verträgen zwischen den Zähnen vor uns. Ich musste grinsen, nahm ihr die Sachen ab und begrüßte sie
»Du bist aber früh dran heute«, stellte ich erstaunt fest.
»Ja, im Büro war heute nicht all zu viel zu tun, da konnte ich mich schon früher loseisen.«
»Komm erst mal rein«, sagte ich und freute mich unheimlich, sie zu sehen. Ich kannte den staunenden Ausdruck in ihrem Gesicht nur zu gut. Als ich zum ersten Mal hier war, hatte ich vermutlich genauso doof aus der Wäsche geguckt, wie sie jetzt. Wir gingen ins Wohnzimmer, wo Miles mit lässig in die Hosentaschen gesteckten Händen schon auf uns wartete.
»Hey«, ging er auf sie zu und reichte ihr die Hand.
»Schön, dich kennen zu lernen, ich bin Miles.«
»Ähm ja, freut mich auch«, stotterte meine beste Freundin

und starrte ihn gebannt an. Die beiden hatte sich immer nur von Weitem, oder mal im vorbeilaufen gesehen, es war also das erste Mal, dass sie sich so direkt gegenüber standen.
»Hast du Hunger?«, fragte ich sie und rettete sie damit aus der peinlichen Situation. »Oh ja, total.«
»Dann lasst uns doch raus gehen«, ich nahm die vorbereiteten Häppchen von der Theke und ging vorraus auf die Terrasse. Die Sonne hatte sich nun schon verzogen, nur ein kleiner Teil der Fläche wurde noch von ihren Strahlen erhellt, der Rest war vom Schatten des Hauses bedeckt. Die beiden folgten mir, Cherry machte es sich in einem der gemütlichen Stühle bequem und ich stellte die Platte auf dem Tisch vor mir ab.
»Ich hole uns noch ein paar Gläser und eine Flasche Wein«, schlug Miles vor und ging in die Wohnung zurück.
Sofort blickte Cherry mich an und formte ein stummes »O mein Gott«, mit den Lippen. Ich platzte nur so vor Stolz.
»Da hast du ja einen richtigen Glücksgriff gemacht, Süße. Der Kerl ist ein Prachtstück.«
»Ich weiß ...«,grinsend nahm ich gegenüber von ihr Platz.
»Das Veilchen geht auf Lukes Kappe, oder?« Ich nickte. Sie wusste aber auch wirklich alles!
»Er hat mir davon erzählt, es tut ihm leid, Sam«, erklärte sie sich. Schulterzuckend nahm ich mir eines der Brötchen, »Ich werde bald mit ihm reden, aber entschuldigen muss er sich bei Miles, nicht bei mir.«
»Das ist klar, ja.« Sie griff nach einem der Brötchen, als Miles mit drei Gläsern und einer Flasche Weißwein zu uns zurück kam.
Höflich füllte er die Gläser und ließ sich in dem Stuhl neben mir nieder.
»Bitteschön Mädels, aber trinkt bloß nicht zu hastig, ich will heute nur eine Frau ins Bett tragen«, mit einem Zwinkern prostete er uns zu.
Miles war nach Paul erst der zweite Mann, den ich meiner besten Freundin vorstellte. Über bedeutungslose Bettgeschichten lachten wir uns zwar danach immer krumm, sprachen dann aber auch nicht mehr weiter darüber. Miles jedoch

war etwas Besonderes. Nach Paul war er der Erste, mit dem ich eine feste Bindung eingegangen war. Dementsprechend groß war natürlich auch ihr Interesse an ihm.
»Also Miles, erzähl mal, was machst du so, wenn du nicht gerade mit Sam beschäftigt bist?«
Er grinste, er mochte so direkte Menschen, wie sie es war, das wusste ich.
»Ach nichts besonderes, neben der Arbeit bleibt mir nicht mehr viel Zeit übrig. Und das bisschen Freizeit, das ich dann noch habe, verbringe ich am liebsten mit ihr zusammen.«
Er lächelte mich an, umfasste meine Hand, die auf der Stuhllehne ruhte mit seiner und wandte sich dann wieder Cherry zu, die übers ganze Gesicht strahlte.
»Ich freue mich ja so für euch. Aber eines rate ich dir, behandle sie wie eine Königin, ansonsten werde ich zur Löwin«, sie grinste frech, aber mir war klar, dass sie es todernst meinte und nicht mit ihm scherzte.
»Keine Sorge ...«, besänftige er sie, »sie ist meine Königin.«
Zufrieden lächelnd nippte Cherry an ihrem Glas.
Ich war still, beobachtete die Unterhaltung, die die beiden führten und war höchst amüsiert dabei. Wenn er sich doch mit Luke auch so gut verstehen könnte, dann wäre alles perfekt. In Gedanken setzte ich mir das als neues Ziel, egal wie lange es dauern würde, irgendwann mussten die beiden Kindsköpfe sich ja auch einmal wie erwachsene Männer benehmen können.
»Was war denn heute mit Lexa los? Sie begrüßte keinen einzigen von uns, stürmte nur in dein Büro und war in Windeseile wieder weg.«
»Ich habe sie heute bei Annette getroffen ...«, sagte ich.
»Und was wollte sie da? Herr Gott Sam, lass dir doch nicht alles aus der Nase ziehen.« Man, hat die vielleicht schlechte Laune, dachte ich, nahm einen Schluck Wein und noch eins der Brötchen, biss einmal davon ab und sprach weiter.
»Sie hat mir das Angebot gemacht, mir die gesamte Firma zu überschreiben.«
Damit hätte sie nun nicht gerechnet, erstaunt darüber starr-

te sie mich mehrere Sekunden lang an, ehe sie ihre Sprache wiederfand.

»Warum das denn? Ich meine, für dich ist das ja wunderbar, aber warum macht sie so was?«

»Sei mir nicht böse Süße, aber die Gründe dafür, darf ich dir nicht sagen, das werdet ihr alle noch früh genug erfahren.«

Natürlich hätte ich ihr den Grund für Lexas Entschluss auch sagen können, aber ich hatte kein gutes Gefühl dabei, zudem hörte sie spätestens nach der Pressemitteilung davon. Und dann würden es auch alle anderen wissen.

»Okay. Aber dann sag mir wenigstens, wann die Einweihungsparty bei Annette stattfindet. Da will ich unbedingt dabei sein.«

»Am Donnerstag, der Empfang beginnt um zwanzig Uhr. Bestimmt wird bis dahin noch eine Einladung in die Agentur flattern, sie meinte, dass die gesamte Belegschaft herzlich willkommen sei.«

»Oh gut, dann werde ich die nächsten Tage noch einmal shoppen gehen müssen.«

»Und was ist mit mir? Bin ich auch eingeladen?«, fragte Miles.

»Klar, du musst mich doch begleiten, Schatz.«

»Was ist mit dir Cherry, hast du schon eine Begleitung?«, wandte ich mich ihr zu. Sie schüttelte den Kopf.

»Nein, ich werde mir einfach vor Ort was Anschauliches suchen.«

Miles sah sie, die Stirn in Falten gelegt, an. »Was ist mit Dan? Kommt er denn nicht mit?« Verdammt.

Warnend drückte ich seine Hand etwas fester.

» Dan? Der ist ein Arschloch.«

Miles lachte laut auf.

»Das ist sein zweiter Spitzname. Aber mach dir nichts draus, du bist jung, frech und siehst gut aus, da findest du schnell Ersatz für ihn.« Ein schwaches, angedeutetes Lächeln zierte ihre Lippen, sie zuckte mit den Schultern.

»Hast ja recht, ich sollte mich vielleicht nicht immer so vorschnell in was hinein steigern.«

In einem Zug leerte sie ihr Glas, stellte es auf dem Tisch ab und bediente sich noch mal an dem großen Teller. Miles hatte schon Recht, mit dem was er sagte. Cherry war eine außergewöhnlich, schöne Frau. Mit ihren leuchtend roten, langen, glatten Haaren und den strahlend blauen Augen, war sie eine echte Augenweide. Zudem war sie ein wunderbarer, offener Mensch und besaß einen goldenen Charakter. Ich war mir sicher, dass sie noch den richtigen Mann für sich finden würde, aber Dan war definitiv ein Griff ins Klo. Der weitere Abend verlief schön entspannt. Wir unterhielten uns über alte Zeiten, Miles lachte über die witzigen Geschichten, die wir ans Tageslicht brachten und leerten fast beiläufig zwei Flaschen Wein.

Es war schon spät, draußen gingen bereits die Solarlichter an, als Cherry sich zum Aufbruch aufmachte. Wir verabredeten uns für die Einweihungsfeier von Annette und umarmten uns liebevoll zum Abschied. Dann waren Miles und ich auch schon wieder allein. Wir waren beide bereits hundemüde, der Tag war lang und der nächste würde noch viel länger werden. Zusammen räumten wir den Tisch ab, stellten die übriggebliebenen Brote in den Kühlschrank und fielen nach einer gemeinsamen Dusche ins Bett. Sein Bein um meine Hüften geschlungen, schliefen wir auch gleich eng aneinander gekuschelt ein.

Am darauf folgenden Tag hätte ich mich am liebsten noch ewig lange unter meiner Bettdecke verkrochen. Das Projekt war abgeschlossen, weitere Termine waren noch nicht geplant, nichts hätte mich davon abhalten können. Nichts, bis auf Miles und der Tasse brühend heißen Kaffee, die er mir vor die Nase hielt. Verschlafen blinzelte ich ihn an. Frech grinsend hockte er auf dem Boden.

»Guten Morgen, Baby « Seine Verletzungen sahen schon viel besser aus als am Vortag, langsam verschwanden die blau schimmernden Blutergüsse, die seine Schönheit befleckten und er sah schon wieder beinahe so aus wie vorher.

»Morgen«, sagte ich mit rauer, kratziger Stimme und gab ihm einen Kuss. Übermütig hopste er über meine Beine hinweg auf die andere Seite des Bettes und sah mich an.

»Was hat dich denn gestochen?«, scherzte ich, nahm einen

Schluck Kaffee und wunderte mich über die gute Laune, die er an den Tag legte. »Wir haben heute einen ganzen Tag nur für uns.«

»Ach ja? Und was ist mit deiner Arbeit? Ich dachte, du hättest so viel zu tun.«

Breit grinsend schmiegte er sich an mich. »Das habe ich alles schon erledigt.« »Wann?«, fragte ich und war etwas verwirrt.

»In den letzten paar Stunden, ich bin schon seit sechs Uhr wach. Also dachte ich, wenn ich das gleich alles fertig mache, können wir uns den Tag mit shoppen und faulenzen vertreiben.«

»Das klingt toll«, sagte ich und strahlte vor Freude bis über beide Ohren, »aber vorher muss ich noch unter die Dusche.«

»Na dann, husch husch ...«, zackig zog er mir auch schon die Decke weg. Schnell trank ich meinen Kaffee, drückte ihm die leere Tasse in die Hand und sprang aus dem Bett. Den Arm voller frischer Klamotten flitzte ich ins Bad und war binnen fünfzehn Minuten auch schon startklar. Auf Make Up hatte ich verzichtet, die Haare hatte ich mir zu einem hohen Pferdeschwanz zusammen gebunden und dazu trug ich eine beige Chino Hose, eine schwarze Bluse und schlüpfte in die bequemen flachen Sneakers, die Cherry mir gestern gebracht hatte. Es war kein auffallend schickes Outfit, aber auf jeden Fall passend für einen ausgiebigen Shoppingtag. Miles wartete bereits auf mich. In seinem weißen Hemd und der zerschlissenen Jeans sah er einfach zum Anbeißen aus.

»Also von mir aus können wir los«, flötete ich und schlenderte auf ihn zu.

»Du siehst bezaubernd aus, Baby«, er hatte meine Handtasche schon in der Hand, gab sie mir, legte seine Hand auf meinen Po und und führte mich in den Aufzug. Anders als sonst fuhren wir nur bis zur Eingangshalle hinab. Ich wunderte mich.

»Fahren wir denn nicht mit dem Wagen?« Erstaunt folgte ich ihm nach draußen.

»Nein, ich hatte irgendwie Lust, heute mal zu laufen. Die frische Luft wird uns gut tun.«

Ich musste schmunzeln. Diese Seite von ihm gefiel mir. Hand

in Hand folgten wir der Menschentraube voller beschäftigter, hektisch eilenden Menschen.
»Also, wo wollen wir zuerst hin?« Er dachte einen Moment lang über meine Frage nach, sah dabei aus, als würde er im Kopf gerade einen genauen Plan von unserem Tag schmieden. »Was hältst du davon, wenn wir jetzt gleich irgendwo frühstücken gehen? Danach können wir mit der U – Bahn zum Campten Market fahren.«
Grinsend blickte ich zu ihm hoch. »Frühstück muss sein, ja.«
»Gut, ich kenne da ein kleines französisches Café, gleich hier um die nächste Ecke. Dort gibt es den besten Kaffee der Stadt und die Croissants da kommen frisch gebacken aus der hauseigenen Backstube.« Gebannt lauschte ich seinen Worten, mein Magen knurrte schon voller Vorfreude auf das leckere Frühstück.
Glücklich schlenderten wir die Straße entlang, bis zu dem Café, das er mir zeigen wollte. Das Wetter war traumhaft schön, die Sonne strahlte vom Himmel und lud uns mit ihren warmen Strahlen dazu ein, uns draußen auf der Terrasse des Lokals nieder zu lassen.
Wir setzten uns also an einen kleinen runden Tisch. Die Aussicht von da aus war vielleicht nicht gerade die schönste und der Lärm, den die Motoren der an uns vorbeifahrenden Autos verursachten, ließ jedes Gespräch nach einer lautstarken Auseinandersetzung klingen. Es war einfach schier unmöglich, sich bei dem Krach normal zu unterhalten, ohne dabei die Stimme zu erhöhen. Doch Miles hatte Recht, der Kaffee, den wir dann serviert bekamen, war mit Abstand der Beste, den ich je getrunken hatte. Das stark herbe Aroma machte die ungünstige, schlechte Lage des Ladens wieder wett. Zusätzlich zu dem Kaffee hatten wir noch einen kleinen Korb voll mit frisch gebackenen Croissants. Ich hatte selten etwas so leckeres gegessen. Als wir endlich pappsatt waren, winkte Miles die Bedienung an unseren Tisch heran. Er zückte seine Geldtasche, wollte schon bezahlen, als ich den Mund eben zum Sprechen öffnete, um mich gegen die Einladung zu wehren.
»Baby, sag jetzt nichts. Ich habe dich dazu eingeladen, mit mir

shoppen zu gehen, also bezahle ich auch.«
Sein strenger Tonfall duldete keinen Widerspruch, also hielt ich den Mund und sah zu, wie er sich die Quittung geben ließ. Er gab dem jungen Kerl, der uns bedient hatte, noch reichlich viel Trinkgeld oben drauf. Der Franzose, der bestimmt noch Student war, bedankte sich mit einem freundlichen »Merci« bei ihm.
Kurz darauf liefen wir auch schon die Treppen zur U – Bahn Station hinab.

VIERZEHN

Das laute Rattern der Bahnen auf den eisernen Schienen, vermischt mit dem Stimmengewirr der Menschen, die darauf warteten, ihre Plätze endlich einnehmen zu können, drang dabei an unsre Ohren. Angestrengt versuchten wir den wirren Fahrplan zu entziffern, der an einer steinernen Wand angebracht war.
»Kennst du dich da aus?«, fragte Miles mich und starrte weiter auf das riesige Plakat vor uns. Ich zuckte nur kurz mit den Schultern, »Nein, nicht wirklich.
Ich bin das letzte Mal mit den öffentlichen Verkehrsmitteln gefahren, als ich noch aufs College ging und das ist Jahre her.
Er lachte.
»Oh ja ich weiß, was du meinst. Früher dachte ich immer, das wäre alles so einfach, aber seither hat sich scheinbar einiges verändert. Sieh dir nur die vielen, bunten Linien an, wie soll man da wissen, welche Bahn die richtige ist?«
Wir gaben auf, drehten uns um und sahen uns nach jemandem um, der uns weiterhelfen konnte.
Eine junge Frau, sie war etwa um die zwanzig Jahre alt, wurde auf uns aufmerksam. Sie ging auf uns zu, machte kurz vor uns Halt.
»Hallo, Sie sehen aus, als könnten sie Hilfe gebrauchen.«
Ihre Stimme war fein und leise, wie die eines kleinen Mädchens. Gebannt starrte sie zu meinem gutaussehenden Freund hoch, der gut zwei Köpfe größer war als sie. Mich hatte der kleine Rotschopf, so wie es aussah, völlig aus ihrem Sichtfeld ausgeblendet, oder besser gesagt, hatte sie mich einfach mit voller Absicht ignoriert.
»Hey, ja wir wollen nach Campten Town. Wissen Sie, wie wir da am schnellsten hinkommen?«, fragte Miles das junge Ding und zog mich dabei, die Hand auf meiner Hüfte ruhend, noch näher an sich heran. Ihr durchdringlich scharfer Blick fiel auf mich, ehe sie ihm wieder direkt in die Augen sah.
»Ja, klar ...«, mit wenigen Worten erklärte sie uns, wie der Fahrplan funktionierte und zeigte uns auf der blinkenden

Anzeige welchen Zug wir nehmen mussten.
»Danke, damit haben Sie uns den Tag gerettet«, grinste Miles sie freundlich an. Dann verschwand sie auch schon wieder in der Menschenmasse, die sich vor uns in ein Zugabteil quetschte.
»Die arme Frau«, scherzte ich und kniff ihn dabei in den Oberarm.
»Warum arm? Ich hab doch gar nichts gemacht.«
Frech grinsend nahm er mich bei der Hand und zog mich mit sich auf eine Bank, sodass ich auf seinem Schoß zum Sitzen kam. Meine Beine pendelten seitlich an seinen vorbei, meine Schuhspitzen berührten nur knapp den Betonboden.
»Ach, hör doch auf. Allein dein Aussehen müsste schon verboten werden, Mr. Universe«, wisperte ich in sein Ohr. Wieder lachte er auf, küsste meine Wange und blickte hinauf zu der grell blinkenden Anzeigetafel über unseren Köpfen.
»Die Nächste müssen wir nehmen«, erklärte er, hob mich von seinem Schoß und stand auf.
»Ich hole uns schon mal die Tickets.«
Obwohl sich alles in mir dagegen sträubte, ihn wieder bezahlen zu lassen, ließ ich es ihm durchgehen. Normalerweise mochte ich es nicht besonders, wenn andere ihr Geld für mich ausgaben. Erstens hatte ich selbst genug davon und zweitens fühlte ich mich einfach wohler, wenn ich mir meine Sachen selbst finanzieren konnte.
Die Bahn war rappelvoll. Es blieb uns nichts anderes übrig, als die Fahrt über zu stehen und uns von den anderen Passagieren herumschubsen zu lassen. Eigenartigerweise hatte ich die Fahrten mit den öffentlichen Verkehrsmitteln ganz anders in Erinnerung, irgendwie ruhiger und bequemer.
Ich war heilfroh, als wir unser Ziel, Campten Town, endlich erreicht hatten und freute mich schon auf die vielen kleinen Läden, die nur darauf warteten, von uns entdeckt zu werden. Der kleine Stadtteil war voll mit Studenten, Künstlern, Musikern und Verkäufern, alle Nationen waren vertreten. Alle zwei Meter wehte uns ein anderer aufregender Duft um die Nase.
Ich wusste gar nicht, wo ich zuerst hinsehen sollte. Es fühl-

te sich genauso an wie früher. Als junge Studentin hatte ich zusammen mit Cherry und drei anderen Jungs, nicht weit von hier, eine WG. Wir verbrachten jede freie Minute auf dem weitläufigen Markt. Das Essen dort schmeckte fantastisch und war dazu auch noch günstig. Wenn es unsere schmalen Geldbeutel zuließen, kauften wir uns auch das eine oder andere neue Dekostück dort, um unsere triste Wohnung damit etwas zu verschönern. Seither hatte sich kaum was verändert. Zwar hatten sich neue Händler angesiedelt, aber das entspannte Ambiente, das ich so liebte, war immer noch das Selbe. Freudestrahlend entdeckte ich einen kleinen, aber feinen Antiquitätenladen. Das Schaufenster des Ladens lud mich nur so zum kaufen ein, es war über und über mit alten Möbelstücken aus den achtziger Jahren bestückt.
»Sollen wir mal reingehen? Vielleicht haben wir Glück und die liefern uns die Sachen sogar nach Hause.«
»Oh ja«, strahlte ich ihn an, »das wäre klasse.«
Die Tür quietschte, ein leises Glockenspiel erklang und wir traten ein. Der Laden war das reinste Paradies für mich. Jede Ecke, selbst wenn sie noch so winzig war, war mit Möbeln und Dekorationsartikeln voll gestellt. Von der Decke hingen viele verschiedene Lampenschirme. Jeder davon war ein Unikat. Miles grinste mich an, meine Begeisterung für den alten Kram amüsierte ihn. Schon beim ersten Mal, als er meine Wohnung betrat, betrachtete er den Mix an alten und neuen Möbeln, mit denen ich mich eingerichtet hatte, mit Skepsis.
Kein Wunder, er selbst stand auf alles was modern und aktuell war, aber wer weiß, vielleicht würde er sich ja eines Tages von meinem Tick anstecken lassen und selbst eine Vorliebe für Antiquitäten entwickeln. Ich war wie im Rausch, am liebsten hätte ich meine ganze Wohnung mit den Sachen eingerichtet. Die Entscheidung fiel mir nicht leicht, aber nach zwei Stunden standen wir dann doch endlich vor dem Ladentisch, um zu bezahlen. Die alte Dame, die uns bediente, strahlte übers ganze Gesicht, als sich die Liste der Sachen, die ich ihr abkaufen wollte immer weiter füllte.
»Ich hoffe, sie nehmen auch Kreditkarten«, lächelte ich sie

freundlich an und kramte gleichzeitig in meiner Tasche, um meine Geldbörse raus zu holen.
»Aber sicher doch. Wenn sie wollen, kann mein Mann ihnen die Sachen auch gerne zu Ihnen nach Hause bringen.«
»Das wäre lieb, danke sehr«, schnell kritzelte ich ihr meine Adresse und die Telefonnummer auf einen kleinen Zettel und suchte weiter nach meinem Portemonnaie und langsam wurde ich nervös. Es war weg. Hatte ich es überhaupt eingepackt?, dachte ich, als mir mit einem Mal ein Licht aufging. Miles hatte mir doch die Tasche in die Hand gedrückt.
Schelmisch grinsend sah er mich an, »Soll ich das fürs Erste übernehmen?« »Ja, bitte«, knurrte ich.
Ich wusste genau, weshalb er so selbstzufrieden dreinblickte. Mit einem gespielt freundlichen Lächeln verabschiedete ich mich von der alten Dame und folgte ihm wieder in die schmale Gasse hinaus. Er wäre schnurstracks weiter gelaufen, so als ob nichts geschehen sei.
»Miles, warte!«, rief ich ihm verärgert hinterher. Erstaunt blickte er zu mir zurück.
»Was ist? Ich dachte, wir wollten shoppen gehen.«
Dachte er tatsächlich, dass alles in Ordnung war?
»Nein. Ich gehe hier nicht weg, bevor du mir nicht gesagt hast, warum du das getan hast.«
Fest davon überzeugt, mich nicht von ihm umstimmen zu lassen, verschränkte ich die Arme vor meiner Brust und blieb stehen. Mit langsamen Schritten ging er auf mich zu. Sachte strich er mir über meine Arme, sah mir in die Augen und sagte: »Baby, ich will nur, dass du zulässt, dass ich dir was Gutes tue. Wenn ich könnte, würde ich dir die Welt zu Füßen legen, lass mir doch wenigstens die Freude, dich zu beschenken.«
Leise seufzte ich auf. »Hm ..., ich freue mich ja über Geschenke von dir, aber deswegen musst du mir nicht mein Geld wegnehmen.« Er grinste.
»Ich hab es dir nicht weggenommen Baby, ich hab nur dafür gesorgt, dass es zu Hause bleibt und du es dir aufsparst.«
Verdammt! Ich konnte ihm einfach nicht lange böse sein. Ein Blick in diese wundervollen Augen reichte und ich schmolz

wieder dahin. Wie stellte er das nur an? Ob da irgend ein Trick dahinter steckte?

»Gut, ich verzeihe dir. Aber dafür sage ich dir, wovon ich eine Rechnung haben möchte, damit ich dir das Geld dann wieder zurück geben kann.«

»Ja okay, aber nur von kleinen Dingen, wie Tampons oder so ein Zeug«, ich lachte laut auf, legte meine Hand wieder in seine und so schlenderten wir weiter, durch die mit bunten Verkaufsständen umsäumten Straßen. Es war bereits kurz nach Mittag, als uns ein köstlicher Duft in die Nase stieg. Unsere Mägen knurrten und der Appetit auf etwas frisch gekochtes war groß. Also folgten wir der Spur, die uns zu einem kleinen Imbiss führte. Inmitten der vielen Bekleidungsgeschäfte kochten zwei Spanier, einer war deutlich älter als der andere, in zwei riesigen Pfannen Paella.

»Komm Baby, lass uns da was essen«, schlug Miles vor und reihte sich in der Schlange, die sich vor dem kleinen Stand bereits angesammelt hatte, ein und ich folgte ihm.

Vor uns standen noch zehn andere Leute, denen alle samt das Wasser im Mund zusammenlief. Gespannt sahen wir den beiden Köchen zu, wie sie ihre scharfen Messer nur so auf die Zutaten vor ihnen sausen ließen. Im Nu wurden die Portionen verteilt, es dauerte keine zehn Minuten, bis auch wir uns mit unseren zwei gefüllten Tellern einen Platz suchen konnten. Wir entschieden uns für einen kleinen, viereckigen Tisch, von dem wir eine gute Sicht auf das Treiben auf den Straßen hatten.

Die drei Taschen mit allerlei Schmuck, exotisch duftenden Ölen, selbst gegossenen Seifen und noch vielem anderen Zeug, hatte ich mir zwischen meine Beine geklemmt. Um uns herum war es laut, der Klang unterschiedlicher Akzente vermischte sich mit Bruchstücken von Gesprächen. Einen Teil der verschiedenen Sprachen konnte ich noch nicht einmal richtig zuordnen.

Meine Aufmerksamkeit galt aber vor allem einem Straßenmusiker, der nicht weit uns sein Programm abspielte. Seine Stimme strahlte eine gewisse Wärme aus, war so tief und sanft, dass sie mir eine angenehme Gänsehaut über den Rücken jagte. Mit geschlossenen Augen hätte man, der Stimme nach zu urteilen, einen Mitte vierzig jährigen Cowboy mit zerschlissenen Jeans, abgenutzten Lederstiefeln und Hut erwartet. Ein Jonny Cash Double, sozusagen. Doch in Wahrheit stand da ein Punk, die bunt gefärbten, langen Haare zu einem Irokesen gestylt, das Gesicht voll mit Metallen verziert und die Arme bis zur Schulter hoch tätowiert, stand er da, in mitten der vielen teils gut gekleideten, an ihm vorbeilaufenden Menschen und coverte Country Songs. Seine Finger flogen wie von selbst über die Saiten seiner, mit rebellischen Stickern beklebte, Gitarre. Vor seinen kaputten, schwarzen Schuhen lag ein Hut, in den hin und wieder mal etwas Geld geworfen wurde. Ich wurde wütend, wenn ich die verabscheuenden Blicke sah, die ihm manche Leute zuwarfen, so als wäre er nichts als ein Stück Dreck.

Verständnislos schüttelte ich den Kopf. Warum mussten alle immer nur nach dem Äußeren gehen? Der junge Kerl war talentierter als es so mancher Kandidat in den vielen Castingshows war, die jede Woche im Fernsehen zu sehen waren. Er hätte auf jeden Fall mehr Aufmerksamkeit verdient. Mein Blick fiel auf den Stapel CD´s die neben ihm lagen. Eine war so hingestellt, dass man auch das Cover davon lesen konnte. Musik ist meine Rebellion, stand darauf geschrieben.

Da hatte ich eine Idee. »Schatz, ich weiß, was du mir schenken kannst.«

Miles folgte meinem Blick zu dem Sänger.

»Du willst, dass ich ihm eine von den CD´s abkaufe?« Ich nickte.

»Ja, er ist gut.«

»Finde ich auch«, stimmte er mir lächelnd zu. »Sobald wir den Wein ausgetrunken haben, gehen wir hin okay?«

Die zehn Pfund, die Miles ihm dann später in die Hand drückte, waren - wie ich fand - gut investiert.

Ich freute mich schon darauf, mir daheim die Songs anhören zu können.

»Was hältst du davon, wenn ich uns gleich mal ein Taxi rufe?«,

fragte Miles mich, nachdem er auf die Armbanduhr sah, die an seinem rechten Handgelenk funkelte.
Im Gleichschritt schlängelten wir uns durch die Gruppen von Menschen, die vor uns gingen.
»Willst du schon nach Hause?«
»Nein, wir fahren vorher noch zum Schneider. Ich habe uns einen Termin geben lassen.« Prompt blieb ich stehen, zog ihn automatisch an mich ran. Mit einem festen Händedruck zwang ich ihn dazu, mich anzusehen.
»Ich dachte, du hast den Kontakt zu Janette abgebrochen!«, herrschte ich ihn an. Sein Blick wurde weich, zu weich, denn ich hatte Mühe, ihn weiter verärgert anzustarren.
»Beruhige dich, Baby«, sagte er schließlich. »Ich kenne auch noch andere Designer. David, ein guter Freund von mir, wird uns für die Einweihungsfeier einkleiden.«
Ich sah gebannt auf seine weichen Lippen, als mir ein riesengroßer Stein vom Herzen fiel. Gott sei Dank. Keine weitere Sekunde hätte ich diese Frau ertragen können. Erleichtert atmete ich auf.
»Na wenn das so ist, würde ich gern auf die Bahn verzichten und ein Taxi nehmen.«
»Gut, ich werde Oliver die Adresse von unserem Standpunkt schicken«, er nahm die drei Tüten in seinen Händen in eine Hand, wühlte sein Handy aus seiner Hosentasche und tippte etwas auf dem Display ein.
»Wer ist Oliver?«, fragte ich neugierig nach. »Einer meiner Chauffeure, er arbeitet schon seit Jahren für mich.«
»Oh, okay.«
Fünfzehn Minuten später hatten wir unsere Einkäufe auch schon in den Kofferraum der Luxuskarre gepackt, machten es uns auf der Rückbank gemütlich und fuhren in Richtung Innenstadt. Die Boutique, vor dem der Wagen letztendlich zum Stehen kam, machte einen relativ schlichten Eindruck auf mich. Umso größer war der Überraschungseffekt, als wir die Türe aufdrückten und ein langgezogener, hoher, eleganter Raum zum Vorschein kam.
Die Wände waren über und über mit Kleiderstangen besetzt.

Ein Kleid war schöner als das andere, von der Decke hingen vier strahlende, mit Diamanten besetzte, Kronleuchter. Im hinteren Teil des Ladens befanden sich die Umkleidekabinen und im breiten Gang, zwischen den acht gegenüberliegenden Türen, luden grau gepolsterte Sessel zum verweilen ein. Wir standen bereits vor dem pompösen, weiß lackierten Ladentisch, als ein junger, schlaksiger und südländisch aussehender Mann, mit ausgebreiteten Armen und einem strahlenden Lächeln auf den Lippen, auf uns zu kam.
»Hallo ihr beiden«, begrüßte er uns.
Miles bekam zusätzlich eine kräftige Männerumarmung, ich jeweils einen Kuss auf die Wangen.
Sein Gesicht war glatt rasiert, was wahrscheinlich auch der Grund für sein jugendliches Aussehen war. Miles hatte mir im Auto von ihm erzählt und meinte, dass er 30 Jahre alt war. Doch in Wahrheit sah er aus, als hätte er soeben erst seinen 25. Geburtstag gefeiert. Seine Augen waren schmal, die Farbe der Iris dunkelbraun, was perfekt zu den pechschwarzen, zu einer Tolle gestylten, Haaren passte.
»Wie sieht´s aus, ist mein Smoking schon fertig?«, fragte Miles.
»Ja, wenn du willst, kannst du nach hinten zu Travis in die Schneiderei gehen, er soll ihn dir zur Anprobe geben. Ich kümmere mich in der Zwischenzeit um deine Perle«, augenzwinkernd lächelte er mich freundlich an.
»Ist gut. Baby, ich sehe später wieder nach dir«, nach einem flüchtigen Kuss war er auch schon hinter dem Vorhang verschwunden, hinter dem David zuvor hervor gekommen war.
»Also Schätzchen, dann wollen wir mal sehen, was wir dir schönes zaubern. Das Kleid soll für die Einweihungsfeier von Mrs. Dubrovskys neuem Penthouse sein, nicht wahr?«
Ich nickte.
»Da habe ich das perfekte Outfit für dich. Warte einen Moment hier.«
Mit schnellen Schritten verschwand auch er hinter dem Vorhang und ich stand wieder alleine da. Als er einige Sekunden später mit einem bodenlangen Kleid wieder zu mir zurück

kam, blieb mir glatt die Spucke weg. Das Designerstück von Jannette war schon wunderschön, aber dieses hier übertraf einfach alles, was auch nur ansatzweise was mit Schönheit zu tun hatte. Es war einfach nur ... Wow.
»Na, was sagst du dazu?«, stolz präsentierte er mir den purpurroten, seidenen Stoff.
»Das, das ist fantastisch ...«, stotterte ich.
»Dann los, probiere es an. Ich will wissen, wie es an dir aussieht.«.
Eifrig nickte ich, ging mit dem Kleid in meinen Händen nach hinten zu den Kabinen und schälte mich aus meinen Klamotten.
»David, könntest du mir beim Schließen des Reißverschlusses vielleicht behilflich sein?«, rief ich und betrachtete mich in einem der Spiegel, die vor den Kabinen angebracht waren.
»Selbstverständlich.«
Die Maße waren perfekt. Das Kleid passte mir wie angegossen. Der fließende Stoff passte sich perfekt an meine Kurven an und reichte bis zum Boden. Es war eng, schmiegte sich an meine Haut, ein langer Schlitz ließ jeden einen Blick auf mein rechtes Bein erhaschen. Anders als das Kleid, das ich auf Charlenes Charity Event trug, war dieses nicht schulterfrei. Es hatte transparente, rote, aufwändig bestickte lange Ärmel.
»Du wirst von Tag zu Tag schöner«, drang da plötzlich Miles Stimme von vorne her an mein Ohr. Ich errötete.
»Da hat er ausnahmsweise mal recht«, stimmte David ihm zu.
»Das Kleid steht dir großartig. Ich werde Travis sagen, dass er die Ärmel noch um ein paar Millimeter kürzen soll. Ihr könnt es dann am Mittwoch abholen.«
Feinfühlig steckte er den Saum des rechten Ärmels mit zwei Stecknadeln fest und schickte mich wieder in die Kabine zurück, um mich umzuziehen. Zurück am Verkaufstisch stellte er Miles noch eine Rechnung aus und verabschiedete sich von uns.
»Es war mir eine Freude, meine Liebe«, wieder küsste er mir die Wangen.
»Und du mein Leber, passe mir auf die Kleine gut auf, sie ist

ein Lottogewinn für dich.«
»Das mache ich«, versprach Miles und drückte sanft meine Hand, die in seiner lag.
So war nun schon beinahe ein ganzer Tag vergangen, es war bereits vier Uhr nachmittags. In einer Stunde würde Lucia vor der Tür stehen. Der Gedanke daran wühlte mich innerlich auf und auch Miles wurde immer unruhiger. Doch ich wusste, dass wir keinen Rückzieher machen durften. Wir mussten da durch, nur so hatten wir eine Chance auf unser gemeinsames Glück. Wir setzten uns in den Wagen, der vor der Tür auf uns wartete und ließen uns von Oliver nach Hause fahren.
Meine Klamotten rochen fürchterlich, nach den vielen verschiedenen Gerüchen, die uns auf unserem Ausflug in die Nasen krochen. »Wollen wir noch kurz unter die Dusche?«, fragte ich ihn und stellte die Tüten, die ich zur Tür rein getragen hatte, neben mir ab. »Ich weiß nicht.
Vielleicht wäre mein Gestank ein gutes Mittel, um Lucia wieder zu verscheuchen«, grinste er und folgte mir dann doch ins Bad. Das heiße, auf uns herab prasselnde, Wasser tat gut. Mit dem Rücken an seine nasse Brust gelehnt seifte ich mich ein, während er etwas Shampoo auf meinen Haaren verteilte und dabei sanft meine Kopfhaut mit seinen Fingerkuppen massierte. Behutsam spülte er mir den Schaum aus den Strähnen, der Dampf beschlug das Glas der Kabine und ich genoss es in vollen Zügen. Dann drehte ich mich zu ihm um, drückte einen Klecks von seinem, nach Limone duftendem, Duschgel auf meine Handfläche und rieb ihn damit ein. Er schäumte am ganzen Körper und beobachtete jede noch so kleine Bewegung von mir. Lächelnd nahm ich ihm den Duschkopf aus der Hand und kreiste damit über seinen Oberkörper. Es war wundervoll, ihn so nackt vor mir stehen zu sehen, ihn zu berühren, seinen Duft zu riechen und das alles, ohne dabei auch nur an Sex zu denken. Es war einfach nur schön.
Danach trockneten wir uns gegenseitig ab, cremten uns ein und spazierten, nackt wie wir waren, ins Schlafzimmer. Dort holten wir uns beide ein paar frische Sachen zum Anziehen aus dem Schrank. Die Dusche hatte uns beruhigt. Ich selbst

war nicht mehr so angespannt wie vorher und auch Miles wirkte gelassener auf mich. Das er das bevorstehende Treffen mit Lucia nicht auf die leichte Schulter nehmen konnte, war mir klar. Doch er wusste genauso gut wie ich, dass die Aussprache mit ihr schon lange fällig war. Ich konnte nicht genau sagen weshalb, aber ich hatte trotz allem das Gefühl, dass es keinen besseren Moment dafür geben würde, als jetzt. Wir gingen wieder ins Wohnzimmer zurück, packten unsere neuen Errungenschaften aus und erfreuten uns daran. Der Tag mit ihm war fantastisch. Nichts, ja nicht einmal Lucia würde uns den vermiesen können. Davon war ich überzeugt.
Miles trug die beiden Seifen, die er mir gekauft hatte gerade ins Bad, als der Summer ertönte. Das musste sie sein. Aufgeregt richtete ich mich auf und folgte Miles, der auch gleich zur Tür schlenderte.
Die Spannung, die plötzlich in der Luft lag, war förmlich greifbar. Er drückte auf einen kleinen Knopf, als sich die Aufzugstüren auch schon öffneten und eine dunkelhaarige Frau vor uns stand. Strahlend lächelte sie ihren Ex Mann an, bis ihr Blick auf mich fiel und ihr Lächeln erstarb. »Lucia, komm rein.«
Mit geballten Händen machte er ihr den Weg frei und bat sie herein. Ich wusste nicht, ob es nun Wut war, die die Schuld für seine Anspannung trug, oder die Nervosität vor dem lange vor sich hin geschobenen Wiedersehen. Sie nickte stumm, stieg in ihren flachen Schuhen die Stufen hinab, in den offenen Wohnbereich. Das Leben hatte sie sichtlich gezeichnet. Obwohl sie, wie ich wusste, jünger war als Jamie, sah sie deutlich älter aus als ihr Bruder. Kleine Fältchen umrandeten die grünen, mit tiefen Augenringen umrandeten Augen. Die Haare hatte sie zu einem, seitlich an den Schultern hinabfallenden, Zopf geflochten. In meinen Gedanken fragte ich mich, wie sie wohl früher ausgesehen haben musste. Ich konnte mir vorstellen, dass sie damals mehr auf ihr Aussehen geachtet hatte. Das Sweatshirt, das sie trug, war ihr mindestens eine Nummer zu groß und hing ihr lose von den Schultern. Die schwarze Hose hingegen war eng und ließ mich erahnen, wie abgemagert der Körper

sein musste, der sich unter ihrer Kleidung verbarg.
»Setz dich«, wies Miles sie auf das Sofa hin. »Willst du was trinken?« Sie nickte, »Whisky wäre gut.«
Ich bemerkte, wie Miles unauffällig den Kopf schüttelte. Er ging in die Küche, kam mit zwei Gläsern Wasser und dem Glas Whisky zurück, stellte die Getränke auf dem Tisch ab, nahm mich bei der Hand und zusammen setzten wir uns gegenüber von der mir fremden Frau auf die Couch.
Sie nahm einen großen Schluck von dem Alkohol, atmete einmal tief durch und richtete ihre leeren Augen auf Miles.
»Du wolltest mit mir reden?« Miles nickte, ermutigend drückte ich sanft seine Hand.
»Ja ich denke, es wird Zeit für einen vernünftigen Abschluss. Du bist damals einfach abgehauen, ohne ein Wort zu sagen und das sollten wir nun endlich nachholen.« Ihre Hände zitterten, krampfhaft klammerte sie sich an das mit Eiswürfeln und Whisky gefüllte Glas in ihren Händen.
»Hör zu Miles, das, was da geschehen ist, tut mir leid. Aber wie du siehst, habe ich ja die Quittung dafür bereits bekommen«, niedergeschlagen blickte sie an ihrem Körper hinab. Stumm presste er die Lippen aufeinander, atmete hörbar durch die Nase, während er meine Hand immer fester umfasste.
»Meinst du etwa, dass du die einzige bist, die gelitten hat?«, platzte es da plötzlich aus ihm heraus.
»Denkst du mir ging es all die Jahre danach gut?«
Ein Moment voller Stiller verstrich, sie starrte in das halbvolle Glas vor sich, ihr Kiefer war angespannt und mein Herz schlug heftiger gegen meine Brust als je zuvor.
»Sieh dich doch mal an, Miles. Dir hat es doch an nichts gefehlt, hast dich durch die halbe Stadt gevögelt und nebenher deine Millionen gemacht. Was hat dir denn schon gefehlt?«, fragte sie ihn und ihre Stimme triefte nur so vor Neid und Missgunst, dass ich Mühe hatte, mich zusammen zu reißen und ihr nicht die Meinung zu sagen.
»Die Liebe hat mir gefehlt. Du hast mich zu einem eiskalten Arschloch gemacht, Lucia. Ganz allein du bist schuld daran, du und dein abscheuliches Verhalten.«

Seine harten Worte ließen sie zusammen zucken. Selbst ich war überrascht über seinen Gefühlsausbruch. Das war es, was ihn all die Jahre so sehr bedrückt hatte. Endlich hatte er den Mut, all den Hass loszulassen.
»A - aber ...«, stotterte sie und ich hörte, wie ihr das Heulen dabei im Halse stecken blieb.
»Nichts aber!«, herrschte er sie wutentbrannt an. Dann sah er mich an und sein Gesichtsausdruck veränderte sich, wurde sanfter, liebevoller.
»Sie ist es, die mir nach langer Zeit wieder gezeigt hat was es heißt, jemanden aus vollem Herzen zu lieben. Sie allein macht das wieder gut was du in mir zerstört hast.« Aufgeregt schnappte Lucia nach Luft, kippte den letzten Rest in ihrem Glas hinunter, stellte es lautstark auf dem gläsernen Tisch neben sich ab und stand auf.
»Dann haben wir ja nun alles geklärt! Ich werde morgen wieder nach Australien zurück fliegen. Ihr werdet nie wieder etwas von mir hören.«
Miles nickte nur. »Du weißt ja, wo die Türe ist.«
Stumm sahen wir zu, wie sich die Türen des Aufzuges hinter ihr schlossen. Mit einem Mal fühlte sich alles einfacher an, es war, als hätte sich mit ihr auch Miles` schwer auf der Seele liegende Last in Luft aufgelöst.
»Danke«, flüsterte er, während er meine Hand an seine Lippen führte und sie küsste, »Ohne dich hätte ich diesen Schritt nie gemacht.« Zärtlich streichelte ich ihm mit der anderen über seine Wange.
»Geht es dir denn jetzt besser?«
»Ja, ich fühle mich jetzt irgendwie freier, erleichterter.«
Seine Worte erinnerten mich daran, wie sehr auch ich mich schon so lange nach diesem Gefühl sehnte. Doch ich war noch nicht so weit. Es würde noch eine Weile dauern, bis ich mich, wie er, den Dämonen meiner Vergangenheit stellen könnte. Bis dahin würde mir Miles Liebe die Kraft schenken, die mir dazu noch fehlte.
Der lange Tag hatte mich ganz schön ausgelaugt, müde lehnte ich mich an seine Schulter, kurz darauf war ich auch schon

eingenickt. Stunden später, es war nach Mitternacht, wachte ich wieder auf. Ich drehte mich auf den Rücken, blinzelte und sah direkt in das Gesicht des Mannes, der mich selbst in meinen Träumen verzauberte.
»Guten Morgen, Schönheit.«
Langsam streichelte er über meine Haare.
»Hast du mich die ganze Zeit beobachtet?«, fragte ich und rieb mir den Schlaf aus den Augen.
»Hmm ...«, brummte er vor sich hin, »was hältst du davon, wenn wir ins Bett gehen?« Mein Gähnen war Antwort genug, sachte nahm er mich in seine Arme, stand auf und trug mich quer durch die Wohnung hindurch ins Schlafzimmer. Behutsam legte er mich zwischen den vielen Kissen ab, zog mich aus, schmiegte sich an mich und so schlummerten wir zusammen ein.
»Mhmmm ...«, grummelte ich in mein Kissen. Miles war so wahnsinnig hart, sein Schwanz rieb sich an meinen entblößten Pobacken, seine Hände tasteten sich nach vorne zu meinen Brüsten. Er streichelte mich, küsste meinen Nacken ....
Was für ein wundervoller Traum, dachte ich und kreiste aufreizend mein Becken an seiner Härte.
»Baby, ich will dich ... jetzt«, riss mich da plötzlich seine Stimme in die Realität zurück. Erschrocken drehte ich mich um.
Verdammt! Das war kein Traum, splitterfasernackt lag er neben mir, sein Penis so hart und steif, dass mir bei seinem Anblick kurz die Luft weg blieb.
Das kleine Vorspiel hatte mich schon so feucht und geil gemacht, dass ich nicht anders konnte, als mein Gewicht etwas zur Seite zu verlagern, ihn in die weiche Matratze unter uns zu drücken und mich auf ihn zu setzen. Sein Atem ging nur mehr stoßweise, die blauen, vor Lust triefenden, Augen weiteten sich. Sachte ließ ich mich auf ihn hinab sinken. Fühlte, wie sich erst seine heiße, von seinem Lusttropfen benetzte Spitze an meinem weichen Fleisch rieb und dann immer weiter, tiefer bis zum Anschlag in mir versank. Ein leichter Luftzug wehte durchs Fenster herein und ich erschauderte, stöhnte auf, als der kühle Wind über meinen nackten Rücken

kroch. Seine Hände lagen auf meinem Hintern, sie gaben mir den Rhythmus vor, in dem ich ihn ritt. Ich kreiste mit meinem Becken, wollte ihn noch tiefer noch fester in mir spüren. Stöhnend richtete er sich auf, hob seinen Kopf an, umfasste dann mit einer Hand meine linke Brust und umschloss die aufrecht stehende, dunkle Knospe mit seinen Lippen. Er saugte so fest daran, dass mich ein Leblicher Schmerz durchzuckte.
Gott, ich liebte dieses Gefühl.
Ja ich liebte es so sehr, dass ich mehr davon haben wollte. Meine Knie schmerzten bereits, ich wusste nicht mehr, wo mir der Kopf stand, doch ich ritt ihn immer weiter, immer schneller. Wie in einem Rausch ließ ich mich einfach gehen, spürte wie seine Hand auf meine runden Gesäßbacken hinabsauste, der Schmerz wie ein Blitz durch meinen Körper gejagt wurde und durch ein wohliges Kribbeln in meinen Zehen, dem Kitzler und meiner Fingerspitzen wieder verebbte. Es gab nicht genug Worte um zu beschreiben, was ich dabei empfand.
Stöhnend warf ich den Kopf in den Nacken, kratzte, vor Lust dahin schmelzend, über seine durchtrainierte Brust und schrie noch lauter auf, als mich ein überwältigender Orgasmus erfasste. Doch ich konnte nicht aufhören, immer noch am ganzen Leib zitternd vögelte ich ihn so lange, bis er sich selbst stöhnend und schwer atmend in mir ergoss. Erschöpft sank ich auf seine Brust hinab, lauschte seinem schnellen Herzschlag und hörte das Zwitschern der Vögel, die uns draußen einen neuen Tag ankündigten.
»Schönen guten Morgen, Baby«, grinste er in meine, vom Sex verschwitzten Haare, küsste sie zärtlich und blieb, die Nase darin vergraben, so liegen.
»Mmhmm...das ist allerdings ein guter Morgen«, murmelte ich, lächelte dabei zufrieden an seiner überhitzten Brust.
»Wirst du heute ins Büro fahren«, fragte er mich, als wir uns genug ausgeruht hatten.
Ich überlegte kurz. »Ja, könntest du vorher noch einen Blick auf Lexas Vertrag werfen? Ich möchte mich heute mit ihr treffen.«
»Klar, am besten hole ich uns gleich mal zwei Tassen Kaffee,

dann bringe ich das Kuvert gleich mit.« Nur widerwillig rollte ich von ihm runter und ließ ihn gehen. Zwei Tassen Kaffee in den Händen und die Papierhülle zwischen die Zähne geklemmt, kam er kurz darauf zu mir zurück.

»Hier«, sagte er, drückte mir einen Becher in die Hand und kroch unter die Decke, die ich mir um die Beine geschlungen hatte. Gemeinsam lasen wir uns den Vertrag durch. Es gab keinen Haken dabei, alles war bereits notariell beglaubigt worden, sodass keine Komplikationen entstehen konnten. Die Mitarbeiter würden, mitsamt der Firma und all ihren Anteilen, an mich weitergegeben werden. Es gab keine unbeglichenen Schuldlasten und ich könnte gleich durchstarten. Lexa hatte die Papiere bereits unterschrieben.

»Fehlt nur noch deine Unterschrift«, sagte Miles und reichte mir einen Stift. Ich atmete tief durch, ließ mir die Entscheidung noch einmal gründlich durch den Kopf gehen, dann kritzelte ich mit einem guten Gefühl im Bauch meinen Namen unter die Abmachung. Ab jetzt führte ich also eine eigene Firma.

Nun beeilte ich mich aber, wir tranken unsere Tassen leer, stellten uns noch schnell gemeinsam unter die Dusche, schlüpften in ein paar frische Klamotten und verabschiedeten uns dann auch schon an unseren Autos voneinander.

»Ich werde heute nach der Arbeit gleich zu mir nach Hause fahren«, teilte ich ihm mit.

»Wenn du willst, kannst du mich ja dort besuchen kommen.«

»Das muss ich wohl, wenn ich heute noch ruhig schlafen will.«

Ich hauchte ihm einen imaginären Kuss von meiner Handfläche hinterher, da verschwand er auch schon in seinem Wagen. Je näher ich dem Büro kam, desto mulmiger wurde mir, wenn ich daran dachte, Luke gleich begegnen zu müssen. Der Groll auf ihn war zwar schon etwas gedämpft worden, trotzdem hätte ich mich am liebsten vor dem anstehenden Gespräch mit ihm gedrückt. Doch dazu war es jetzt wohl auch schon zu spät.

Ich parkte mein Baby hinter dem Wagen, den Lexa mir für Außentermine zur Verfügung gestellt hatte, schnappte mir mein Zeug vom Beifahrersitz und machte mich auf den Weg in die Agentur. Lukes Kopf schoss augenblicklich in die Höhe, als er hörte, wie ich seine Kollegen begrüßte, die kurz von ihren Plänen hoch sahen und mir freundlich zu nickten. Unsere Blicke trafen sich. Er sah schlecht aus, man merkte sofort, dass ihm die Situation am Samstag ordentlich zugesetzt hatte. Tiefe Ringen zeichneten sich unter seinen Augen ab, wie viel er wohl geschlafen hatte seither?

Das Hemd ‚das er trug, war zerknittert und seine Haut wirkte irgendwie fahl, wenn nicht sogar leblos. Draußen hatte ich mir noch vorgenommen, erst mal an ihm vorbei zu gehen, er sollte selbst zu mir kommen, wenn er mir etwas zu sagen hatte. Doch jetzt, wo ich ihn so zerknirscht da sitzen sah, fasste ich mir doch ein Herz, ging zu ihm, umklammerte meine Unterlagen und fragte: »Können wir reden?« Als hätte er nur darauf gewartet, sprang er von seinem Stuhl hoch, nickte eifrig und folgte mir.

Den Weg nach hinten in mein Büro, sprachen wir kein Wort miteinander. Erst als ich die Tür hinter uns schloss, fing er schließlich an zu reden.

»Samantha, es ... es tut mir leid«, stotterte er, tritt dabei nervös von einem Fuß auf den anderen. »Das glaube ich dir sogar, aber du sollst dich nicht bei mir entschuldigen. Nicht ich bin es, die du so übel zugerichtet hast, sondern Miles.«

»Mmmmhm ... ja«, ich konnte sein Gemurmel kaum verstehen, setzte mich hinter meinen Schreibtisch und bat ihm den Stuhl vor mir an.

»Was ist nur in dich gefahren Luke?«, fragte ich ihn ruhig.

Er fühlte sich sichtlich unwohl, rutschte auf dem Sessel hin und her.

»Ich weiß es nicht. Als Cherry mir von der Party erzählt hat, kam einfach alles wieder hoch. Nach der Arbeit bin ich nach Hause gefahren und wollte den ganzen Ärger wieder mit Wodka runter spülen, ich wollte einfach vergessen ...«

»Dann bist du zu dem Haus deiner Eltern gefahren, um Miles eine Abreibung zu verpassen«, beendete ich seinen Satz.

»Nein! So war das nicht.«

Endlich wagte er es mich anzusehen und sprach weiter.
»Ich wollte ihn nicht schlagen. Doch als ich euch alle so da stehen sah, meine Mom, Sandra, Miles, wie er dich umarmte, da ... naja, da habe ich einfach rot gesehen.«
Stumm blickte ich ihn an. Sein Gesicht war von Schmerz erfüllt, die Augen rot durchlaufen vom Schlafentzug, die Lippen wieder fest aufeinander gepresst, als würde ihm noch etwas auf der Zunge liegen, was er jedoch nicht aussprechen wollte. Er litt anscheinend mehr unter der Situation, als ich anfangs gedacht hatte.
»Du kannst genauso ein Teil davon sein, Luke. Nur musst du dazu endlich aufhören, Miles zu hassen.«
Seine Handflächen rieben über die Oberschenkel. »Ich hasse ihn doch gar nicht, viel mehr hasse ich mich selber. Er war nur das Ventil, das ich brauchte, um meine Wut los zu werden.«
Beschämt sah er auf seine Schuhspitzen hinab. Das war es also. Miles war gar nicht der Grund für das alles, sondern Lukes schlechtes Gewissen. »Wenn ich nicht mit Lucia geschlafen hätte, wäre es doch nie so weit gekommen ...«, gestand er.
»Das ist wohl wahr, ja. Aber du kannst es auch nicht mehr rückgängig machen. Deine Familie jedoch wirst du nie verlieren, du stehst dir im Moment einfach nur selbst im Weg, Luke. Keiner von denen hasst dich für das, was du getan hast, ganz im Gegenteil. Charlene und Mark lieben dich immer noch wie ihren eigenen Sohn, du musst es nur zulassen.«
Meine Worte hatten ihn zum Nachdenken gebracht. Ich wusste, dass er noch lange darüber grübeln würde und genau das wollte ich damit erreichen. Er sollte sich noch einmal Gedanken darüber machen, was ihm wirklich wichtig war.
»Und was ist mit Miles? Er und Sandra werden mich niemals lieben, nicht nach all dem, was passiert ist«, bedrückt sah er zu mir hoch.
»Dazu solltest du dich fürs Erste bei ihm entschuldigen und dich vor allem mit ihm aussprechen. Miles ist kein Unmensch, ich bin mir sicher, dass er dir die Chance geben wird, um deinen Vertrauensbruch wieder gut machen zu können. Ihr müsst euch einfach langsam annähern«, ermutigte ich ihn. Es

gab im Moment nichts, was ich mir mehr wünschte, als dass die beiden Brüder wieder zueinander fanden. Miles hatte mir so viele neue Erkenntnisse, Liebe und Vertrauen geschenkt, dass ich ihm einfach etwas davon zurückgeben wollte.
»Wird er denn auch auf der Einweihungsfeier sein?«, fragte er zögernd. Ich nickte.
»Ja, wir werden zusammen hingehen.«
»Gut, dann werde ich dort mit ihm reden, du hast schon recht, mit dem was du sagst, Sam. Danke.«
»Schon gut. Aber versprich mir, dass du in Zukunft die Finger vom Alkohol lässt, ja? Ansonsten werde ich noch einen ganz anderen Ton anschlagen.« Er lachte.
»Ja, versprochen. Sind wir jetzt also wieder Freunde?«
»Wir sind Freunde ja, aber lass mir noch etwas Zeit, um das alles sacken zu lassen. Dein Auftritt hat mich auch ziemlich aufgewühlt.«
Sein Lächeln erstarb
»Okay, das verstehe ich schon. Dann mach ich mich jetzt besser auch wieder an die Arbeit. Wir sehen uns dann ja am Donnerstag.«
Er ging zur Tür raus und ich lehnte mich erleichtert zurück. Hoffentlich würden die beiden diese Party nicht auch noch platzen lassen. Der Gedanke verflog wieder genauso schnell, wie er gekommen war. Eilig zückte ich mein Handy, simste Lexa, das ich im Büro auf sie warten würde und danach stürzte ich mich auf die Pläne, die mir zur Kontrolle auf den Tisch gelegt wurden. Konzentriert war ich eben dabei, meine Mails zu checken, als es kurz vor Mittag an der Türe klopfte.
»Herein«, rief ich.
»Hallo Lexa, ich habe schon auf Sie gewartet.«
Schick bekleidet, die Haare wieder zu Locken gedreht, setzte sie sich auf den Stuhl, auf dem Luke zuvor noch saß.
Es fühlte sich eigenartig an, sie auf der anderen Seite des Tisches sitzen zu sehen. Noch vor ein paar Monaten war das immerhin noch mein Platz.
»Samantha, haben Sie sich den Vertrag durchgelesen?«
»Ja, ich habe ihn auch gleich unterschrieben. Bitte sehr.«

Ruhig reichte ich ihr den Umschlag über den Tisch.
»Sehr gut. Den Rest davon erledige ich dann bis Morgen. Würde es Ihnen etwas ausmachen, wenn wir die Belegschaft schon heute über die neuen Veränderungen informieren?«
»Nein, gar nicht. Es ist kurz vor Mittag, sollen wir jetzt noch zu ihnen raus gehen?«
»Das wäre bestimmt das Beste, ja. Kommen Sie«, sie zupfte noch ein paar Fusseln von ihrer schwarzen Hose und ging vor. Mit langsamen Schritten folgte ich ihr. »Alle mal herhören, ich habe etwas zu verkünden«, rief sie von der Mitte des Büros aus so laut, dass sie auch wirklich alle verstehen konnten. Leises Getuschel tönte durch den Raum, es dauerte ein paar Minuten, bis sich auch der Letzte vor uns eingefunden hatte.
»Ruhe bitte!«, rief Lexa und klatschte dabei in die Hände. Mit einem Mal verstummten die Gespräche, rund zwanzig Augenpaare waren nun auf uns zwei Frauen gerichtet.
»Wie ihr ja bereits mitbekommen habt, habe ich mich in letzter Zeit etwas von der Arbeit zurückgezogen.«
Einige Mitarbeiter nickten mit den Köpfen, andere starrten uns weiterhin stumm an.
»Ich habe eine schwere Krankheit diagnostiziert bekommen, dessen Heilung sich als deutlich schwieriger erwies, als man anfangs dachte. Aus diesem Grund habe ich den Entschluss gefasst, mich ganz aus der Agentur zurückzuziehen und jemand anderem meinen Platz zu überlassen.«
Wieder brachen alle in ein wirres Getuschel und Gemunkel aus.
»Dieser jemand«, sagte Lexa deshalb etwas lauter, »wird Mrs. Strong sein. Sie wird ab sofort die Leitung der Agentur übernehmen. Für euch alle wird es soweit keine weiteren Veränderungen geben, ihr werdet weiter für Sie arbeiten und das selbe Gehalt verdienen, wie zuvor auch. Ich danke euch, das wars.«
Kurz war es still, keiner wagte es zu sprechen, bis Cherry begann zu applaudieren und alle anderen ihrem Beispiel folgten.
»Beruhigt euch Leute«, dämpfte ich den Krach, »ich denke, ihr könnt nun langsam auch Mittagspause machen.«

Alle reichten Lexa im Vorbeigehen noch die Hand zum Abschied, nur wenige hatten ein paar nette Worte übrig, die sie ihr auf den Weg mitgaben, doch das schien sie nicht weiter zu wundern.
Sie wusste, wie streng und fordernd sie oft war.
»Ich bin mir sicher, dass die Firma mit ihnen als Chefin noch viel Erfolg haben wird, Samantha. Danke für alles.«
Nach einer herzlichen Umarmung folgte sie meinen Kollegen auch schon nach draußen. Erst jetzt wurde mir klar, dass ich nun diejenige war, die den Laden am Laufen halten musste. Wenn ich ehrlich war, fühlte es sich auch großartig an. Da ich nichts weiter mehr zu tun hatte und alles erledigt war, was ich mir für diesen Tag vorgenommen hatte, beschloss ich, schon früher nach Hause zu fahren. In letzter Zeit war ich so selten in meiner Wohnung, dass ich mich schon wieder richtig darauf freute, in meine eigenen vier Wände zu kommen.
Auf dem Heimweg rief mich die alte Dame aus dem Antiquitätenladen an, in dem wir gestern waren und gab mir Bescheid, dass mir ihr Mann Adam die Möbel in einer Stunde liefern würde. Ich freute mich wie ein kleines Kind zu Weihnachten. Eilig stürmte ich daraufhin in meine Wohnung, öffnete die Fenster, um etwas frische Luft rein zu lassen und schlüpfte in ein paar alte Jeans und ein abgewetztes Shirt, um mir die teuren Sachen bei der Arbeit nicht zu ruinieren. Der alte Herr war überpünktlich. Um Punkt halb zwei Uhr nachmittags klingelte er an meiner Tür. Zusammen schleppten wir die zwei Kommoden, den zerbrechlichen Kronleuchter und die aus Messing angefertigten Kerzenständer zu der Wohnung hoch.
»Ich hoffe, sie beehren uns bald wieder, Mrs.«, sagte der Mann freundlich und fuhr sich mit dem Handrücken über die verschwitzte, faltige Stirn. »Das werde ich. Danke für ihre Mühe und richten sie ihrer Frau liebe Grüße von mir aus.«
Mit einem herzerwärmenden Lächeln verabschiedete er sich von mir und stieg die Treppen hinab ins Erdgeschoss. Ich hörte die Eingangstüre ins Schloss fallen und machte mich an die Arbeit. Die Möbel sahen traumhaft schön aus, doch leider musste ich feststellen, dass ich mir wohl besser vor dem Kauf

hätte überlegen sollen, wo ich sie hinstellen würde. Es dauerte ewig, bis ich wenigstens für eine der zwei hölzernen Kommoden einen Platz gefunden hatte. Bei der anderen war ich jedoch ratlos.
Nach zwei Stunden wurde mir die ganze Grübelei darüber zu blöd.
Den Kronleuchter würde ich wohl doch besser anbringen können, dachte ich jedenfalls. Doch sogar das ging mehr oder weniger schief. Trotz der Leiter, die ich mir extra dafür aus dem Keller geholt hatte, waren die Decken einfach zu hoch für mich. Da konnte ich mich noch so sehr strecken, meine Fingerspitzen reichten noch nicht einmal bis ganz nach oben. Ich wollte soeben einen weiteren Versuch wagen, als mich die schrille Türglocke davon abhielt.
Ich öffnete die Tür und mein Retter stand vor mir. Miles blickte an mir vorbei zu der Stehleiter.
»Bist wohl zu klein, was?«, grinste er mich frech an.
Gekonnt verzog ich die Lippen zu einem Schmollmund.
»Nein, ich bin nicht zu klein, die Wände sind zu hoch.«
Lachend kam er herein, schloss die Tür hinter sich und nahm mir den Schraubenzieher aus der Hand.
»Na komm, lass mich das mal lieber machen.«
Ich war erstaunt, wie schnell er die Lampe angebracht hatte. Ruck zuck stand er auch schon wieder vor mir.
»Dafür habe ich aber jetzt einen Kuss verdient.«
»Auf jeden Fall ...« Seine Lippen legten sich auf meine.
»Warum hast du mich nicht schon eher angerufen?«, fragte er, »ich hätte dir doch geholfen.«
»Weil ich vor dir genauso gut alles alleine geschafft habe.«
»Also warst du zu stolz ...«, triumphierte er. Ich zuckte mit den Schultern. Er kannte mich wohl tatsächlich in und auswendig. Man konnte ihm einfach nichts vorspielen. Egal, wie oft ich es auch versuchte, er kam mir doch immer auf die Schliche.
»Warst du heute arbeiten?«, fragte ich ihn, zugleich holte ich mir eine Flasche Wasser aus dem Kühlschrank.
»Ja, aber nur für ein Meeting, den Rest habe ich dann noch zu

Hause erledigt«, er klappte die Leiter wieder zusammen und stellte sie im Flur ab.
»Tut es denn noch sehr weh?«, fragte ich und nickte auf seine, mittlerweile fast gänzlich, verblassten Flecken im Gesicht.
»Nein, es geht schon. Wie war dein Tag so? Hast du mit Luke geredet?«
Ich nickte.
»Komm, lass uns setzen, ich muss mit dir reden.«
Skeptisch folgte er meiner Bitte und setzte sich neben mich aufs Sofa. »Also, ja ich habe heute mit Luke geredet. Die Sache von Samstag tut ihm leid, der viele Alkohol hat einfach den Teufel in ihm geweckt. Er wollte dich eigentlich gar nicht schlagen.«
Voller Verachtung schnaubte Miles auf, ließ mich aber dennoch ausreden. »Er will doch im Grunde nichts anderes, als seine Familie wieder zurück haben.«
»Wenn er sich nicht wie der letzte, asoziale Penner benehmen würde, hätte er seine Familie auch noch«, konterte Miles.
»Das ist ja das Problem, er gibt sich selbst die Schuld für alles, was passiert ist. Luke hat eingesehen, dass er Fehler gemacht hat, aber die hast du auch gemacht und ihr könnt sie beide nicht mehr rückgängig machen.«
»Das weiß ich auch ...«, grummelte er in seinen Bart, verschränkte die Arme und wartete darauf, dass ich weitersprach.
»Selbst wenn er nicht dein leiblicher Bruder ist, gehört er dennoch zu deiner Familie. Ihr müsst retten, was noch zu retten ist. Gib ihm wenigstens die Chance, es wieder gutzumachen.«
Er sagte nichts, murmelte nicht mal vor sich hin, sondern starrte mich nur an und versuchte, irgendetwas in meinen Augen abzulesen, von dem ich nicht wusste, was es war.
»Du wünschst dir das wirklich, was?« Ich nickte.
»Gib dir einen Ruck, Schatz. Ihr könnt dabei doch nichts verlieren.«
Nachdenklich kraulte er sich seine Bartstoppeln.
»Also gut. Ich werde ihm die Chance geben, sich bei mir zu entschuldigen. Was danach kommt, kann ich nicht vorhersagen.«
»Danke«, ich warf mich freudestrahlend um seinen Hals. Wenn

er ausgeglichen war, war ich es auch. Somit hatten wir uns ein weiteres Stück des Weges geebnet, der noch vor uns lag.
»Können wir dann dieses Thema beenden und uns einen Film ansehen oder so?«
»Klar, du wählst aus. Ich muss noch schnell unter die Dusche.«
Mit einem Satz war ich auch schon unterwegs ins Badezimmer. Barfuß, mit Jogginghosen und einem Shirt bekleidet, kuschelte ich mich knapp fünfzehn Minuten später dann zu ihm unter die Decke. Zu meiner Verwunderung hatte er sich für Pearl Harbour entschieden, einen der romantischsten Filme, die ich kenne. Der Taschentuchalarm war also vorprogrammiert.
Etliche vergossene Tränen und zwei Tafeln Schokolade später, war der Film auch schon zu Ende. Die Nacht war angebrochen, draußen war es stockdunkel und Miles gähnte bereits mit mir um die Wette. Fix und fertig mühten wir uns ins Bett. Wie immer schliefen wir nackt, schmiegten unsere Körper eng aneinander und dösten schließlich auch ein.
Da wir am Vortrag schon um kurz nach einundzwanzig Uhr ins Bett gegangen waren, wachte ich am nächsten Morgen auch schon dementsprechend früh auf. Miles hingegen war noch tief in seine Träume versunken. Leise schälte ich mich aus der Decke, schlich zu meinem Schrank, wühlte eine enganliegende, schwarze Leggings, ein Sweatshirt und frische Unterwäsche aus den Regalen und tapste damit auf Zehenspitzen nach draußen.
Schnell schlüpfte ich in die Klamotten. Nachdem ich Miles noch eine kleine Nachricht auf dem Küchentresen hinterließ, hatte ich meinen I Pod auch schon am Kragen des Shirts festgesteckt, die Laufschuhe angezogen und war im Nu zur Tür raus spaziert. Im Eiltempo trippelte ich die Treppen hinab, blieb draußen vor der Eingangstüre noch einen Moment stehen, um meine Muskeln aufzuwärmen und lief dann los.
Es war schon eine ganze Weile her, das ich das letzte Mal so früh morgens raus bin, um zu joggen. Aus irgendeinem, mir unerklärlichen, Grund hatte ich aber heute einfach Lust dazu. Der schnelle Rhythmus der Musik in meinen Ohren spornte mich immer weiter an. Die Sonne ging auf und die Stadt

erwachte langsam wieder zum Leben. Ladenverkäufer öffneten die Rollläden ihrer Geschäfte, Taxis hupten mit anderen um die Wette, der Duft von frisch gemahlenen Kaffeebohnen wehte mir um die Nasenspitze. Ich lief immer weiter, ließ alles an mir vorüberziehen, lauschte der Musik, die mir in die Ohren dröhnte und konzentrierte mich darauf, gleichmäßig zu atmen. Es tat so gut, einfach mal loszulassen, den Kopf auszuschalten und ohne ein genaues Ziel zu haben einfach loszusprinten.

Es war großartig. Kurz vorm St. James Park legte ich dann doch eine Verschnaufpause ein. Atemlos warf ich einen Blick auf meine Armbanduhr. Ich war nun schon gut eine volle Stunde unterwegs. Miles war bestimmt schon lange wach und wartete auf mich. Kurzer Hand beschloss ich umzukehren, um wieder zurück, nach Hause, zu laufen. In einer kleinen Bäckerei, einen Block vor meinem Appartement entfernt, kaufte ich noch ein ein paar frisch gebackene, noch warme Brötchen fürs Frühstück. Die Wangen hochrot und mit schmerzenden Fußsohlen betrat ich einige Minuten später meine Wohnung. Das Rauschen der laufenden Dusche drang an mein Ohr. Er war also schon wach.

Gut gelaunt und völlig verschwitzt ging ich dem Geräusch nach, legte die Brötchen auf der Küchentheke ab, schälte mich aus meinen, vom Schweiß klebrigen, Klamotten und stieg zu Miles unter die Dusche.

»Hey, du Meistersportlerin«, grinste er mich an und tupfte mir einen Klecks von dem Schaum, der seinen Körper bedeckte, auf die Nasenspitze.

»Guten Morgen, du Schlafmütze.«

Auch wenn es noch nicht einmal zwei Stunden her war, seitdem ich mich aus dem Bett geschlichen hatte, freute ich mich schon wieder ihn zu sehen, ich konnte einfach nicht genug von ihm bekommen. Wir duschten ausgiebig lange, seiften uns gegenseitig ein, ich wusch mir die Haare. Danach gingen wir beide nur mit einem Handtuch bedeckt auf nackten Sohlen in die Küche. Miles bot mir an, sich um den Kaffee zu kümmern, nebenher konnte ich etwas Butter, Marmelade und die

Brötchen auf den Tisch stellen. Eine Karaffe voll frisch gepresster Orangensaft rundete das alles noch schön ab.

»Das bisschen Sport war doch anstrengender, als ich dachte«, sagte ich und rieb mir über die verspannten Waden. Beim nächsten Mal musste ich mich auf jeden Fall besser aufwärmen, fünf Minuten waren, wie man sah, eindeutig zu wenig Zeit dazu.

»Frühsport kannst du mit mir auch jeder Zeit haben, Baby.«
Frech grinsend nahm er einen kräftigen Bissen von dem Brötchen in seiner Hand.

»Du meinst wohl deinen Matratzensport ...«, konterte ich kokett.

»Du weißt doch, dass ich dich überall gerne nehme ...« Etwas Dirty Talk am Morgen, vertreibt Kummer und Sorgen, reimte ich in Gedanken, trank einen Schluck von dem Kaffee und schmunzelte vor mich her.

»Wie sieht dein Plan für heute aus? Gehst du zur Arbeit?«, wollte ich wissen.

»Ja, heute muss ich wieder hin. Wir veranstalten heute Abend eine firmeninterne Feier, ich muss noch eine Präsentation dafür fertigstellen. Kann also sein, dass ich erst spät abends heim komme.«

»Oh, okay. Dann werde ich heute hier schlafen.«

Er wurde still, zu still. Sagte kein Wort, saß nur da und kaute bestimmt zum sage und schreibe hundertsten Mal auf dem Stück Brot in seinem Mund herum.

»Schatz, ist alles in Ordnung?«, fragte ich ihn und war tatsächlich um ihn besorgt. - Hatte ich etwa was falsches gesagt? Er würgte das aufgeweichte Stück Weißbrot hinunter und sah mich zerknirscht an.

»Na ja, ich ...«, murmelte er, »... ich fände es schön, wenn du bei mir schlafen würdest, so hätte ich etwas, worauf ich mich während der öden Feier freuen kann.«

Also hatte ich nicht wirklich was falsch gemacht, ich wusste nur nicht, dass er mich so gerne um sich hatte, dass er noch nicht einmal mehr eine Nacht ohne mich ertrug. So sehr ich meine eigenen vier Wände auch liebte, viel mehr noch liebte ich ihn. Bei diesem zuckersüßen, sexy Blick, mit dem er mich ansah, konnte ich ihm einfach nichts abschlagen, also beschlossen wir, dass ich die nächste Nacht wieder bei ihm verbringen würde. Nun wurde es aber auch Zeit, dass wir uns beeilten. Miles musste in einer Stunde im Büro sein. Er hauchte mir einen Kuss auf die Stirn, stand auf und eilte ins Bad. Ich hingegen konnte mein Frühstück noch in Ruhe genießen. Im Büro würden sie diese Woche auch noch ohne mich ganz gut klar kommen.Bei Annette war auch schon alles erledigt, also konnte ich das bisschen Freizeit, das ich nun hatte, für mich nutzen.

»Hier, ich werde so schnell nach Hause kommen, wie ich kann«, sagte Miles hinter mir, als ich dabei war den Tisch abzuräumen und drückte mir eine schwarze, glänzende Karte in die Hand.«

Die Schlüsselkarte seiner Wohnung!

»Aber wie kommst du dann rein, wenn ich jetzt die Karte habe?«, fragte ich und drehte mich erstaunt zu ihm um.

»Das hier ist deine, ich habe sie schon vor ein paar Tagen anfertigen lassen.«

Sprachlos sah ich ihn an. Schon wieder hatte er mich völlig überrumpelt. Wollte er mir damit etwa sagen, dass ich bei ihm einziehen sollte? Das konnte nicht wahr sein.

»Aber warum?« hakte ich also nach.

»Ich habe dich gerne bei mir Baby, darum.«

Nach einem flüchtigen Kuss war er auch schon zur Tür raus spaziert. Zum Teufel noch mal.

Was war das denn? Verwirrt stellte ich das schmutzige Geschirr in die Spülmaschine, zog mich an und kämmte mir die Haare und machte mich für den bevorstehenden Tag fertig. Planlos, was ich nun mit der freien Zeit anstellen sollte, machte ich mich fürs Erste daran, meine Wohnung wieder auf Hochglanz zu polieren. Die letzten Tage hatte sich ziemlich viel Staub angesetzt, dem ich nun zu Leibe rücken musste. Völlig ausgepowert ließ ich mich vier Stunden später aufs Sofa sinken. Ich hatte mir echt den Arsch aufgerissen. Alles blitzte und funkelte wie neu. Sogar die Fenster hatte ich

geputzt, obwohl das genau die Putzarbeit war, die ich immer am längsten vor mir her schob.
Nun war es kurz nach Mittag. Allmählich wurde ich hungrig, doch allein schon bei dem Gedanken daran, alleine essen zu müssen, verging mir der Appetit. Spontan nahm ich mein Handy in die Hand und verabredete mich mit Jamie zum Lunch. Er freute sich riesig über meinen Anruf und hatte noch circa zwei Stunden Zeit, bis er zur nächsten Fashion Show rasen musste. In Windeseile tauschte ich mein, vom Putzen eingesautes, Shirt durch ein anderes ein, schnappte mir meine Tasche und sauste nur wenige Minuten später auch schon die Treppen hinunter. Wir wollten uns in einem angesagten Burger Restaurant in Hackney treffen. Einige rote Ampeln bremsten mein schnelles Tempo, doch knapp eine halbe Stunde später hatte ich den Parkplatz vor dem Laden auch schon erreicht.
Jamie war bereits da, saß an einem kleinen Tisch, der unter einem breiten Fenster stand.
»Hey Aphrodite, da bist du ja«, begrüßte er mich und stand auf, beugte sich über den Tisch und küsste meine Wangen.
»Gott sei Dank hast du noch Zeit für mich«, sagte ich und setzte mich gegenüber von ihm auf den hölzernen Stuhl.
»Ach, hast du etwa heute nichts zu tun? Jetzt, wo du doch Chefin von Strong Architectures bist.«
Überrascht sah ich ihn an. »Woher weißt du denn nun schon wieder davon?«
»Connections, meine Liebe ...«, grinste er. War klar, dachte ich und gab der Bedienung, die soeben an unseren Tisch heran kam, meine Bestellung. Der Cheeseburger sah auf den Bilder schon zum anbeißen aus und ich hoffte, dass sie in der Küche nicht all zu viel unter Stress standen und ich bald in das saftig aussehende Fleisch beißen könnte.
»Also nein, ich habe diese Woche noch frei, am Donnerstag gehe ich mit Miles zu der Einweihungsfeier von dem Penthouse, das ich umgestaltet habe.«
»Das Dubrovsky Projekt ist dann also abgeschlossen?«, fragte er. Ich nickte, »Ja, in der Zwischenzeit sind aber schon wie-

der neue Aufträge reingekommen, um die wir uns am Montag dann kümmern werden.«
»Das klingt doch gut. Wie geht's Miles eigentlich nach der Sache mit Luke?«, gebannt sah er mich an.
»Die beiden werden sich wieder vertragen, zumindest wollen sie es versuchen«, sagte ich stolz und spürte die Freude, die dabei in mir aufkam.
»Das haben sie allein dir zu verdanken, stimmts?«
»Sagen wir es mal so, ich haben ihnen den nötigen Denkanstoß dafür gegeben.«
»Du bist eine wahre Göttin, Samantha.«
Unsre Teller wurden an den Tisch gebracht, es roch einfach fantastisch und sah obendrauf noch viel besser aus, als auf den Bildern in der Karte. Das Brötchen des Burgers war goldbraun gebacken, weicher, geschmolzener Käse rann über das saftig gebratene Stück Fleisch, ich fühlte mich, als wäre ich im Himmel angekommen. Der Teller war dazu noch mit frischem, köstlich mariniertem Salat und selbstgemachten Kartoffelwedges garniert.
»Bon Appetit«, sagte ich, nahm den handlichen Burger in die Hand und biss herzhaft zu. Der wahnsinnig gute Geschmack löste ein wahres Feuerwerk in meinem Mund aus. Meine Geschmacksknospen drohten dabei zu explodieren, endlich wurde mein Hunger gestillt. Die weite Fahrt hatte sich eindeutig gelohnt.
»Wie siehts aus, hast du noch Platz für einen Kaffee?«, fragte mich Jamie, als wir schließlich vor unseren leer geputzten Tellern saßen. »Kaffee geht immer.«
»Gut, dann bezahlen wir noch und holen uns draußen einen, um die Ecke ist ein toller Coffeeshop.«
Gesagt, getan. Nach zehn Minuten spazierten wir auch schon zu dem besagten Cafe, kauften uns zwei Becher Kaffee und schlenderten damit durch die Straßen. Auf unserem Verdauungsspaziergang erzählte er mir von der Fashionshow, zu der er gleich fahren musste.
»Du kannst dir gar nicht vorstellen, wie hässlich manche Models ohne Schminke aussehen«, lästerte er und musste

dabei selbst schon lachen. Seine gute Laune war ansteckend. Ich war froh, ihn als neuen Freund gewonnen zu haben. Gemeinsam liefen wir zu unseren Wagen zurück. Für die Verabschiedung blieb nicht mehr viel Zeit, ein kurzes Winken und schon fuhr ich wieder zurück nach Hause. Es war drei Uhr nachmittags, als ich dort ankam. Die Langeweile überkam mich, ich wusste schon gar nichts mehr mit mir anzufangen, wenn Miles nicht bei mir war, so sehr hatte ich mich schon an ihn und vor allem an uns gewöhnt. Mein Blick fiel auf die Schlüsselkarte, die immer noch auf dem Tisch lag. Kurzer Hand entschied ich, gleich zum Penthouse zu fahren, dort konnte ich wenigstens seinen Duft riechen, der in meiner Wohnung durch die gründliche Putzorgie bereits verflogen war.
Mit ein paar wenigen frischen Klamotten und der Karte im Gepäck, war ich fünfzehn Minuten später auch schon in seiner Parkgarage. Sein Sportwagen war wie erwartet weg. Nur der monströse Geländewagen stand noch an seinem Platz. Oben angekommen schlug mir auch gleich dieser verführerische Duft ins Gesicht, den ich so sehr liebte. Automatisch spitzte ich meine Ohren, hoffte, dass er vielleicht doch zu Hause war, doch da war nichts.
Kein Rauschen der laufenden Dusche, keine Musik, nur Stille. Ich brachte meine Sachen ins Schlafzimmer, ordnete alles in den Schrank ein. Die nächsten paar Stunden wälzte ich mich durch sein Bücherregal.
Darin waren so viele wunderbare lyrische Schätze versteckt, die noch darauf warteten, von mir gelesen zu werden. Die geschriebenen Zeilen ließen mich die Zeit völlig vergessen. Ich versank förmlich in den fantasievoll geschaffenen Welten und war überrascht, als ich nach dem dritten aufgeschlagenen Buch aufblickte und feststellte, dass es bereits Nacht geworden war. Die Müdigkeit schlich sich allmählich in meine Knochen und ich ertappte mich immer wieder selbst dabei, wie mir die Augen zu fielen.
Es war kurz vor Mitternacht, als ich den Kampf gegen den Schlaf aufgab, die Bücher zurück an ihren Platz stellte, das

Licht dämmte und mich gähnend ins Bett legte. Tatsächlich schlief ich so tief und fest, dass ich erst am nächsten Tag wieder aufwachte. Miles lag neben mir. Er träumte, seine Augenlider zuckten, er nuschelte etwas unverständliches in sein Kissen und war dann wieder ganz ruhig. Er war bestimmt erst spät nachts nach Hause gekommen. Behutsam zog ich ihm die Decke hoch zu seinen nackten Schultern, küsste seinen Kopf und schlich mich aus dem Zimmer. Er sollte ruhig noch etwas länger schlafen können. Im Wohnzimmer stachen mir zwei dunkle Kleidersäcke ins Auge. Sie lagen auf dem Sofa. Das müsste unsere Abendgarderobe für die Party heute sein, dachte ich und freute mich über Miles Zuverlässigkeit. Trotz des stressigen Tages, hatte er es nicht vergessen.
Die Sonne warf ihre warmen Strahlen durchs Fenster und lud mich dazu ein, meinen Kaffee draußen, auf der Terrasse, zu trinken.
Entspannt lehnte ich mich also wenig später in einem der gemütlichen Rattan Sessel zurück, las in dem Buch weiter, das ich gestern zu lesen begonnen hatte und trank das schwarze Gold, das in dem weißen Keramikbecher hin und her schwappte. Es vergingen Stunden, bis ich Miles Schritte hinter mir hörte. Ich drehte mich zu ihm um.
»Guten Morgen, Schlafmütze.« Zur Begrüßung gab er mir einen Kuss.
»Ich brauch erst mal einen Kaffee«, gähnte er, »soll ich dir auch noch einen mitnehmen?«, sein Blick viel auf die fast leere Tasse in meiner Hand.
»Ja, bitte«, schnell trank ich den letzten Schluck darin aus und drückte sie ihm die Hand.
Das starke Koffein machte ihn allmählich wieder munter.
»Hast du mich gestern gar nicht gehört?«, fragte er und sah mich über den Tassenrand hinweg an.
»Nein, ich war zu k.o., um noch was mitzubekommen.« Sein Gesichtsausdruck versteifte sich.
»Ach, was hast du denn so anstrengendes gemacht?« Gedankenverloren zuckte ich mit den Schultern.
»Nichts besonderes, erst habe ich meine Wohnung geputzt,

danach war ich mit Jamie was essen und dann bin ich auch gleich hierhin gefahren.« Mit zusammen gekniffenen Augen sah er mich an.
»Du warst mit Jamie essen?!« Ich verstand seine Aufregung nicht, Jamie war doch nur ein Freund für mich, mehr nicht.
»Ja, in Hackney«, klärte ich ihn auf. »Warum?«, fragte er wieder. Langsam entwickelte sich aus einem entspannten Morgen eine hitzige Diskussion.
»Was warum? Ich hatte keine Lust, alleine zu Mittag zu essen, also habe ich ihn angerufen und gefragt, ob er mitkommen will. Herr Gott nochmal Miles, da ist doch nichts weiter dabei. Wir sind Freunde.«
Sein Gesicht entspannte sich etwas. »Schon gut. Tut mir leid. Lassen wir das Thema, okay? Ich will heute nicht streiten.«
Zufrieden legte ich das Buch in meinen Händen auf den Tisch.
»Hast du denn heute was besonderes vor?«, fragte ich. Er schüttelte den Kopf. »Nein, du?«
»Na ja, ich dachte, wir könnten was mit deinen Eltern unternehmen. Sie zum Essen einladen, oder so?«
»Die sehen wir doch heute Abend sowieso schon auf der Party ...«, wollte Miles mich von meinem Vorhaben abbringen. Doch ich ließ nicht locker.
»Komm schon, das kann spaßig werden. Wir könnten ja grillen, das passende Wetter dazu hätten wir ja schon mal.«
Er seufzte. »Also gut, ich ruf sie gleich an.«
»Danke, du bist ein Schatz.« »Deiner, ja«, verbesserte er mich und schenkte mir ein liebevolles Lächeln.
Charlene und Mark hatten unsere Einladung angenommen, wir verabredeten uns für zwei Uhr nachmittags mit ihnen und hatten so noch genug Zeit, um die Vorbereitungen für das kleine Barbecue treffen zu können. Miles Laune wurde mittlerweile auch schon besser, wir fuhren zusammen zum Einkaufen.
Wir waren gut organisiert. Während er die Steaks besorgte, kümmerte ich mich um die Beilagen und die Getränke. Wieder zu Hause angekommen, legten wir die CD ein, die er dem Straßenmusiker abgekauft hatte und machten uns dann ans Werk.
Er marinierte das Fleisch, schmiss den Grill an, ich schnippel-

te das Gemüse, machte zwei Schüsseln voll Salat und deckte den Tisch. Es machte Spaß, mit ihm zusammen zu arbeiten. Keiner stand dem anderen im Weg, jeder machte sein eigenes Ding und am Ende hatten wir alles fertig und mussten nur noch auf unseren Besuch warten. Pünktlich auf die Minute standen die beiden auch schon vor uns.
Charlene hatte noch einen Nachtisch mitgebracht, den wir vorerst in den Kühlschrank stellten. Freudestrahlend fiel sie mir um den Hals.
»Ich freue mich ja so, euch zu sehen«, sagte sie.
»Und ich freue mich auf was richtiges zu Essen«, scherzte Mark, der sich zu Miles gesellte.
»Na, wenn das so ist, dann lasst uns doch am besten gleich rausgehen. Der Grill ist schon an.«
Mark stellte sich zusammen mit Miles vor den Grill, während sich Charlene und ich die Sonne ins Gesicht strahlen ließen und ein kühles Glas Wein dazu tranken. »Ihr liebt euch, nicht wahr?«, fragte sie mich, nachdem sie sich davon überzeugt hatte, dass die beiden Männer uns nicht hören konnten.
»Ja, ich liebe ihn.«
»Das ist schön. Noch schöner wäre es, wenn er sich auch endlich mit Luke vertragen könnte.«
Man konnte der Schmerz förmlich spüren, den sie bei der Erwähnung von Luke empfand. Tröstend legte ich ihr meine Hand auf die Schulter.
»Du musst Geduld haben. Bestimmt ergibt sich alles von ganz allein.« »Vielleicht hast du Recht.«
Die Steaks waren fertig. Zwei Teller voll mit Grillfleisch in den Händen setzten sich unsere Männer zu uns an den Tisch. Ich liebte den würzigen Geruch, der mir dabei in die Nase stieg. Allesamt griffen wir herzhaft zu, sodass schon bald nichts mehr von dem Essen übrig war.
»Ich werde uns noch ein paar Tassen Kaffee und das Tiramisu aus dem Kühlschrank holen«, sagte ich und wollte soeben aufstehen, als Miles mich davon abhielt. »Lass nur Baby, ich mach das schon.«
»Sie hat den Löwen gezähmt«, lachte Mark, steckte sich eine

Zigarette an und sah seinem Sohn hinterher, wie er in die Wohnung ging.
Es wurde schon Abend, als sich die beiden wieder auf den Heimweg machten, um sich wie wir, für die bevorstehende Party fertig zu machen. Wir mussten uns beeilen. Schnell halfen wir zusammen, räumten den Tisch ab und reinigten den Grill. Zum Schluss packte Miles noch all das schmutzige Geschirr in die Spülmasche, dann waren wir fertig. Anders als bei der letzten Party, auf die ich gegangen war, wollte ich mich diesmal selbst stylen. Allein schon das Föhnen meiner langen Mähne nahm zwei Stunden unserer Zeit in Anspruch. Das Schminken hingegen ging um einiges schneller. Miles war schon angezogen, als ihn bat, mir mit dem Reißverschluss des Kleides zu helfen.
Ich hatte einfach zu kurze Arme, um mir selbst an den Rükken fassen zu können. Wir standen vor dem monströsen, bis an die Decke hoch ragenden, Spiegel im Schlafzimmer. Unauffällig ließ ich meine Augen über sein Spiegelbild schweifen. Der neue Smoking stand ihm ausgezeichnet, passend zu der Farbe meines Kleides ragte die Spitze eines roten, seidenen Tuches aus seiner rechten Brusttasche. Die Spuren der Rauferei mit Luke, hatte er mit einer hauchdünnen Schicht Make Up abgedeckt. Man sah kaum noch was davon. Ich sah, wie seine Hände über die Rundungen meines Hinterns streichelten und fühlte, wie das Verlangen nach ihm wieder in mir aufkeimte. Am liebsten hätte ich mich auf der Stelle von ihm nehmen lassen.
»Schatz, lass das. Sonst schaffen wir es erst gar nicht bis zur Party«, versuchte ich ihn zu bremsen, doch ich scheiterte. Seine kratzigen Bartstoppeln rieben sich an meiner Wange und ich erschauderte bei dem wohligen Gefühl, das sich in mir breit machte.
»Mhmmm«, gurrte er in mein Ohr, »macht dich das etwa geil?«
»Als ob du die Antwort auf die Frage nicht bereits wüsstest ...«, lächelnd wandte ich mich zu ihm um, legte meine Hände in seinen Nacken, dann küsste ich erst zärtlich die Mundwinkel seines vollkommenen Gesichtes, ehe ich meine frisch bal-

samierten Lippen auf seine presste. Sein Atem wurde hastiger, seine Finger drückten sich in das weiche Fleisch meines Gesäßes. Er wollte mich. Jetzt. Das wusste ich, konnte sein Begehren nach mehr in jeder einzelnen Faser meines Körpers spüren. Mein Herz pochte rasend schnell gegen meine Brust, die Härchen auf meiner Haut stellten sich auf.
Alles in mir lechzte nach ihm, seiner Liebe ... nach uns. Doch ich konnte es nicht, nicht jetzt. Wir waren spät dran, hatten nicht mehr genug Zeit.
Am Ende würden wir noch den Empfang verpassen. Rasant trat ich einen Schritt zurück.
»Stopp Miles! Wir müssen los.«
Völlig verdattert sah er mich an.
»Dein ernst jetzt?«, ich verschränkte die Arme vor meiner Brust, zog eine Augenbraue hoch und kräuselte die Lippen.
»Komm schon Baby, du kannst mich doch jetzt nicht so stehen lassen ...«, flehte er mich an.
Ich folgte seinem Blick runter zu der deutlich gewölbten Hose.
»Doch, das kann ich. Du musst dich wohl noch gedulden, bis wir wieder zu Hause sind.«
Seufzend zupfte er den Stoff seiner Hose so zurecht, dass seine Härte nicht mehr so auffällig zu sehen war und folgte mir aus dem Zimmer raus.
»Dafür wirst du heute um deinen Orgasmus betteln müssen« Seine gefährliche Warnung durchfuhr mich wie ein Blitzschlag. Die Vorfreude darauf ließ mich erschaudern. »Bist du fertig?«, fragte ich ihn, schlüpfte in meine Schuhe und ging zum Aufzug.
»Ja, wir können los.«
Die Fahrt zu Annettes Anwesen verlief relativ zügig. Zwei rot blinkende Ampeln brachten uns zweimal zum Stehen, doch dann waren wir auch schon da. Die Parkplätze, auf denen ich sonst immer parkte, waren bereits alle besetzt, also reihten wir uns ein Stück weiter die Straße runter ein und liefen den Rest zu Fuß Das warme Licht der Laternen um uns herum, wies uns den Weg. Vor uns schlenderte ein junges Paar, man merkte sofort, dass die beiden frisch verliebt waren. Sie

kicherten, hielten Händchen und spazierten durch das Tor, das in Annettes Garten führte. Der Fremde hielt uns galant die Türe auf, nickte uns freundlich zu. Zum ersten Mal sah ich, wie die Villa bei Nacht aussah. Das Gebäude wirkte noch luxuriöser als sonst. Helles Scheinwerferlicht war auf die Fassade des Hauses gerichtet. Je näher wir den Stufen davor kamen, desto lauter war die klassische Musik zu hören, die drinnen abgespielt wurde.
»Guten Abend, Leon«, begrüßte ich den Gorilla, den ich mittlerweile sogar schon liebgewonnen hatte.
»Guten Abend, Mrs. Strong. Mr. Taylor.«
Die beiden Männer nickten sich zu. Als wir eintraten tummelten sich auch schon die ersten Gäste im Flur, die Türen zu dem fantastisch großen Wohnbereich, den ich anfangs so bewundert hatte, waren geschlossen. Der breite Eingangsbereich war hellerleuchtet, runde, mit weißen Tischtüchern verhüllte, Stehtische luden zum Verweilen ein. Eine junge Frau ging auf uns zu. Sie war hübsch, trug eine schwarz – weiße, elegante Uniform, mit der rechten Hand balancierte sie ein volles Tablett mit gefüllten Champagnergläsern. »Guten Abend, darf ich Ihnen was zu trinken anbieten?«
»Gerne ...«, sie drückte uns je ein Glas in die Hand. Noch bevor ich mich dafür bedanken konnte, war sie auch schon wieder weg. Ich sah mich um, konnte aber kein mir bekanntes Gesicht entdecken. Bis jetzt waren nur Pärchen zu sehen. Die meisten davon waren ältere Herren mit jungen, bildhübschen Frauen an ihrer Seite. Einer von ihnen, er stand etwas abseits von den Tischen, sah jedoch jünger aus. Er trug, wie Miles auch, einen Smoking, von seinem Hals pendelte eine Kamera.
Oh Gott, nein. Nicht schon wieder diese Aasgeier, dachte ich und hoffte, dass er uns noch nicht entdeckt hatte. Miles folgte meinem Blick, legte mir beruhigend den Arm um meine Taille.
»Keine Angst, das ist George, er ist der einzige, der auf Annettes Veranstaltungen fotografieren darf. Er ist nicht so, wie die anderen.« Phuuh, erleichtert atmete ich auf.
»Wenn man vom Teufel spricht ...«, grinste Miles und nickte zu der breiten Treppe, links vor uns. Die Augen auf uns

gerichtet, stolzierte Annette die Stufen herab. »Da seid ihr ja endlich«, ihre viel zu hoch klingende Stimme übertönte die laufenden Gespräche, die um uns herum geführt wurden.
»Miles, ich muss dir dein Goldstück für einen Moment entführen«, sie nahm mich bei der Hand und zog mich von ihm weg. Sein verbissener Gesichtsausdruck sagte mir, dass er mich nur ungern los gelassen hatte. »Schon gut«, sagte er jedoch, »ihr findet mich an der Bar.«
Wir schritten davon und ich konnte spüren, wie er uns hinterher blickte. »Ich muss dir dringend jemanden vorstellen«, klärte Annette mich auf. Mühsam versuchte ich mich ihren schnellen Schritten anzupassen. Wie, um alles in der Welt, konnte man mit knapp zehn Zentimeter hohen Schuhen nur so rasen? Ohne ihre stützenden Hand wäre ich bestimmt gestolpert und geradewegs auf die Nase gefallen.
»Annette, ist das etwa die Künstlerin, die all das erschaffen hat?«
Wir blieben vor der mir unbekannten Frau stehen. »Das ist sie, ja. Darf ich vorstellen, Samantha Strong.«
Die Blondine reichte mir die Hand.
»Freut mich sehr Samantha, ich bin Viola Kingsley, aber nenne mich doch bitte Viola.«
»Freut mich auch Viola.«
»Ich muss schon sagen, du hast hier eine großartige Arbeit geleistet. Annette hat mir bereits deine Visitenkarte zukommen lassen, ich habe mir vor kurzem eine neue Villa in Monaco gekauft und würde mich sehr freuen, wenn du dich um die Innenraumgestaltung des Hauses kümmern könntest.« Wow, dachte ich und nahm erst mal einen kräftigen Schluck von dem Champagner in meiner Hand.
»Ich würde mich sehr über eine Zusammenarbeit mit Ihnen freuen, Viola. Am besten melden sie sich einfach die Tage mal bei mir, dann können wir weiteres in meinem Büro besprechen.«
»Gerne. Das mache ich.«
Annette war inzwischen schon wieder weiter gegangen, sie unterhielt sich mit einer Frau, die schätzungsweise in ihrem

Alter war. Miles konnte ich nirgendwo entdecken, also blieb ich noch eine Weile bei Viola stehen, die mir voller Begeisterung von dem Anwesen in Monaco erzählte.

Ihre Stimme war angenehm warm, passend zu den natürlich blonden, bis knapp über die Schulter reichenden Haare, die sie mit zwei goldenen Haarspangen an den Hinterkopf zurück gesteckt hatte. Ihre Haut war natürlich gebräunt und kleine Fältchen zierten ihr Gesicht. Die Farbe ihrer Augen erinnerte mich an Cappuccino, sie waren braun, aber nicht dunkelbraun, viel heller und weicher. Im Gegensatz zu dem hellen Blondton ihrer Haare, waren ihre geschwungenen, gezupften Augenbrauen eher dunkelblond. Sie machte einen sympathischen Eindruck auf mich, wirkte nicht eingebildet oder gar arrogant, nein, sie war trotz ihres anscheinend prallgefüllten Bankkontos auf dem Boden geblieben.

Anders, als die anderen Frauen auf der Party, war sie auch nicht gertenschlank. Ihre Figur war kurvig, die Arme etwas dicker, doch das störte mich nicht. Ganz im Gegenteil, ich fand es sogar gut, dass sie eine der wenigen war, die ihre Kurven mit Stolz trugen und das merkte man ihr auch an. Diese Frau strotzte nur so vor Selbstbewusstsein.

»Sieht so aus, als würde da schon wer auf dich warten, Samantha«, sagte sie und nickte nach vorne. Ich drehte mich um und sah Miles etwas abseits von uns stehen. Er hielt ein Glas voll Champagner in der Hand und beobachtete mich. Ich lächelte ihn an, wandte mich dann wieder Viola zu.

»Würde es dir etwas ausmachen, wenn ich wir uns später noch einmal unterhalten?«, fragte ich sie.

»Aber nein, gehe ruhig, bevor er dich noch mit seinen Blicken auszieht.« Wir mussten beide lachen. Gut gelaunt ging ich wieder zu meinem Freund zurück.

»Da hat dir Annette ja einen super Kontakt vermittelt.« Ich grinste bis über beide Ohren.

»Allerdings, ja. Viola möchte, dass ich die Gestaltung ihrer neuen Villa übernehme.« Lächelnd zog er mich an seine Seite heran.

»Das klingt toll. Ich freue mich für dich.«

»Was hast du die ganze Zeit über gemacht?«, fragend sah ich zu ihm hoch. Er zögerte, ließ einen Moment verstreichen, ehe er mir antwortete.

»Ich habe mit Luke geredet.« Mein Herz machte einen freudigen Sprung.

»Und? Habt ihr alles geklärt?«, bohrte ich nach.

Er nickte. »Ich werde zwar noch etwas Zeit brauchen, aber du hattest wie immer recht, Familie ist das Wichtigste. Das, was war, können wir nicht vergessen, aber wir werden beide das beste daraus machen.«

Glücklich über die Neuigkeit schmiegte ich mich an ihn. Alles würde langsam aber sicher gut werden. Da war ich mir nun sicher.

»Meine lieben Gäste, dürfte ich euch um eure Aufmerksamkeit bitten?«, erklang da Annettes laute Stimme. Um uns wurde es still, die angeregten Gespräche und Diskussionen wurden unterbrochen, alle Augen waren plötzlich auf sie gerichtet.

»Ich möchte euch diejenige vorstellen, die für die traumhafte Gestaltung der neuen Räume verantwortlich ist. Samantha, würdest du bitte zu mir kommen?«

Ich erstarrte. Vom Lampenfieber erfasst stieg ich die Stufen zu ihr hoch.

»Das ist sie. Die Künstlerin und Chefin von Strong Architectures. Samantha Strong.« Ich lächelte schwach in die mir teils fremden Gesichter der Menschen, die unter uns applaudierten. Ich konnte es noch nie leiden, wenn ich so sehr im Mittelpunkt stand.

»Die Türen zum Obergeschoss sind ab jetzt geöffnet, also stürzt euch aufs Buffet und genießt den Abend. Ich danke euch.«

Damit entließ sie mich auch wieder. Mit vor Aufregung zitternden Knien ging ich schnell zu Miles zurück, der mich stolz anlächelte. »Du bist fantastisch«, flüsterte er in mein Ohr. Wir blieben noch eine Weile an unserem Platz stehen, warteten bis die meisten Gäste die Treppe hoch gegangen war. Dann folgten wir ihnen. Oben erblickten wir dann auch schon Charlene und Mark, die sich gerade mit Luke und Cherry unterhielten.

Die vier winkten uns freundlich zu. Ich wollte mich gerade zu ihnen gesellen, als mein Blick auf eine schwarzhaarige Frau fiel. Sie drehte mir den Rücken zu, hatte eine Hand auf den Rücken ihres Begleiters gelegt, doch ich erkannte sie sofort. Es war Sylvia, die sich dort so angeregt mit jemandem unterhielt. Ein unergründliches, ungutes Gefühl beschlich mich.
»Kommst du?«, rüttelte Miles mich wach. »Ja ... klar.«
Hand in Hand gingen wir zu den anderen. »Hallo ihr beiden«, begrüßte uns Mark. Cherry und Luke umarmten mich und beglückwünschten mich zu dem abgeschlossenen Auftrag.
»Samantha, deine Arbeit wird von allen Seiten gelobt. Ich gratuliere dir.«, strahlte mich Charlene an. »Danke, es freut mich sehr, wenn es euch gefällt.«
»Das tut es«, pflichtete Mark seiner Gattin bei. Wir unterhielten uns weiter, diskutierten über die Designer der exquisiten Möbelstücke und lachten über die Witze, die Mark zum besten gab. Doch auch wenn alles perfekt war, konnte ich mich nicht so recht auf all das konzentrieren. Immer wieder schweiften meine Augen zu Sylvia. Mit wem sprach sie da? Die Zeit verging, Miles hatte mir gerade ein neues Glas Champagner in die Hand gedrückt, als ich mich noch einmal nach ihr umsah. Ich erstarrte. Annettes Schwester hatte sich etwas zur Seite gestellt und ich traute meinen Augen nicht. Neben ihr stand Lucia, schick gestylt, die tiefen Augenringe fein säuberlich retuschiert. Händchenhaltend unterhielt sie sich mit ihrem Begleiter. Anfangs konnte ich kaum etwas von ihm erkennen, doch dann drehte er seinen Kopf zur Seite und mir gefror das Blut in den Adern. Mein Puls erhöhte sich, in meinem Kopf drehte sich alles, ich hatte kaum noch Luft zum Atmen.
Vor Schreck ließ ich das Glas in meiner Hand auf den Boden fallen. Einen lautes Klirren hallte durch den Raum, Glassplitter bedeckten den Boden vor meinen Füßen. Einer meiner schlimmsten Albträume wurde wahr. Mit dem selben dreckigen Grinsen auf den Lippen, wie damals, als ich ihn unter Tränen verlassen hatte, stand er vor mir. Paul.

ENDE